Muerto en familia

Charlaine Harris (Misisipi, Estados Unidos, 1951), licenciada en Filología Inglesa, se especializó como novelista en historias de fantasía y misterio. Con la serie de novelas *Real Murders*, nominada a los premios Agatha en 1990, se ganó el reconocimiento del público. Pero su gran éxito le llegó con *Muerto hasta el anochecer* (2001), primera novela de la saga vampírica *Sookie Stackhouse*, ambientada en el sur de Estados Unidos. La traducción de las ocho novelas de la saga a otros idiomas y su adaptación a la serie de televisión *TrueBlood (Sangre fresca)* han convertido las obras de Charlaine Harris en bestsellers internacionales.

www.hbo.com/trueblood

www.sangrefresca.es

www.charlaineharris.com

Muerto en familia
CHARLAINE HARRIS

Traducción de Omar El-Kashef

punto de lectura

Título original: *Dead in the Family*
© 2010, Charlaine Harris, Inc.
© Traducción: 2011, Omar El-Kashef
© De esta edición:
2012, Santillana Ediciones Generales, S.L.
Torrelaguna, 60. 28043 Madrid (España)
Teléfono 91 744 90 60
www.puntodelectura.com

ISBN: 978-84-663-2485-4
Depósito legal: M-16.016-2012
Impreso en España – Printed in Spain

Diseño de cubierta: María Pérez Aguilera
Fotografía de cubierta: Xavier Torres-Baccheta
All rights reserved. HBO ® and related service marks
are property of Home Box Office, Inc.

Primera edición: junio 2012

Impreso por **black**print
A CPI COMPANY

*Dedico este libro a nuestro hijo Patrick, quien no sólo
ha culminado nuestras esperanzas, sueños y expectativas,
sino que las ha sobrepasado.*

Agradecimientos

Yo no he sido más que el primer paso en la creación de este libro. Son muchas las personas que me han ayudado en otros tantos ámbitos por el camino: Anastasia Luettecke, que me enseñó algunas cosas acerca de los nombres romanos; el doctor Ed Uthman, que me ayuda con los asuntos médicos; Victoria y Debi, mis seguros de asiduidad; Toni L. P. Kelner y Dana Cameron, cuyos amables comentarios después de la primera lectura me han evitado cometer errores; Paula Woldan, cuya ayuda y amistad son el combustible que me ayuda a seguir adelante; Lisa Desimini, la ilustradora de cubierta; Jodi Rosoff, mi increíble publicista; Ginjer Buchanan, mi veterana y sufrida editora; y mi escuadrón de choque: Michele, Victoria, Kerri, Mari Carmen y Lindsay (actualmente), así como Debi, Beverly y Katie (retiradas).

Marzo

Primera semana

Me siento mal por dejarte así —dijo Amelia. Tenía los ojos rojos e hinchados. Los había tenido así desde el funeral de Tray Dawson.

—Tienes que hacer lo que debes —le contesté, esbozando una amplia sonrisa. Podía sentir genuina culpa, vergüenza y permanente dolor rodando por su mente como una gran bola de oscuridad—. Estoy mucho mejor —le aseguré, escuchando cómo lo decía con un alegre parloteo que parecía incapaz de detener—. Ya camino bien y las heridas se están curando. ¿Lo ves? —Me bajé la cintura de los vaqueros para mostrarle el lugar donde me habían mordido. Las marcas de los dientes eran apenas perceptibles, si bien la piel no estaba del todo tersa y se notaba más pálida que la zona de carne circundante. De no haber tomado una buena dosis de sangre de vampiro, la cicatriz habría sugerido que un tiburón me había atacado.

Amelia bajó la mirada y la apartó rápidamente, como si no pudiese soportar ver la prueba del ataque.

—Es que Octavia no para de mandarme correos electrónicos diciéndome que tengo que volver a casa para recibir mi sentencia del consejo de las brujas, o lo que queda de él —se excusó rápidamente—. Además tengo que comprobar las reparaciones de mi casa. Y como vuelve a haber algunos turistas y la gente está regresando a reconstruir, las tiendas de magia han vuelto a abrir. Puedo trabajar allí a media jornada. Y, bueno, por mucho que te quiera y me encante vivir aquí, desde que Tray ha muerto...

—Créeme, lo comprendo. —No era la primera vez que pasábamos por lo mismo.

—No te culpo —dijo Amelia, intentando cruzarse con mi mirada.

Era verdad que no me culpaba. Como podía leerle la mente, sabía que estaba siendo sincera.

Para mi sorpresa, ni siquiera yo era capaz de culparme.

Es verdad que Tray Dawson, licántropo y novio de Amelia, había sido asesinado mientras ejercía de guardaespaldas mío; y que yo había solicitado un guardaespaldas de la manada de licántropos más cercana porque me debían un favor y mi vida corría peligro. Aun así, había estado presente en la muerte de Tray Dawson a manos de un hada armada con una espada, y sabía quién era responsable.

Así que no me sentía culpable exactamente. Pero se me había partido el alma por la pérdida de Tray, por encima de todos los demás horrores. Mi prima Claudine, un hada de purasangre, también había muerto en la guerra de las hadas y, dado que había sido mi auténtica y genuina hada madrina, la echaba de menos a rabiar. Además, ella estaba embarazada.

Nadaba en una mezcolanza de pena y dolor de todo tipo, físico y mental. Mientras Amelia se llevaba un montón de ropa al piso de abajo, me quedé en su cuarto de baño recomponiéndome. Auné fuerzas y cogí una caja llena de todo tipo de material de higiene. Bajé las escaleras con cuidado, lentamente, y me dirigí hacia su coche. Se volvió después de dejar la ropa sobre las cajas que ya poblaban el maletero.

—¡No deberías hacer eso! —me previno con ansiosa preocupación—. Todavía no te has curado del todo.

—Estoy bien.

—Ni de lejos. Siempre das un respingo cuando alguien entra en el salón y te sorprende, y salta a la vista que te duelen las muñecas —rebatió. Tomó la caja y la metió en el asiento de atrás—. Aún te apoyas de más en la pierna izquierda y sigues sintiendo dolores cuando llueve, a pesar de la sangre de vampiro.

—Ya se me calmarán los nervios. A medida que pase el tiempo, el recuerdo no será tan reciente y no lo tendré siempre en mente —le dije a Amelia (si me había enseñado algo la telepatía, era que la gente podía ser capaz de enterrar sus recuerdos más graves y dolorosos si se les daba tiempo y distracciones suficientes)—. La sangre no es de un vampiro cualquiera. Es de Eric. Es muy poderosa. Y tengo las muñecas mucho mejor. —No mencioné que los nervios me saltaban como serpientes furiosas debido a las horas que pasé con las muñecas atadas. La doctora Ludwig, especialista de lo sobrenatural, me aseguró que se me repondrían, igual que las muñecas, con el paso del tiempo.

—Sí, y hablando de sangre... —Amelia suspiró profundamente y se acorazó para decir algo que sabía que no me agradaría escuchar. Dado que lo supe antes de que lo tradujera a palabras, pude hacerme a la idea—. ¿Has pensado que…? Sookie, nadie me lo ha preguntado, pero creo que deberías dejar de tomar la sangre de Eric. O sea, sé que es tu hombre, pero tienes que tener en cuenta las consecuencias. Algunas personas sufren un mal subidón por accidente. No es una ciencia exacta.

Si bien apreciaba la preocupación de Amelia, se había metido en terreno privado.

—No intercambiamos —contesté. «O no demasiado»—. Sólo toma un sorbo de la mía cuando, ya sabes…, en el momento feliz. —En esos días, Eric estaba disfrutando de más momentos felices que yo, por desgracia. Yo seguía con la esperanza de que la magia del dormitorio regresara; si había un hombre capaz de curar con el sexo, ése era Eric.

Amelia sonrió, que era lo que había pretendido yo todo el tiempo.

—Al menos…

Se volvió sin terminar la frase, pero pensaba: «Al menos a ti te sigue apeteciendo tener sexo».

No me apetecía tanto hacer el amor como convencerme de que debía seguir disfrutando de él, pero no era algo que me fuera a poner a explicarle a nadie. La capacidad de dejar de lado el control, que es la clave del buen sexo, me había sido arrebatada durante la tortura. Había estado completamente indefensa. También esperaba recuperarme en ese sentido. Estaba segura de que Eric notaba que yo no era capaz de llegar al final. Varias veces me había preguntado si estaba segura de querer hacer el amor. Casi cada vez le decía que sí, aplicando la teoría de la bicicleta. Sí, me había caído. Pero siempre estaba dispuesta a montar de nuevo.

—Bueno, ¿y cómo va la relación? —preguntó—. Aparte del desenfreno. —Ya estaba todo en el coche de Amelia. Se estaba demorando, temiendo el momento en el que tendría que meterse en él e irse.

El orgullo era lo único que impedía que me derrumbase en lágrimas sobre ella.

—Creo que lo estamos llevando bastante bien —respondí, esforzándome sobremanera para parecer alegre—. Aún no estoy segura de lo que siento de verdad y lo que siento por efecto del vínculo. —Era agradable poder hablar de mi vínculo sobrenatural con Eric, así como de mi normal atracción por los hombres. Incluso antes de sufrir las heridas durante la guerra de las hadas, Eric y yo habíamos establecido lo que los vampiros llaman un vínculo de sangre, ya que habíamos intercambiado sangre varias veces. Era capaz de notar, a grandes rasgos, dónde estaba Eric y cómo se sentía, igual que él conmigo. Siempre estaba presente en mi subconsciente, como cuando enciendes un ventilador o un filtro de aire para ayudarte a dormir con el leve zumbido (me venía bien que Eric durmiese todo el día, ya que podía estar a solas al menos parte de la jornada. ¿Sentiría él lo mismo hacia mí cuando me acostaba?). No es que oyera voces en la cabeza, ni nada por el estilo; al menos no más de lo normal. Pero si me sentía contenta, tenía que asegurarme de que el sentimiento era mío y no de Eric. Lo mismo ocurría con la ira; Eric saltaba con facilidad, una ira controlada y a buen recaudo, sobre todo en los últimos tiempos. Quizá se le estuviese pegando de mí. Esos días, yo estaba bastante enfadada con el mundo.

Me había olvidado por completo de Amelia. Había vuelto a caer en mi pozo de pensamientos oscuros.

Pero ella se encargó de sacarme de ellos.

—Eso no es más que una gran excusa —me cortó—. Venga, Sookie, o le quieres o no le quieres. No sigas escurriendo el bulto echándole la culpa de todo al vínculo. Bah. Si tanto te molesta, ¿por qué no has explorado la forma de librarte del vínculo? —Al ver la expresión de mi cara, la irritación se evaporó de la suya—. ¿Quieres que se lo pregunte a Octavia? —me interrogó con voz más suave—. Si alguien lo sabe, es ella.

—Sí, me gustaría —contesté tras meditarlo. Respiré hondo—. Supongo que tienes razón. He estado tan deprimida que he pospuesto todas las decisiones y todo aquello que debía hacer respecto a las que ya había tomado. Eric es único. Pero me parece... un poco desbordante. —Tenía una fuerte personalidad, y estaba acostumbrado a ser el pez gordo del estanque. Además sabía que tenía por delante un tiempo infinito.

Yo no.

No había sacado aún el tema, pero, tarde o temprano, lo haría.

—Desbordante o no, le quiero —continué. Nunca lo había dicho tan alto—. Y supongo que eso es lo que cuenta.

—Eso creo yo. —Amelia intentó sonreír, pero le salió fatal—. Bueno, tú sigue con lo tuyo, eso del autoconocimiento. —Se quedó quieta un momento, con la expresión petrificada en una media sonrisa—. Bueno, Sook, será mejor que me ponga en marcha. Me está esperando mi padre.

Se meterá en mis cosas en cuanto ponga un pie en Nueva Orleans.

El padre de Amelia era rico, poderoso y no creía en absoluto en el poder de su hija. Cometía un gran error al no creer en la brujería. Amelia había nacido con mucho potencial, como ocurre con toda bruja auténtica. A poco que se entrenara y disciplinara más, acabaría siendo aterradora; aterradora aposta, no por la espectacular naturaleza de sus errores. Esperaba que Octavia, su mentora, tuviese preparado un programa para desarrollar y meter en cintura el talento de Amelia.

Tras despedirme saludando con la mano a Amelia mientras ésta se alejaba por el camino, se me borró de la cara la amplia sonrisa. Me senté en los peldaños del porche y me puse a llorar. No hacía falta demasiado para que lo lograra en aquellos días, y la partida de mi amiga se había convertido en el detonante de ese momento. Había demasiado por lo que llorar.

Crystal, mi cuñada, había sido asesinada. Mel, el amigo de mi hermano, había sido ejecutado. Tray, Claudine y el vampiro Clancy habían muerto en el cumplimiento de su deber. Y como Crystal y Claudine estaban embarazadas, a esta lista había que sumar dos muertes más.

Probablemente aquello tendría que haberme hecho anhelar la paz por encima de todas las cosas. Pero, en vez de convertirme en la Gandhi de Bon Temps, en el fondo de mi corazón albergaba la certeza de que había muchas personas a las que deseaba ver muertas. No era directamente responsable de la mayoría de las muertes que jalonaban mi camino, pero me atormentaba la idea de que ninguna de ellas se habría producido de no haber mediado yo en la ecuación. En los peores momentos (y éste era uno de ellos), me preguntaba si mi vida merecía el precio que se había pagado.

Marzo

Mi primo Claude estaba sentado en el porche delantero cuando me desperté una fría y nublada mañana, pocos días después de la partida de Amelia. A Claude no se le daba tan bien ocultar su presencia como a mi bisabuelo Niall. Como Claude era un hada, yo no era capaz de leerle la mente, pero era consciente de su presencia, por decirlo de alguna manera. Me llevé la taza de café al porche, a pesar de que el aire picaba un poco, ya que tomarme la primera taza fuera siempre había sido una de mis actividades favoritas antes de... Antes de la guerra de las hadas.

Hacía semanas que no veía a mi primo. No supe nada de él durante el conflicto y no se había puesto en contacto conmigo desde la muerte de Claudine.

Llevé una taza de más para Claude y se la tendí. La aceptó en silencio. Sopesé la posibilidad de que me la tirase a la cara. Su inesperada presencia me había desorientado por completo. No sabía qué esperar. La brisa agitó su larga melena negra, como si fuesen tiras onduladas de ébano. Sus ojos de color caramelo estaban enrojecidos.

—¿Cómo murió? —preguntó.

Me senté en el peldaño superior.

—No lo vi —respondí, apoyándome sobre las rodillas—. Estábamos en ese viejo edificio que la doctora Ludwig usa como hospital. Creo que Claudine trataba de detener a las otras hadas que pretendían llegar por el pasillo hasta la habitación donde me encontraba con Bill, Eric y Tray. —Miré a Claude para asegurarme de que conocía el lugar. Asintió—. Estoy bastante segura de que fue Breandan quien la mató, ya que llevaba una de sus agujas de punto clavadas en el hombro cuando irrumpió en la habitación.

Breandan, el enemigo de mi bisabuelo, también fue uno de los príncipes de las hadas. Creía que los humanos y las hadas no debían mantener relaciones. Había llevado sus creencias hasta el borde del fanatismo. Quería que los suyos se abstuvieran por completo de adentrarse en el mundo de los humanos, a pesar de sus enormes intereses económicos en él y todos los productos que habían aportado... Productos que les habían ayudado a mimetizarse con el mundo moderno. Breandan odiaba especialmente la ocasional solicitud de amantes humanos, una indulgencia feérica, tanto como a los niños que nacían de tales relaciones. Quería que las hadas estuviesen separadas, confinadas en su propio mundo, intimando únicamente con los de su especie.

Curiosamente, eso era lo que mi bisabuelo había decidido hacer, tras derrotar al bando que abogaba por esa política de segregación. Después de que se derramara tanta sangre, Niall llegó a la conclusión de que la paz de las hadas y la seguridad de los humanos sólo podía alcanzarse si aquéllas se confinaban tras los muros de su propio mundo. Con su muerte, Breandan había acabado consiguiendo lo que buscaba. En mis peores momentos, pensaba que la decisión final de Niall había hecho que toda esa guerra fuese innecesaria.

—Te estaba defendiendo —dijo Claude, arrastrándome de vuelta al presente. Su voz no desprendía nada. Ni reproche, ni ira, ni dudas.

—Sí. —Ésa había sido parte de su misión: defenderme siguiendo las órdenes de Niall.

Tomé un largo sorbo de café. Claude se sentó en el duro brazo de la mecedora del porche. Quizá estaba sopesando si podía matarme. Claudine había sido su última hermana viva.

—Sabías lo del embarazo —añadió finalmente.

—Me lo contó justo antes de morir. —Posé la taza y me abracé a mis rodillas. Aguardé hasta digerir el golpe. Al principio, tampoco me importó tanto, lo cual era más horrible.

Claude dijo:

—Tengo entendido que Neave y Lochlan te tenían atrapada. ¿Es por eso que cojeas? —El cambio de tema me cogió por sorpresa.

—Sí —contesté—. Me tuvieron secuestrada durante un par de horas. Niall y Bill Compton acabaron con ellos. Sólo para que lo sepas… Bill fue quien mató a Breandan con la paleta de hierro de mi abuela. —Aunque la paleta llevaba décadas en el cobertizo de las herramientas de mi familia, siempre la asociaba con la abuela.

Claude permaneció sentado, precioso e insondable, durante un buen rato. Nunca me miró directamente ni probó el café. Tras llegar a algún tipo de conclusión en su fuero interno, se levantó y se marchó, bajando por el camino hacia Hummingbird Road. No tenía ni idea de dónde habría aparcado el coche. Por lo que sabía de él, bien podría haber recorrido a pie todo el camino desde Monroe, o quizá volando sobre una alfombra mágica. Me metí en casa, caí sobre mis rodillas justo al otro lado de la puerta y empecé a llorar. Me temblaban las manos. Me dolían las muñecas.

Durante toda la conversación había deseado que llegase ese momento.

Me di cuenta de que deseaba vivir.

Marzo

Segunda semana

¡Levanta el brazo del todo, Sookie! —me animó J.B. Su bello rostro estaba surcado por las arrugas de su concentración. Sosteniendo el peso de dos kilos, levanté el brazo lentamente. Madre mía, cómo dolía. Lo mismo me pasaba con el derecho—. Bien, ahora las piernas —añadió J.B., mientras me temblaban los brazos por la tensión.

J.B. no tenía carné de fisioterapeuta, pero era entrenador personal, así que contaba con experiencia práctica en eso de ayudar a la gente a recuperarse de diversos tipos de heridas. Es posible que nunca se hubiese enfrentado a un surtido como el que presentaba mi cuerpo, ya que me habían mordido, cortado y torturado. Pero no tuve necesidad de explicarle los detalles, y él tampoco se dio cuenta de que mis heridas distaban mucho de las que se dan en los accidentes de coche. No quería que las especulaciones acerca de mis problemas físicos se extendieran por Bon Temps, así que hice unas cuantas visitas a la doctora Amy Ludwig, que se parecía sospechosamente a una hobbit, y contraté a J.B. du Rone, que era muy buen entrenador pero rematadamente tonto.

La mujer de J.B., Tara, estaba sentada en uno de los bancos de pesas. Leía *What to Expect When You're Expecting**. Estaba embarazada de casi cinco meses y dispuesta a ser la mejor madre posible. Como J.B. era muy voluntarioso pero tenía pocas luces, Tara había asumido el papel del progenitor más responsable. Se había ganado la vida durante el instituto como canguro, lo cual le confería cierta experiencia en el cuidado de niños. Pasaba las páginas con el ceño fruncido, un aspecto que me resultaba familiar desde nuestros días en el instituto.

—¿Has escogido médico ya? —pregunté tras completar mis ejercicios con las piernas. Los cuádriceps me dolían horrores, especialmente el dañado, el de la pierna izquierda. Nos encontrábamos en el gimnasio donde trabajaba J.B., fuera de horario, ya que yo no era socia. Su jefe había accedido a este arreglo temporal para mantenerlo contento. J.B. era todo un activo para el gimnasio; desde que había empezado a trabajar, el porcentaje de socias había aumentado considerablemente.

—Creo que sí —contestó Tara—. Había cuatro alternativas por la zona, y las hemos visitado todas. Tuve mi primera cita con el doctor Dinwiddie, aquí en Clarice. Sé que es un hospital pequeño, pero no corro riesgo y está muy cerca.

Clarice distaba tan sólo unas millas de Bon Temps, donde vivíamos todos. Podías llegar al gimnasio desde mi casa en menos de veinte minutos.

—Tiene buena reputación —apunté, mientras el dolor de mis cuádriceps empezaba a hacer que todo me diese

---

* *Qué esperar cuando estás esperando un bebé. (N. del T.)*

vueltas. Mi frente comenzó a perlarse de sudor. Antes solía pensar en mí como una mujer en forma y, por lo general, satisfecha. Ahora, había días en los que lo máximo a lo que podía aspirar era a levantarme de la cama e ir al trabajo.

—Sook —dijo J.B.—, mira el peso. —Estaba sonriente.

Me di cuenta de que había hecho diez extensiones con cuatro kilos y medio más de los que solía emplear.

Le devolví la sonrisa. No duró mucho, pero sabía que había hecho algo bien.

—Quizá podrías hacernos de canguro de vez en cuando —sugirió Tara—. Enseñaremos al bebé a que te llame tía Sookie.

Iba a ser tía política. Cuidaría de un bebé. Confiaban en mí. Me sorprendí haciendo planes de futuro.

Marzo

La misma semana

Pasé la noche siguiente con Eric. Como me venía pasando tres o cuatro veces a la semana, me desperté jadeando, aterrada, empapada en sudor. Me aferré a él, como si una tormenta fuese a arrastrarme y él fuera mi ancla. Ya estaba llorando cuando desperté. No era la primera vez que pasaba, pero en esa ocasión él lloró conmigo, lágrimas de sangre que horadaban la palidez de su rostro de un modo sobrecogedor.

—No —le rogué. Me había esforzado mucho por intentar ser como antes cuando me encontraba con él. Por supuesto, no era tonto. Esa noche podía sentir su resolución. Eric tenía algo que confesarme, y pensaba hacerlo aunque yo no quisiera escucharlo.

—Pude sentir tu miedo y dolor aquella noche —dijo con voz ahogada—. Pero no pude ir contigo.

Al fin se decidía a contarme algo que llevaba tiempo queriendo saber.

—¿Por qué? —pregunté, luchando por mantener la voz calmada. Por increíble que suene, me había sentido tan destrozada que no me había atrevido a preguntárselo hasta entonces.

—Victor no me dejó marchar —dijo. Victor Madden era el jefe de Eric; había sido designado por Felipe de Castro, rey de Nevada, para supervisar el reino conquistado de Luisiana.

Mi reacción inicial a la explicación de Eric fue de amarga decepción. Ya había oído esa historia. «Un vampiro más poderoso que yo me obligó a hacerlo». Una versión de la excusa de Bill para volver con su creadora, Lorena.

—Claro —contesté. Me giré en la cama, dándole la espalda. Sentí la fría y espeluznante tristeza de la decepción adueñarse de mis entrañas. Decidí ponerme la ropa y volver a Bon Temps tan pronto como aunase las fuerzas necesarias. La tensión, la frustración y la rabia de Eric me consumían.

—La gente de Victor me encadenó con plata —continuó Eric a mi espalda—. Me quemaron todo el cuerpo.

—Literalmente. —Procuré no sonar tan escéptica como me sentía.

—Sí, literalmente. Sabía que te estaba pasando algo. Victor estaba en Fangtasia esa noche, como si lo tuviese planeado. Cuando Bill llamó para decirme que te habían raptado, conseguí ponerme en contacto con Niall antes de que los hombres de Victor me encadenasen a la pared. Cuando… protesté, Victor me dijo que no podía permitir que me pusiera de lado de uno de los bandos de la guerra de las hadas. Dijo que, independientemente de lo que pudiera pasarte, no debía implicarme.

La rabia hizo que Eric guardara un largo instante de silencio. Rezumaba por mis poros como un torrente de llamas gélidas. Reanudó el relato con voz ahogada.

—Los de Victor también retuvieron a Pam, aunque no pudieron encadenarla. —Pam era la lugarteniente de Eric—. Como Bill estaba en Bon Temps, pudo permitirse ignorar los mensajes de Victor. Niall se reunió con él en tu casa para seguirte el rastro. Bill había oído hablar de Lochlan y Neave. Todos lo habíamos hecho. Sabíamos que no te quedaba demasiado tiempo. —Aún le estaba dando la espalda, pero escuchaba más allá de su voz. Pena, ira, desesperación.

—¿Cómo te libraste de las cadenas? —pregunté hacia la oscuridad.

—Le recordé a Victor que Felipe te había prometido protección, que lo había hecho personalmente. Victor se hizo el escéptico. —Pude sentir el movimiento de la cama cuando Eric volvió a dejarse caer sobre las almohadas—. Algunos de los vampiros eran lo suficientemente fuertes y honorables como para recordar que le debían fidelidad a Felipe, no a Victor. Si bien no desafiarían a Victor abiertamente, permitieron que Pam llamara a nuestro nuevo rey a sus espaldas. Cuando dio con él, le explicó que tú y yo nos habíamos casado. A continuación, pidió a Victor que se pusiera y hablara con Felipe. Victor no se atrevió a desobedecer. El rey le ordenó que me liberara. —Hacía algunos meses, Felipe de Castro se había proclamado rey de Nevada, Luisiana y Arkansas. Era poderoso, antiguo y muy astuto. Y me debía un gran favor.

—¿Felipe presionó a Victor?

—He ahí la cuestión —respondió Eric. En algún momento de su historia, mi novio vikingo había leído a Shakespeare—. Victor dijo que se había olvidado temporalmente de nuestro matrimonio. —Por mucho que yo misma hubiese intentado olvidarme también, no pude evitar que eso me molestase. El propio Victor había estado sentado en el despacho de Eric cuando le entregué la daga ceremonial a éste (completamente ignorante de que mi acción constituía la celebración de un matrimonio al estilo vampírico). Que yo no supiese lo que estaba haciendo, no significa que lo ignorara Victor—. Le contó a nuestro rey que yo mentía en un intento de salvar a mi amante humana de manos de las hadas. Argumentó que ninguna vida vampírica debía arriesgarse por el bien de un humano. Le indicó a Felipe que no nos creyó ni a Pam ni a mí cuando le dijimos que él, en persona, te había prometido protección tras salvarle la vida en el ataque de Sigebert.

Volví la cara hacia Eric. El haz de luna que se colaba por la ventana lo tiñó de sombras negras y plateadas. Por lo que sabía de ese poderoso vampiro que se había situado en una posición de enorme poder, Felipe no era ningún idiota.

—Increíble. ¿Cómo es que Felipe no mató a Victor?

—Yo también le he dado muchas vueltas, por supuesto. Creo que Felipe tiene que fingir que cree a Victor. Y que se ha dado cuenta de que, al situar a Victor como su lugarteniente al cargo de todo el estado de Luisiana, ha henchido sus ambiciones hasta un punto indecente.

Resultaba imposible contemplar a Eric desde la objetividad, descubrí, mientras pensaba en lo que había dicho. Mi confianza me la había jugado en el pasado, y esta vez no pensaba asumir demasiados riesgos sin meditarlo antes. Una cosa era disfrutar riendo con Eric o anhelar la llegada de los momentos en que pudiésemos retozar juntos. Pero otra muy distinta era confiarle mis emociones más frágiles. No me encontraba muy abierta a la confianza en ese momento.

—Estabas enfadado cuando llegaste al hospital —dije con una indirecta. Cuando desperté en la vieja fábrica que la doctora Ludwig empleaba como hospital de campo, mis heridas eran tan graves que llegué a pensar que morir sería mucho más sencillo que vivir. Bill, que me salvó, había sido envenenado por un mordisco de los dientes de plata de Neave. Su supervivencia había estado pendiente de un hilo. Tray Dawson, mortalmente herido y amante licántropo de Amelia, había aguantado lo suficiente hasta morir atravesado por una espada cuando las fuerzas de Breandan asaltaron el hospital.

—Mientras estuviste con Neave y Lochlan, sufrí contigo —confesó, mirándome fijamente a los ojos—. Padecí contigo, sangré contigo; no sólo por nuestro vínculo, sino porque te quiero.

Arqueé una ceja de escepticismo. No podía evitarlo, aunque sabía que hablaba en serio. Deseaba creer que Eric hubiese venido a rescatarme antes si hubiese podido. Deseaba creer que él había oído el eco de mi horror mientras estuve con mis torturadores feéricos.

Pero el dolor, la sangre y el horror eran míos, y sólo míos. Puede que él los sintiera, pero desde un lugar remoto.

—Creo que habrías estado allí si hubieses podido —respondí, a sabiendas de que mi voz estaba demasiado calmada—. De verdad lo creo. Sé que los habrías matado. —Eric se apoyó sobre el codo y su gran mano apretó mi rostro contra su pecho.

No puedo negar que me sentí mejor desde que conseguí que me lo dijera. Pero no me sentía tan bien como habría deseado, a pesar de saber por qué no acudió cuando me dejé los pulmones gritando su nombre. Incluso llegué a comprender por qué le había llevado tanto tiempo contármelo. La desesperación es un estado con el que Eric no se encuentra muy a menudo. Era un ser sobrenatural, increíblemente fuerte y un formidable luchador. Pero no era un superhéroe, y no tenía nada que hacer contra varios de sus congéneres llenos de determinación por detenerlo. Y caí en la cuenta de que me dio mucha de su sangre, cuando aún se estaba curando de sus propias heridas provocadas por las cadenas de plata.

Finalmente, algo en mi interior se relajó ante la lógica del relato. Le creía desde el corazón, no sólo desde mi mente.

Una roja lágrima cayó sobre mi hombro desnudo y se deslizó sobre mi piel. La tomé con el dedo y lo llevé hasta sus labios, devolviéndole su propio dolor. A mí me sobraba con el mío.

—Creo que deberías matar a Victor —dije, cuando sus ojos se encontraron con los míos.

Al fin había conseguido sorprender a Eric.

Marzo

Tercera semana

ɓueno —dijo mi hermano—. Como has podido comprobar, Michele y yo nos seguimos viendo. —Estaba de pie, dándome la espalda mientras volteaba los filetes sobre la parrilla. Yo me encontraba sentada en una silla desplegable, observando el amplio estanque y el embarcadero. Era una preciosa tarde, fresca y luminosa. Lo cierto es que disfrutaba, descansando allí, mientras lo veía trabajar; me gustaba estar con Jason. Michele estaba dentro de la casa, preparando una ensalada. Podía oírla tararear a Travis Tritt.

—Me alegro —respondí con sinceridad. Era la primera vez que me encontraba en un entorno privado con mi hermano en meses. Jason había pasado por sus propios malos momentos. Su conflictiva esposa y su hijo nonato habían muerto en horribles circunstancias. Había descubierto que su mejor amigo estaba enamorado de él, de un modo enfermizo. Pero mientras lo observaba en la parrilla y escuchaba a su novia tararear desde la casa, comprendí que Jason era todo un superviviente. Ahí estaba mi hermano, saliendo de nuevo con una chica, satisfecho ante la perspectiva de comerse un filete, con el puré de patatas que había llevado yo y la ensalada que estaba preparando Michele. No me quedó más remedio que admirar su determinación para buscar el placer en la vida. Mi hermano no era precisamente un ejemplo en otros sentidos, pero no podía culpar a nadie por ello—. Michele es una buena chica —apunté en voz alta.

Sí que lo era, aunque no en los términos que habría empleado nuestra abuela. Michele Schubert era absolutamente transparente en todos los sentidos. No había quien pudiera avergonzarla, pues no hacía nada que no fuera a ser capaz de reconocer públicamente. Desde ese mismo principio de transparencia total, si se sentía mal contigo por algo, eras la primera persona en saberlo. Trabajaba en el taller de reparación del concesionario de Ford como administrativa. Era tan eficiente que seguía trabajando para su ex suegro. De hecho, a éste se le había oído decir que había días en que le gustaba más ella que su propio hijo.

Apareció Michele en la terraza. Llevaba unos vaqueros y un polo con el logotipo de Ford que solía ponerse para el trabajo, y la oscura melena recogida sobre la cabeza. Le gustaba maquillarse mucho los ojos, además de los bolsos grandes y los tacones altos. En ese momento estaba descalza.

—Eh, Sookie, ¿te gusta el aderezo ranchero? —preguntó—. También tenemos mostaza de miel.

—El ranchero estará bien —contesté—. ¿Necesitas que te ayude?

—No, no hace falta. —Su teléfono móvil se puso a sonar—. Maldita sea, ya está otra vez Schubert padre. Ese hombre no se encontraría el culo ni palpándoselo con las dos manos.

Volvió a entrar en la casa con el teléfono pegado a la oreja.

—Pero me preocupa ponerla en peligro —continuó Jason, con ese tono específico que empleaba cuando quería conocer mi opinión acerca de algo sobrenatural—. Quiero decir… Ese hada, Dermot, el que se parece a mí. ¿Sabes si sigue por ahí?

Se volvió para mirarme, apoyado en la barandilla de la terraza que había añadido a la casa que nuestros padres habían construido cuando mi madre estaba embarazada de Jason. No llegaron a disfrutarla más de una década. Murieron cuando yo tenía siete años, y cuando Jason fue lo suficientemente mayor para vivir solo (en su propia opinión), se mudó de casa de la abuela para vivir en la de mis padres. Durante dos o tres años celebró más de una fiesta salvaje, pero después fue sentando la cabeza. Aquella tarde me resultó evidente que las últimas pérdidas lo habían afincado más aún en el terreno de la sobriedad.

Eché un trago a mi botella. No me iba mucho beber (ya veía demasiados excesos en el trabajo), pero me había resultado imposible rechazar una cerveza fría en una tarde como ésa.

—Ojalá supiera dónde está Dermot. —Dermot era el gemelo de nuestro abuelo Fintan, que era medio hada—. Niall se ha confinado en el mundo de las hadas junto a sus demás congéneres leales, y cruzo los dedos por que Dermot esté allí con él. Claude se quedó aquí. Estuve con él hace un par de semanas. —Niall era nuestro bisabuelo. Claude

34

era su nieto, descendiente de su matrimonio con otra hada de purasangre.

—Claude, el *stripper*.

—El propietario del club de *striptease,* que se desnuda durante las noches para las mujeres —maticé—. Nuestro primo, el que también posa para las portadas de novelas románticas.

—Sí, seguro que las chicas se desmayan a su paso. Michele compró un libro en el que salía él con una especie de disfraz de genio. Debe de encantarse a sí mismo. —No cabía duda de que Jason sentía envidia.

—Probablemente. Ya sabes, es todo un coñazo —dije, y me puse a reír, sorprendida de mí misma.

—¿Lo ves mucho?

—Sólo una vez desde que me atacaron. Pero, al recoger ayer el correo, vi que me había mandado unas entradas para la noche de las mujeres del Hooligan's.

—¿Crees que podrás ir a verle?

—Aún no. Quizá cuando esté… de mejor humor.

—¿Crees que a Eric le importaría que vieras a otro hombre desnudo?

Jason quería demostrarme cuánto había cambiado, al mencionarme de forma tan casual mi relación con un vampiro. Bueno, no se puede negar que le pone voluntad.

—No estoy segura —contesté—. Pero no iría a ver cómo otros tíos se quitan la ropa sin avisar primero a Eric. Hay que darle tiempo al tiempo. ¿Tú le dirías a Michele que irías a un bar a ver mujeres desnudas?

Jason se rió.

—Al menos se lo mencionaría, para ver cómo reacciona. —Puso los filetes en una fuente y señaló la puerta corredera de cristal—. Listo —dijo, y yo le descorrí la puerta. Ya había puesto la mesa, así que sólo me quedó servir el té. Michele había colocado la ensalada y el puré de patata en la mesa y trajo un bote de salsa para la carne de la despensa. Era la marca preferida de Jason. Con un gran tenedor de barbacoa, Jason sirvió un filete en cada plato. Al cabo de un par de minutos, todos estábamos comiendo. El cuadro de los tres juntos desprendía aroma hogareño.

—Calvin se ha pasado hoy por el taller —contó Michele—. Está pensando en cambiar su vieja camioneta. —Calvin Norris era un buen hombre con un buen trabajo. Tenía cuarenta y tantos y los hombros cargados con muchas responsabilidades. Era el líder de la manada de mi hermano, el macho dominante de la comunidad de hombres pantera afincada en la diminuta población de Hotshot.

—¿Sigue saliendo con Tanya? —pregunté. Tanya Grissom trabajaba en Norcross, al igual que Calvin, pero de vez en cuando hacía algún turno en el Merlotte's cuando faltaba alguna camarera.

—Sí, viven juntos —respondió Jason—. Casi siempre están peleados, pero creo que la cosa va para adelante.

Calvin Norris, líder de los hombres pantera, se esforzaba al máximo para no inmiscuirse en los asuntos de los vampiros. Había estado muy ocupado desde la salida del armario de los licántropos. Declaró que era un cambiante al día siguiente, en la sala de descanso del trabajo. Ahora que todo el mundo lo sabía, Calvin había ganado en respeto. Gozaba de una buena reputación en la zona de

Bon Temps, a pesar de que todos los que vivían en las inmediaciones de Hotshot eran considerados con cierta suspicacia, dado el aislamiento y la peculiaridad de esa comunidad.

—¿Cómo es que no saliste tú también a la luz cuando lo hizo Calvin? —pregunté. Era un pensamiento que nunca había oído en la mente de Jason.

Mi hermano adoptó un aire pensativo, una expresión que resultaba algo extraña en él.

—Supongo que aún no estoy listo para responder a muchas preguntas —contestó—. Esto de la transformación es algo personal. Michele lo sabe, y eso es todo lo que me importa.

Michele le sonrió.

—Estoy muy orgullosa de Jason —dijo, sin que hiciera falta añadir nada más—. Maduró cuando empezó a convertirse en pantera. Tampoco es que pudiera evitarlo. Hace todo lo que puede. Nada de quejas. Se lo explicará a todo el mundo cuando esté listo.

Jason y Michele me estaban dejando perpleja.

—Yo nunca se lo he contado a nadie —aseguré.

—Jamás pensé que lo hubieras hecho. Calvin dice que Eric ha ascendido a jefe de vampiros —comentó, cambiando radicalmente de tema.

No suelo hablar de la política vampírica con quienes no lo son. No es buena idea. Pero Jason y Michele habían compartido cosas conmigo, y me sentía en la obligación de corresponder.

—Eric ha ganado poder. Pero tiene jefe nuevo, y las cosas están delicadas.

—¿Te apetece hablar de ello? —Jason no estaba muy seguro de querer escuchar lo que fuese a decir, pero se esforzaba por ser un buen hermano.

—Será mejor que no —respondí, contemplando su alivio. Michele volvió, feliz, a su filete—. Pero, aparte de tratar con vampiros, Eric y yo estamos bien. En toda relación hay que dar para tomar, ¿no? —A pesar de que Jason llevaba toda la vida embarcado en sus relaciones sentimentales, no había aprendido eso de dar para recibir hasta hacía relativamente poco tiempo.

—He vuelto a hablar con Hoyt —dijo Jason, y comprendí la pertinencia del comentario. Hoyt, la sombra de Jason durante años, había desaparecido del radar de mi hermano durante un tiempo. Su novia, Holly, compañera mía del Merlotte's, no era muy entusiasta de Jason. Me sorprendía que éste hubiese recuperado a su mejor amigo de toda la vida, y aún más que Holly hubiese consentido tal cosa—. He cambiado mucho, Sookie —añadió mi hermano, como si, por una vez, hubiese sido él quien me leía la mente—. Quiero ser un buen amigo para Hoyt. Y un buen novio para Michele. —Miró a su pareja con seriedad, posando su mano sobre la de ella—. Y también un mejor hermano. Somos todo lo que nos queda. Salvo por nuestras relaciones con las hadas, de las que me olvido enseguida. —Clavó la mirada en su plato, abochornado—. Casi no puedo creer que la abuela pusiera los cuernos al abuelo.

—Algo me olía —añadí. Yo misma había tenido que lidiar con idéntico escepticismo—. La abuela quería tener hijos, y eso no era posible con el abuelo. Puede que Fintan la sedujera con su magia. Las hadas pueden hacer cualquier cosa con la mente, como los vampiros. Y ya sabes cómo es su belleza.

—Claudine era preciosa, y supongo que, desde el punto de vista de una mujer, Claude también lo es.

—Claudine trataba de mantener su belleza matizada, ya que se hacía pasar por humana. —Claudine, la trilliza de Claude, era todo un bellezón de más de uno ochenta.

—El aspecto del abuelo no era gran cosa —dijo Jason.

—Ya lo sé. —Nos miramos mutuamente, en silencio, admitiendo el poder de la atracción física. Entonces coreamos a la vez:

—Pero ¿la abuela? —Y no pudimos evitar estallar en carcajadas. Michele trató de mantener una expresión neutra, pero al final no pudo evitar que se le resquebrajara en una sonrisa. Ya es bastante difícil pensar en tus padres haciendo el amor, así que no digamos los abuelos. Nada aconsejable.

—Ahora que me acuerdo de la abuela, estaba pensando en preguntarte si podría quedarme con esa mesa que tenía junto al sillón donde se sentaba siempre, en el salón.

—Claro, pásate cuando quieras y llévatela —contesté—. Seguramente está en el mismo sitio donde la dejó el día que te pidió que la subieras al ático.

Me marché poco después, con la cazuela de puré prácticamente vacía, algunas sobras de carne y un corazón lleno de alegría.

En ningún momento pensé que cenar con mi hermano y su novia fuese a ser tan divertido, pero esa noche, al volver a casa, dormí del tirón hasta la mañana siguiente, por primera vez en semanas.

Marzo

Otra más —dijo Sam. Tuve que estirarme para oírle. Alguien acababa de poner *Bad Things* de Jace Everett, y prácticamente todos los parroquianos del bar se habían puesto a cantarla—. Ya has sonreído tres veces en lo que va de noche.

—¿Estás contando mis expresiones faciales? —pregunté, posando la bandeja y lanzándole una mirada. Sam, mi jefe y amigo, es un auténtico cambiante; tengo entendido que puede transformarse en cualquier ser de sangre caliente. Aún no le he preguntado por los lagartos, las serpientes y los insectos.

—Bueno, es agradable ver que vuelves a sonreír —comentó. Ordenó algunas botellas en la estantería, lo justo para parecer ocupado—. Lo echaba de menos.

—Es agradable sentir ganas de sonreír —añadí—. Me gusta tu corte de pelo, por cierto.

Sam se pasó una mano por la cabeza tímidamente. Tenía el pelo corto, adherido a su cráneo como una gorra de tonos rojizos y dorados.

—Ya queda poco para el verano; pensé que así estaría más cómodo.

—Seguramente.

—¿Ya has empezado a tomar el sol? —Mi moreno era famoso.

—Oh, sí. —De hecho, esa primavera había empezado antes que nunca. El primer día que me puse el bañador se desataron los infiernos. Había matado a un hada. Pero eso era el pasado. El día anterior pasé un rato tomando el sol, y no había ocurrido nada. Aunque confieso que no me llevé la radio, porque quería ser capaz de oír cualquier cosa que estuviese al acecho. Pero no fue el caso. De hecho, pasé una hora de sol de lo más tranquila, contemplando el revoloteo de una mariposa que iba y venía. Uno de los rosales de mi tatarabuela estaba floreciendo, y su aroma había reparado algo en mi interior—. El sol hace que me sienta especialmente bien —dije, y de repente me di cuenta de que las hadas me contaron que descendía de las hadas celestes, en vez de las acuáticas. No sabía nada del tema, pero llegué a preguntarme si mi gusto por el sol sería algo genético.

—¡Comanda! —gritó Antoine, y fui corriendo a recoger los platos.

Antoine se había quedado en el Merlotte's, y todos esperábamos que durase como cocinero. Esa noche estaba despachando en la cocina como si tuviese ocho brazos. La carta del Merlotte's era de lo más básica: hamburguesas, tiras de pollo, ensalada con tiras de pollo, patatas fritas picantes, encurtidos; pero Antoine se había hecho con todo ello a una asombrosa velocidad. Ahora, a sus cincuenta y pico, Antoine había dejado Nueva Orleans, donde había pasado un año en el Superdome por lo del Katrina. Lo respetaba por su actitud positiva y su determinación para empezar desde cero después de haberlo perdido todo. También se portaba con D'Eriq, que le hacía las labores de pinche y se encargaba de las mesas. D'Eriq era muy bueno, pero lento.

Holly estaba de turno esa noche, y entre traer y llevar platos y bebidas, se pasaba algunos ratos con Hoyt Fortenberry, su novio, que estaba sentado en uno de los taburetes de la barra. La madre de Hoyt estaba más que contenta con poder quedarse con su nieto las noches en las que su hijo quería pasar un rato con Holly. No resultaba fácil mirarla y ver a la hosca gótica wiccana que había sido en alguna fase de su vida. Su pelo, marrón natural, le había crecido hasta los hombros, llevaba el maquillaje justo y no paraba de sonreír. Hoyt, de nuevo el mejor amigo de mi hermano, desde que arreglaron sus diferencias, parecía un hombre más fuerte ahora que tenía a Holly para apoyarle.

Paseé la mirada por Sam, que acababa de responder a una llamada al móvil. Últimamente se pasaba mucho tiempo pegado a ese chisme, así que supuse que también estaba saliendo con alguien. Podría descubrirlo si hurgaba en su mente el tiempo suficiente (a pesar de que es más complicado leer a los cambiantes que a los humanos normales), pero me esforzaba siempre por no hacerlo. Es de muy mal gusto rebuscar en las ideas de las personas a las que quieres. Sam sonreía mientras hablaba, y era muy agradable que desprendiese, al menos por el momento, ese aspecto tan desenfadado.

—¿Ves a menudo a Bill el vampiro? —preguntó Sam mientras le ayudaba a cerrar, una hora más tarde.

—No. Hace mucho que no lo veo —respondí—. Creo que me está evitando. Me pasé por su casa un par de veces para dejarle un paquete de seis botellas de TrueBlood junto con una nota de agradecimiento por todo lo que hizo cuando vino a rescatarme, pero ni me ha llamado ni se ha pasado a verme.

—Vino por aquí hace un par de noches, el día que libraste. Creo que deberías hacerle una visita —sugirió Sam—. No diré nada más.

Marzo

Final de la cuarta semana

Una preciosa noche de esa misma semana, me encontraba rebuscando en mi armario la linterna más grande que tenía. La sugerencia de Sam de que fuera a ver a Bill no había dejado de rondarme por la cabeza, así que, cuando llegué a casa después del trabajo, decidí dar un paseo, atravesando el cementerio, hasta la casa de Bill.

El cementerio Sweet Home* era el más antiguo del condado de Renard. No queda mucho espacio para más muertos, así que han construido uno nuevo con lápidas planas al sur de la ciudad. Lo odio. A pesar de que el terreno es irregular, los árboles demasiado frondosos y algunas partes de la valla se caen a trozos, por no hablar de las lápidas más antiguas, me encanta Sweet Home. Fue el patio de juegos de Jason y mío, siempre que nos las arreglábamos para escaparnos del ojo vigilante de la abuela.

El camino que atravesaba las lápidas y los árboles hasta la casa de Bill casi era una extensión de mí misma, desde que se convirtió en mi primer novio. Las ranas y los insec-

---

*En inglés: «Dulce hogar». *(N. del T.)*

tos ya empezaban con sus cánticos veraniegos. El alboroto no haría sino aumentar a medida que subiese la temperatura. Recordé a D'Eriq preguntándome si no me daba miedo vivir tan cerca de un cementerio y sonreí para adentro. Los muertos enterrados no me daban miedo. Los vivos y los no muertos eran mucho más peligrosos. Corté una rosa para posarla sobre la tumba de mi abuela. Estaba segura de que sabía que estaba allí, pensando en ella.

Una débil luz prendía en la vieja casa de los Compton, que llevaba en pie prácticamente desde la misma época que la mía. Llamé al timbre. A menos que Bill estuviese merodeando por el bosque, estaba segura de que andaría por casa, a tenor de la presencia de su coche. Pero tuve que esperar un buen rato hasta que la puerta se abrió con un sonoro crujido.

Encendió la luz del porche y tuve que morderme la lengua para no boquear. Tenía un aspecto horrible.

Había sido envenenado con plata, durante la guerra de las hadas; le había mordido Neave, cuyos dientes eran de ese metal. Había recibido ingentes cantidades de sangre de sus congéneres vampiros desde entonces, pero percibí con cierta incomodidad que su piel aún presentaba un tono gris, en vez de blanco. Le fallaban las piernas y le colgaba la cabeza un poco hacia delante, como si de un anciano se tratase.

—Sookie, pasa —me ofreció. Ni siquiera su voz parecía conservar su fuerza de antaño.

Si bien sus palabras eran amables, en realidad no sabía cómo se sentía exactamente por mi visita. Y es que no puedo leer la mente de los vampiros, una de las razones por las que empecé a salir con Bill. Es increíble lo adictivo que puede llegar a ser el silencio después de un incesante torrente de ruidos mentales no deseados.

—Bill —dije, intentando sonar tan espantada como me sentía—. ¿No te sientes mejor? El veneno... ¿No desaparece?

Juraría que suspiró. Hizo un gesto para que entrase en el salón. Las lámparas estaban apagadas. Bill había encendido velas. Conté ocho. Me pregunté qué habría estado haciendo, sentado a solas bajo la luz titilante. ¿Escuchar música? Le encantaba su colección de CD, especialmente Bach. Aún preocupada, me senté en el sofá, mientras Bill hacía lo propio en su silla favorita, al otro lado de la mesa de centro. Estaba tan guapo como siempre, pero su rostro carecía de luz. Era indudable que estaba sufriendo. Entonces entendí por qué Sam me sugirió que hiciese esa visita.

—¿Tú te sientes mejor? —preguntó.

—Mucho mejor —contesté con cuidado. Él había visto todo lo que me habían hecho.

—¿Las cicatrices..., la mutilación?

—Las cicatrices siguen ahí, pero están mucho mejor disimuladas de lo que jamás pensé que llegarían a estar. La carne que me quitaron se ha regenerado. Ahora tengo una especie de hoyuelo en el muslo —expliqué, palmeándome la rodilla izquierda—. Pero el resto está bien. —Intenté sonreír, pero, sinceramente, estaba demasiado preocupada para conseguirlo—. ¿Tú estás mejor? —insistí, dubitativa.

—Al menos no peor —respondió, encogiéndose mínimamente de hombros.

—¿Y esa apatía? —pregunté.

—Por lo que se ve, ya nada me motiva —contestó Bill al cabo de una larga pausa—. Ya no me interesa mi ordenador. Ya no quiero trabajar en la actualización de mi base de datos. Eric envía a Felicia para que empaquete los pedidos y los despache. Me da algo de sangre cuando viene. —Felicia era la barman de Fangtasia. Era una vampira joven.

¿Eran los vampiros propensos a la depresión? ¿O acaso era culpa del envenenamiento?

—¿Es que nadie puede ayudarte? Quiero decir, curarte.

Esbozó una especie de sonrisa sardónica.

—Mi creadora —respondió—. Si pudiese beber de Lorena, ya estaría totalmente repuesto a estas alturas.

—Vaya asco. —No podía dejarle saber que me molestaba, pero vaya. Yo había matado a Lorena. Me sacudí la culpa. Era lo que se merecía, y ya estaba hecho—. ¿No creó a más vampiros?

Bill pareció desprenderse un poco de su apatía.

—Sí, tiene otra hija viva.

—¿Y bien? ¿Serviría su sangre?

—No lo sé. Podría ser. Pero no… No puedo llegar hasta ella.

—¿No sabes si serviría? Creo que necesitáis una especie de manual de uso para estas cosas.

—Sí —afirmó, como si en la vida se le hubiese ocurrido—. Tienes toda la razón.

No iba a preguntarle por qué se mostraba tan reacio a ponerse en contacto con alguien que podría ayudarle. Era un hombre testarudo y persistente y, una vez tomada su decisión, no podría convencerle de otra cosa. Nos quedamos sentados en silencio durante un instante.

—¿Amas a Eric? —disparó Bill de repente. Sus profundos ojos marrones estaban absolutamente clavados en mí con esa misma atención que, en gran medida, me había resultado tan atractiva cuando nos conocimos.

¿Es que todo el mundo tenía que meterse en mi relación con el sheriff de la Zona Cinco?

—Sí —respondí con calma—. Le quiero.

—¿Y él te quiere a ti?

—Sí —contesté sin apartar la mirada.

—Hay noches en que desearía que muriese —dijo.

Era la noche de la honestidad.

—Bueno, esa idea abunda últimamente. Hay un par de personas a las que yo tampoco echaría de menos —admití—. Lo pienso cuando lloro a los que quise y murieron, como Claudine, la abuela y Tray. —Y sólo era el principio de la lista—. Así que supongo que sé cómo te sientes. Pero yo… Por favor, no le desees el mal a Eric. —Ya había perdido todo lo que podía soportar en cuanto a personas importantes en mi vida.

—¿A quién quieres ver muerto, Sookie? —Hubo una chispa de curiosidad en sus ojos.

—No te lo voy a decir —le frené con una débil sonrisa—. A lo mejor se te ocurre hacer que pase. Como ocurrió con el tío Bartlett. —Cuando descubrí que Bill había matado al hermano de mi abuela, que había abusado de mí, fue cuando debí haber cortado por lo sano. ¿No habría sido mi vida diferente? Pero ya era demasiado tarde.

—Has cambiado —dijo.

—Pues claro que he cambiado. Durante un par de horas estuve convencida de que iba a morir. Fue lo más doloroso que he experimentado jamás. Y Neave y Lochlan disfrutaron como enfermos. Eso desencadenó algo en mi interior. Cuando Niall y tú acabasteis con ellos, fue algo así como la respuesta a la mayor plegaria que haya pronunciado. Se supone que soy cristiana, pero la mayoría de los días siento que ya ni siquiera puedo fingir que lo soy. Tengo mucha rabia acumulada. Cuando no puedo dormir, me da por pensar en las personas a las que no les importó el dolor y el sufrimiento que me han causado. Y pienso en lo bien que me sentiría si dejasen de respirar.

El hecho de poder compartir con Bill esa horrible parte oculta de mi ser mostraba a las claras lo ligada que me sentía a él.

—Te quiero —dijo—. Nada de lo que hagas o digas podrá cambiarlo. Si me pidieras que enterrase un cadáver, o que me cargase a alguien, lo haría sin pestañear.

—Hemos tenido nuestros más y nuestros menos, Bill, pero siempre ocuparás un lugar especial en mi corazón. —Lloré por dentro al oír esa manida frase salir de mi boca. Pero, a veces, los clichés son verdaderos; aquello era verdadero—. No me siento merecedora de tus preocupaciones —admití.

Logró esbozar una sonrisa.

—En cuanto a tu valía, no creo que enamorarse tenga mucho que ver con el valor del objeto de dicho amor. Pero no estoy de acuerdo. Creo que eres una gran mujer, y creo que siempre intentas ser la mejor persona posible. Nadie puede estar… despreocupado y feliz… después de bailar tan de cerca con la muerte como tú.

Me levanté para marcharme. Sam quería que viese a Bill, que comprendiese su situación, y ya lo había hecho. Cuando

Bill se incorporó para acompañarme hasta la puerta, me di cuenta de que ya no tenía los rápidos reflejos de antaño.

—Vivirás, ¿verdad? —le pregunté. De repente sentí miedo.

—Eso creo —contestó, como si tampoco le importase demasiado lo contrario—. Pero, sólo por si acaso, dame un beso.

Rodeé su cuello con un brazo, el que no sostenía la linterna, y permití que posara sus labios sobre los míos. Su tacto, su olor, espolearon los recuerdos. Durante lo que me pareció un momento interminable, permanecimos pegados el uno al otro, pero en vez de sentirme cada vez más excitada, noté que la calma me invadía. Era extrañamente consciente de mi respiración, lenta y sostenida, casi como la de alguien que está durmiendo.

Al retroceder, comprobé que el aspecto de Bill había mejorado. Arqueé las cejas.

—Tu sangre de hada me ayuda —dijo.

—Sólo lo soy en una octava parte. Y no has bebido.

—La proximidad —explicó escuetamente—. El contacto con la piel. —Sus labios se estiraron hasta formar una sonrisa—. Si hiciésemos el amor, estaría mucho más cerca de la curación.

«Y una mierda», pensé. Pero no podía negar que su fría voz había conseguido despertar algo en mis entrañas, una fugaz punzada de lujuria.

—Bill, eso no va a pasar —dije—. Más bien deberías pensar en localizar a la otra hija de Lorena.

—Sí —acordó—, es posible. —Sus oscuros ojos estaban curiosamente luminosos. Quizá fuese uno de los efectos del veneno, o puede que de las velas. Sé que no se esforzaría por buscar a su hermana de sangre. Cualquiera que hubiese sido la chispa que mi visita había encendido, ya se estaba apagando.

Triste, preocupada y puede que remotamente satisfecha (hay que decir que es muy halagador que alguien te quiera tanto), volví a casa atravesando el cementerio. Di las acostumbradas palmadas en la lápida de Bill. Mientras caminaba por el irregular terreno, pensé en él, como no podía ser de otra manera. Había sido soldado de la Confederación. Había sobrevivido a la guerra civil para sucumbir al capricho de una vampira después de su regreso a casa para reunirse con su esposa e hijos; un trágico final para una dura vida.

Volví a alegrarme de haber matado a Lorena.

He aquí algo que no me gusta de mí misma: me había dado cuenta de que no me sentía mal por haber acabado con una vampira. Algo en mi interior no paraba de pensar que ya estaban muertos, y que la primera muerte debía de ser la importante. Si hubiera matado a un humano al que odiase, la reacción habría sido mucho más intensa.

Y entonces pensé: «Debería estar contenta por haber intentado evitar el dolor, en vez de sentirme peor por matar a Lorena». Odiaba intentar determinar qué era lo mejor desde el punto de vista moral, porque casi nunca se correspondía con mis sensaciones más viscerales.

El fondo de toda esa autoevaluación era que había matado a Lorena, que ahora podría haber curado a Bill. Y que éste había resultado herido al intentar rescatarme. Estaba claro; tenía una responsabilidad. Traté de discernir qué hacer.

Cuando llegué a la conclusión de que me encontraba sola en la oscuridad y que debería estar muerta de miedo (al menos según los cánones de D'Eriq), ya estaba enfilando el bien iluminado patio trasero de mi casa. Quizá la preocupación por mi vida espiritual fuese una necesaria distracción de mi constante revivir de la tortura física. O quizá me sentía mejor porque había ayudado a alguien; había abrazado a Bill, y eso le había ayudado a sentirse mejor. Cuando me acosté esa noche, pude permanecer tumbada en mi posición favorita, en vez de dar vueltas sin parar, y dormí sin soñar (al menos sin recordar qué había soñado a la mañana siguiente).

Durante la siguiente semana dormí sin problemas, a resultas de lo cual empecé a sentirme como antes. Fue algo gradual, pero perceptible. No di con una forma de ayudar a Bill, pero le compré un CD nuevo (de Beethoven) y lo dejé en un lugar donde pudiera encontrarlo en cuanto se despertara de su sueño diurno. Otro día le envié una postal electrónica. Lo justo para que supiera que pensaba en él.

Cada vez que veía a Eric me sentía un poco más alegre. Por fin llegó el día en que sentí mi propio orgasmo, un momento tan explosivo que parecía que lo había reservado para las vacaciones.

—¿Estás..., estás bien? —preguntó Eric. Me contemplaba, medio sonriente, con sus ojos azules, como si no estuviese muy seguro de si debía ponerse a aplaudir o llamar a una ambulancia.

—Estoy muy, muy bien —dije—. Me siento tan bien que podría caerme fuera de la cama y quedarme dormida en el suelo hecha un ovillo.

Su sonrisa ganó en seguridad.

—Entonces ¿te vino bien? ¿Mejor que antes?

—¿Lo sabías…? —Arqueó una ceja—. Por supuesto que lo sabías. Es sólo que… tenía algunos problemas que debían resolverse solos.

—Sabía que no podía deberse a mi habilidad en la cama, esposa mía —dijo Eric, y, si bien sus palabras eran un poco arrogantes, desprendían despreocupación.

—No me llames así. Ya sabes que nuestro presunto matrimonio no es más que una estrategia. Y, volviendo a lo que decías antes… Eres muy hábil en la cama, Eric. —Al César lo que es del César—. El problema de los orgasmos estaba en mi mente. Ya lo he resuelto.

—Te estás quedando conmigo, Sookie —murmuró—. Pero te voy a enseñar lo que es habilidad en la cama. Porque creo que eres capaz de correrte de nuevo.

Y resultó que tenía razón.

Capítulo

1

Abril

Me encanta la primavera por todas las razones obvias. Me encanta la floración (que, aquí en Luisiana ocurre bastante pronto), el canto de los pájaros y la aparición de las ardillas correteando por mi jardín.

Me encanta el sonido de los licántropos aullando en la distancia.

No, era broma. Pero el caso es que Tray Dawson, que en paz descanse, me dijo una vez que la primavera es la época predilecta de los licántropos. Hay más presas, por lo que las cacerías acaban antes, dejando más tiempo para comer y jugar. Dado que estaba pensando en ellos, no me resultó extraño oír a uno.

En esa soleada mañana de mediados de abril, estaba sentada en mi porche delantero con mi segunda taza de café y una revista, aún ataviada con el pantalón del pijama y la camiseta de Superwoman, cuando el líder de la manada de Shreveport me llamó al móvil.

—Uff —resoplé al reconocer el número. Abrí la tapa del móvil—. Hola —dije con cautela.

—Sookie —dijo Alcide Herveaux. Hacía meses que no lo veía. Había ascendido al rango que ocupaba ahora un año atrás, en una desenfrenada noche de violencia—. ¿Cómo estás?

—De maravilla —respondí, casi creyéndomelo—. Feliz y tranquila. Afinada como un violín. —Observé a un conejo brincando sobre los tréboles y la hierba, a unos seis metros. La primavera.

—¿Sigues saliendo con Eric? ¿Es él la razón para tan buen humor?

Todo el mundo con lo mismo.

—Sí, sigo saliendo con él. Y, la verdad, sí que me ayuda a estar feliz. —Lo cierto era que, tal como me había dicho Eric, «salir» era un término que no se ajustaba demasiado a la realidad. A pesar de que yo no me considerara su esposa por el mero hecho de haberle tendido una daga (Eric se había servido de mi ignorancia como piedra angular de su estrategia), para los vampiros sí lo era. Un matrimonio mixto entre vampiro y humana no es exactamente la contrapartida humana de «amar, honrar y obedecer», pero Eric esperaba que el paso le otorgase cierto valor en el mundo vampírico. Desde entonces, las cosas marcharon bastante bien, al menos en el baremo vampírico. Aparte del leve contratiempo de que Victor no permitiera a Eric que viniese a rescatarme cuando me estaban matando, claro (Victor, ése sí que habría estado mejor muerto del todo).

Aparté mis pensamientos de esas tenebrosas parcelas con la determinación que me había otorgado la dilatada práctica. ¿Veis? Mucho mejor. Ahora saltaba de mi cama cada día casi con el mismo vigor que antes. Incluso fui a la iglesia el domingo pasado. ¡Positiva!

—¿Qué pasa, Alcide? —pregunté.

—Quiero pedirte un favor —dijo Alcide, sin sorprenderme demasiado.

—¿En qué puedo ayudarte?

—¿Podemos usar tu terreno para una salida de luna llena mañana por la noche?

Me tomé un instante para pensar acerca de su solicitud en vez de aceptar automáticamente. La experiencia me está enseñando. Yo tenía las tierras que los licántropos necesitaban; ése no era el problema. Aún soy propietaria de veinte acres alrededor de la casa, aunque la abuela vendió la mayor parte de las tierras de la granja cuando se vio ante el aprieto económico de tener que criarnos a mi hermano y a mí. Si bien el cementerio Sweet Home se comía un trozo de mi terreno y del de Bill, había espacio suficiente, especialmente si Bill accedía también a la petición de los licántropos. Recordé que no era la primera vez que la manada frecuentaba ese lugar.

Di vueltas a la idea para contemplarla desde todos los ángulos posibles. No veía ningún inconveniente reseñable.

—Claro, sois bienvenidos —respondí—. Creo que deberíais hablar también con Bill Compton. —Bill no había contestado a ninguno de mis pequeños gestos de preocupación.

Los vampiros y los licántropos no están hechos precisamente para ser íntimos, pero Alcide es un hombre pragmático.

—Entonces lo llamaré esta noche —acordó—. ¿Tienes su número?

Se lo di.

—¿Por qué no vais todos a tu casa, Alcide? —pregunté, por pura curiosidad. Una vez me dijo que la manada del Colmillo Largo solía celebrar la luna llena en la granja de los Herveaux, al sur de Shreveport. Gran parte de sus terrenos se dejaban silvestres para la cacería de la manada.

—Ham me ha llamado hoy para contarme que hay un grupo de naturales acampado cerca del arroyo. —«Naturales» era la forma que tenían los cambiantes de llamar a los humanos normales. Conocía a Hamilton Bond de vista. Su granja era adyacente a la de los Herveaux, y trabajaba algunos acres de Alcide. La familia Bond había pertenecido a la manada del Colmillo Largo tanto tiempo como los propios Herveaux.

—¿Tenían permiso para acampar allí? —pregunté.

—Le comentaron a Ham que mi padre siempre les daba permiso para pescar por la zona en primavera, así que no se les ocurrió preguntarme. Puede que sea verdad. Pero no los recuerdo.

—Aunque eso sea verdad, me parece muy feo. Deberían haberte llamado —dije—. Deberían haberte preguntado si no te venía mal. ¿Quieres hablar con ellos? Puedo averiguar si mienten. —Jackson Herveaux, el difunto padre de Alcide, no parecía el tipo de hombre que permitiría que unos extraños se instalasen en sus tierras regularmente.

—No, gracias, Sookie. Odiaría pedirte más favores. Eres una amiga de la manada. Se supone que nosotros debemos protegerte a ti, no al revés.

—No te preocupes. Podéis venir cuando queráis. Y si quieres que conozca a esos supuestos amigos de tu padre, no tengo ningún inconveniente. —Su aparición me parecía de lo más curiosa, a tan poco tiempo de la luna llena. Curiosa y sospechosa.

Alcide me dijo que pensaría lo de los pescadores y me dio las gracias al menos seis veces por acceder.

—No es para tanto —le resté importancia, deseosa de que eso fuese verdad. Finalmente Alcide consideró que me lo había agradecido lo suficiente y colgamos.

Entré en casa con mi taza de café. No sabía que estaba sonriendo hasta que me miré en el espejo del salón. Tuve que admitir que tenía ganas de que los licántropos llegasen. Sería agradable sentir que no estaba sola en la inmensidad del bosque. Patético, ¿eh?

Si bien las pocas noches que pasábamos juntos estaban bien, Eric seguía estando demasiado tiempo ocupado con sus asuntos vampíricos. Me estaba empezando a cansar un poco. Bueno, un poco no. Si se supone que eres el jefe, deberías poder disfrutar de algo de tiempo libre, ¿no? Ésa es una de las ventajas de serlo.

Pero algo debía de estar pasando entre ellos; los síntomas me resultaban funestamente familiares. A esas alturas, el nuevo régimen debía de estar afianzado, y Eric debería haber cimentado ya bien su nuevo papel en el esquema establecido. Victor Madden debía de estar muy ocupado en Nueva Orleans con la gestión del reino, ya que era el representante personal de Felipe en Luisiana. Tenían que haber dejado que Eric gobernara la Zona Cinco a su propia y eficiente manera.

Pero los azules ojos de Eric se encendían y adquirían una acerada textura cuando surgía el nombre de Victor. Es probable que a los míos les pasara lo mismo. Tal como estaban las cosas, Victor ostentaba cierto poder sobre Eric, y no había mucho que pudiera hacerse al respecto.

Le pregunté a Eric si cabía la posibilidad de que Victor alegara insatisfacción ante su rendimiento en la Zona Cinco, una posibilidad aterradora de por sí.

—Tengo en mi poder papeles que demuestran lo contrario —dijo Eric—. Y los guardo en varios sitios distintos.

—La vida de toda su gente, probablemente la mía incluida, dependía de que la posición de Eric se asentara firmemente en el nuevo régimen. Sabía que muchas cosas dependían de que reafirmara su situación y era consciente de que no tenía demasiado derecho a rechistar. Muchas veces no es nada fácil sentirse como una debería sentirse.

En resumidas cuentas, unos cuantos aullidos alrededor de la casa supondrían un agradable cambio. Al menos sería algo nuevo y diferente.

Cuando fui al trabajo ese día, le conté a Sam lo que Alcide me había dicho. Los cambiantes de purasangre son escasos. Dado que no hay demasiados por esta zona, Sam pasa algún tiempo con algunos de ellos.

—Oye, ¿por qué no vienes tú también? —sugerí—. Como eres un purasangre, podrías convertirte también en lobo, ¿no? Encajarías de maravilla.

Sam se reclinó sobre su vieja silla giratoria, feliz por tener una excusa para dejar de rellenar formularios. A sus treinta años, era tres mayor que yo.

—He estado saliendo con alguien de la manada, así que podría ser divertido —dijo, sopesando la idea. Pero sacudió la cabeza al momento—. No..., sería como acudir a una reunión de la NAACP* con la cara pintada de negro. Una mera imitación entre lo auténtico. Es una de las razones por las que nunca he salido por ahí con las panteras, a pesar de que Calvin siempre me ha dicho que soy bienvenido.

—Oh —murmuré, avergonzada—. No se me había ocurrido. Lo siento —me pregunté con quién habría salido, pero tenía que asumir que no era asunto mío.

—Ah, no te preocupes.

—Hace años que te conozco y debería saber más sobre ti —dije—. De tu cultura, quiero decir.

—Mi propia familia aún está aprendiendo. Tú ya sabes más que ellos.

Sam había revelado su naturaleza al tiempo que lo habían hecho los licántropos. Su madre lo hizo esa misma noche. Su familia no lo había pasado muy bien con eso de la revelación. De hecho, su padrastro le había disparado a su madre y ahora estaban tramitando su divorcio. Nada sorprendente, por otra parte.

—¿Vuelve a estar en marcha la boda de tu hermano? —pregunté.

—Craig y Deidra están yendo a un consejero. Los padres de ella no estaban nada contentos con que se emparentase con una familia con gente como mi madre y yo. No comprenden que los hijos que puedan concebir no tienen por qué convertirse en animales. Eso sólo pasa con los primogénitos de una pareja de cambiantes de purasangre. —Se encogió de hombros—. Supongo que acabarán cediendo.

---

*National Association for the Advancement of Colored People [Asociación Nacional para el Progreso de la Gente de Color]. (N. del T.)

Sólo estoy esperando que pongan otra fecha. ¿Sigues queriendo acompañarme?

—Claro —dije, aunque me imaginé que no sería fácil
decirle a Eric que saldría del Estado con otro hombre.
Cuando le hice la promesa a Sam, Eric y yo no mante-
níamos ninguna relación—. ¿Es que crees que llevar a una
licántropo como pareja sería ofensivo para la familia de
Deidra?

—A decir verdad —añadió Sam—, la Gran Revelación
en Wright no fue tan bien para los míos como en Bon
Temps.

Sabía por las noticias locales que en Bon Temps habíamos tenido suerte. Sus habitantes se habían limitado a
parpadear, sorprendidos, cuando los licántropos y demás
cambiantes dieron el paso, siguiendo el guión iniciado por
la Gran Revelación de los vampiros.

—Tú mantenme informada —dije—. Y no dudes en
pasarte por mi casa mañana si cambias de opinión.

—El líder de la manada no me ha invitado —comentó Sam, sonriente.

—Pero la propietaria de los terrenos sí.

No volvimos a hablar del tema en lo que quedó de
turno, así que di por sentado que Sam encontraría otra cosa que hacer en su noche de luna llena. Lo cierto es que el
cambio mensual se extiende durante tres noches, en las cuales todos los cambiantes que puedan toman los bosques (o
las calles) en su forma animal. La mayoría de los cambiantes (los que nacen así) pueden transformarse en cualquier
momento, pero la luna llena… La luna llena es un momento especial para todos, incluidos los que han llegado a su

condición debido a un mordisco. Dicen que hay una droga que puede reprimir la transformación. Los licántropos que sirven en el ejército, entre otros, han de tomarla. Pero todos odian hacerlo, y entiendo que no les apetezca nada andar por ahí en esas noches señaladas.

Afortunadamente para mí, libraba al día siguiente. De haber tenido que volver del trabajo por la noche, el recorrido de la corta distancia entre el coche y la casa habría sido de lo más intenso con tanto lobo suelto. No sé cuánto de su conciencia humana permanece en ellos en su forma lupina, y no todos los miembros de la manada de Alcide son amigos personales míos. Como yo iba a estar en casa, no me supondría ninguna molestia ser la anfitriona de los licántropos. Cuando las visitas vienen a cazar a tu parcela de bosque, no hay demasiado que preparar. No hace falta cocinar ni limpiar la casa.

No obstante, que la visita fuera a quedarse en el exterior fue una buena motivación para acometer algunas tareas en el jardín. Como era otro día precioso, me puse uno de mis bikinis, las zapatillas y los guantes y… manos a la obra. Las ramas, las hojas y las piñas de los pinos acabaron en el barril del fuego, junto con el sobrante de los setos de la cerca. Me aseguré de guardar en el cobertizo todas las herramientas del jardín y lo cerré con llave. Enrollé la manguera que había usado para regar las plantas colocadas en la escalera trasera. Comprobé la abrazadera de la tapa del cubo de basura. Había comprado ese cubo especialmente para evitar que los mapaches hurgaran en mi basura, aunque cabía la posibilidad de que los lobos también se sintiesen atraídos.

Pasé una agradable tarde, holgazaneando bajo el sol, desafinando canciones según me lo iba pidiendo el cuerpo.

Los coches empezaron a llegar justo cuando se ponía el sol. Me acerqué a la ventana. Los licántropos habían sido lo bastante considerados para compartir coche; había varias personas por vehículo. Aun así, mi camino privado estaría bloqueado hasta el amanecer. «Menos mal que no pensaba ir a ninguna parte», pensé. Conocía a algunos de los miembros de la manada, y a otros sólo de vista. Hamilton Bond, que había crecido con Alcide, echó a un lado del camino su camioneta y se quedó sentado dentro, hablando por el móvil. Mi mirada se vio atraída por una escuálida y vivaracha joven a la que le gustaba la ropa llamativa, muy del estilo de la MTV. La primera vez que la vi fue en El Pelo del perro, un bar en Shreveport; le habían encomendado la tarea de ejecutar a los enemigos heridos cuando Alcide se alzó con la victoria en la guerra de los licántropos; creo recordar que se llamaba Jannalynn. También reconocí a dos mujeres que habían pertenecido a la manada atacante; se habían rendido al final del combate. Ahora se habían unido a sus antiguos enemigos. Un joven también lo había hecho, pero podría ser cualquiera de los que empezaban a recorrer mi jardín con inquietud.

Alcide llegó finalmente con su camioneta familiar. Le acompañaban otras dos personas en la cabina.

El propio Alcide es alto y fornido, como lo suelen ser los licántropos. Es un hombre atractivo. Tiene el pelo negro y los ojos verdes y, por supuesto, es muy fuerte. Suele desprender buenos modales y consideración, pero también tiene su lado duro. Había oído por Sam y Jason que, desde que se convirtió en líder de la manada, había ejercitado ese lado más de lo habitual. Me di cuenta de que Jannalynn hizo un especial esfuerzo para estar junto a la puerta de su camioneta cuando Alcide salió de ella.

La mujer que emergió después de él frisaba el ocaso de la veintena y lucía unas sólidas caderas. Lucía su melena castaña recogida en un pequeño moño y su camiseta de tirantes de camuflaje delataba que era musculosa y estaba en forma. En ese momento, Camuflaje estaba contemplando el jardín delantero como si fuese una inspectora de Hacienda. El hombre que salió por la otra puerta era un poco mayor y mucho más fuerte.

A veces, aunque no seas telépata, basta con echar un vistazo a un hombre para saber que ha tenido una vida difícil. Era el caso de ese tipo. Su forma de moverse delataba que estaba alerta en caso de que surgieran problemas. Interesante.

Lo vigilé, porque necesitaba que alguien lo vigilara. El pelo castaño oscuro le llegaba hasta los hombros y orbitaba sobre su cráneo dispuesto en indómitos rizos. Me sorprendí envidiándoselos. Siempre deseé poder hacer eso con mi pelo.

Tras superar mis celos capilares, reparé en que su piel era marrón como el helado de moca. Si bien no era tan alto como Alcide, gozaba de unos recios hombros y una musculatura agresiva.

De haber tenido una alarma contra tipos malos hasta la médula puesta en el camino que conducía hasta el porche, habría saltado en cuanto Rizos puso el pie encima.

—Peligro es mi nombre —pensé en voz alta. Nunca había visto a Camuflaje o a Rizos. Hamilton Bond salió de su camioneta y se unió al pequeño grupo, pero no subió los peldaños del porche para estar junto a Alcide, Rizos y Camuflaje. Él se mantuvo detrás. Jannalynn se quedó con él. Al parecer, la manada del Colmillo Largo había aumentado en miembros y había vivido un reajuste en los rangos.

Cuando fui a la puerta para dar respuesta a la llamada, ya llevaba puesta la sonrisa de anfitriona. El bikini habría sido un emisor del mensaje equivocado (ñam, ñam, ¡comida disponible!), así que me puse unos vaqueros rajados y una camiseta de Fangtasia. Abrí la puerta de mosquitera.

—¡Alcide! —exclamé, genuinamente contenta de verlo. Nos dimos un fugaz abrazo. Estaba espantosamente caliente para mí, ya que mis últimas experiencias cercanas con otros cuerpos habían sido con Eric, cuya temperatura siempre estaba por debajo de la ambiental. Sentí una especie de remolino emocional, pero me di cuenta de que Camuflaje me estaba sonriendo; nuestro abrazo no había sido de su agrado—. ¡Hamilton! —saludé. Le hice un gesto con la cabeza, ya que quedaba un poco lejos.

—Sookie —saludó Alcide—, te presento a algunos de los nuevos miembros. Ésta es Annabelle Bannister.

Jamás había conocido a nadie con menos aspecto de llamarse Annabelle que esa mujer. Por supuesto, le estreché la mano y le dije que estaba encantada de conocerla.

—Ya conoces a Ham, y creo que no es la primera vez que ves a Jannalynn, ¿verdad? —indicó Alcide, inclinando la cabeza hacia atrás.

Asentí en dirección a los dos que estaban en la base de la escalera.

—Y éste es Basim al Saud, mi nuevo lugarteniente —explicó Alcide, pronunciando el nombre como si presentase a personas árabes todos los días. Pues muy bien por él.

—Hola, Basim —saludé, extendiendo la mano. Uno de los significados de «lugarteniente», según tenía entendido, es que se trata de la persona que pone los pelos de punta a todo el mundo, y Basim parecía estar más que dotado para ese trabajo. No sin cierta renuencia, éste me devolvió el gesto. Le estreché la mano, preguntándome que percibiría en él. Los licántropos suelen ser muy difíciles de leer debido a su naturaleza dual. Como era de esperar, no percibí pensamientos concretos; sólo una confusa neblina de desconfianza, agresividad y lujuria.

Gracioso, pues era lo mismo que percibía de Annabelle, la del nombre equivocado.

—¿Cuánto hace que estáis en Shreveport? —pregunté educadamente. Paseé la mirada entre Basim y Annabelle para incluirlos en la pregunta.

—Seis meses —contestó Annabelle—. Vengo de la manada de los Cazadores de alces, en Dakota del Sur. —Así que servía en las Fuerzas Aéreas. Había estado destinada en Dakota del Sur y luego trasladada a la base aérea de Barksdale, en Bossier City, junto a Shreveport.

—Yo llevo aquí dos meses —contó Basim—. Empieza a gustarme. —A pesar de lo exótico de su aspecto, apenas tenía un leve rastro de acento, y su inglés era mucho más preciso que el mío. A juzgar por su corte de pelo, estaba claro que no servía en las Fuerzas Armadas.

—Basim ha abandonado a su antigua manada en Houston —comentó Alcide despreocupadamente—, y nos alegra mucho que se haya unido a nosotros. —«Nosotros» no parecía incluir a Ham Bond. Puede que no fuese capaz de leer la mente de Ham como si fuese la de un humano normal, pero saltaba a la vista que no era ningún fan de Basim. Lo mismo podía decirse de Jannalynn, que parecía albergar una mezcla de lujuria y resentimiento hacia Basim. Esa noche había mucha lujuria flotando sobre la manada. A la vista de Basim y Alcide, no era difícil de entender.

—Espero que os lo paséis bien esta noche aquí, Basim, Annabelle —les deseé, antes de dirigirme a Alcide—. Alcide, mi propiedad se extiende más o menos un acre más allá del arroyo hacia el este, unos cinco hacia el sur, pasado el camino de tierra que conduce hacia el pozo de petróleo, y hacia al norte rodea el cementerio.

El líder de la manada asintió.

—Anoche llamé a Bill, y no tiene inconveniente con que crucemos sus tierras. No estará en casa hasta el amanecer, así que no le molestaremos. ¿Qué hay de ti, Sookie? ¿Irás a Shreveport esta noche o te quedarás en casa?

—Me quedo. Si necesitáis cualquier cosa, llamad a la puerta —les ofrecí con una sonrisa.

«Ni lo sueñes, rubita», pensó Annabelle.

—Pero ¿y si necesitas el teléfono? —le pregunté, haciendo que diese un respingo—. O primeros auxilios. A fin de cuentas, Annabelle, nunca se sabe con qué te puedes topar. —Si bien había empezado con una sonrisa, ésta había desaparecido del todo al acabar la frase.

La gente debería esforzarse por ser más educada.

—Gracias otra vez por dejarnos usar tus tierras. Nos vamos al bosque —terció Alcide apresuradamente. La oscuridad ganaba terreno por momentos, y pude ver que algunos de los licántropos ya estaban bajo el cobijo de los árboles. Una de las mujeres echó atrás la cabeza y aulló. Los ojos de Basim ya eran más grandes y amarillos.

—Que paséis buena noche —repetí mientras retrocedía y cerraba la puerta de mosquitera. Los tres licántropos descendieron los escalones. Oí la voz de Alcide mientras se alejaba:

—Ya te dije que era telépata —le estaba diciendo a Annabelle mientras cruzaban el camino hacia el bosque, seguidos por Ham. De repente, Jannalynn salió corriendo hacia el linde de árboles, estaba deseando transformarse. Pero fue Basim quien echó la mirada hacia atrás mientras yo cerraba la puerta de madera. Fue como una de esas miradas que lanzan los animales en el zoo.

Y entonces la noche cayó por completo.

Los licántropos me decepcionaron un poco. No hicieron tanto ruido como había esperado. Me quedé en casa, faltaría más, con todas las puertas cerradas y las cortinas echadas, algo que no solía hacer por costumbre. Después de todo, vivía en medio del bosque. Vi un poco la televisión y leí algo. Más tarde, mientras me cepillaba los dientes, oí un aullido. Calculé que provenía de bastante lejos, quizá el extremo oriental de mi propiedad.

A primera hora de la mañana siguiente, justo al amanecer, me despertó el ruido del motor de los coches. Los licántropos se disponían a marcharse. Casi me di la vuelta en la cama para seguir durmiendo, pero caí en que necesitaba ir al baño. Resuelta la necesidad, ya me encontraba un poco más espabilada. Crucé el pasillo hasta el salón y oteé el exterior por una rendija de las cortinas. Del linde venía Ham Bond, con no muy buen aspecto. Estaba hablando con Alcide. Sus camionetas eran los únicos vehículos que quedaban. Annabelle apareció un instante después.

Mientras observaba la temprana luz de la mañana derramándose sobre la hierba húmeda por el rocío, los licántropos avanzaban lentamente, vestidos como los había visto la noche anterior, pero llevando los zapatos en la mano. Parecían agotados, pero contentos. La ropa estaba limpia, pero sus caras y brazos estaban manchados de sangre. La caza había ido bien. Tuve la tentación de pensar en clave de *Bambi*, pero conseguí reprimirla. Aquello era bastante diferente de salir al monte con un rifle.

A los pocos segundos, Basim surgió del bosque. Bajo la sesgada luz, parecía una criatura salvaje, con el pelo largo lleno de hojarasca y ramitas. Había algo atávico en Basim al Saud. Me preguntaba cómo se habría convertido en hombre lobo cuando en Arabia no hay lobos. Mientras observaba, Basim se apartó de los otros tres y se dirigió hacia mi porche. Llamó a la puerta con golpes bajos, pero firmes.

Conté hasta diez y abrí la puerta. Procuré no reparar en la sangre. Se había lavado la cara en el arroyo, pero se había dejado el cuello.

—Buenos días, señorita Stackhouse —saludó Basim amablemente—. Alcide me ha dicho que te diga que otras criaturas han pasado por tus tierras.

Noté la arruga que se formó en mi entrecejo al fruncirlo.

—¿Qué clase de criaturas, Basim?

—Al menos una de ellas era un hada —dijo—. Es posible que fueran más, pero como mínimo una.

Se me ocurría media docena de razones para que aquello me resultase increíble.

—¿Las marcas, o el rastro... son recientes? ¿Puede que sean de varias semanas?

—Son muy recientes —explicó—. Y también hay un fuerte olor a vampiro. Mala combinación.

—Son malas noticias, pero es algo que debía saber. Gracias por contármelo.

—También hay un cadáver.

Me lo quedé mirando, deseando que mi cara reflejara serenidad. Tengo mucha práctica ocultando lo que pienso; todo telépata que se precie ha de tener esa habilidad.

—¿Cuánto tiempo tiene el cadáver? —pregunté cuando supe que podría controlar la voz.

—Alrededor de año y medio, puede que menos. —No parecía muy impresionado por haber encontrado un cadáver. Se limitaba a hacerme saber lo que había—. Queda bastante lejos, enterrado profundamente.

No dije nada. Dios bendito, debía de tratarse de Debbie Pelt. Desde que Eric recuperó sus recuerdos de aquella noche, era algo que nunca le había preguntado: dónde había enterrado el cuerpo después de que yo la matara.

Los oscuros ojos de Basim me escrutaron con gran atención.

—Alcide quiere que sepas que puedes llamar si necesitas ayuda o consejo —me ofreció finalmente.

—Dile a Alcide que agradezco la oferta. Y gracias de nuevo por la información.

Asintió y se dirigió a la camioneta, donde Annabelle ya estaba sentada con la cabeza apoyada en el hombro de Alcide.

Les saludé con la mano mientras Alcide arrancaba el motor y cerré la puerta con firmeza cuando se alejaron.

Tenía muchas cosas en las que pensar.

Capítulo
2

Regresé a la cocina con la mente puesta en mi café y una rebanada del bizcocho de manzana que Halleigh Bellefleur había dejado en el bar el día anterior. Era una joven agradable, y me alegraba mucho de que esperara un bebé con Andy. Había oído que la abuela de éste, la anciana señora Caroline Bellefleur, estaba muy contenta, y no me cabía duda alguna al respecto. Procuré pensar en las cosas buenas, como el bebé de Halleigh, el embarazo de Tara y la última noche que pasé con Eric; pero las inquietantes noticias de Basim no dejaron de aferrarse a mi estómago durante el resto de la mañana.

De todas las ideas que tuve, llamar a la oficina del sheriff del condado de Renard no llegaba ni a ser la más remota. No podía decirles por qué estaba preocupada. Los licántropos habían salido y no había nada de ilegal en dejarlos cazar en mis tierras. Pero no me imaginaba contándole al sheriff Dearborn que un licántropo me había dicho que unas hadas habían atravesado mi propiedad.

Así estaban las cosas. Hasta el momento, todas las hadas, salvo mi primo Claude, habían sido apartadas del mundo de los humanos. Al menos todas las hadas de Estados Unidos. Jamás me había preguntado cómo sería en otros países, y en ese momento cerré los ojos y puse una mueca inspirada en mi estupidez. Mi bisabuelo Niall había cerrado todas las puertas entre nuestro mundo y el feérico. Al menos eso fue lo que me dijo que pensaba hacer. Había dado por sentado que todas se habían marchado, salvo Claude, que había vivido entre humanos desde que yo lo conocía. Entonces ¿cómo explicar la presencia de hadas en mi propiedad?

¿Y a quién le podía pedir consejo al respecto? No podía sentarme sin hacer nada. Mi bisabuelo había buscado al mestizo y renegado de Dermot, que se odiaba por serlo, hasta el momento de cerrar el portal. Tenía que afrontar la posibilidad de que Dermot, que estaba llanamente loco, se había quedado en el mundo humano. Fuese como fuese, tenía que asumir que la presencia de hadas tan cerca de mi casa no presagiaba nada bueno. Necesitaba hablar de ello con alguien.

Podía confiárselo a Eric, ya que era mi amante, o a Sam, ya que era mi amigo, o incluso a Bill, ya que habíamos compartido muchas cosas y también le preocuparía. O podía hablar con Claude, a ver si él podía arrojar algo de luz sobre la situación. Me quedé sentada a la mesa, con mi café y mi rebanada de bizcocho de manzana, demasiado abstraída como para leer o ponerme a escuchar las noticias. Apuré la taza y me serví otra. Me duché con el piloto automático puesto, hice la cama y cumplí con todas mis tareas matutinas.

Finalmente me senté ante el ordenador que me había traído de casa de mi prima Hadley, en Nueva Orleans.

Comprobé mi correo. No soy muy metódica haciéndolo. Conozco a muy pocas personas capaces de enviar un correo electrónico, y no he desarrollado la costumbre de encender el aparato todos los días.

Tenía varios mensajes. No reconocí al remitente del primero. Desplacé el puntero del ratón y pinché en él.

Una llamada a la puerta trasera me hizo saltar como una rana.

Empujé la silla hacia atrás. Tras un segundo de titubeo, saqué la escopeta del armario de la habitación delantera. Me dirigí hacia la puerta trasera y observé por la mirilla.

—Hablando del rey de Roma… —murmuré.

El día no dejaba de depararme sorpresas, y no eran ni las diez.

Bajé la escopeta y abrí la puerta.

—Claude —dije—. Adelante. ¿Quieres beber algo? Tengo Coca-Cola, café y zumo de naranja.

Me di cuenta de que tenía una bolsa pesada colgada en el hombro. A juzgar por el aspecto de ésta, debía de estar llena de ropa. No recordaba haberlo invitado a una fiesta de pijamas.

Entró, rezumando un aspecto serio, si no algo infeliz. Ya había estado en la casa con anterioridad, aunque no tantas veces. Paseó la mirada por mi cocina. Resultaba que era nueva, ya que la antigua había sido incendiada, así que todo relucía y tenía un aspecto impoluto.

—Sookie, ya no puedo seguir en nuestra casa. ¿Puedo quedarme un tiempo contigo, prima?

Intenté recoger mi mandíbula del suelo antes de que se diese cuenta de lo pasmada que me había dejado. Primero: Claude había confesado que necesitaba ayuda; segundo: me lo había confesado a mí; y tercero: quería quedarse en la misma casa de alguien a quien siempre había considerado a la altura de un escarabajo. Soy humana y soy mujer, dos defectos en opinión de Claude. Además, por supuesto, estaba el asunto de la muerte de Claudine mientras me defendía.

—Claude —dije, intentando sonar simpática—, siéntate. ¿Qué pasa? —Observé la escopeta, inexplicablemente aliviada por que estuviera a mi alcance.

Claude apenas le propinó una mirada fugaz. Tras un instante, dejó la bolsa en el suelo y se quedó donde estaba, como si no supiese qué hacer a continuación.

Estar en mi cocina con mi primo feérico me parecía de lo más surrealista. Si bien parecía haber tomado la decisión de seguir viviendo entre los humanos, demostraba estar muy lejos de sentir ninguna empatía por ellos. A pesar de ser maravilloso físicamente, Claude era un capullo sin criterio alguno, al menos por lo que yo había visto. Pero se había operado las orejas para parecer humano, para no tener que perpetuar su energía al esfuerzo de parecer lo que no era. Y, por lo que sabía, sus relaciones sexuales siempre habían sido con humanos varones.

—¿Sigues viviendo en la casa que compartías con tus hermanas? —Era un prosaico rancho de tres dormitorios en Monroe.

—Sí.

Vale. La verdad es que buscaba un poco más de conversación.

—¿Los bares no te mantienen muy ocupado? —Aparte de dirigir dos clubs de *striptease* (el Hooligan's y otro establecimiento que acababa de adquirir), y salir a la pista del Hooligan's al menos una vez a la semana, imaginaba que Claude estaría ocupado y bien acomodado. Dado que era increíblemente guapo, sacaba mucho dinero en propinas, y los ocasionales trabajos como modelo nutrían, más si cabe, sus ingresos. Claude era capaz de hacer babear hasta a la abuelita más formal. Compartir habitación con alguien tan atractivo elevaba la temperatura de cualquier mujer... hasta que él abría la boca. Además, ya no tenía que compartir los ingresos del club con su hermana.

—Ando ocupado. Y no me falta el dinero. Pero sin la compañía de los míos... me siento fatal.

—¿Lo dices en serio? —pregunté sin pensar, para luego desear haberme dado una patada por ello. Pero que Claude me necesitase (o a cualquiera, ya puestos) me parecía algo de lo más improbable. Su petición de quedarse conmigo era tan inesperada como poco bienvenida.

Pero mi abuela me riñó en mi fuero interno. Estaba delante de uno de los miembros de mi familia; uno de los pocos que me quedaban o a los que aún tenía acceso. Mi relación con mi bisabuelo Niall había terminado cuando se confinó al mundo feérico. A pesar de que Jason y yo habíamos resuelto nuestras diferencias, mi hermano vivía su propia vida. Mis padres y mi abuela habían muerto, como mi tía Linda y mi prima Hadley, a cuyo hijito casi nunca tenía ocasión de ver.

Me había deprimido en apenas un minuto.

—¿Hay bastante de hada en mí como para que te sirva de ayuda? —Fue todo lo que se me ocurrió decir.

—Sí —repuso llanamente—. Ya me siento mejor.

—Aquello parecía un extraño eco de mi conversación con Bill. Claude esbozó una media sonrisa. Si era atractivo hasta la náusea cuando estaba preocupado, se antojaba divino a poco que sonriera—. Tu continuada cercanía a las hadas ha acentuado tu esencia feérica. Por cierto, tengo una carta para ti.

—¿De quién?

—De Niall.

—¿Cómo es posible? Tenía entendido que el mundo feérico estaba bloqueado.

—Tiene sus trucos —contestó Claude evasivamente—. Ahora es el único príncipe, y es muy poderoso.

«Tiene sus trucos».

—Hmmm —murmuré—. Vale, veámosla.

Claude sacó un sobre de la bolsa. Era de color sepia claro y estaba sellado con lacre azul. El lacre lucía un ave con las alas extendidas para volar.

—Así que las hadas tienen buzones —dije—. ¿Podéis mandar y recibir cartas?

—Una como ésta por supuesto.

A las hadas se les daba muy bien salirse por la tangente. Lancé un bufido de exasperación.

Saqué un cuchillo y lo pasé por debajo del lacre. El papel que saqué del sobre tenía una textura muy curiosa.

«Mi queridísima bisnieta», comenzaba diciendo. «Son muchas las cosas que no llegué a explicarte y que no llegué a hacer por ti antes de que mis planes se arruinaran con la guerra».

Vale.

«Te escribo esta carta sobre la piel de uno de los duendes del agua que devoraron a tus padres».

—¡Agh! —chillé, y solté la carta sobre la mesa de la cocina.

Claude se puso a mi lado como un rayo.

—¿Qué pasa? —preguntó, recorriendo la cocina con la mirada, como si esperase que apareciese un troll en cualquier momento.

—¡Eso es piel! ¡Es piel!

—¿Qué otra cosa iba a usar Niall para escribir? —Parecía genuinamente sorprendido.

—¡Ahh! —Sonaba incluso demasiado niñata para mi propio gusto, pero es que… ¿Piel?

—Está limpia —afirmó Claude, confiado en que eso contribuiría a resolver mi problema—. Ha sido tratada.

Apreté los dientes y estiré la mano para recuperar la carta de mi bisabuelo. Respiré hondo para tranquilizarme. Lo cierto es que el… tejido apenas olía a nada. Con el acuciante deseo de ponerme unos guantes, seguí leyendo.

«Antes de abandonar tu mundo, me aseguré de que uno de mis agentes humanos hablase con varias personas que pudiesen ayudarte a eludir la seguridad del Gobierno humano. Cuando vendí la empresa farmacéutica que poseíamos, invertí buena parte de sus beneficios en tu libertad».

Parpadeé, porque los ojos me lagrimeaban un poco. Puede que no fuese el típico bisabuelo, pero, demonios, había hecho algo maravilloso por mí.

—¿Ha sobornado a funcionarios del Gobierno para que alejen al FBI? ¿Eso ha hecho?

—Ni idea —contestó Claude, encogiéndose de hombros—. Me escribió a mí también para decirme que tenía un ingreso de trescientos mil dólares en la cuenta. Por otra parte, Claudine no había hecho testamento, ya que ella no...

... esperaba morir. Lo que esperaba era criar a un hijo con un amante feérico al que nunca conocí. Claude se sacudió y dijo con voz rota:

—Niall ha proporcionado un cuerpo humano y un testamento para que no tenga que esperar años para demostrar su muerte. Ella me lo legó casi todo. Fue lo que le dijo a nuestro padre, Dillon, cuando se le apareció durante el ritual de muerte.

Las hadas decían a sus allegados que habían muerto tras pasar a su forma espiritual. Me pregunté por qué Claudine se aparecería a Dillon en vez de a su hermano y le trasladé la duda a Claude con todo el tacto verbal posible.

—El siguiente ascendente es quien recibe la visión —respondió Claude con sequedad—. Nuestra hermana Claudette se me apareció a mí, ya que yo era un minuto mayor que ella. Claudine cumplió el ritual con nuestro padre, dado que ella era mayor que yo.

—Entonces ¿le dijo a tu padre que deseaba que te quedases con su parte de los clubs? —Claude tenía suerte de que su hermana compartiera sus deseos con alguien más. Me preguntaba qué pasaría si muriese el hada más veterana de la línea familiar. Dejaría esa pregunta para más tarde.

—Sí, su parte de la casa. Su coche. Aunque ya tengo uno. —Por alguna razón, Claude parecía un poco cortado. Y culpable. ¿Por qué demonios iba a sentirse culpable?

—¿Cómo puedes conducir —pregunté, desviándome del tema—, con los problemas que tenéis las hadas con el hierro?

—Me pongo guantes invisibles sobre la piel expuesta —contestó—. Me los pongo después de cada ducha. Y he ido desarrollando más tolerancia con cada década que he pasado viviendo entre los humanos.

Volví a la carta.

«Es posible que pueda hacer algo más por ti; te lo haré saber. Claudine te ha dejado un regalo».

—Oh, ¿Claudine me ha dejado algo a mí también? ¿Qué es? —Alcé la vista hacia Claude, que no parecía muy contento. Creo que no conocía exactamente el contenido de la carta. Si Niall no me había revelado el legado de Claudine, menos lo iba a hacer Claude. Las hadas no mienten, pero tampoco suelen contar siempre toda la verdad.

—Te ha dejado el dinero de su cuenta —dijo, resignado—. Contiene sus ganancias de la tienda y su parte de los clubes.

—Oh… Qué maja. —Parpadeé un par de veces. Siempre intentaba no tocar mi cuenta corriente, y la de ahorros tampoco andaba muy holgada, ya que había perdido muchos días de trabajo últimamente. Por otra parte, las propinas también habían disminuido por culpa de mi bajo estado de ánimo de los últimos tiempos. Las camareras sonrientes sacan más que las tristes.

Unos cientos de dólares no me vendrían mal, por supuesto. Quizá podría comprarme algo de ropa nueva, y necesitaba urgentemente una taza nueva para el cuarto de baño del pasillo.

—¿Cómo se hace una transferencia así?

—Recibirás un cheque del señor Cataliades. Él gestiona el patrimonio.

El señor Cataliades (si tenía nombre de pila, jamás lo había escuchado) era abogado, además de, mayoritariamente, un demonio. Se encargaba de los asuntos legales humanos de muchos seres sobrenaturales de Luisiana. Me sentí un poco mejor cuando Claude mencionó su nombre, consciente de que no tenía absolutamente nada contra mí.

Bueno, tenía que decidirme sobre la propuesta de Claude de convertirse en mi nuevo compañero de piso.

—Deja que llame un momento —dije y, señalando hacia la cafetera, añadí—: Si quieres más café, puedo hacerlo. ¿Tienes hambre?

Claude meneó la cabeza.

—Bien, una vez que hable con Amelia, tú y yo tendremos que charlar de unas cosas.

Fui al teléfono de mi habitación. Amelia solía levantarse antes que yo, ya que mi trabajo me obligaba a trasnochar. Cogió la llamada al segundo tono.

—Sookie —saludó. No sonaba tan gris como me había imaginado—. ¿Qué pasa?

No se me ocurrió ninguna forma natural de iniciar el tema.

—Mi primo quiere quedarse aquí una temporada —solté—. Podría usar el cuarto que hay enfrente del mío, pero si se queda arriba los dos tendríamos algo más de intimidad. Si vas a volver pronto, por supuesto podrá dejar sus cosas en el cuarto de abajo. No quería que regresaras y te encontrases a alguien durmiendo en tu cama.

Hubo un largo silencio. Temí lo peor.

—Sookie —dijo—, te quiero. Lo sabes. Y me ha encantado vivir contigo. Fue un milagro encontrar un lugar donde quedarme después de lo que pasó con Bob. Pero me temo que voy a estar atrapada en Nueva Orleans durante una temporada. Es que tengo... muchas cosas entre manos.

Era lo que me esperaba, pero no dejó de ser un momento difícil. En el fondo, yo no esperaba que fuese a volver. Esperaba que se recuperase más deprisa en Nueva Orleans; y lo cierto es que no mencionó a Tray. Pero su voz denotaba que le preocupaba algo más que el luto.

—¿Estás bien?

—Sí —afirmó—. Y he estado entrenando un poco más con Octavia. —Octavia, su mentora en el arte de la brujería, había vuelto a Nueva Orleans con su antiguo amor—. Bueno, y también me han... juzgado. Tengo que pagar una multa por..., ya sabes, lo de Bob.

«Lo de Bob» era como se refería Amelia a haberlo convertido en gato accidentalmente. Octavia le había devuelto su forma humana, pero, como era de esperar, Bob no estaba nada contento con Amelia, y tampoco Octavia. Si bien Amelia había estado practicando con sus artes, lo ocurrido dejaba claro que la magia de transformación distaba mucho de encontrarse entre sus habilidades.

—No te van a dar latigazos, ni nada por el estilo, ¿verdad? —pregunté, intentando que pareciese una broma—. A fin de cuentas, tampoco es que haya muerto. —Sólo se había perdido una época de su vida y el Katrina, lo que incluía la imposibilidad de informar a su familia de que había sobrevivido.

—Algunos de ellos lo harían si pudiesen. Pero las brujas no funcionamos así. —Intentó soltar una carcajada, pero no fue nada convincente—. Como castigo, tengo que hacer una especie de servicios comunitarios.

—¿Como recoger la basura y dar charlas a los críos?

—Bueno… Más bien mezclar pociones y preparar saquitos con ingredientes para que estén listos. Trabajar horas extra en la tienda de magia y matar pollos de vez en cuando para los rituales. Mucho preparativo. Sin paga.

—Qué rollo —dije. El dinero siempre es un asunto sensible en lo que me concierne. Amelia se había criado en una familia adinerada. Yo no. Si alguien me quita los ingresos, me cabreo. Por un fugaz momento, tuve la ocurrencia de pensar cuánto dinero habría en la cuenta de Claudine y la bendije por acordarse de mí.

—Bueno, el Katrina ha arrasado casi todas las asambleas de brujas de Nueva Orleans. Hemos perdido a algunos miembros, así que ya no percibiremos sus contribuciones, y no pienso usar el dinero de mi padre para la mía.

—¿Qué me quieres decir? —pregunté.

—He de quedarme aquí. No sé si alguna vez podré volver a Bon Temps. Y lo lamento de veras, porque me ha encantado vivir contigo.

—Lo mismo digo. —Respiré hondo, decidida a no parecer desesperada—. ¿Y qué hay de tus cosas? No es que haya muchas, pero bueno.

—Las dejaré allí de momento. Aquí tengo todo lo que necesito; el resto puedes usarlo como te apetezca, hasta que pueda arreglar las cosas para llevármelo.

Hablamos un poco más, pero ya habíamos tocado todos los temas importantes. Me olvidé de preguntarle si Octavia había dado con la forma de disolver el vínculo de sangre con Eric. Probablemente no tuviese muchas ganas de conocer la respuesta. Colgué con una mezcla de tristeza y alegría: alegría porque Amelia estaba saldando su deuda con su asamblea y porque aún la encontré más feliz de lo que había sido en Bon Temps después de la pérdida de Tray, y tristeza porque su regreso ya no era probable. Tras una silenciosa despedida, regresé a la cocina para decirle a Claude que la planta de arriba era toda suya.

Después de absorber su agradecida sonrisa, pasé al siguiente tema. No sabía cómo abordar la pregunta, así que al final me limité a formularla.

—¿Has estado merodeando el bosque alrededor de mi casa?

Su expresión se quedó completamente en blanco.

—¿Por qué iba a hacerlo? —preguntó.

—No te he preguntado por tus razones. Te he preguntado si lo has hecho. —Conozco una evasiva cuando la tengo delante.

—No —contestó.

—Malas noticias, entonces.

—¿Por qué?

—Porque los licántropos me han informado de que han pasado hadas cerca recientemente. —Mantuve la mirada fijada en la suya—. Y, si no eres tú, ¿quién podría ser?

—No quedan muchos de los míos —respondió Claude.

Otra evasiva.

—Si hay hadas que no consiguieron llegar antes del cierre del portal, podrías estar con ellas —sugerí—. No necesitarías vivir conmigo, con la poca sangre feérica que tengo. Sin embargo, aquí estás. Y, en alguna parte de mi bosque, hay otro como tú. —Observé su expresión—. No te veo muy ansioso por averiguar de quién se trata. ¿Qué pasa? ¿Por qué no sales ahí fuera a buscar al hada, a crear lazos y estar más contento?

Claude bajó la mirada.

—El último portal que se cerró fue en tu bosque —confesó—. Es posible que no esté cerrado del todo. Y sé que Dermot, tu tío abuelo, se quedó fuera. Si Dermot es el hada que los licántropos han detectado, seguramente no se alegrará de verme.

Supuse que tendría más que decir, pero se quedó callado.

Eran todo malas noticias, y una pizca más de evasiva. Aún dudaba de sus objetivos, pero Claude era de la familia, y a mí ya no me quedaban tantos parientes.

—Está bien —resolví, abriendo un cajón de la cocina donde guardaba de todo un poco—. Toma la llave. Veremos cómo sale esto. Por cierto, esta tarde tengo que ir a trabajar. Y tenemos que hablar. Sabes que tengo un novio, ¿verdad? —Ya empezaba a sentirme un poco abochornada.

—¿Con quién sales? —preguntó Claude con una especie de interés profesional.

—Eh, bueno…, Eric Northman.

Claude lanzó un silbido. Parecía tan admirado como curioso.

—¿Es de los clásicos? Necesito saber si se me echará encima cuando me vea. —Lo cierto es que no parecía muy disgustado con la idea. Pero el hecho pertinente era que las hadas eran adictivas para los vampiros, como la hierba gatera para los felinos. Eric lo pasaría mal conteniéndose si tuviese a Claude cerca.

—Probablemente acabarías mal —le advertí—. Pero creo que, con un poquito de cuidado, podremos arreglárnoslas. —Eric casi nunca se quedaba a pasar la noche en mi casa porque le gustaba estar de vuelta en Shreveport para el amanecer. Tenía tanto trabajo cada noche, que era más fácil para él despertarse allí. Tengo un pequeño escondite donde un vampiro puede permanecer con relativa seguridad, pero no es precisamente lujoso, a diferencia de la casa de Eric.

Me preocupaba un poco más la posibilidad de que Claude trajese a extraños a mi casa. No me apetecía toparme con un desconocido cuando fuese a hacer una incursión a la cocina de madrugada. Amelia había tenido un par de huéspedes nocturnos, pero eran conocidos. Cogí aire, deseando que lo que iba a decir no sonase homófobo.

—Claude, no es que no quiera que te lo pases bien… —comencé, deseando zanjar esa conversación lo antes posible. Me encantaba su capacidad de aceptar, sin sonrojarse, que yo tenía una vida sexual, y me hubiese gustado corresponder a su indiferencia.

—Si quiero practicar el sexo con alguien a quien no conozcas, me lo llevaré a mi casa de Monroe —me cortó Claude con una traviesa sonrisilla. Me di cuenta de que podía ser muy perceptivo cuando quería—. O te lo haré saber con tiempo. ¿Te parece bien?

—Claro —contesté, sorprendida por la rápida aquiescencia de Claude. Pero había dicho lo que había que decir. Me relajé un poco mientras le enseñaba dónde estaban los rincones estratégicos de la cocina, le daba un par de consejos acerca de la lavadora y la secadora y le comentaba que el cuarto de baño del pasillo era todo suyo. Luego me lo llevé arriba. Amelia se había esforzado mucho por decorar uno de los dormitorios, y había dejado el otro como cuarto de estar. Se había llevado su portátil, pero el televisor seguía en su sitio. Me aseguré de que la cama estaba hecha y con sábanas limpias, y que el armario estuviese despejado de pertenencias de Amelia. Señalé la puerta que llevaba al ático, en caso de que necesitase almacenar algo. Claude la abrió y echó un vistazo dentro. Observó el sombrío y atestado espacio. Generaciones de Stackhouse habían almacenado ahí cosas que pensaban que algún día necesitarían, y he de admitir que estaba todo un poco apretado y caótico.

—Tienes que arreglar esto —sugirió—. ¿Sabes siquiera lo que hay aquí arriba?

—Desechos familiares —respondí, mirando con cierta consternación. No había reunido las fuerzas para hacerlo desde que murió mi abuela.

—Yo te ayudaré —declaró Claude—. Ése será mi pago por la habitación.

Abrí la boca para matizar que Amelia me había dado dinero, pero lo pensé dos veces y recordé que era de la familia.

—Eso estaría genial —dije—, aunque no sé todavía si estoy preparada para hacerlo. —Esa mañana aún me dolían las muñecas, aunque ya estaban mucho mejor que antes—.

Hay otras tareas de la casa que me superan, si no te importa echarme una mano.

Hizo una inclinación.

—Será un honor —afirmó.

Estaba ante un Claude diferente al que había conocido y, en cierto modo, tenido en baja estima.

El sufrimiento y la soledad parecían haber despertado algo en el interior del atractivo hada; era como si se hubiese dado cuenta de que debía mostrar un poco de amabilidad hacia los demás si quería recibir lo mismo a cambio. Parecía comprender que necesitaba a los demás, especialmente ahora que sus hermanas habían muerto.

Al salir para el trabajo, ya me sentía bastante mejor con respecto a nuestro acuerdo. Me había quedado escuchando los movimientos de Claude en el piso de arriba, antes de que bajara por la escalera con un cargamento de productos para el cuidado capilar que iba a dejar en el cuarto de baño. Ya le había ofrecido toallas limpias. El baño parecía ser de su agrado, a pesar de que era muy antiguo; pero Claude ya estaba en circulación antes de que la fontanería entrase en las casas, así que cabía la posibilidad de que lo viese con una perspectiva diferente. A decir verdad, oír que había otra persona en la casa había conseguido relajar algo en lo más profundo de mi ser. Una tensión de la que ni siquiera era consciente.

—Hola, Sam —saludé. Estaba detrás de la barra cuando salí de la trastienda, donde había dejado el bolso y me había puesto el delantal. El Merlotte's no estaba muy concurrido. Holly, como de costumbre, estaba de palique con su Hoyt, que remoloneaba con la comida. Con su camiseta del Merlotte's, Holly llevaba unos shorts a cuadros escoceses rosas y verdes, en vez de los negros de rigor.

—Te sienta bien, Holly —dije, y ella me dedicó una radiante sonrisa. Mientras Hoyt resplandecía de felicidad, ella extendió una mano que lucía un anillo recién estrenado.

Lancé un escueto grito de alegría y me fundí con ella en un abrazo.

—¡Oh, qué maravilla! —exclamé—. ¡Holly, es precioso! ¿Ya tenéis fecha?

—Probablemente en otoño —contestó Holly—. Hoyt tiene que trabajar muchas horas durante la primavera y el verano. Es su temporada alta, así que hemos pensado en octubre o noviembre.

—Sookie —anunció Hoyt con voz queda y el rostro más solemne—, ahora que Jason y yo hemos resuelto nuestras diferencias, le voy a pedir que sea mi padrino.

Lancé una rápida mirada a Holly, que nunca había sido muy aficionada a mi hermano. Aún sonreía, pero estaba claro que Hoyt no detectaba las reservas que yo sí percibía en ella.

—Le encantará —afirmé.

Tuve que salir corriendo a atender mis mesas, pero la sonrisa no me abandonó mientras trabajaba. Me pregunté si celebrarían la ceremonia al anochecer. Entonces Eric podría venir conmigo. ¡Eso sería genial! Eso me transformaría de la «pobre Sookie que nunca ha estado comprometida» en la «Sookie que se llevó a un tío buenísimo a la boda». Entonces pensé en un plan de contingencia. Si la boda era diurna, entonces ¡podría llevar a Claude conmigo! Tenía exactamente el aspecto de un modelo de portada de novela romántica (algo en plan *La dama y el chico del establo*, o *El picante matrimonio de Lord Darlington*, ¡Yuju!).

Fui tristemente consciente de que estaba pensando en la boda desde un punto de vista estrictamente egoísta... Pero es que no hay nada más lamentable que ser la solterona de esas ceremonias. Sé que es estúpido sentirse así de desaprovechada a los veintisiete. Pero me había perdido mi momento de apogeo, y cada vez era más consciente de ello. Muchas de mis amigas del instituto se habían casado (algunas más de una vez), y algunas de ellas estaban embarazadas, como Tara, que en ese momento atravesaba la puerta con una camiseta varias tallas mayores que la suya.

Le hice un saludo, indicándole que iría a hablar con ella en cuanto me fuese posible. Serví un té helado a la doctora Linda Tonnesen y una botella de cerveza Michelob para Jesse Wayne Cummins.

—¿Qué tal, Tara? —pregunté, inclinándome para darle un fuerte abrazo. Ya se había apalancado en la mesa.

—Necesito una Coca-Cola *light* sin cafeína —me soltó— y una hamburguesa con queso. Con un montón de patatas fritas. —Parecía feroz.

—Claro, te traeré la Coca y pasaré el pedido ahora mismo.

Cuando volví, se había bebido todo el vaso.

—Lo lamentaré dentro de cinco minutos porque tendré que ir al váter —se quejó—. No paro de orinar y comer.

—Lucía unas buenas ojeras, y su forma física no pasaba por su mejor momento. ¿Dónde estaba ese resplandor que te da el embarazo del que tanto había oído hablar?

—¿Cuánto te queda?

—Tres meses, una semana y tres días.

—¡El doctor Dinwiddie sí que ha sido preciso!

—J.B. apenas se cree lo enorme que me estoy poniendo —dijo Tara, poniendo los ojos en blanco.

—¿Eso ha dicho? ¿Con esas palabras?

—Sí. Eso mismo.

—Madre mía. Ese chico necesita un par de lecciones de modales.

—Yo me conformaría con que mantuviese el pico cerrado.

Tara se había casado con J.B. a sabiendas de que su cerebro no era su mayor virtud, y ahora veía los resultados. Yo deseaba con todo mi corazón que fuesen felices pero no podía resolvérselo todo: «A lo hecho, pecho».

—Él te quiere —dije, procurando sonar consoladora—. Es sólo que es…

—J.B. —completó Tara. Se encogió de hombros e invocó una sonrisa.

Antoine llamó para decirme que la comanda estaba lista, y la ávida expresión de mi amiga me dio a entender que estaba más pendiente de su comida que de la falta de tacto de su marido. Volvió a Prendas Tara como una mujer más feliz y llena.

En cuanto anocheció, llamé a Eric desde mi móvil mientras estaba en el aseo de mujeres. Odiaba robar tiempo de Sam para llamar a mi novio, pero necesitaba el apoyo. Ahora que tenía su número de móvil, no tenía que llamar a Fangtasia, lo cual tenía sus cosas buenas y malas. Antes, nunca sabía quién iba a coger el teléfono, y no soy precisamente un ídolo entre los vampiros de Eric. Por otra parte, echaba de menos hablar con Pam, la lugarteniente de Eric. Lo cierto es que Pam y yo somos casi amigas.

—Aquí me tienes, amor mío —saludó Eric. Era difícil no sentir un escalofrío cada vez que oía su voz, pero lo cierto era que la atmósfera del aseo de mujeres no era el mejor lugar para llegar al terreno de la lujuria.

—Bueno, yo también estoy aquí, eso es obvio. Escucha, tengo que hablar contigo —anuncié—. Han surgido algunas cosas.

—Estás preocupada.

—Sí, y por una buena razón.

—Tengo una reunión con Victor dentro de media hora —me informó Eric—. Ya te imaginas la tensión que habrá.

—Lo sé, y siento mucho marearte con mis problemas. Pero eres mi novio, y parte de tu papel en la pareja es escuchar.

—Tu novio —repitió—. Eso suena… joven. Y hace mucho que no lo soy.

—¡Ya vale, Eric! —Estaba exasperada—. ¡No me apetece pasar el rato en el retrete discutiendo sobre terminología! Al grano, ¿vas a tener tiempo libre más tarde, o no?

Se rió.

—Para ti, sí. ¿Puedes pasarte por aquí? Espera, enviaré a Pam a recogerte. Estará en tu casa a la una en punto, ¿de acuerdo?

Tendría que darme prisa para llegar a casa a esa hora, pero era factible.

—Vale. Y avisa a Pam de que… Bueno, dile que no se deje entretener por nada, ¿vale?

—Oh, por supuesto, será un placer pasarle ese mensaje tan concreto —dijo Eric. Colgó. Al igual que la mayoría de los vampiros, no era de los que se despiden al teléfono.

Iba a ser un día muy largo.

Capítulo
3

Por suerte para mí, todos los clientes se fueron pronto a casa y pude hacer el cierre en un tiempo récord.

—¡Buenas noches! —exclamé por encima del hombro, saliendo por la puerta trasera en dirección a mi automóvil. Al aparcar detrás de mi casa, vi que el coche de Claude no estaba. Probablemente seguía en Monroe, lo que simplificaba las cosas. Me apresuré a cambiarme de ropa y a retocarme el maquillaje y, justo cuando estaba con el pintalabios, Pam llamó a la puerta trasera.

Ella tenía un aspecto muy «de Pam» esa noche. Su pelo rubio estaba completamente liso y brillante, su vestido azul pálido parecía una alhaja de coleccionista y llevaba unas medias con costuras por la parte posterior, que se aseguró de enseñarme dándose la vuelta.

—Caramba —dije, que era la única respuesta posible—. Estás estupenda. —Su conjunto dejaba mi falda roja y mi blusa blanca y roja por los suelos.

—Sí —acordó con considerable satisfacción—. Es verdad. Eh... —Se quedó quieta de repente—. ¿Huelo a hada?

—Efectivamente, pero no está aquí ahora, así que controlate. Mi primo Claude ha estado hoy aquí. Se quedará conmigo una temporada.

—¿Claude, ese capullo que está para comérselo?

Su fama le precedía.

—Sí, ese Claude.

—¿Por qué? ¿Por qué se viene a vivir contigo?

—Se siente solo —respondí.

—¿Y tú le crees de verdad? —Sus pálidas cejas estaban arqueadas en un gesto de incredulidad.

—Pues… sí, la verdad. —¿Por qué otra razón iba a querer quedarse en mi casa, con lo mal que le venía para el trabajo? Está claro que no quería cruzarse en mi vida, y no me había pedido dinero.

—Esto debe de ser alguna intriga feérica —sentenció Pam—. Has sido un poco tonta al dejarte liar.

A nadie le gusta que le llamen tonto. Pam se había pasado de la raya, pero el tacto no figuraba precisamente entre su bagaje social.

—Pam, te has pasado —dije. Debió de sonar muy serio, porque se me quedó mirando fijamente durante unos quince segundos.

—Te he ofendido —afirmó, aunque no como si la idea le afectase.

—Así es. Claude echa de menos a sus hermanas. No le quedan muchas hadas con las que intrigar desde que Niall cerró el portal, o las puertas, o lo que demonios haya cerrado. Soy lo más cercano que le queda, lo cual debe de ser muy doloroso, porque apenas tengo algo de hada.

—Vámonos —terció Pam—. Eric está esperando.

Cambiar de tema radicalmente cuando ya no tenía nada que decir era otra de las características de Pam. No pude evitar sonreír y sacudir la cabeza.

—¿Cómo ha ido la reunión con Victor? —pregunté.

—La mejor reunión que podría darse sería la de Victor con un accidente.

—¿Lo dices en serio?

—No. La verdad es que lo que me gustaría es que alguien lo matase.

—Estoy de acuerdo. —Cruzamos la mirada y ella ejecutó un seco asentimiento con la cabeza. Estábamos en la misma onda en lo que a Victor se refería.

—Sospecho de todo lo que dice —añadió—. Cuestiono cada una de sus decisiones. Creo que va detrás del puesto de Eric. Ya no quiere ser el emisario del rey. Desea poseer su propio territorio.

Me imaginé a Victor vestido con pieles de animales y remando sobre una canoa por el Río Rojo con una muchacha india sentada estoicamente tras él. Me reí. Cuando nos metimos en el coche de Pam, ella me miró sombríamente.

—No te comprendo —dijo—, en serio. —Salimos de Hummingbird Road y giramos hacia el norte.

—¿Por qué ser el sheriff de Luisiana supondría un ascenso con respecto a ser el emisario de Felipe, cuyo reino es tan rico? —pregunté muy seriamente para recuperar el terreno perdido.

—Es mejor reinar en el infierno que servir en el paraíso —contestó Pam. Sabía que estaba citando a alguien, pero no tenía la menor idea de a quién.

—¿Luisiana es el infierno? ¿Y Las Vegas el paraíso?

—Casi podía comprender que un vampiro cosmopolita considerase Luisiana como poco menos que una residencia permanente deseable, pero Las Vegas… ¿divina? Ni hablar.

—Sólo digo —se encogió de hombros— que a Victor le ha llegado la hora de salir de debajo del ala de Felipe. Hace mucho que están juntos. Y Victor es ambicioso.

—Eso es verdad. ¿Cuál crees que es su estrategia? ¿Cómo crees que piensa derrocar a Eric?

—Intentará desacreditarlo —afirmó Pam sin el menor titubeo. Al parecer, le había dado muchas vueltas al tema—. Si Victor no consigue hacerlo, será él quien intente matar a Eric… aunque no directamente, en combate.

—¿Teme enfrentarse a él?

—Sí —respondió Pam, sonriente—. Eso creo. —Habíamos llegado a la interestatal y nos dirigíamos hacia el oeste, a Shreveport—. Si desafiara abiertamente a Eric, éste estaría en su derecho de enviarme primero a mí. Y nada me gustaría más. —Sus colmillos refulgieron fugazmente bajo la luz del salpicadero.

—¿Victor tiene también un segundo al mando? ¿No haría él lo mismo?

Pam ladeó la cabeza. Parecía meditar en ello mientras adelantaba a un semirremolque.

—Su lugarteniente es Bruno Brazell. Estaba con Victor la noche en que Eric se rindió a Nevada —contestó—. Barba recortada y pendiente. Si Eric me permitiese luchar en su nombre, sí que podría mandar a Bruno. Es impresionante, te lo aseguro. Pero yo acabaría con él en menos de cinco minutos. Podrías apostar todos tus ahorros.

Pam, que en su día fue una dama victoriana de clase media con una secreta tendencia a lo salvaje, había sido liberada finalmente al ser convertida en vampira. Jamás le había preguntado a Eric por qué la escogió a ella, pero estaba convencida de que era porque había detectado su ferocidad interior.

Azuzada por un impulso, le solté:

—¿Pam? ¿Alguna vez te has preguntado qué habría sido de ti si no hubieses conocido a Eric?

Hubo un largo silencio, o al menos eso me pareció a mí. Tenía curiosidad por saber si se sentía enfadada o triste por no haber tenido marido e hijos. Si miraba atrás con anhelo hacia la relación sexual con su creador, Eric, que, como suele pasar entre vampiros, no duró demasiado pero, sin duda, había sido intensa.

Al final, justo cuando me iba a disculpar por haber preguntado, Pam respondió:

—Habría sido una triste esposa y una horrible madre. Al final, la parte que me lleva a cercenar las gargantas de mis enemigos habría acabado aflorando, aunque hubiese seguido siendo humana. Supongo que no habría matado a nadie, porque eso no entraba dentro de mis posibilidades mientras era humana. Pero habría hecho que mi familia se sintiese muy triste; de eso puedes estar segura.

—Eres una gran vampira —dije, incapaz de que se me ocurriera otra cosa.

Asintió.

—Sí. Lo soy.

No volvimos a cruzar palabra hasta llegar a la casa de Eric. Por extraño que pareciese, había comprado un palacio

98

en una urbanización cerrada con un estricto código urbanístico. Eric disfrutaba de la seguridad diurna que le proporcionaba el carácter exclusivo y vallado, así como el guarda. También le gustaba la casa de piedra sin labrar. En Shreveport no había muchos sótanos, ya que el nivel del agua es demasiado alto, pero la casa de Eric estaba en una colina. Originalmente, el piso de abajo era el acceso del patio trasero. Eric había hecho quitar la puerta y cerrar el recinto con muro sólido para gozar de un amplio espacio para dormir.

Nunca había estado en la casa de Eric hasta que nos vinculó la sangre.

A veces me resultaba muy excitante estar tan cerca de él, mientras que otras me hacía sentir atrapada. A pesar de no poder creérmelo, el sexo era mucho mejor ahora que me había recuperado, al menos en gran parte, del ataque. En ese momento, sentí que cada molécula de mi cuerpo zumbaba por la proximidad con él.

Pam tenía un mando para la puerta del garaje, y lo utilizó. La puerta se elevó revelando el coche de Eric. Aparte del lustroso Corvette, el recinto estaba impoluto; ni hamacas, ni bolsas de semillas o latas de pintura medio vacías. Ni escalerillas, ni monos de trabajo, ni botas de caza. A Eric no le hacía falta nada de eso. El vecindario tenía unas preciosas zonas de césped, con parterres de flores bien plantadas pero era el servicio de jardinería el que recortaba cada brizna de hierba, cada rama, cada arbusto, y recogía cada hoja muerta.

Pam cerró la puerta del garaje cuando entramos. La de la cocina estaba cerrada, y usó una llave para entrar. Las cocinas suelen ser espacios inútiles para los vampiros, salvo por una pequeña nevera en la que conservan las botellas de sangre y un microondas en el que las calientan a la temperatura del cuerpo humano antes de consumirlas. Eric se había comprado una cafetera para mí, y tenía algo de comida en la nevera para las visitas humanas. Últimamente, esa visita humana era yo.

—¡Eric! —exclamé al cruzar la puerta. Pam y yo nos quitamos los zapatos para seguir una de las reglas domésticas de Eric.

—¡Oh, venga, ve a terminar con el saludo! —me soltó Pam cuando me la quedé mirando—. Tengo que quitar algunas botellas de TrueBlood y Life Support.

Crucé la estéril cocina hasta el salón. Si los colores de la cocina eran neutros y apagados, los del salón reflejaban la personalidad de Eric. A pesar de no reflejarla demasiado en su ropa, Eric sentía predilección por los colores vivos. La primera vez que estuve en su casa, el salón me dejó con la boca abierta. Las paredes estaban pintadas de azul zafiro, mientras que las molduras y los rodapiés lucían un blanco impoluto. El mobiliario se componía de una ecléctica colección que le había gustado en su momento, todo ello tapizado con tonos de piedras preciosas, algunos con intrincados estampados: rojo intenso, azul, amarillo citrino, verdes jade y esmeralda y oro topacio. Como Eric es un hombre de gran envergadura, todas las piezas eran de buen tamaño: pesadas, recias y con almohadones desparramados sobre ellas.

Eric emergió por la puerta de su despacho. Al verlo, todas mis hormonas se pusieron firmes. Es muy alto, su pelo es del color del oro y sus ojos son tan azules que prácticamente saltan desde la palidez de su rostro, un rostro duro y masculino. Eric no tiene nada de afeminado. Viste vaqueros y camisetas generalmente, pero también lo he visto en traje. *GQ* se perdió un filón cuando Eric decidió que lo suyo era llevar negocios en vez de dedicarse a la carrera de modelo. Aquella noche iba a pecho descubierto, mientras su dispersa melena refulgía como el sol contra la piel pálida.

—Salta —pidió Eric, extendiendo las manos y sonriendo. Me reí. Salí a la carrera y salté. Eric me cogió, aferrándome la cintura con las manos. Me elevó hasta que toqué el techo con la cabeza. Luego me bajó para darme un beso. Le rodeé el torso con las piernas y el cuello con los brazos. Nos perdimos en la inmensidad del otro por un instante.

—Vuelve a la Tierra, mona saltarina —dijo Pam—. El tiempo no se detiene.

Me di cuenta de que me reprendía a mí, y no a Eric. Me aparté de él, lanzándole una sonrisa especial.

—Ven, siéntate y dime lo que pasa —sugirió él—. ¿Quieres que Pam se entere también?

—Sí —contesté. Supuse que se lo contaría de todos modos.

Los vampiros se sentaron en los extremos opuestos de un sofá rojo oscuro y yo hice lo propio frente a ellos, en un sillón rojo y dorado. Frente al sofá había una mesa cuadrada de centro, muy amplia y poblada de fina ebanistería en la superficie y ricos grabados en las patas. Había en ella cosas depositadas que Eric había estado usando últimamente: el manuscrito de un libro sobre vikingos que él debía refrendar, un pesado encendedor de jade (aunque él no fumaba) y un precioso cuenco de plata con esmalte azul muy vivo. Sus elecciones siempre me parecieron interesantes. En comparación, mi casa era muy… acumulativa. De hecho, yo no había escogido en ella nada salvo la cocina, pero es que mi casa es la Historia de mi familia, y la de Eric la suya.

Pasé un dedo sobre la madera trabajada.

—Anteayer —empecé— recibí una llamada de Alcide Herveaux.

No imaginé que los vampiros fueran a tener una reacción ante la noticia. Fue un instante (la mayoría de los vampiros no son dados a las expresiones extravagantes), pero era indudable que se había producido. Eric se inclinó hacia delante, invitándome a proseguir con mi relato. Eso hice, contándoles que también había conocido a algunas de las nuevas incorporaciones de la manada del Colmillo Largo, incluidos Basim y Annabelle.

—Conozco a ese Basim —apuntó Pam. La miré con cierta sorpresa—. Vino a Fangtasia una noche con otra licántropo, otra de los nuevos…, esa Annabelle, la morena. Es la nueva… muñequita de Alcide.

Aunque había sospechado lo mismo, no dejaba de parecerme impactante.

—Debe de tener talentos ocultos —solté antes de pensar.

Eric arqueó una ceja.

—¿No crees que sea de su tipo, mi amor?

—Me gustaba más María Estrella —contesté. Al igual que tantas otras personas a las que había conocido en los dos últimos años, la anterior novia de Alcide había encontrado un trágico final. Lo lamenté por ella.

—Pero, antes que eso, había pasado una buena temporada con Debbie Pelt —dijo Eric, y tuve que esforzarme por controlar mi expresión—. Salta a la vista que Alcide es muy católico en sus gustos —continuó Eric—. Luego sostuvo la antorcha por ti, ¿no es así? —El leve acento de Eric hizo que esa frase desfasada sonase exótica—. De una auténtica zorra, a un talento increíble, pasando por una dulce fotógrafa, hasta una chica que no tiene problemas en visitar un bar de vampiros. Alcide es muy voluble en su gusto por las mujeres.

Era verdad. Nunca lo había visto desde esa perspectiva.

—Mandó a Annabelle y a Basim al club por una razón. ¿Has leído los periódicos últimamente? —preguntó Pam.

—No —admití—. He disfrutado de no leerlos.

—El Congreso se está planteando aprobar una ley que exija a todos los licántropos y cambiantes estar inscritos en un registro. La legislación y todo lo que tenga que ver con ellos recaería en la Oficina de Asuntos Vampíricos (OAV), como pasa con todos los aspectos legales que nos afectan ahora a nosotros. —Pam tenía un aire de lo más sombrío.

«¡Pero eso no es justo!», estuve a punto de decir. Pero comprendí cómo iba a sonar; como si pensase que era justo que se exigiese ese registro a los vampiros y no a los cambiantes. Gracias a Dios que no abrí la boca.

—No es nada sorprendente que los licántropos estén que trinen con esto. De hecho, Alcide me ha dicho en persona que sospecha que el Gobierno ha mandado gente para espiar a su manada, supuestamente para elaborar un informe que remitirían al Congreso de cara a esta nueva ley. Y no cree que estén espiando sólo a su manada. Alcide es muy sensato. —El tono de Eric era de aprobación hacia el licántropo—. Si cree que le observan...

Entonces comprendí por qué Alcide se había mostrado tan preocupado acerca de la gente que había entrado en su propiedad. Pensaba que no eran lo que parecían.

—Pensar que tu propio Gobierno te está espiando es algo horrible —apunté—. Sobre todo si llevas toda la vida considerándote un ciudadano normal. —El enorme impacto de una ley así aún estaba pendiente de asimilación. En vez de ser un rico y respetado ciudadano de Shreveport, Alcide (y los demás miembros de su manada) se convertiría en algo parecido a un... inmigrante sin papeles—. ¿Dónde tendrían que registrarse? ¿Podrán ir sus hijos al colegio con los demás niños? ¿Y qué pasa con los hombres y las mujeres de la base aérea de Barksdale? ¡Después de todos estos años! ¿Creéis que hay probabilidades de que aprueben esa ley?

—Los licántropos creen que sí —afirmó Pam—. Puede que sea paranoia. Quizá sepan algo por los cambiantes que hay en el Congreso. Quizá sepan algo que nosotros no. Alcide mandó a Annabelle y a Basim al Saud para decirme que quizá les meterían en el mismo barco que a nosotros en breve. Querían información acerca de la delegada local de la OAV, qué tipo de mujer es y cómo podrían tratar con ella.

—¿Y quién es? —pregunté. Me sentía ignorante y mal informada. Era algo que debía haber sabido, ya que estaba íntimamente ligada a un vampiro.

—Katherine Boudreaux —contestó Pam—. Le gustan las mujeres más que los hombres, como a mí. —Esbozó una sonrisa llena de dientes—. También le encantan los perros. Tiene una amante estable, Sallie, con la que comparte casa. No le interesan las aventuras sentimentales y es insobornable.

—Supongo que lo habrás intentado.

—He intentado interesarle sexualmente. Bobby Burnham se encargó del soborno. —Bobby representaba a Eric durante el día. Nos caíamos fatal el uno al otro.

Respiré hondo.

—Bueno, me alegra mucho saber todas estas cosas, pero mi auténtico problema vino después de que los licántropos estuvieran en mis tierras.

Eric y Pam me miraron de repente fijamente, con gran atención.

—¿Dejaste que los licántropos usaran tu propiedad para su salida mensual?

—Pues sí. Hamilton Bond dijo que había gente acampando en la propiedad de los Herveaux, y ahora que sé lo que Alcide te dijo, me pregunto por qué a mí no me diría nada, entiendo por qué no quería hacer su salida en su propia casa. Supongo que pensaría que los campistas eran agentes gubernamentales. ¿Cómo se llamará la nueva agencia? —pregunté. No tendría sentido que siguiera siendo la OAV, ¿verdad? De ser así «representaría» sólo a los vampiros.

Pam se encogió de hombros.

—El proyecto de ley propone que se llame Oficina de Asuntos Vampíricos y Sobrenaturales.

—No te disperses, amor mío —sugirió Eric.

—Oh, vale. Bueno, estaban a punto de irse cuando Basim llamó a la puerta para decirme que había olido al menos a un hada y a un vampiro recorriendo mi propiedad. Mi primo Claude dice que él no era el hada.

Se produjo un instante de silencio.

—Interesante —apuntó Eric.

—Muy extraño —añadió Pam.

Eric pasó los dedos sobre el manuscrito que descansaba sobre la mesa de centro, como si pudiera revelarle quién había entrado en mi propiedad.

—No conozco las credenciales de ese Basim, salvo que fue expulsado de la manada de Houston y que Alcide lo aceptó en la suya. Tampoco la razón de la expulsión, salvo que se produjo algún tipo de ruptura. Comprobaremos lo que te dijo ese Basim. —Se volvió hacia Pam—. Esa chica nueva, Heidi, dice que es una rastreadora.

—¿Tienes nueva vampira? —pregunté.

—Ésta la ha enviado Victor. —La boca de Eric era una apretada línea—. Éste maneja el Estado con mano dura, aun estando en Nueva Orleans. Mandó a Sandy, que supuestamente era un enlace, de vuelta a Nevada. Supongo que pensaría que no gozaba de control suficiente sobre ella.

—¿Cómo puede mantener el funcionamiento de Nueva Orleans si viaja por el Estado tanto como lo hacía Sandy?

—Doy por sentado que deja a Bruno Brazell al mando —contestó Pam—. Creo que Bruno hace como si Victor estuviese en Nueva Orleans, aunque no sea así. El resto de su gente no sabe de su paradero la mitad de las veces. Como ha matado a todos los vampiros de Nueva Orleans que ha podido encontrar, tenemos que depender de la información del único espía que nos ha quedado después de la masacre.

Por supuesto, me habría apetecido irme por las ramas y hablar del espía (¿quién podía ser tan valiente e incauto para espiar para Eric en la casa de su enemigo?), pero sería mejor no desviarse del tema principal, que era la astucia del nuevo rey y mandamás de Luisiana.

—Así que a Victor le gusta pasear por las trincheras —dije, y Eric y Pam se me quedaron mirando sin comprender. Los vampiros más antiguos no parecen dominar demasiado bien las metáforas—. Vamos, que le gusta ver y hacer las cosas en persona, en vez de delegárselas a su cadena de mando —expliqué.

—Sí —acordó Pam—. Y esa cadena de mando puede ser muy pesada y literal con Victor.

—Pam y yo hemos estado hablando de Victor mientras veníamos hacia aquí. Me pregunto por qué Felipe de Castro lo escogió para que ejerciera como su representante en Luisiana. —Victor no parecía mal tipo las dos veces que me había encontrado con él cara a cara, lo que únicamente venía a demostrar que no se puede juzgar a un vampiro por sus buenos modales y sonrisa.

—Hay dos escuelas de pensamiento al respecto —contestó Eric, estirando sus largas piernas. Tuve una visión del aspecto que tenían igualmente estiradas sobre sábanas arrugadas, y debí obligar a mi mente a volver al asunto que estábamos tratando. Eric me lanzó una sonrisa llena de colmillos (sabía lo que yo sentía) antes de proseguir—. Una dice que Felipe quiere tener a Victor tan lejos como sea posible. Estoy seguro de que Felipe cree que si le da un buen trozo de carne roja, no estará tentado de intentar arrebatarle todo el solomillo.

—Mientras que otros —intervino Pam— pensamos que Felipe escogió a Victor sencillamente porque es eficiente. Que cabe la posibilidad de que su devoción hacia el rey sea genuina.

—Si la primera teoría es correcta —dijo Eric—, la confianza entre Victor y Felipe tiene grietas.

—Y si la correcta es la segunda —terció Pam—, y actuamos contra Victor, Felipe nos matará a todos.

—Ya voy comprendiendo —apunté, pasando la mirada de Primera teoría (torso desnudo y vaqueros) a Segunda teoría (bonito vestido *vintage*)—. Odio sonar tan egoísta, pero esto es lo primero que se me ha pasado por la mente: Victor no te dejó que vinieras a ayudarme cuando te necesitaba (y por casualidad me enteré de que te debo una gorda, Pam), lo que significa que no está cumpliendo la promesa, ¿no? Felipe me prometió que me daría su protección, cosa lógica, ya que le salvé la vida, ¿no?

Se produjo una significativa pausa mientras Eric y Pam meditaban acerca de mi pregunta.

—Creo que Victor hará todo lo que esté en su mano para no hacerte daño abiertamente hasta que decida convertirse en rey por derecho propio —opinó Pam—. Si Victor decide hacerse con el trono, todas las promesas que haya hecho Felipe serán papel mojado. —Eric asintió en aquiescencia.

—Oh, eso es genial. —Probablemente mis palabras sonaron petulantes y egoístas, ya que así era como me sentía.

—Todo esto dando por sentado que no encontremos una forma de matarlo primero —dijo Pam con mucha tranquilidad. Todos guardamos silencio durante un buen rato. Había algo que me ponía los pelos de punta ante esa escena de conspiración para un asesinato que estaba compartiendo con Pam y Eric, por mucho que deseara que Victor muriese.

—¿Y creéis que Heidi, que se supone que es una rastreadora tan buena, está en Shreveport para ser los ojos y oídos de Victor? —pregunté bruscamente, tratando de desprenderme del escalofrío que se había apoderado de mí.

—Sí —contestó Pam—, a menos que sea los ojos y oídos de Felipe, para que éste sepa qué se trae entre manos Victor en Luisiana. —Pam tenía esa mirada ominosa que ponía siempre que activaba su modalidad de cazadora vampírica. Nadie querría oír su nombre de labios de Pam en esa situación. Si fuese Heidi, me preocuparía de mantener la nariz limpia.

«Heidi», a quien me imaginaba con trenzas y faldita, me parecía un nombre excesivamente colorista para una vampira.

—Bueno, ¿qué piensas hacer con la advertencia de la manada del Colmillo Largo? —pregunté, llevando la conversación al problema original—. ¿Vas a mandar a Heidi a mi casa para que siga el rastro del hada? Tengo que decirte algo más. Basim olió un cadáver, no era reciente, enterrado muy hondo en mis tierras.

—Oh —dijo Eric—. Vaya, vaya. —Se volvió hacia Pam—. Déjanos un momento a solas.

Asintió y salió por la cocina. Oí que cerraba la puerta trasera a su paso.

Eric dijo:

—Lo siento, amor mío. A menos que hayas enterrado a otra persona en tu propiedad sin decirme nada, el cadáver es el de Debbie Pelt.

Eso era lo que me había temido.

—¿Está el coche también por allí?

—No, el coche está hundido en un estanque a diez kilómetros al sur de allí.

Eso me aliviaba.

—Bueno, al menos la ha encontrado un licántropo —dije—. Supongo que no tendremos que preocuparnos por ello, a menos que Alcide distinga el olor. No irán a desenterrar el cuerpo, no es cosa suya. —Debbie era la ex novia de Alcide cuando tuve la desgracia de conocerla. No quiero remover la historia, pero ella intentó matarme primero. Me llevó tiempo, pero ya he superado la angustia de su muerte. Eric estuvo conmigo esa noche, pero no estaba en sus cabales. Y ésa es otra historia.

—Ven aquí —sugirió Eric. Su rostro estaba vestido de mi expresión favorita, y me alegraba doblemente de verla porque, la verdad, no me apetecía demasiado pensar en Debbie Pelt.

—Hmmm. ¿Qué me darás si lo hago? —pregunté, con aire solícito.

—Creo que sabes muy bien lo que te voy a dar. Creo que te encanta que te lo dé.

—Entonces… ¿A ti no?

Antes de poder siquiera parpadear, estaba arrodillado ante mí, separándome las piernas, inclinándose para besarme.

—Creo que sabes cómo me siento —susurró—. Estamos vinculados. ¿Crees que no pienso en ti cuando trabajo? Cuando abro los ojos, pienso en ti, en cada parte de tu ser. —Sus dedos se pusieron a trabajar y se me cortó el aliento. Aquello era muy directo, incluso tratándose de Eric—. ¿Me quieres? —me preguntó, clavándome la mirada.

Me resultó un poco complicado responderle, sobre todo habida cuenta de lo que me estaba haciendo con los dedos.

—Adoro estar contigo, al margen de que hagamos el amor. Oh, Dios, ¡vuelve a hacer eso! Adoro tu cuerpo. Adoro lo que hacemos juntos. Me haces reír, y eso me encanta. Adoro verte hacer cualquier cosa. —Lo besé, prolongada y persistentemente—. Me encanta ver cómo te vistes. Cómo te quitas la ropa. Me encantan tus manos cuando me haces esto. ¡Oh! —Todo mi cuerpo se estremeció de placer. Cuando tuve un momento para recuperarme, conseguí murmurar—: Si yo te hiciera la misma pregunta, ¿qué me responderías?

—Diría exactamente lo mismo —afirmó Eric—. Y creo que eso significa que te quiero. Si eso no es amor verdadero, es lo que más se le puede acercar. ¿Ves lo que me has hecho? —No hizo falta que señalara dónde. Era condenadamente obvio.

—Eso parece doler. ¿Quieres que te cure? —pregunté con la voz más fría que pude poner.

Por única respuesta, él gruñó. Intercambiamos el sitio al instante. Me arrodillé frente a él y sus manos reposaron sobre mi cabeza, acariciándome el pelo. Eric era un hombre grande, y ésta fue una de las partes de nuestra vida sexual en las que tuve que practicar. Pero creo que cada vez se me daba mejor, y él parecía estar de acuerdo. Sus manos se aferraron a mi pelo al cabo de un par de minutos y yo lancé un leve lamento de protesta. Me soltó y agarró un cojín. Emitió otro gruñido surgido de lo más profundo de su garganta.

—Más deprisa —dijo—. ¡Ahora, ahora! —Cerró los ojos y dejó caer la cabeza hacia atrás, abriendo y cerrando las manos espasmódicamente. Me encantaba tener ese poder sobre él; era otra de las cosas que me apasionaban. De repente dijo algo en un idioma antiguo, arqueó la espalda y yo me moví con redoblaba intensidad, tragándome todo lo que me dio.

Y todo con la mayor parte de la ropa puesta.

—¿Ha sido bastante amor para ti? —preguntó en voz baja y abstraída.

Ascendí hasta su regazo y le rodeé el cuello con los brazos para disfrutar de un interludio de mimos. Ahora que había recuperado la capacidad de sentir placer con el sexo, me sentía floja como un estropajo después de una sesión con Eric; pero ésa era mi parte favorita, aunque he de admitir que me hacía sentir como la arquetípica consumidora de revistas femeninas.

Mientras estábamos recostados, Eric me habló de una conversación que había tenido con un fanático de los vampiros y se rió al recordarla. Yo le conté lo deteriorada que estaba Hummingbird Road mientras el condado la reparaba. Supongo que son cosas de las que se habla con alguien a quien amas; das por sentado que se interesará por los asuntos más triviales, ya que son importantes para ti.

Por desgracia, sabía que a Eric le esperaban más ocupaciones esa noche, así que le dije que regresaría a Bon Temps con Pam. A veces me quedaba en su casa leyendo mientras él trabajaba. No es fácil encontrar tiempo que pasar a solas con un líder y hombre de negocios que sólo está despierto durante las horas nocturnas.

Me dio un beso de recuerdo.

—Mandaré a Heidi a tu casa, probablemente pasado mañana —aseguró—. Verificará lo que Basim olió en el bosque. Avísame si sabes algo de Alcide.

Cuando Pam y yo dejamos la casa de Eric había empezado a llover. La humedad había refrescado el ambiente, así que encendí la calefacción del coche de Pam. A ella poco le importaba. Viajamos un rato en silencio, cada una perdida en sus pensamientos. Me quedé hipnotizada con el vaivén de los limpiaparabrisas.

—No le has dicho nada a Eric del hada que se ha mudado a tu casa —recordó Pam.

—¡Ay, Dios! —lamenté, echándome la mano a los ojos—. Se me ha pasado. Teníamos tantas otras cosas de las que hablar que me he olvidado por completo.

—Sabrás que no le agradará nada la idea de que otro hombre viva con su mujer.

—Otro hombre que, por cierto, es mi primo y gay.

—Pero muy guapo y *stripper*. —Pam me miró de soslayo. Estaba sonriendo. Sus sonrisas son algo desconcertantes.

—Puede ser todo lo *stripper* que quiera, que si no te gusta la persona que tienes enfrente mientras está desnudo, ahí no va a pasar nada —refunfuñé con aspereza.

—Creo que entiendo lo que dices —acordó al cabo de un momento—. Pero aun así, con un hombre tan atractivo en la casa… Mala idea, Sookie.

—Me estás tomando el pelo, ¿verdad? Claude es gay. No sólo le gustan los hombres, sino los que tienen barba cerrada y manchas de aceite en los vaqueros.

—¿Qué quiere decir eso? —preguntó Pam.

—Quiere decir que le gustan los curritos que trabajan con las manos, o los puños.

—Oh, qué interesante. —Pam aún rezumaba un aura de desaprobación. Titubeó por un momento, antes de decir—: Eric no ha estado con nadie como tú en mucho, mucho tiempo, Sookie. Creo que tiene la cabeza lo suficientemente fría como para no perder el rumbo, pero tienes que tener en cuenta sus responsabilidades. Corren tiempos peligrosos para los miembros de su equipo original desde que Sophie-Anne conoció la muerte definitiva. Los vampiros de Shreveport debemos doble obediencia a Eric, ya que además es el único sheriff superviviente del último régimen. Si Eric cae, todos lo hacemos con él. Si Victor logra desacreditarle o minar su autoridad en Shreveport, todos morimos.

No me había planteado la situación desde un punto de vista tan crudo. Eric tampoco me había dado motivos.

—¿Tan mal está la cosa? —pregunté, sintiéndome idiota.

—Es lo bastante hombre como para querer parecer fuerte delante de ti, Sookie. En serio, Eric es un gran vampiro, y muy práctico. Pero últimamente no tanto. No cuando estás tú de por medio.

—¿Me estás diciendo que crees que Eric y yo deberíamos dejar de vernos? —pregunté directamente. Aunque, por lo general, me alegraba de que la mente de los vampiros estuviera cerrada para mí, a veces me parecía frustrante. Estaba acostumbrada a saber más de lo que quería acerca de cómo pensaba o sentía la gente, en vez de preguntarme si mis presunciones eran ciertas.

—No, no exactamente —respondió Pam, pensativa—. Odiaría verlo infeliz. Y a ti también —añadió de forma un poco residual—. Pero si está preocupado por ti, no reaccionará igual… No reaccionará como…

—Si yo no estuviese de por medio.

Pam no dijo nada durante un instante. Entonces, añadió:

—Creo que la única razón por la que Victor no te ha raptado para usarte contra Eric es porque éste se ha casado contigo. Victor aún intenta cubrirse el trasero siguiendo las normas a rajatabla. No está preparado para rebelarse contra Felipe abiertamente. Seguirá buscando una justificación para todo lo que haga. Ahora anda por la cuerda floja con el rey porque casi permitió que te mataran.

—A lo mejor Felipe nos hace el trabajo —supuse.

Pam volvió a zambullirse en sus pensamientos.

—Eso sería ideal —acordó—. Pero habrá que esperar. Felipe no perderá los papeles cuando se trate de matar a uno de sus lugartenientes. Eso inquietaría al resto.

Agité la cabeza.

—Mala suerte. No creo que Felipe tenga problemas en absoluto con matar a Victor.

—¿Y los tendrías tú, Sookie?

—Sí. —Aunque no tantos como debería.

—Entonces ¿si pudieses hacerlo en un estallido de rabia, en caso de que Victor te estuviese atacando, sería preferible a planear una estrategia en la que no pudiera defenderse a sí mismo?

Vale, puesto así, mi actitud no tenía demasiado sentido. Era evidente que si deseabas matar a alguien, planeabas matar a alguien, deseabas que alguien muriese, meditar las circunstancias era ridículo.

—No debería haber mucha diferencia —dije con voz queda—. Pero la hay. Aun así, Victor tiene que morir.

—Has cambiado —afirmó Pam al cabo de un breve silencio. No parecía sorprendida, horrorizada o asqueada. Tampoco sonaba contenta. Era más bien como si se hubiese dado cuenta de que había cambiado de peinado.

—Sí —dije. Pasamos un rato viendo cómo descargaba la lluvia.

De repente, Pam exclamó:

—¡Mira!

Había un coche blanco de lo más elegante aparcado en el arcén de la interestatal. No entendía la agitación de Pam, hasta que me di cuenta de que el hombre que estaba apoyado en él tenía los brazos cruzados sobre el pecho y una actitud de absoluta indiferencia, a pesar del torrente.

A medida que nos acercábamos al coche, un Lexus, la figura nos hizo un gesto lánguido con la mano. Nos estaba parando.

—Mierda —dijo Pam—. Es Bruno Brazell. Tenemos que parar. —Se arrimó al arcén y nos detuvimos delante del coche—. Y Corinna —añadió con tono amargo. Miré por el retrovisor y vi a la mujer que acababa de salir del Lexus—. Están aquí para matarnos —apuntó Pam con suma tranquilidad—. Yo no puedo con los dos. Tendrás que echarme una mano.

—¿Que nos van a matar? —Estaba muy, muy asustada.

—Es la única razón por la que se me ocurre que Victor enviaría a dos para hacer el trabajo de uno —dijo. Parecía muy tranquila. Era evidente que Pam estaba pensando mucho más deprisa que yo—. ¡Hora de la fiesta! Si podemos tenerla en paz, la tendremos, al menos por ahora. Toma. —Me puso algo en la mano—. Sácala de la vaina. Es una daga de plata.

Recordé la piel grisácea y la forma lenta de moverse de Bill después de resultar envenenado con plata. Me estremecí, pero estaba enfadada conmigo misma por mis remilgos. Saqué la daga de su vaina de cuero.

—Tenemos que salir, ¿eh? —dije. Intenté sonreír—. Vale. Vamos a divertirnos.

—Sookie, sé valiente y despiadada —aconsejó, y abrió la puerta para desaparecer de mi vista. Lancé un último pensamiento de amor hacia Eric a modo de despedida mientras me escondía la daga en la parte posterior de la cintura de la falda. Salí del coche hacia la lluviosa oscuridad, extendiendo las manos para mostrar que estaban vacías.

Me calé en segundos. Me coloqué el pelo detrás de las orejas para que no me cegara. Aunque el Lexus tenía las luces encendidas, estaba muy oscuro. Las únicas otras fuentes de luz provenían de los faros de los demás coches que iban y venían en ambos sentidos, además de una luminosa parada de camiones que había a un kilómetro. Por lo demás, estábamos en medio de ninguna parte, un tramo anónimo de la interestatal con bosque a ambos lados. Los vampiros veían mucho mejor que yo en la oscuridad. Pero sabía dónde estaba todo el mundo porque proyecté mis sentidos para detectar sus mentes. Veo a los vampiros como agujeros en el patrón, casi como puntos negros en la atmósfera. Es rastreo negativo.

Nadie dijo nada. El único sonido era el repiquetear de la lluvia sobre los dos coches. No podría oír un coche aproximándose por mucho que se acercara.

—Hola, Bruno —saludé. La voz me salió demasiado alegre—. ¿Quién es tu amiga?

Me acerqué a él. Al otro lado de la mediana pasó un coche zumbando en dirección oeste. Si el conductor reparó en nosotros, probablemente le pareció ver a dos samaritanos que ayudaban a gente con problemas en su coche. Los humanos ven lo que quieren ver…, lo que esperan ver.

Ahora que estaba más cerca de Bruno, vi que tenía su corto pelo moreno pegado a la cabeza. Sólo le había visto una vez con anterioridad, y lucía la misma expresión de seriedad que la noche que lo vi plantado en mi jardín, dispuesto a incendiar mi casa conmigo dentro. Bruno es un tipo serio, en la medida en la que yo soy alegre. Nos compensábamos.

—Hola, señorita Stackhouse —dijo Bruno. No era más alto que yo, pero sí más corpulento. La vampira a la que Pam había llamado Corinna emergió a la derecha de Bruno. Era (o había sido en vida) afroamericana y la lluvia se derramaba por las intrincadas trenzas que habían tomado su pelo. Las cuentas de las puntas entrechocaban y producían un sonido apenas audible bajo la torrencial lluvia. Era alta y delgada, y a su altura contribuían unos tacones de siete centímetros. A pesar de llevar un vestido que debió de ser muy caro, estaba calada como si se hubiese metido en una piscina. Parecía una rata ahogada muy elegante.

Como ya estaba de los nervios de todos modos, empecé a reírme.

—¿Se te ha pinchado una rueda o algo, Bruno? —pregunté—. No se me ocurre otra razón por la que pudieras estar aquí, en medio de la nada, con esta oscuridad y esta lluvia.

—Te estaba esperando a ti, zorra.

No estaba segura de dónde se encontraba Pam, y no podía permitirme emplear mis sentidos buscándola.

—¡Esa lengua, Bruno! No creo que me conozcas tanto como para llamarme así. Supongo que tenéis a alguien vigilando la casa de Eric.

— Así es. Cuando vimos que salíais juntas, nos pareció un buen momento para resolver algunos asuntos.

Corinna aún no había abierto la boca, pero miraba a su alrededor, preocupada, y me di cuenta de que no sabía dónde se había metido Pam. Sonreí.

—Por mi vida juro que no sé por qué estáis haciendo esto. Creo que Victor debería estar contento por tener a alguien tan listo como Eric trabajando para él. ¿Por qué no lo aprecia? —¿Y por qué no podréis dejarnos en paz?

Bruno dio un paso hacia mí. Había demasiada poca luz para determinar el color de sus ojos, pero sabía que aún estaba muy serio. El que Bruno respondiera me pareció extraño, pero todo tiempo ganado era bueno.

—Eric es un gran vampiro, pero nunca se arrodillará ante Victor, no del todo. Y está acumulando su propio poder a un ritmo que pone nervioso al propio Victor. Por algo te tiene a ti. Puede que tu bisabuelo se haya impuesto el exilio, pero ¿quién dice que no vaya a volver? Y Eric puede utilizar tu estúpida habilidad siempre que lo desee. Victor no quiere que Eric disponga de esa ventaja.

De repente, Bruno estaba aferrándome el cuello con la mano. Se había movido con tanta rapidez que no tuve forma humana de reaccionar. Por el súbito zumbido que sentí en los oídos, supe que se había producido una especie de conmoción violenta a mi izquierda. Eché la mano hacia atrás para coger la daga, pero de repente estaba tumbada sobre la húmeda hierba, al borde del arcén. Forcejeé levantando y pateando con las piernas para ganar la posición superior. Casi lo conseguí, porque nos pusimos a rodar hacia la zanja de drenaje. Era una pena, ya que se estaba llenando de agua. Bruno no podía ahogarse, pero yo sí. Hice fuerza con el hombro y extraje la daga en el momento en que gané la posición superior. Mientras seguía rodando, empecé a ver puntos negros ante mis ojos. Sabía que era mi última oportunidad. Apuñalé a Bruno entre las costillas.

Y lo maté.

Capítulo
4

Pam me apartó el cuerpo de Bruno de encima y lo hizo rodar hasta el torrente de agua que circulaba por la zanja de drenaje. Me ayudó a levantarme.

—¿Dónde estabas? —croé.

—Encargándome de Corinna —respondió Pam, que no dejaba mucho espacio a lo que no fuese literal. Señaló el cuerpo que yacía junto al coche, oculto a la vista de los que pudieran pasar. Bajo esa escasa luz resultaba difícil de distinguir, pero juraría que ya había empezado a descomponerse. Nunca había visto un vampiro muerto bajo la lluvia.

—Pensé que Bruno era un gran luchador. ¿Cómo es que no fuiste a por él?

—Te di la daga —contestó Pam, imitando la sorpresa con gran eficacia—. Él no tenía.

—Vale. —Tosí, y vaya si me dolió la garganta—. ¿Qué hacemos ahora?

—Nos largamos —dijo Pam—. Esperemos que nadie haya reparado en mi coche. Creo que no han pasado más de tres coches desde que nos paramos. Con la lluvia y la poca visibilidad, si los conductores eran humanos, tenemos muchas probabilidades de que nadie se acuerde de nosotras.

Volvimos al coche de Pam.

—¿No sería mejor quitar de en medio el Lexus? —pregunté, jadeando las palabras.

—Qué idea más buena —respondió Pam, dándome golpecitos en la cabeza—. ¿Crees que podrás conducirlo?

—¿Adónde?

Pam meditó durante un momento, lo cual me venía muy bien, ya que necesitaba tiempo para recuperarme. Estaba empapada y temblorosa. Y me sentía fatal.

—¿No sabrá Victor lo que ha pasado? —pregunté. Parecía incapaz de dejar de hacer preguntas.

—Es posible. No ha sido lo bastante valiente como para hacer esto en persona, así que tendrá que asumir las consecuencias. Ha perdido a dos de sus mejores peones, y no tiene forma de justificarlo. —Pam estaba disfrutando con aquello.

—Creo que será mejor que nos larguemos de aquí, antes de que vengan más a comprobar lo que ha pasado, o algo. —No estaba dispuesta a volver a arriesgar la vida.

—Eres tú la que no deja de hacer preguntas. Creo que Eric no tardará en venir; será mejor que le llame para decirle que se mantenga alejado —dijo Pam. Parecía remotamente preocupada.

—¿Por qué? —A mí me habría encantado ver aparecer a Eric para hacerse cargo de la situación, sinceramente.

—Si alguien está vigilando su casa y lo ve salir en su coche en esta dirección para rescatarte, será evidente que somos responsables de lo que ha pasado con Bruno y Corinna —contestó Pam, sin disimular su exasperación.

—Aún tengo la mente un poco entumecida —comenté, y aunque podía sonar irritada, tampoco lo estaba tanto. Pero Pam ya había pulsado el botón de marcación rápida de su móvil. Pude escuchar a Eric gritando tras contestar a la llamada.

—Cállate y te lo explicaré —dijo Pam—. Claro que está viva. —Se produjo un silencio.

Pam resumió lo sucedido con enorme concisión y concluyó con un: «Ve a alguna parte donde sea razonable que vayas con prisas. De vuelta al bar para resolver algún problema. A la lavandería nocturna a por tus trajes. A la tienda a por unas TrueBlood. No los traigas aquí».

Tras un par de chillidos, por fin pareció que Eric le vio el sentido a las sugerencias de Pam. No podía oír claramente su voz, pero seguía hablando con ella.

—Tendrá la garganta un poco tocada —supuso Pam con impaciencia—. Sí, fue ella quien mató a Bruno. Vale, se lo diré. —Pam se volvió hacia mí—. Está orgulloso de ti —manifestó con cierto asco.

—Pam me dio la daga —espeté. Sabía que me oiría.

—Pero la idea de mover el coche es de Sookie —dijo Pam, con el aire de alguien que va a ser justo aunque le repatee hacerlo—. Intento pensar adónde llevarlo. La parada de camiones tendrá cámaras de seguridad. Creo que lo dejaremos orillado bien pasada la salida de Bon Temps.

Y eso hicimos. Pam tenía algunas toallas en su maletero, y yo las dispuse sobre el asiento del coche de Bruno. Pam hurgó entre sus cenizas en busca de las llaves y, tras analizar el salpicadero, supe que podría conducirlo. Seguí a Pam durante cuarenta minutos, mirando de forma anhelante la señal de Bon Temps mientras la pasábamos. Me aparté hacia el arcén justo después de que Pam iniciara la maniobra. Siguiendo sus instrucciones, dejé las llaves en el coche, limpié el volante con las toallas (que estaban mojadas por haber estado en contacto conmigo) y fui corriendo al coche de Pam. Aún estaba lloviendo, por cierto.

Luego tuvimos que volver a mi casa. Para entonces, me dolía cada articulación del cuerpo y sentía un poco de mareo. Por fin, llegamos a la puerta trasera de mi casa. Para mi asombro, Pam me dio un abrazo.

—Lo has hecho muy bien —me felicitó—. Hiciste lo que había que hacer. —Por una vez, no parecía estar burlándose de mí.

—Espero que todo esto acabe mereciendo la pena —confié, sonando tan sombría y agotada como me sentía.

—Seguimos con vida, así que ha merecido la pena —apuntó Pam.

Eso no podía discutírselo, a pesar de que había algo en mi interior que deseaba hacerlo. Salí del coche y avancé a duras penas por el jardín empapado. Había dejado de llover.

Claude abrió la puerta trasera en cuanto estuve delante. Había abierto la boca para decir algo, pero cuando reparó en mi estado volvió a cerrarla. Cerró la puerta detrás de mí y oí cómo echaba el pestillo.

—Voy a ducharme —le informé—, y luego me meteré en la cama. Buenas noches, Claude.

—Buenas noches, Sookie —contestó en voz muy baja, y luego se calló. Lo agradecí más de lo que era capaz de expresar con palabras.

Cuando acudí al trabajo a las once de la mañana siguiente, Sam estaba desempolvando botellas detrás de la barra.

—Buenos días —me dijo mirándome—. Parece que acabes de salir del infierno.

—Gracias, Sam. No sabes cómo me alegra saber que tengo un aspecto inmejorable.

Sam se puso colorado.

—Lo siento, Sookie. Siempre tienes buena pinta. Sólo pensaba que...

—¿Tengo unas enormes ojeras? —Me estiré la piel de las mejillas hacia abajo para poner una mueca fea—. Anoche volví a casa muy tarde. —«Tuve que matar a alguien y mover su coche»—. Tuve que ir a Shreveport a ver a Eric.

—¿Negocios o placer? —E inclinó la cabeza, sin creer tampoco que hubiera dicho eso—. Lo siento, Sookie. Mi madre diría que hoy no me he levantado con un gran tacto.

Le di un abrazo a medio gas.

—No te preocupes. Para mí todos los días son así. Y te tengo que pedir disculpas. Lamento haber estado tan abstraída de los problemas legales que están afrontando los cambiantes últimamente. —Sin duda era hora de empezar a ver las cosas con más perspectiva.

—Has tenido buenas razones para centrarte en ti misma estas últimas semanas —dijo Sam—. No sé si me habría recuperado tan deprisa como tú. Estoy muy orgulloso de ti.

No sabía qué contestar. Miré hacia la barra en busca de un paño para limpiar la marca de un vaso.

—Si necesitas que presente una demanda o me ponga en contacto con nuestro representante estatal, solamente tienes que decirlo —le ofrecí amablemente—. Nadie debería figurar en un registro. Eres estadounidense. De pura cepa.

—Así lo veo yo. No soy diferente de lo que he sido nunca. El único cambio es que ahora la gente conoce mi verdad. ¿Cómo fue la salida de la manada?

Casi me había olvidado de ello.

—Parece que se lo pasaron bien, hasta donde yo sé —dije cautelosamente—. Conocí a Annabelle y al tipo nuevo, Basim. ¿Por qué estará nutriendo Alcide sus filas? ¿Sabes si ha pasado algo en la manada del Colmillo Largo?

—Bueno, ya te conté que he estado saliendo con una de sus miembros —respondió, desviando la mirada hacia las botellas, como si intentase localizar una que aún estuviese polvorienta. Si la conversación seguía por los mismos derroteros, todo el bar acabaría reluciendo.

—¿Y quién es? —Como era la segunda vez que lo mencionaba, pensé que no habría problema si se lo preguntaba.

Su fascinación por las botellas pasó a la caja registradora.

—Eh, Jannalynn. Jannalynn Hopper.

—Oh —murmuré con neutralidad. Intentaba ganar tiempo para dotar a mi expresión de suavidad y receptividad.

—Estaba allí la noche que luchamos contra la manada que intentó hacerse con el poder. Ella, eh..., se encargó de acabar con los enemigos heridos.

Aquello era un eufemismo extremo. Les había aplastado el cráneo con los puños. En un intento de demostrar que en mi casa no era el Día Nacional de la Falta de Tacto, dije:

—Ah, esa chica tan delgada. La joven.

—No es tan joven como parece —corrigió Sam, obviando que la edad no era el primer problema que uno podría tener con Jannalynn.

—Ah, vale. ¿Qué edad tiene?

—Veinti... uno.

—Oh, bueno, es bastante joven —afirmé con solemnidad. Forcé una sonrisa en mis labios—. En serio, Sam, no estoy juzgando tus elecciones. —No demasiado—. Jannalynn es muy, muy... dinámica.

—Gracias —dijo. Los nubarrones se habían despejado de su cara—. Me llamó después del enfrentamiento con la manada. Le van los leones. —Sam se había convertido en león aquella noche, lo mejor para combatir. Había sido un magnífico rey de las bestias.

—¿Y cuánto hace que salís juntos?

—Hace tiempo que nos vemos, pero salimos en serio desde hace tres semanas.

—Pues está genial. —Me relajé y adopté una sonrisa más natural—. ¿Seguro que no necesitas una autorización de su madre, o algo?

Sam me tiró el paño del polvo. Lo agarré al vuelo y se lo devolví con fuerza.

—¿Podéis dejar los juegos? Tengo que hablar con Sam —dijo Tanya. No había oído su llegada.

Nunca será mi mejor amiga, pero es una buena trabajadora, y está dispuesta a venir dos noches a la semana después de su trabajo diurno en Norcross.

—¿Quieres que me vaya? —pregunté.

—No, no es necesario.

—Lo siento, Tanya. ¿Qué necesitas? —preguntó Sam, sonriente.

—Necesito que me cambies el nombre en los cheques de la paga —respondió Tanya.

—¿Has cambiado de nombre? —Debía de estar muy lenta esa mañana, pero Sam habría dicho lo mismo si yo no me hubiera adelantado. Él estaba igual de sorprendido.

—Sí. Calvin y yo hemos ido a un juzgado al otro lado de la frontera con Arkansas y nos hemos casado —soltó—. Ahora me llamo Tanya Norris.

Sam y yo nos la quedamos mirando en un instante de silencioso asombro.

—¡Enhorabuena! —exclamé de corazón—. Estoy segura de que serás muy feliz. —No sabía si podía decir lo mismo de Calvin, pero al menos conseguí expresar algo agradable.

Sam también se sumó. Tanya nos enseñó su anillo de bodas, ancho y dorado, y, después de ir a la cocina para mostrárselo a Antoine y D'Eriq, se fue tan abruptamente como había llegado, de regreso a Norcross. Dijo que habían abierto una lista en Taret y Wal-Mart para comprar las pocas cosas que necesitaban, así que Sam fue corriendo a su despacho, y escogió un reloj de pared de parte de todos los empleados del Merlotte's. También dejó una jarra de cristal para las contribuciones en metálico. Yo dejé diez dólares.

La gente ya empezaba a llegar para la hora del almuerzo. Tenía que ponerme manos a la obra.

—Nunca me he parado a hacerte ciertas preguntas —le dije a Sam—. ¿Crees que podría después de trabajar?

—Claro, Sook —respondió, y empezó a llenar vasos de té helado. Era un día cálido.

Tras una hora sirviendo comida y bebida, me sorprendió ver a Claude entrando por la puerta. Incluso con ropa desgreñada, que obviamente había recogido del suelo para ir tirando, estaba impresionante. Se había recogido el pelo en un desastre de coleta... y no desmejoraba en absoluto.

Era prácticamente suficiente para odiarlo, en serio.

Avanzó despreocupadamente hacia mí, como si viniese todos los días al Merlotte's... y como si su momento de tacto y amabilidad de la noche anterior no se hubiese producido nunca.

—El calentador no funciona —soltó.

—Hola, Claude. Qué alegría verte —respondí—. ¿Has dormido bien? Me alegro mucho. Yo también he dormido bien. Supongo que tendrás que hacer algo al respecto del calentador, ¿eh? Si quieres ducharte y lavarte la ropa. ¿Recuerdas que te pedí que me echases una mano con algunas cosillas? Podrías llamar a Hank Clearwater. Ya ha venido a hacer algunos trabajos.

—Podría ir yo a echar un vistazo —se ofreció una voz. Me volví y encontré a Terry Bellefleur justo detrás. Terry es veterano de la guerra de Vietnam y tiene unas cicatrices horribles; además de otras que no se ven. Era muy joven cuando se fue a la guerra. Y, cuando regresó, había envejecido demasiado. Su pelo castaño rojizo empezaba a encanecerse, pero aún era lo bastante denso y largo como para poder recogérselo en una coleta. Siempre me había llevado de maravilla con él, y era un manitas capaz de hacer cualquier cosa en la casa o en el jardín.

—Te lo agradecería muchísimo —dije—. Pero no quiero aprovecharme, Terry. —Siempre había sido muy amable conmigo. Había despejado los desechos de mi cocina quemada para que los albañiles pudieran ponerse a trabajar en la nueva, y tuve que insistir mucho para que aceptara un justo pago.

—No es nada —murmuró, con los ojos clavados en sus viejas botas de trabajo. Terry vivía de una pensión del Gobierno y gracias a algunos trabajitos poco convencionales. Por ejemplo, se pasaba por el Merlotte's muy tarde por la noche o por la mañana temprano para limpiar las mesas, los aseos y el suelo. Siempre decía que mantenerse ocupado le hacía sentirse en forma, y era verdad.

—Soy Claude Crane, el primo de Sookie —saludó Claude, extendiendo la mano hacia Terry.

Éste farfulló su propio nombre y le estrechó la mano. Alzó la mirada para observar a Claude. Tenía los ojos inesperadamente bonitos, de un rico marrón dorado con generosas pestañas. Nunca me había dado cuenta. Me di cuenta de que nunca había pensado en él como un hombre.

Tras el apretón de manos, Terry parecía sobresaltado. Por lo general, reaccionaba mal siempre que se enfrentaba a algo que se saliese de sus cánones habituales; sólo era una cuestión de en qué grado. Pero, en ese momento, Terry parecía más desconcertado que asustado o enfadado.

—Eh, ¿quieres que me pase ahora a verlo? —preguntó Terry—. Tengo un par de horas libres.

—Eso sería maravilloso —contestó Claude—. Necesito una ducha, y si es caliente, tanto mejor. —Le sonrió.

—Tío, no soy gay —cortó Terry, y la expresión que afloró en la cara de Claude no tuvo precio. Jamás lo había visto tan desconcertado.

—Gracias Terry, es todo un detalle —dije bruscamente—. Claude tiene una llave y te dejará pasar. Si tienes que comprar piezas, no dudes en darme los recibos. Sabes que te los pagaré. —Puede que tuviese que trasferir unos fondos de mis ahorros, pero aún tenía lo que llamaba mi «dinero vampírico» en el banco, a buen recaudo. Además, el señor Cataliades no tardaría en mandarme el dinero de mi pobre prima Claudine. Algo en mi interior se relajaba cada vez que pensaba en ese dinero. Había estado al borde de la pobreza tantas veces que ya me había acostumbrado, y saber que contaba con ese dinero que podría sumar a lo ya acumulado en el banco me aliviaba sobremanera.

Terry asintió y se fue por la puerta, de regreso a su camioneta. Atravesé a Claude con una mirada ceñuda.

—Ese hombre es muy frágil —le advertí—. Ha sufrido una guerra. No lo olvides.

Claude se sonrojó muy levemente.

—No lo haré —dijo—. Yo también he estado en guerras. —Me besó ligeramente en la mejilla para darme a entender que se había recuperado del golpe al orgullo. Podía sentir la envidia de todas las mujeres del establecimiento palpitando en mi contra—. Para cuando vuelvas a casa, creo que estaré en Monroe. Gracias, prima.

Sam se puso a mi lado mientras Claude salía por la puerta.

—Elvis ha abandonado el edificio —comentó secamente.

—No, hace mucho que no lo veo —respondí, aún con el piloto automático. Entonces me sacudí—. Lo siento, Sam. Claude es de lo que no hay, ¿eh?

—Hace mucho que no veo a Claudine. Es muy divertida —recordó Sam—. Claude parece… más clásico desde el punto de vista de las hadas. —Había una pregunta implícita.

—No volveremos a ver a Claudine —le informé—. Por lo que yo sé, Claude será el único hada que veremos por aquí. Han cerrado las puertas, del modo que sea. Aunque creo que hay un par de ellas merodeando por mi casa.

—Hay muchas cosas que no me has contado.

—Tenemos que ponernos al día —convine.

—¿Qué tal esta noche, cuando acabes el turno? Terry estará aquí para hacer unas reparaciones que se han estado acumulando. Y Kennedy tomará las riendas del bar. —Sam parecía un poco preocupado—. Espero que Claude no le vuelva a tirar los tejos a Terry. El ego de tu primo es tan grande como un granero, y Terry es tan… Nunca se sabe cómo va a tomarse las cosas.

—Terry es un hombre adulto —le recordé. Por supuesto, lo que intentaba era tranquilizarme a mí misma—. Ambos lo son.

—Terry tiene poco de adulto —corrigió Sam—. Aunque no dudo que es un hombre.

Fue todo un alivio comprobar que Terry volvía una hora más tarde. Parecía absolutamente normal, ni frustrado, ni enfadado, ni nada por el estilo.

Siempre había intentado mantenerme fuera de los pensamientos de Terry, ya que podía ser un lugar muy tenebroso. Él estaba bien siempre que se mantuviese concentrado en una cosa a la vez. Pensaba mucho en sus perros. Se había quedado con uno de los cachorros de la última camada de su perra y lo estaba entrenando. De hecho, si alguien era capaz de enseñar a leer a un perro, ése era Terry.

Después de reparar un pomo suelto de la puerta del despacho de Sam, Terry se sentó en una de mis mesas y pidió una ensalada y té dulce. Tras anotar su pedido, me tendió un recibo en silencio. Al final tuvo que comprar una pieza para el calentador.

—Ya está arreglado —confirmó—. Tu primo ha podido darse su ducha caliente.

—Gracias, Terry —dije—. Te pagaré algo por tu tiempo y trabajo.

—No es necesario —respondió Terry—. Ya se ha encargado tu primo de eso. —Volvió a enfrascarse en su revista. Se había comprado un ejemplar de *Louisiana Hunting and Fishing*[*] para leer mientras esperaba su comida.

Le firmé un cheque por la pieza y se lo entregué con el pedido. Asintió y se lo metió en el bolsillo. Como Terry no siempre estaba disponible para trabajar, Sam había contratado a una barman para poder disfrutar de alguna noche libre. La nueva, que llevaba un par de semanas en el puesto,

---

[*] *Caza y pesca en Luisiana. (N. del T.)*

era bastante atractiva a pesar de su imponente tamaño. Kennedy Keyes medía fácilmente metro ochenta; era más alta que Sam, sin duda. Tenía el atractivo que se suele asociar a las reinas tradicionales de la belleza; pelo castaño hasta los hombros con mechas rubias discretas, amplios ojos marrones y una sonrisa blanca y equilibrada que colmaría las fantasías más húmedas de un dentista. Tenía la piel perfecta, la espalda recta y se había graduado en la Universidad de Arkansas en Psicología.

También había estado en el talego.

Sam le ofreció trabajo el día que se pasó a almorzar después de salir de la cárcel. Ni siquiera preguntó en qué consistiría antes de aceptarlo. Sam le pasó la guía rápida del barman y ella se la estudió concienzudamente hasta dominar el número suficiente de bebidas.

—¡Sookie! —me llamó, como si hubiésemos sido amigas íntimas desde la infancia. Así era Kennedy—. ¿Qué tal estás?

—Bien, gracias. ¿Y tú?

—Como unas pascuas. —Se agachó para comprobar el número de botellas que quedaban en la nevera de puerta de cristal que había detrás de la barra—. Necesitamos algunas A&W —dijo.

—Marchando. —Le cogí las llaves a Sam y fui al almacén a por una caja de bebida de zarzaparrilla. Cogí dos paquetes de seis.

—No quise decir que fueras tú. ¡Podría haberlas cogido yo misma! —Me sonrió Kennedy. Su sonrisa parecía perpetua—. Te lo agradezco.

—No ha sido nada.

—¿Parezco más delgada, Sookie? —preguntó, esperanzada. Se dio media vuelta para enseñarme el trasero y me miró por encima del hombro.

El problema de Kennedy no era que hubiese pasado un tiempo en la cárcel, sino que había ganado peso en dicho periodo. Me había dicho que la comida era una basura, y se había pasado con los carbohidratos. «Como por ansiedad», había dicho también, como si fuese algo terrible. «Y la verdad es que en la cárcel tenía problemas de ese tipo con frecuencia». Desde su regreso a Bon Temps, no veía la hora de volver a sus medidas de reina de la belleza.

Aún era preciosa. Sólo que ahora había más que contemplar.

—Estás imponente, como de costumbre —dije. Miré alrededor en busca de Danny Prideaux. Sam le había pedido que se pasara cuando Kennedy trabajara de noche. El apaño debía durar un mes, hasta que Sam se asegurara de que nadie iba a aprovecharse de la nueva.

—Sabes —comentó, interpretando mi mirada—, puedo encargarme sola.

Todos en Bon Temps sabían que Kennedy se las arreglaba sola, y ése era el problema. Su reputación podía constituir un desafío para ciertos hombres (ciertos hombres capullos).

—Sé que puedes —le confirmé amablemente. Danny Prideaux era un seguro.

Y por la puerta apareció. Era unos centímetros más alto que Kennedy, y de una mezcla racial que no lograba concretar. Tenía la piel muy morena, y el pelo corto y castaño enmarcaba una cara ancha. Hacía un mes que se había licenciado del ejército y aún no se había dedicado a ningún oficio en concreto. Trabajaba a media jornada en un almacén de materiales inmobiliarios. Estaba más que dispuesto a hacer de portero algunas noches a la semana, sobre todo habida cuenta de la posibilidad de estar cerca de Kennedy todo el rato.

Sam salió de su despacho para despedirse y poner al tanto a Kennedy de que el cheque de uno de los clientes no tenía fondos. Luego, nos dirigimos hacia la puerta trasera los dos juntos.

—¿Y si vamos a Crawdad Diner? —sugirió. Me pareció buena idea. Era un antiguo restaurante que daba a la plaza que rodeaba los juzgados. Al igual que todos los establecimientos cercanos del casco viejo de Bon Temps, el restaurante tenía su historia. Sus dueños originales habían sido Perdita y Crawdad Jones, que lo abrieron allá por los años cuarenta. Cuando Perdita se jubiló, vendió el negocio a Ralph, el marido de Charlsie Tooten, que dejó su puesto en una planta de procesado de pollos para llevar el establecimiento. El trato era que Perdita le daría todas sus recetas si él accedía a mantener el nombre de Crawdad Diner. Cuando la artritis de Ralph le obligó a jubilarse, vendió el negocio a Pinkie Arnett con la misma condición. Así, generaciones enteras de Bon Temps tuvieron asegurada la posibilidad de probar el mejor pudín de pan de todo el Estado, y los herederos de Perdita y Crawdad Jones pudieron jactarse de ello con orgullo.

Compartí con Sam esa perla de sabiduría local después de pedir un filete campero con judías y arroz.

—Menos mal que Pinkie se quedó con la receta del pudín. Cuando sea época de tomates verdes, quiero venir aquí de vez en cuando a tomarlos fritos —dijo Sam—. ¿Cómo llevas eso de vivir con tu primo? —preguntó mientras estrujaba una rodaja de limón sobre su té.

—Aún no me ha dado tiempo de enterarme. Ya ha ido trayendo sus cosas, pero aún no hemos podido coincidir mucho.

—¿Lo has visto haciendo de *stripper*? —rió Sam—. Quiero decir, profesionalmente. Yo sería incapaz de hacer esas cosas en un escenario, delante de tantas personas.

A mi modo de ver, Sam no tendría ningún impedimento físico para ello. Lo había visto desnudo cuando se transformó de animal a humano. Un pastelito.

—No. Siempre había tenido la idea de ir con Amelia, pero desde que volvió a Nueva Orleans no he tenido mucho ánimo para ir a un club de *striptease*. Deberías contratar a Claude para las noches que estés fuera —sugerí, sonriente.

—Sí, claro —respondió con sarcasmo, pero parecía animado.

Hablamos un rato sobre la partida de Amelia, y luego le pregunté por su familia en Texas.

—El divorcio de mi madre ha ido bien —me informó—. Claro que mi padre está en la cárcel desde que le disparó, así que hace meses que no lo ve. A estas alturas, supongo que la mayor diferencia para ella será la económica. Se va a quedar con la pensión del ejército de mi padre, pero no sabe si la renovarán en su empleo de la escuela cuando acabe el verano. Contrataron a una sustituta para lo que queda de curso cuando le dispararon y le están dando evasivas acerca de su regreso.

Antes de que le dispararan, la madre de Sam era la secretaria recepcionista de una escuela de educación primaria. No eran muchos los que estaban tranquilos al compartir su oficina con una mujer capaz de transformarse en animal, aunque ella siguiese siendo la misma mujer de siempre. Esa actitud me dejaba sin palabras.

La camarera nos trajo nuestros platos y una cesta de panecillos. Suspiré anticipando el placer. Aquello era mucho mejor que cocinar para mí sola.

—¿Alguna novedad sobre la boda de Craig? —pregunté cuando fui capaz de dejar de lado un momento el filete campero.

—Han terminado la fase del consejero de pareja —respondió, encogiéndose de hombros—. Ahora los padres de ella quieren que se haga lo mismo, pero desde el punto de vista genético, sea lo que sea eso.

—Es una estupidez.

—Algunas personas creen que cualquier cosa diferente es mala de por sí —comentó Sam mientras untaba mantequilla sobre su segundo panecillo—. Ni que Craig fuese a cambiar. —Como primogénito de una pareja de cambiantes puros, sólo Sam era susceptible a la llamada de la luna llena.

—Lo siento —lamenté con un meneo de la cabeza—. Sé que la situación es difícil para toda tu familia.

Asintió.

—Mi hermana Mindy lo lleva bastante bien. Me dejó jugar con los niños la última vez que los vi, e intentaré ir a Texas para el Cuatro de julio. Van a lanzar muchos fuegos artificiales e irá toda la familia. Creo que me lo pasaré bien.

Sonreí. Eran afortunados por tener a Sam en la familia, eso creía.

—Tu hermana debe de ser muy lista —supuse. Me llevé un buen trozo de carne a la boca con salsa de leche. Estaba deliciosa.

Ahora rió él.

—Escucha, hablando de familia —comenzó—, ¿estás ya preparada para contarme qué pasa con la tuya? Me hablaste de tu bisabuelo y de lo que pasó. ¿Cómo están tus heridas? No quiero que parezca que espero que me digas todo lo que pasa en tu vida pero sabes que me preocupa.

Dudé un poco. Pero me sentía cómoda hablando con Sam, así que traté de resumirle lo ocurrido durante la semana anterior.

—Y J.B. me ha estado ayudando con un poco de terapia física —añadí.

—Caminas como si no te hubiese pasado nada, salvo por el hecho de que te cansas —observó él.

—Tengo un par de marcas feas en la parte alta del muslo izquierdo, donde la carne… Bueno, paso de hablar de ello. —Me quedé mirando la servilleta durante un par de minutos—. Se regeneró. Casi toda. Ha quedado una especie de hoyuelo. Hay algunas cicatrices, pero nada terrible. A Eric no parece importarle. —De hecho, él presentaba una o dos cicatrices de sus tiempos como humano, si bien apenas eran visibles en la palidez de su piel.

—Eh, ¿lo llevas bien?

—A veces tengo pesadillas —confesé—. Y en ocasiones tengo ataques de pánico. Pero mejor hablamos de otra cosa. —Sonreí; una de mis sonrisas más amplias y brillantes—. Míranos después de tantos años, Sam. Vivo con un hada, tengo un novio vampiro y tú sales con una licántropo que se dedica a aplastar cráneos. ¿Habríamos pensado que alguna vez diríamos esto el día que entré en el Merlotte's buscando trabajo?

Sam se inclinó hacia delante y posó su mano brevemente sobre la mía. En ese instante, Pinkie en persona se acercó a nuestra mesa para preguntarnos qué nos había parecido la comida. Señalé mi plato casi vacío.

—Creo que salta a la vista que nos ha encantado —dije, sonriéndole. Ella me devolvió el gesto. Pinkie era una mujer voluminosa que claramente disfrutaba de su propia cocina. Entraron nuevos clientes y fue hacia ellos para acomodarlos.

Sam retiró su mano y empezó a remover la comida de su plato.

—Desearía… —empezó a decir, pero cerró la boca. Se pasó la mano por la cabellera dorada y rojiza. Como se lo había cortado hacía poco, parecía más mansa de lo habitual hasta que se le volvía a alborotar. Posó el tenedor sobre la mesa y me di cuenta de que él también había terminado con casi todo el contenido de su plato.

—¿Qué desearías? —pregunté. Temería oír la respuesta a esa cuestión de boca de la mayoría de la gente. Pero Sam y yo éramos amigos desde hacía años.

—Desearía que encontraras la felicidad con cualquier otra persona —respondió—. Ya sé, ya sé. No es asunto mío. Eric parece cuidarte muy bien, y te lo mereces.

—Así es —convine—. Él es el novio que tengo y sería una desagradecida si no estuviese contenta. Nos amamos.

—Me encogí de hombros de una forma algo autodespreciativa. Empezaba a incomodarme con el giro de la conversación.

Sam agitó la cabeza, si bien una mueca de la comisura del labio me reveló, sin siquiera la necesidad de oír sus pensamientos, que opinaba que Eric no era merecedor de esa valoración. Menos mal que no podía oír lo que él pensaba claramente. Yo veía a Jannalynn igual de poco apropiada para Sam. Él no necesitaba una feroz matona-mujer-para-todo del líder de la manada. Se merecía estar con alguien que pensase que era el mejor hombre del mundo.

Pero no dije nada.

Que nadie pensara que yo no tenía tacto.

Resultaba terriblemente tentador decirle lo que había pasado la noche anterior. Pero era sencillamente incapaz. No quería implicar a Sam en la mierda de los vampiros más de lo que ya estaba, que era muy poco. Nadie necesita cosas así. Por supuesto, había pasado el día preocupada por las consecuencias de aquellos acontecimientos.

Mi móvil se puso a sonar mientras Sam pagaba su mitad de la cuenta. Le eché un ojo. Era Pam. El corazón se me subió a la garganta. Salí del establecimiento.

—¿Qué pasa? —pregunté, sonando tan ansiosa como me sentía.

—Hola a ti también.

—Pam, ¿qué ha pasado? —No estaba de humor para jueguecitos.

—Bruno y Corinna no se han presentado hoy en el trabajo en Nueva Orleans —dijo con solemnidad—. Victor no ha llamado aquí porque, por supuesto, no existe razón de peso para que estén aquí.

—¿Han encontrado el coche?

—Todavía no. Seguro que la patrulla de carreteras le ha puesto ya la pegatina pidiendo a los propietarios que lo quiten de en medio. He observado que eso es lo que hacen.

—Sí, eso es lo que hacen.

—No aparecerá ningún cuerpo. Sobre todo porque el chaparrón de anoche habrá eliminado cualquier rastro. —Pam parecía jactarse de ello—. Nadie puede culparnos.

Me quedé parada, con el teléfono pegado a la oreja, en una acera vacía en medio de la ciudad, apenas a unos metros de una farola. Pocas veces me había sentido más sola.

—Ojalá hubiese sido Victor —deseé desde lo más profundo de mi corazón.

—¿Quieres matar a otra persona? —Pam parecía un poco sorprendida.

—No. Quiero que se acabe. Quiero que todo vuelva a la normalidad. No quiero más muertes. —Sam salió en ese momento del restaurante y reparó en la tensión de mi voz. Sentí su mano sobre mi hombro—. Tengo que dejarte, Pam. Mantenme informada.

Cerré la tapa del móvil y me volví hacia Sam. Parecía preocupado, y la luz de la farola proyectaba hondas sombras sobre su rostro.

—Tienes problemas —dijo.

No contesté.

—Sé que ahora no puedes hablar de ello, pero si alguna vez te apetece hacerlo, ya sabes dónde encontrarme —se ofreció.

—Lo mismo te digo —respondí, porque me imaginé que, con una novia como Jannalynn, Sam debía de estar en una situación muy parecida a la mía.

Capítulo
5

El viernes por la mañana el teléfono se puso a sonar mientras estaba en la ducha. Como tenía contestador, lo ignoré. Cuando estiré el brazo para buscar la toalla a tientas, sentí que alguien me tiraba de la mano. Con un jadeo ahogado, abrí los ojos para ver a Claude completamente desnudo.

—Es para ti —dijo, entregándome el inalámbrico de la cocina. Se fue sin más.

Me lo llevé automáticamente a la oreja.

—¿Diga? —pregunté como pude. No sabía en qué pensar primero: si en que había visto a Claude como vino al mundo, si en que él me había visto desnuda a mí o si en el hecho de que éramos familiares y habíamos estado en la misma habitación los dos desnudos.

—¿Sookie? Pareces afectada —preguntó una voz masculina que me resultaba familiar.

—Oh, es que me ha pillado por sorpresa —me excusé—. Lo siento… ¿Con quién hablo?

La voz se rió con un sonido tibio y amistoso.

—Soy Remy Savoy, el padre de Hunter —dijo.

Remy había estado casado con mi prima Hadley, que ahora estaba muerta. Su hijo Hunter y yo teníamos un vínculo que debíamos explorar. Tenía pendiente la intención de llamar a Remy para establecer unas pautas de visita a Hunter, y decidí que era el momento de resolverlo.

—Espero que llames para decirme que puedo ver a Hunter este fin de semana —sugerí—. Tengo que trabajar el domingo por la tarde, pero libro el sábado, es decir, mañana.

—¡Genial! Iba a preguntarte si podría llevarlo a tu casa esta noche; quizá podría pasar la noche allí.

Eso era mucho tiempo que pasar con un crío al que apenas conocía; más aún, un crío que no me conocía en absoluto.

—Remy, ¿tienes algún plan especial, o algo?

—Claro. Mi tía murió ayer y tengo que preparar el funeral para mañana a las diez. Pero el velatorio es esta noche. No me gusta la idea de llevar a Hunter al velatorio o al funeral… Sobre todo teniendo en cuenta, ya sabes, su… problema. Puede ser algo muy duro para él. Ya sabes cómo es… No puedo estar seguro de lo que dirá.

—Comprendo. —Y así era. Es complicado tener por ahí a un telépata en edad preescolar. Mis padres habrían comprendido el apuro en que se encontraba Remy—. ¿Qué edad tiene ya?

—Cinco. Acaba de ser su cumpleaños. Estaba preocupado con la fiesta, pero salió bien.

Respiré hondo. En su momento dije que ayudaría a Hunter con su problema.

—Vale, puede quedarse conmigo esta noche.

—Gracias. Te lo agradezco mucho, en serio. Lo llevaré cuando salga hoy de trabajar. ¿Te viene bien? Podríamos estar allí a eso de las cinco y media.

Yo saldría de trabajar entre las cinco y las seis, dependiendo de que mi relevo llegase a tiempo y de la concurrencia del bar. Di a Remy mi número de móvil.

—Si no estoy en casa, llámame al móvil. Llegaré lo antes posible. ¿Qué le gusta comer?

Hablamos de la rutina de Hunter durante unos minutos y colgamos. Para entonces ya estaba seca, pero el pelo me colgaba en mechones húmedos. Tras unos minutos con el secador, fui a hablar con Claude, ya adecuadamente vestida con mis prendas de trabajo.

—¡Claude! —grité desde el fondo de las escaleras.

—¿Sí? —preguntó con absoluta despreocupación.

—¡Baja ahora mismo!

Apareció en lo alto de las escaleras con el cepillo en la mano.

—¿Sí, prima?

—Claude, el contestador automático habría registrado la llamada. Por favor, no entres en mi habitación sin llamar, ¡y menos aún en mi baño! —Tenía claro que, en lo sucesivo, echaría el pestillo. Creo que nunca lo había usado antes.

—No me digas que eres una mojigata. —Parecía genuinamente curioso.

—¡No! —Pero, al cabo de un momento, añadí—: ¡Aunque puede que, comparada contigo, sí! Me gusta tener privacidad. Yo decido quién me ve desnuda. ¿Lo comprendes?

—Sí, aunque, objetivamente, prefiero tus otros argumentos.

Estaba convencida de que me iba a estallar la cabeza como una olla a presión.

—No esperaba esto cuando accedí a que te quedaras conmigo. Te gustan los hombres.

—Oh, sí, definitivamente los hombres son lo mío. Pero sé apreciar la belleza. He tenido ocasión de visitar el otro lado de la valla.

—Probablemente no te habría permitido mudarte conmigo de haberlo sabido —contesté.

Claude se encogió de hombros, como si dijese: «Entonces ¿no hice bien en no decírtelo?».

—Escucha —empecé a explicar, y me callé. Me estaba poniendo nerviosa. Al margen de las circunstancias, ver desnudo a Claude… Bueno, la primera reacción primaria no había sido la ira—. Mira, te voy a decir un par de cosas y quiero que las tomes muy en serio.

Aguardó, cepillo en mano, mostrando atención por pura cortesía.

—Primero: tengo novio, es vampiro y no me interesa ponerle los cuernos, y eso incluye ver a otros hombres desnudos… en mi cuarto de baño —añadí apresuradamente, pensando en cambiantes de toda condición—. Si no eres capaz de comprender eso, tendrás que marcharte y volver a tu casa. Segundo: esta noche espero una visita, un niño pequeño al que voy a cuidar, y más te vale actuar de forma apropiada delante de él. ¿Comprendes lo que te estoy diciendo?

—Nada de nudismo y ser bueno con el crío humano.

—Eso es.

—¿El crío es tuyo?

—Si fuese mío, puedes apostar tu dinero a que lo estaría criando yo. Es de Hadley. Era mi prima, la hija de mi tía Linda. Era la, eh…, novia de Sophie-Anne. Sabes, ¿no? La antigua reina. Al final también se convirtió en vampira. Tuvo a Hunter antes de que le pasara todo esto. Lo está criando su padre. —¿Estaría Claude emparentado con Hadley? Sí, por supuesto, y, por lo tanto, con Hunter también. Señalé eso también.

—Me gustan los niños —comentó Claude—. Me portaré bien. Y lamento haberte sobresaltado. —Me chirrió ese tono de contrición.

—Es curioso, porque no parece que lo lamentes.

—Lloro por dentro —añadió con una sonrisa traviesa.

—Oh, por el amor de Dios —protesté, dando media vuelta para completar mi rutina higiénica a solas y sin espectadores.

Cuando me fui a trabajar ya estaba más tranquila. «Después de todo —pensé—, Claude ha debido de ver a miles de personas desnudas en su vida». La mayoría de los seres sobrenaturales no tenían ningún problema con la desnudez. El hecho de que Claude y yo estuviésemos remotamente emparentados (mi bisabuelo era su abuelo) no suponía ninguna diferencia para él; de hecho, no supondría ninguna diferencia para la gran mayoría de los seres sobrenaturales. Así que, me dije decididamente, pelillos a la mar. Cuando las horas empezaron a dilatarse en el trabajo, dejé un mensaje en el móvil de Eric diciéndole que iba a cuidar de un niño esa noche. «Si puedes venir, genial, pero quería que supieras que habrá otra persona», le dije al contestador de voz. Hunter haría de carabina ideal. Entonces recordé a mi nuevo vecino del piso de arriba. «Se me olvidó contarte una cosa la otra noche, y probablemente no te guste demasiado. También te echo de menos». Sonó un pitido. Se me había agotado el tiempo de mensaje. Bueno…, vale. Ni siquiera sabía qué le habría dicho a continuación.

Heidi, la rastreadora, llegaría a Bon Temps esa misma noche. Parecía que había pasado un año desde que Eric decidiera mandarla a explorar mis tierras. Al pensar en su llegada me sentí algo preocupada. ¿Seguiría pensando Remy que un funeral era malo para Hunter cuando averiguara lo que se iba a reunir en mi casa? ¿Estaba siendo irresponsable? ¿Estaba arriesgando la integridad del niño?

No, pensar así era una paranoia. Heidi venía sólo a registrar el bosque.

A punto de llegar la hora de dejar el Merlotte's, había conseguido librarme de mis preocupaciones. Kennedy había vuelto a sustituir a Sam porque éste había hecho planes con Jannalynn, su novia licántropo, para ir a los casinos de Shreveport y cenar. Deseaba que se portase bien con él. Se lo merecía.

Kennedy se contorsionaba delante del espejo detrás de la barra, tratando discernir cuánto peso había perdido. Bajé la mirada hasta mis propios muslos. Jannalynn estaba realmente delgada. De hecho, diría que estaba flacucha. Dios había sido generoso conmigo en cuanto al busto, pero Jannalynn era dueña de unos pechos como albaricoques que exhibía con sus corpiños y camisetas de tirantes sin sujetador. Se confería cierta actitud (y altura) poniéndose un calzado alucinante. Yo llevaba unos Keds. Suspiré.

—¡Que pases buena noche! —me deseó Kennedy con alegría, y estiré los hombros, sonreí y le dije adiós con la mano. Mucha gente pensaba que la alegría y los buenos modales de Kennedy eran una fachada, pero yo estaba convencida de que era sincera. Su madre, obsesionada con los concursos de belleza, la había entrenado para tener siempre una sonrisa en la cara y una palabra amable en los labios. Tenía que concedérselo; Danny Prideaux no desconcertaba a Kennedy en absoluto, y eso que yo tenía la sensación de que ponía nerviosas a la mayoría de las chicas. Danny, que había sido criado en la filosofía de que el mundo estaba esperándole para tumbarlo y que por ello debía ser el primero en golpear, levantó un dedo hacia mí para unirse a la despedida de Kennedy. Tenía un refresco de Cola delante, ya que no bebía mientras estaba de servicio. Parecía feliz jugando al *Mario Kart* en su Nintendo DS, o simplemente sentado en la barra observando cómo trabajaba Kennedy.

Por otra parte, muchos hombres estarían nerviosos compartiendo trabajo con Kennedy, pues había estado en la cárcel por homicidio. Y seguro que también algunas mujeres. Pero yo no tenía ningún problema con ella. Me alegraba de que Sam le hubiese echado un capote. No es que apruebe el asesinato, pero algunas personas piden a gritos que alguien acabe con su vida, ¿no es así? Después de todo lo que había pasado, tuve que admitirme a mí misma que eso era lo que sentía.

Llegué a casa unos cinco minutos antes de que Remy apareciera con Hunter. Tuve el tiempo justo para quitarme la ropa del trabajo, echarla a la cesta de la ropa sucia y ponerme unos shorts y una camiseta limpia antes de que Remy llamara a la puerta delantera.

Eché un vistazo por la mirilla antes de abrir siguiendo la máxima de que más vale prevenir que curar.

—¡Hola, Remy! —exclamé. Tenía treinta y pocos, y era un hombre de discreto atractivo con un denso pelo largo y castaño claro. Iba ataviado de forma ideal para una visita nocturna al tanatorio: pantalones informales, camisa de paño a rayas marrones y blancas y mocasines brillantes. Parecía más cómodo con la franela y los vaqueros que llevaba el día que lo conocí. Bajé la mirada para encontrarme a su hijo. Hunter había crecido desde la última vez que lo había visto. Tenía el pelo y los ojos oscuros, como su madre, Hadley, pero era demasiado pronto para decidir por quién se decantaría más adelante.

Me acuclillé y le saludé pensando «Hola, Hunter», de forma sonriente y sin pronunciar una sola palabra.

El crío casi se había olvidado. La expresión se le iluminó.

«¡Tía Sookie!», pensó. El placer se extendió por su mente; placer y excitación.

—Tengo un camión nuevo —dijo en voz alta y me reí.

—¿Me lo vas a enseñar? Vamos, pasad y acomodaos.

—Gracias, Sookie —respondió Remy.

—¿De verdad me parezco a mamá, papi? —preguntó Hunter.

—¿Por qué lo preguntas? —preguntó Remy, desconcertado.

—Es lo que dice la tía Sookie.

Remy ya estaba acostumbrado a pequeños sobresaltos como ése, y sabía que la cosa sólo podía ir a más.

—Sí, claro que te pareces a mamá, y ella era muy guapa —le contó Remy—. Eres un jovencito con suerte, hijo.

—No quiero parecerme a una chica —dijo Hunter, dubitativo.

«No lo pareces».

—En absoluto —señalé—. Hunter, tu habitación está justo aquí —le indiqué, señalando la puerta abierta—. Yo solía dormir ahí cuando era pequeña.

Hunter miró a su alrededor, alerta y cauto. Pero la cama doble baja, con la colcha blanca, el viejo mobiliario y la deshilachada alfombra junto a la cama resultaban de lo más acogedoras.

—¿Dónde estarás tú? —preguntó.

—Aquí al lado, cruzando el pasillo —contesté, abriendo la puerta de mi habitación—. Puedes llamarme y vendré corriendo. O puedes venirte a mi cama, si te asustas por la noche.

Remy observó cómo su hijo absorbía toda la información. No sabía cuantas noches había pasado el niño alejado de su padre; no muchas, a tenor de los pensamientos que captaba de la mente de Hunter.

—El cuarto de baño es la puerta siguiente, ¿ves? —le enseñé, respondiendo a sus pensamientos—. Ésta es una casa antigua, Hunter. —La bañera con patas de garra y los azulejos blancos y negros no eran lo habitual en los apartamentos de alquiler donde había vivido con su padre desde el Katrina.

—¿Qué hay arriba? —preguntó Hunter.

—Bueno, mi primo se ha venido a vivir conmigo un tiempo. Ahora mismo no está, y vuelve tan tarde que puede que ni lo veas. Se llama Claude.

«¿Puedo subir a mirar?».

«Quizá mañana subamos juntos. Te enseñaré las habitaciones a las que puedes pasar y cuál es la de Claude».

Alcé la mirada para ver que Remy no dejaba de pasar la suya entre Hunter y yo, indeciso de si sentirse aliviado o no por que yo pudiera comunicarme con su hijo de ese modo.

—Él está bien, Remy —dije—. A medida que yo fui creciendo, todo fue resultando más fácil. Sé que esto va a ser duro en ocasiones, pero al menos Hunter es un chico muy listo y sano. Su pequeño problema es simplemente... menos evidente que el de cualquier crío.

—Es una buena forma de verlo. —Pero su preocupación no disminuyó.

—¿Te apetece beber algo? —pregunté, sin tener muy claro qué hacer con Remy a continuación. Hunter me había preguntado en silencio si podía deshacer su maleta y, del mismo modo, le dije que me parecía bien. Ya había descargado una pequeña mochila llena de juguetes en el suelo de la habitación.

—No, gracias. Tengo que irme.

Resultaba desagradable comprobar que espantaba al padre de Hunter del mismo modo que su hijo espantaba a otras personas. Quizá Remy necesitara ayuda, y estaba segura de que pensaba que yo era una mujer atractiva, aparte de ponerle los pelos de punta.

—¿El velatorio será en Red Ditch? —pregunté. Allí era donde vivían Remy y Hunter. Estaba a algo más de una hora en coche de Bon Temps.

—No, en Homer. Está de camino. Si tienes cualquier problema con él, llámame al móvil y vendré a recogerlo de camino a casa. Si no, pasaré la noche en Homer, asistiré al funeral mañana a las diez, me quedaré a comer en casa de mis primos y recogeré a Hunter por la tarde, si no te viene mal.

—Me parece bien —respondí, lo cual no dejaba de ser un arriesgado farol por mi parte. No había cuidado de un crío desde que me ocupaba de los hijos de Arlene. No quería pensar en ello. Las amistades con fin amargo siempre son algo triste. Lo más probable era que esos niños me odiasen ahora—. Tengo algunos vídeos que podemos ver, y un par de puzles. Incluso libros para colorear.

—¿Dónde? —preguntó Hunter, mirando en derredor como si esperase encontrarse con un Toys R' Us.

—Despídete de tu papá y los buscaremos —le sugerí.

—Adiós, papá —dijo Hunter con un desinteresado gesto de la mano.

Remy se quedó desconcertado.

—¿No me das un abrazo, campeón?

Hunter extendió los brazos y su padre lo cogió en volandas.

El niño soltó unas risitas. Remy sonrió por encima del hombro de su hijo.

—Éste es mi chico —dijo—. Pórtate bien con tu tía Sookie. No te olvides de los modales. Mañana te veré. —Dejó a Hunter en el suelo.

—Vale —respondió Hunter, como si tal cosa.

Remy se esperaba más aspavientos, ya que nunca se había separado del niño durante tanto tiempo. Me miró y luego sonrió meneando la cabeza. Se reía de sí mismo, lo que me pareció una buena reacción.

Me preguntaba cuánto duraría la tranquila aceptación de Hunter. Él levantó la mirada hacia mí.

—Estaré bien —dijo, y me di cuenta de que me leía la mente e interpretaba mis pensamientos a su manera. Si bien había tenido experiencias similares, habían estado filtradas por la sensibilidad adulta, y nos habíamos divertido comprobando los resultados de unir nuestras telepatías. Hunter no estaba filtrando ni ordenando mis pensamientos, como lo haría un adulto.

Tras abrazar de nuevo a su hijo, Remy se marchó reacio. Hunter y yo encontramos los libros para colorear. Resultó que colorear le gustaba más que cualquier otra cosa. Lo dejé en la mesa de la cocina y me puse a preparar la cena. Podría haber hecho algo más elaborado, pero pensé que algo sencillo sería ideal para nuestra primera noche juntos.

«¿Te gustan las cosas de Hamburger Helper*?», le pregunté en silencio. Alzó la mirada y le enscñé la caja.

«Sí que me gusta», dijo Hunter, reconociendo la imagen. Devolvió toda su atención a la escena de la tortuga y la mariposa que estaba dibujando. La tortuga era verde y marrón, algo normal en ese animal, pero Hunter había improvisado con la mariposa. Era magenta, amarilla, azul y verde esmeralda… y aún no había terminado. Me di cuenta de que el realismo no entraba dentro de los planes de Hunter. Lo que no era malo.

«Kristen solía preparar Hamburger Helper», me dijo.

---

* Marca de comida en conserva. *(N. del T.)*

Kristen había sido la novia de Remy. Me dijo que ella había roto por su incapacidad de aceptar el don especial de Hunter. No era sorprendente que pensara que el niño era un bicho raro. Los adultos también pensaban que yo era una niña rara. Aunque ahora lo comprendía, en su momento fue algo doloroso. «Me tenía miedo», me contó Hunter, y volvió a levantar la mirada durante un instante. La comprendía perfectamente.

«Ella no lo entendía», dije. «No hay mucha gente como nosotros».

«¿Yo soy el único aparte de ti?».

«No, conozco a otro chico. Es mayor y vive en Texas».

«¿Está contento?».

No estaba muy segura de a qué se refería Hunter con «contento», hasta que observé sus pensamientos un poco más. El crío estaba pensando en su padre y en algunos otros hombres objeto de su admiración; hombres con trabajos, mujeres, novias; hombres que trabajaban. Hombres normales.

«Sí», respondí. «Encontró una manera de ganarse la vida con su habilidad. Trabaja para los vampiros. A ellos no los podemos oír».

«¿En serio? Nunca he conocido uno».

Alguien llamó al timbre.

—Enseguida vuelvo —le dije y fui corriendo a la puerta. Observé por la mirilla. Era una joven vampira, probablemente Heidi, la rastreadora. El móvil se puso a sonar. Lo saqué corriendo de mi bolsillo.

—Heidi debería estar allí —apuntó Pam—. ¿Está en la puerta?

—¿Coleta marrón, ojos azules, alta?

—Sí, puedes dejarla pasar.

Parecía que lo hubieran planeado con tiralíneas.

Abrí la puerta al segundo.

—Hola, adelante —saludé—. Soy Sookie Stackhouse.

—Me aparté. No le ofrecí estrechar las manos. Los vampiros no hacen eso.

Heidi me saludó con un gesto de la cabeza y puso un pie en la casa, lanzando furtivas miradas a cada esquina, como si observar abiertamente fuese un acto de grosería. Hunter llegó corriendo hasta el salón, deteniéndose en seco cuando vio a Heidi. Era alta y delgada, casi huesuda, y probablemente muda. No obstante, ahora Hunter podía comprobar en carne propia lo que le había contado.

—Heidi, éste es mi amigo Hunter —dije, a la espera de la reacción del pequeño.

Estaba fascinado. Intentaba leerle los pensamientos con todas sus fuerzas. Estaba encantado con el resultado. Con el silencio.

Heidi se puso de cuclillas y dijo para mi alivio:

—Hunter, eres un buen chico. —Su voz tenía un acento que asocié con Minnesota—. ¿Te quedarás con Sookie mucho tiempo? —Su sonrisa desveló unos dientes un poco más largos y afilados que los de una humana normal, y pensé que quizá Hunter se asustaría al verlos. Pero los contempló con genuina fascinación.

«¿Has venido a cenar con nosotros?», le preguntó a Heidi.

«En voz alta, Hunter, por favor», le pedí. «No es como los humanos, pero tampoco como nosotros. ¿Recuerdas?».

Me miró un poco asustado, como si me hubiese enfadado. Le sonreí y asentí con la cabeza.

—¿Va a cenar con nosotros, señorita Heidi?

—No, gracias, Hunter. He venido al bosque para buscar una cosa que se nos ha perdido. Ya no os molestaré más. Mi jefe me ha pedido que me presente y que me ponga manos a la obra —contestó Heidi, sonriendo al pequeño.

De repente me sentí como si hubiese dado con un acantilado. Era idiota. ¿Cómo podía ayudar al crío si no lo educaba?

«No dejes que ella sepa que puedes oír cosas, Hunter», le dije. Me miró con esos ojos que tanto se parecían a los de Hadley. Parecía un poco asustado.

Heidi alternaba su mirada entre Hunter y yo, consciente evidentemente de que ocurría algo que se le escapaba.

—Heidi, espero que encuentres algo por ahí —le deseé bruscamente—. Infórmame antes de irte, por favor. —No sólo quería saber si encontraba algo, sino también cuándo iba a salir de mi propiedad.

—No debería llevar más de dos horas —vaticinó.

—Lamento no habértelo dicho, pero «Bienvenida a Luisiana» —continué—. Espero que no haya sido mucha molestia para ti venir hasta aquí desde Las Vegas.

—¿Puedo volver a colorear? —preguntó Hunter.

—Claro que sí, cielo —le contesté—. Estaré contigo en un minuto.

—Tengo que hacer caca —soltó Hunter y oí que se cerraba la puerta del baño.

—Mi hijo tenía su edad cuando me convirtieron —confesó Heidi.

Su declaración fue tan abrupta, pronunciada con una voz tan plana, que hizo falta un momento para que absorbiera lo que acababa de decir.

—Lo siento mucho —lamenté de corazón.

Ella se encogió de hombros.

—Fue hace veinte años. Ha crecido. Es drogadicto en Reno. —Su voz seguía siendo plana e impasible, como si hablara del hijo de una desconocida.

—¿Sabes algo de él? —pregunté con suma cautela.

—Sí —respondió—. Voy a verlo. Al menos eso hacía antes de que mi anterior… patrón me enviase aquí.

No sabía qué decir, pero ella seguía ahí de pie, así que se me ocurrió hacer una pregunta.

—¿Dejas que él te vea?

—Sí, a veces. Una vez llamé a una ambulancia al ver que se había metido una sobredosis. Otra noche lo salvé de un adicto a la sangre de vampiro que iba a matarlo.

Un tropel de pensamientos afloró en mi mente, y todos desagradables. ¿Sabría que la vampira que lo vigilaba era su madre? ¿Qué pasaría si se metía una sobredosis de día, cuando ella estaba muerta para el mundo? ¿Cómo se sentiría si no estuviese cuando la suerte lo abandonara? No podría estar siempre encima. ¿Puede que fuese drogadicto porque su madre seguía apareciendo aun después de muerta?

—En los viejos tiempos —comenté por decir algo—, los creadores de los vampiros abandonaban la zona con sus retoños tan pronto como los convertían para alejarlos de sus seres queridos, quienes los reconocerían. —Eric, Bill y Pam me habían dicho lo mismo.

—Estuve alejada de Las Vegas cerca de diez años, pero volví —contó Heidi—. Mi creador me necesitaba allí. Formar parte de este mundo no es tan bonito para la mayoría de nosotros como para nuestros líderes. Creo que Victor me mandó a trabajar con Eric en Luisiana para alejarme de mi hijo. Dijeron que no les sería de ninguna utilidad mientras los problemas de Charlie siguieran distrayéndome. Pero claro, descubrieron mis habilidades para el rastreo cuando encontré al que le había vendido droga cortada a mi hijo.

Sonrió un poco y supe el final que había tenido ese hombre. Heidi me ponía los pelos de punta.

—Me voy al bosque a ver qué encuentro. Te avisaré cuando termine.

Nada más atravesar la puerta delantera, se desvaneció tan rápidamente que, para cuando fui a la parte de atrás para ver, ya se había sumergido entre los árboles.

Había tenido muchas conversaciones extrañas, y también algunas de ellas capaces de romperme el corazón, pero ésta con Heidi había sido las dos cosas al mismo tiempo. Menos mal que tuve un par de minutos para recuperarme mientras ponía los platos y observaba que Hunter se lavaba las manos.

Me alegró ver que el niño esperaba bendecir la mesa antes de comer, así que ambos agachamos la cabeza juntos. Disfrutó con su Hamburger Helper, las judías y las fresas. Mientras comíamos, Hunter me contó de todo sobre su padre. Estoy segura de que Remy acabaría horrorizado si supiese lo que hacía su hijo con sus secretos. Era todo lo que podía pensar para no romper a reír. Supongo que la conversación se habría antojado extraña para cualquiera, ya que la mitad era mental y la otra mitad verbal.

Sin que tuviera que decirle nada, Hunter llevó su plato a la pila. Contuve el aliento hasta que lo depositó con suavidad.

—¿Tienes perro? —preguntó, mirando a su alrededor como si fuese a aparecer uno de un momento a otro—. Nosotros siempre le damos las sobras a nuestro perro. —Recordé al perrito que había visto corriendo por el patio trasero de la pequeña casa de Remy, en Red Ditch.

«Me temo que no», contesté.

«¿Tienes algún amigo que se convierta en perro?», insistió, con los ojos dilatados de asombro.

—Sí —contesté—. Es un buen amigo. —No contaba con que Hunter lo averiguara. Vaya con mi sobrino.

—Mi padre siempre dice que soy listo —apuntó Hunter, adquiriendo un aspecto dubitativo.

—Pues claro que lo eres —le aseguré—. Sé lo difícil que es ser diferente, porque yo también lo soy. Pero me hice mayor sin problemas.

«Pero pareces un poco preocupada», dijo.

Estaba de acuerdo con Remy. Hunter era un crío de lo más espabilado.

«Lo estoy. Crecer no fue fácil para mí porque nadie comprendía por qué era diferente. La gente no te cree». Me senté en una silla frente a la mesa y me subí a Hunter al regazo. Temía que aquello fuese demasiado contacto físico para él, pero no pareció importarle. «A la gente no le gusta saber que alguien es capaz de oír sus pensamientos. No les queda intimidad cuando hay alguien como nosotros cerca».

Hunter no comprendió exactamente el término «intimidad», así que hablamos del concepto durante un rato. Puede que fuese algo que superaba a la mayoría de los críos de cinco años, pero Hunter no era un niño como los demás.

«Entonces ¿la cosa que hay en el bosque te da intimidad?», preguntó Hunter.

«¿Qué?». Supe que había reaccionado con demasiada ansiedad y abatimiento cuando noté que Hunter se molestaba. «No te preocupes, cielo», dije. «No, no es un problema».

Hunter se tranquilizó lo suficiente como para hacerme pensar que era el momento de cambiar de tema. Su atención se disipaba, así que le dejé bajarse. Empezó a jugar con los Duplos que se había traído en la mochila, llevándolos desde el cuarto de baño hasta la cocina en su camión. Se me ocurrió comprarle un conjunto de Lego por su cumpleaños, pero prefería consultárselo antes a Remy. Escuché los pensamientos de Hunter mientras fregaba los platos.

Descubrí que, al igual que la mayoría de críos de su edad, estaba interesado en su anatomía y que le parecía divertido tener que estar de pie para orinar, mientras yo tenía que sentarme. También que no le gustaba Kristen porque a ella no le caía bien. «Lo fingía todo», me dijo, como si supiese exactamente en qué momento yo le escuchaba.

Me quedé quieta delante del fregadero, de espaldas a Hunter, pero eso no supuso diferencia alguna en la conversación, lo cual suscitaba más sensaciones extrañas.

«¿Sabes cuándo escucho en tu mente?», le pregunté, sorprendida.

«Sí, me hace cosquillas», me contestó Hunter.

¿Sería por su juventud? ¿Me habría hecho «cosquillas» a mí también si hubiese conocido a otro telépata cuando era niña? ¿O era Hunter único entre los telépatas?

—¿La señora que llamó a la puerta estaba muerta? —preguntó Hunter. Se había puesto de pie de un salto y había rodeado la mesa para ponerse a mi lado mientras secaba una sartén.

—Sí —respondí—. Es una vampira.

—¿Muerde?

—A ti y a mí, no —le tranquilicé—. Supongo que a veces morderá a la gente que le deje. —Dios, esa conversación empezaba a ser preocupante. Era como hablar de religión con un niño de cuyos padres desconoces cualquier referencia—. Dijiste que nunca habías conocido a un vampiro.

—No, señora —me confirmó. Iba a decirle que no tenía por qué llamarme señora, pero me detuve. Cuanto mejores fuesen sus modales, más fácil le parecería el mundo—. Yo tampoco había conocido nada como ese hombre del bosque.

En ese momento, tuvo toda mi atención, e hice todo lo que pude para que no leyese la preocupación que crecía en mí. Justo cuando iba a hacerle unas cuidadosas preguntas, oí que alguien abría la puerta del porche trasero, seguido de unos pasos sobre los tablones. Un leve toque a la puerta me reveló que Heidi había vuelto de rastrear en el bosque, pero me aseguré mirando por la pequeña ventana de la puerta. Sí, era la vampira.

—He terminado —anunció ella cuando le abrí—. Me marcho.

Me di cuenta de que Hunter no corría hacia la puerta, como la primera vez. Pero estaba detrás de mí; sentía su mente emitiendo zumbidos. No estaba asustado exactamente, sino ansioso, como la mayoría de los niños cuando se enfrentan a lo desconocido. Pero se alegraba de no poder escuchar sus pensamientos. A mí me pasó lo mismo cuando descubrí el silencio de las mentes vampíricas.

—¿Has averiguado algo, Heidi? —pregunté, titubeante. Puede que lo que tuviera que decir no fuese adecuado para Hunter.

—El rastro feérico de tu bosque es reciente y denso. Hay dos olores. Se entrecruzan. —Inhaló con aparente deleite—. Adoro el olor de la noche. Es mejor que las gardenias.

Como estaba segura de que detectaría el hada que Basim había notado, tampoco suponía una gran novedad. Pero Heidi aseguraba que había dos. Eso eran malas noticias. Confirmaba, además, lo que había dicho Hunter.

—¿Qué más has descubierto? —Retrocedí un poco para que viese que Hunter estaba detrás de mí y calculase su respuesta.

—Ninguno de ellos es del hada que huelo en tu casa. —Más malas noticias—. Por supuesto, he olido muchos licántropos. También a un vampiro… Creo que es Bill Compton, aunque sólo lo he visto una vez. Hay un antiguo c-a-d-á-v-e-r y uno reciente enterrados al este de tu casa, en el claro que hay junto al arroyo. En el claro también hay ciruelos salvajes.

Nada de aquello me tranquilizaba. El c-a-d-á-v-e-r más antiguo, bueno, eso me lo esperaba, y sabía quién era (dediqué un segundo a rogar por que Eric no hubiese enterrado a Debbie en mi propiedad). Y si Bill merodeaba por los bosques, pues muy bien... aunque me preocupaba que se pasara toda la noche deambulando y machacándose mentalmente en vez de reconstruir su vida.

El nuevo cadáver sí que planteaba un problema. Basim no había dicho nada al respecto. ¿Acaso alguien había enterrado un cuerpo en mis tierras en las dos últimas noches o lo había omitido Basim por alguna razón que sólo él conocía? No dejé de mirar a Heidi mientras pensaba, hasta llegar el punto de que arqueó las cejas.

—Bien, gracias —dije—. Te agradezco el tiempo que me has dedicado.

—Cuida del pequeño —sugirió, y un segundo después había cruzado el porche y estaba fuera. No oí sus pasos alrededor de la casa hacia el coche, aunque tampoco esperaba hacerlo. Los vampiros pueden ser condenadamente sigilosos. Sí que oí cómo arrancaba el motor y se alejaba.

Sabía que mis pensamientos podían alarmar a Hunter, así que me obligué a ponerlos en otras cosas, algo más fácil de decir que de lograr. No tendría que hacerlo durante mucho tiempo; saltaba a la vista que mi pequeño huésped estaba cansado. Como era de esperar, protestó de lo lindo porque no quería irse a la cama, pero rebajó el grado de resistencia cuando le dije que, antes de acostarse, podría disfrutar de un buen remojón en la fascinante bañera de las garras. Mientras Hunter salpicaba, jugaba y hacía ruidos, yo me quedé con él hojeando una revista. Por supuesto que me aseguré de que se limpiaba bien entre una flota de barquitos y patos de carreras.

Pensé que podíamos dejar que se lavara la cabeza en otra ocasión. No merecía la pena, y Remy no me había dado instrucciones específicas al respecto. Tiré del tapón. Hunter disfrutó mucho con el gorjeo del agua mientras se escapaba por el desagüe. Rescató a sus patos antes de que se ahogaran, lo que le convirtió en todo un héroe.

—Soy el rey de los patos, tía Sookie —entonó.

—Necesitan un rey —dije. Sabía lo estúpidos que eran los patos. La abuela había tenido algunos durante un tiempo. Supervisé el secado de Hunter con la toalla y le ayudé a ponerse el pijama. Le recordé que podía usar el aseo otra vez y luego se lavó los dientes, aunque no demasiado concienzudamente.

Tres cuartos de hora más tarde, tras un par de cuentos, Hunter por fin estaba acostado. A petición suya, dejé la luz del pasillo encendida y la puerta entornada unos centímetros.

Me di cuenta de lo cansada que estaba, y de lo poco que me apetecía hacerme cábalas sobre las revelaciones de Heidi. No estaba acostumbrada a cuidar de un niño, aunque Hunter me lo había puesto fácil, especialmente para un hombrecito que se quedaba con una mujer a la que no conocía demasiado bien. Esperaba que hubiese disfrutado hablando conmigo de mente a mente. Y también que Heidi no lo hubiera espantado demasiado.

No me permití centrarme demasiado en su pequeña y macabra biografía, pero, ahora que Hunter dormía, no pude evitar pensar en todo ello. Era lamentable que hubiese tenido que volver a Nevada cuando su hijo aún estaba vivo. De hecho, probablemente aparentara la misma edad que Charlie. ¿Qué habría sido del padre? ¿Por qué habría requerido su creador que volviera? Cuando la convirtió, los vampiros aún no se habían revelado a los estadounidenses o al resto del mundo. El secretismo era capital. Estaba de acuerdo con Heidi. Salir del ataúd no había resuelto todos los problemas de los vampiros; más bien había creado unos nuevos.

Habría preferido no saber nada de la tristeza que Heidi arrastraba consigo. Como era de esperar, y como buen producto de mi abuela que soy, esos pensamientos me hicieron sentir culpable. ¿Acaso no deberíamos estar siempre dispuestos a escuchar las historias tristes de los demás? Si desean contarlas, ¿no estamos acaso obligados a escucharlas? Ahora sentía que tenía una relación con Heidi basada en su desdicha. ¿Equivale eso a una relación de verdad? ¿Había algo en mí que le suscitara la simpatía para sacar esa historia a la superficie? ¿O es que hablaba habitualmente con todos sus conocidos de su hijo Charlie? Eso era difícil de creer. Supuse que la presencia de Hunter había desatado su confianza.

Sabía (aunque creo que me negaba a admitirlo) que si Heidi estaba tan distraída con el problema de su hijo yonqui, alguna noche éste recibiría la visita de alguien despiadado. Después, Heidi podría centrar todas sus energías en las necesidades de su patrón. Me estremecí.

Si bien sabía que Victor no titubearía un solo instante, me pregunté si Eric podría o debería hacerlo.

Hasta me hice la pregunta a mí misma, y sabía que la respuesta era «sí».

Por otra parte, Charlie era un rehén inmejorable para asegurar el buen comportamiento de Heidi, en plan: «Si no espías a Eric, le haremos una visita a Charlie». Pero si eso cambiaba...

Tanto meditar acerca de Heidi tenía por objeto esquivar mi problema más inmediato. ¿Quién era el cadáver más reciente del bosque y quién lo había dejado allí?

Si Hunter no hubiese estado en casa, habría cogido el teléfono y habría llamado a Eric. Le habría pedido que trajese una pala y me ayudase a desenterrar el cadáver. Eso haría un novio, ¿no? Pero no podía dejar a Hunter solo en casa, y me habría sentido fatal al pedirle a Eric que fuese al bosque solo, aunque estaba segura de que no pondría ninguna objeción. De hecho, probablemente habría enviado a Pam. Suspiré. Al parecer, era incapaz de librarme de un problema sin toparme con otro.

Capítulo
6

A las seis de la mañana, Hunter escaló hasta mi cama.

—¡Tía Sookie! —exclamó en lo que probablemente pensó que era un susurro. Justo en ese momento, el uso de nuestra comunicación mental habría sido la mejor opción. Pero, como es natural, decidió hablar bien alto.

—¿Eh? —Aquello debía de ser un mal sueño.

—He tenido un sueño curioso —me dijo Hunter.

—¿Eh? —Puede que un sueño dentro de un sueño.

—Ha entrado un hombre muy alto en mi habitación.

—¿Entrado?

—Tenía el pelo largo, como una chica.

Me apoyé en los codos y miré a Hunter, quien no parecía asustado.

—¿Sí? —pregunté, rozando ya la coherencia—. ¿De qué color?

—Amarillo —contestó Hunter después de meditarlo un segundo. Me di cuenta de que, a sus cinco años, su identificación de los colores quizá fuese un poco discutible.

Oh, oh.

—¿Y qué hizo? —pregunté. Me esforcé para sentarme. El cielo apenas empezaba a iluminarse.

—Se me quedó mirando y me sonrió —respondió Hunter—. Luego se fue al armario.

—Caramba —dije de modo poco preciso. No podía estar segura (hasta que anocheciese, quiero decir), pero era como si Eric se hubiera metido en el escondite secreto para pasar muerto el día.

—Tengo que hacer pipí —anunció Hunter, y se deslizó fuera de mi cama para corretear hasta el cuarto de baño. Más tarde oí el ruido de la cisterna y cómo se lavaba las manos (o al menos abría el grifo del lavabo un instante). Volví a zambullirme entre mis almohadas, pensando con tristeza en las horas de sueño que estaba condenada a perder. Por pura fuerza de voluntad salí de la cama con mi pijama azul y me puse una bata. Metí los pies en las zapatillas de andar por casa y, cuando Hunter salió del baño, entré yo.

Un par de minutos después estábamos en la cocina, con las luces encendidas. Fui derecha a la cafetera y encontré una nota pegada. Reconocí la letra inmediatamente y las endorfinas inundaron mi torrente sanguíneo. En vez de sentirme incrédula por estar levantada a esas horas tan tempranas, me sentí feliz de poder compartir esos momentos con mi pequeño primo. La nota, que había sido escrita en uno de los blocs que tengo para apuntar la lista de la compra, ponía: «Mi amor, he llegado demasiado cerca del amanecer como para despertarte, aunque he estado tentado. Tu casa está llena de gente rara. Un hada arriba y un crío abajo; pero en tanto que no haya nadie en la habitación de mi dama, puedo soportarlo. Tenemos que hablar cuando despierte». Estaba firmada, con un gran garabato: «Eric».

Aparté la nota procurando no pensar en su urgencia por hablar conmigo. Puse a calentar café, saqué la parrilla y la enchufé.

—Espero que te gusten las tortitas —le dije a Hunter, y su rostro se iluminó. Posó la taza de zumo de naranja sobre la mesa con un alegre golpe, provocando que se derramara por los bordes. Justo cuando lo iba a sancionar con la mirada, se apresuró a coger un paño para limpiarlo. Se encargó del zumo derramado con más vigor que atención o detalle, pero agradecí el gesto.

—Me encantan las tortitas —respondió—. ¿Sabes cómo se hacen? ¿No salen directamente de la nevera?

Disimulé una sonrisa.

—No. Sé hacerlas. —Me llevó unos cinco minutos hacer la mezcla, y para entonces la parrilla estaba caliente. Primero puse un poco de bacon. La expresión de Hunter era de éxtasis.

—No me gustan blandas —concretó, y le prometí que se las haría crujientes. A mí me gustaban también así.

—Eso huele de maravilla, prima —dijo Claude. Estaba en el vano de la puerta, con los brazos bien extendidos, luciendo el mejor aspecto que cualquiera podría tener por la mañana temprano. Llevaba una camiseta granate de la Universidad de Luisiana en Monroe y unos shorts negros.

—¿Quién eres? —preguntó Hunter.

—Soy Claude, el primo de Sookie.

«También tiene el pelo largo como una chica», dijo Hunter.

«Pero es un hombre, como el otro».

—Claude, éste es otro primo mío, se llama Hunter —dije—. ¿Recuerdas que te conté que vendría a visitarnos?

—Su madre era… —empezó Claude, pero atajé la frase con un seco gesto de la cabeza.

Es posible que Claude hubiese estado a punto de decir cualquier barbaridad. Podría haber dicho «la bisexual», o «la que Waldo, el albino, mató en el cementerio de Nueva Orleans». Habrían sido dos grandes verdades, pero Hunter no tenía por qué oír ninguna de ellas.

—Así que somos todos primos —señalé—. ¿Pretendes decirnos que quieres compartir el desayuno con nosotros, Claude?

—Así es —terció con su gracejo, sirviéndose una taza de café sin preguntarme—. Si hay suficiente para mí también. Este jovencito tiene aspecto de poder comerse muchas tortitas.

Hunter estaba encantado con la idea, y él y Claude empezaron un pulso verbal sobre quién podría comer más. Me sorprendió que Claude se sintiese tan cómodo con Hunter, si bien el hecho de que estuviese encandilando al crío con tanta facilidad no era una sorpresa en sí. Claude era un encantador profesional.

—¿Vives aquí en Bon Temps, Hunter? —le preguntó Claude.

—No —contestó el niño, riendo ante lo absurdo de tal idea—. Vivo con mi papá.

Bien, ésa era información compartida más que suficiente. No quería que ningún ser sobrenatural supiese nada acerca de Hunter, que supiera lo que le hacía especial.

—Claude, ¿serías tan amable de sacar el sirope y la melaza? —le pedí—. Están en la despensa.

Claude localizó la despensa y sacó los tarros de Log Cabin y Brer Rabbit. Incluso los abrió para que Hunter pudiera olerlos y decidir cuál prefería en sus tortitas. Puse la mezcla sobre la plancha y preparé más café, mientras sacaba los platos del cajón y mostraba a Hunter dónde estaban los tenedores y los cuchillos para que pusiera la mesa.

Éramos un grupo familiar extraño: dos telépatas y un hada. Durante la conversación del desayuno, tuve que arreglármelas para que ninguno de los dos supiera qué era el otro, y fue todo un desafío. Hunter me dijo en silencio que creía que Claude era un vampiro, ya que no era capaz de leer sus pensamientos. Tuve que explicarle que había otro tipo de personas a quienes tampoco podíamos oír. Señalé que Claude no podía ser un vampiro porque era de día, y los vampiros no salen de día.

—Hay un vampiro en el armario —dijo Hunter a Claude—. No puede salir de día.

—¿Y qué armario sería ése? —le preguntó Claude.

—El de mi habitación. ¿Quieres venir a verlo?

—Hunter —le advertí—, lo último que desea un vampiro es que lo molesten de día. Yo lo dejaría en paz.

—¿Es tu Eric? —preguntó Claude. Le excitaba la idea de que Eric estuviese en casa. Lo que faltaba.

—Sí —respondí—. No se te ocurrirá ir a despertarlo, ¿verdad? Es decir, no tendré que ponerme seria contigo, ¿verdad?

Me lanzó una sonrisa.

—¿Ponerte seria conmigo? —preguntó burlándose—.
Ja. Soy un hada. Soy más fuerte que cualquier humano.

Le iba a contestar que cómo era posible entonces que
yo hubiera sobrevivido a la guerra de las hadas y tantas de
ellas hubieran muerto. Pero a Dios gracias no lo hice. Un
minuto después, supe lo acertado que había sido tragarme
las palabras, porque la cara de Claude denotaba que recordaba a los muertos demasiado bien. Yo también echaba de
menos a Claudine, y eso le dije.

—Estáis tristes —señaló Hunter acertadamente. Y se
estaba enterando de todo aquello, cosas que supuestamente no estaban destinadas a su conocimiento.

—Sí, estamos recordando a su hermana —le conté—.
Ella ha muerto y la echamos de menos.

—Como mi mamá —dijo—. ¿Qué es un hada?

—Sí, como tu mamá. —Más o menos, pero sólo en el
sentido de que las dos estaban muertas—. Y un hada es una
persona especial, pero no vamos a hablar de eso ahora.

No hacía falta telepatía para detectar la curiosidad e
interés de Claude. Cuando volvió a desaparecer por el pasillo para dirigirse al cuarto de baño, lo seguí. Por supuesto, se detuvo en la puerta abierta del dormitorio que había
usado Hunter.

—Sigue caminando —ordené.

—¿Es que no puedo echar un ojo? Él nunca lo sabrá.
He oído hablar de lo guapo que es. Venga, ¿sólo un vistazo?

—No —respondí, consciente de que debería mantener
vigilada esa puerta hasta que Claude saliera de la casa. Sólo
un vistazo, y una mierda con lazo rosa.

—¿Qué pasa con una mierda con lazo rosa, tía Sookie?

—¡Ay! Lo siento, Hunter, he dicho una palabrota.

—No quería que Claude supiese que sólo la había pensado. Le oí reírse mientras cerraba la puerta del baño tras de sí.

Claude lo ocupó durante tanto tiempo que tuve que dejar que Hunter se cepillara los dientes en el mío. Tras escuchar el crujido de las escaleras y el sonido del televisor arriba, me permití relajarme. Ayudé a Hunter a vestirse y luego hice yo lo mismo y me puse algo de maquillaje bajo la atenta mirada del crío. Evidentemente, Kristen nunca le había dejado presenciar lo que le parecía un proceso fascinante.

—Deberías venir a vivir con nosotros, tía Sookie —dijo.

«Gracias Hunter, pero me gusta este sitio. Tengo un trabajo aquí».

«Puedes encontrar otro».

—No sería lo mismo. Ésta es mi casa, y me gusta. No quiero dejar este sitio.

Alguien llamó a la puerta delantera. ¿Sería Remy, tan temprano, para recoger a Hunter?

Pero se trataba de otra sorpresa, una nada agradable. El agente especial Tom Lattesta estaba en el porche delantero.

Como era de esperar, Hunter corrió hasta la puerta tan rápido como sus piernas se lo permitieron. ¿Acaso no lo hacen todos los niños? No pensaba que fuese su padre, porque no sabía exactamente a qué hora iba a presentarse. Simplemente le encantaba la idea de descubrir quién llamaba.

—Hunter —le dije, cogiéndolo en brazos—, éste es un agente del FBI. Se llama Tom Lattesta. ¿Te acordarás?

Hunter titubeó. Intentó pronunciar el extraño nombre un par de veces, y al final lo consiguió.

—¡Buen trabajo, Hunter! —exclamó el agente. Intentaba ser agradable, pero los niños no se le daban bien y acabó sonando falso—. Señorita Stackhouse, ¿puedo pasar un momento? —Miré tras él. No había nadie más. Pensaba que siempre viajaban en pareja.

—Supongo que sí —contesté sin demasiado entusiasmo. No le expliqué quién era Hunter porque no era asunto suyo, aunque era consciente de su curiosidad. También se había dado cuenta de que había otro coche aparcado fuera—. Claude —llamé—. Ha venido el FBI. —Es bueno informar a las visitas inesperadas que hay alguien más contigo.

Dejó de oírse el televisor y Claude descendió las escaleras casi levitando. Se había puesto una camiseta de seda marrón con toques dorados y un pantalón holgado. Parecía la portada de un sueño húmedo. Ni la heterosexualidad de Lattesta pudo resistirse a una oleada de franca admiración.

—Agente Lattesta, le presento a mi primo, Claude Crane —dije, intentando disimular una sonrisa.

Hunter, Claude y yo nos sentamos en el sofá mientras que Lattesta se hizo con un sillón. No le ofrecí nada para beber.

—¿Cómo está la agente Weiss? —pregunté. La agente destinada en Nueva Orleans había traído a ese hombre, que estaba destinado en Rhodes, a mi casa la última vez que los vi y, en el curso de muchos y terribles acontecimientos, había recibido un balazo.

—Ha vuelto al trabajo —respondió Lattesta—. Pero aún no sale de la oficina. Señor Crane, ¿nos hemos visto antes?

Nadie podía olvidar a Claude. Por supuesto, mi primo lo sabía muy bien.

—No ha tenido ese placer —le dijo al del FBI.

Lattesta se quedó meditando un instante antes de esbozar una sonrisa.

—Ya —respondió—. Escuche, señorita Stackhouse, he venido hoy a decirle que ha dejado de ser objeto de investigación.

Quedé aturdida por el alivio que se adueñó de mí. Intercambié miradas con Claude. Bendito sea mi bisabuelo. Me pregunté cuánto se habría gastado, de cuántos hilos habría tirado, para conseguir lo que había conseguido.

—¿Cómo es posible? —pregunté—. No es que vaya a echarlo de menos, compréndame, pero me pregunto qué ha cambiado.

—Al parecer, conoce usted a personas poderosas —dijo Lattesta con una inesperada amargura de fondo—. Alguien del Gobierno no quiere que su nombre salga a la luz pública.

—Y ha cogido un avión hasta Luisiana para contármelo en persona —dije, sazonando mi voz con el suficiente escepticismo para dejar claro que no me lo tragaba.

—No, he volado hasta aquí para acudir a la vista judicial sobre el tiroteo.

Vale, eso tenía más sentido.

—¿No tiene mi número? Podría haberme llamado. ¿Era necesario que viniese hasta aquí para decirme en persona que ya no se me está investigando?

—Algo no encaja con usted —sugirió tras derrumbarse la formal fachada. Fue todo un alivio. Ahora, su aspecto exterior coincidía con lo que sentía por dentro—. Sara Weiss ha experimentado una especie de… agitación espiritual desde que la conoció. Acude a sesiones de espiritismo. Lee libros de fenómenos paranormales. Su marido está preocupado. La oficina también. Su jefe duda de si sería conveniente que volviese a salir a las calles.

—Lamento oírlo. Pero no sé qué puedo hacer yo al respecto. —Medité por un momento, mientras Tom Lattesta me observaba con ojos airados. Sus pensamientos también lo eran—. Aunque fuese a verla y le dijera que no puedo hacer lo que ella cree que sí, no serviría de nada. Ella cree lo que cree y yo soy lo que soy.

—Así que lo admite.

Aunque no quería que el del FBI se diese cuenta, eso me dolió, por extraño que pareciera. Me pregunté si Lattesta estaría grabando la conversación.

—¿Admitir qué? —inquirí. Me sentía genuinamente curiosa por saber lo que tenía que decir. La primera vez que estuvo en mi puerta era todo un creyente. Estaba convencido de que yo era su llave para un fulgurante ascenso en la agencia.

—Admitir que no es siquiera humana.

Ajá. Estaba convencido de eso. Yo le resultaba repugnante. Ahora entendía mejor por lo que estaba pasando Sam.

—La he estado observado, señorita Stackhouse, y me han apartado. Pero en cuanto pueda relacionarla con cualquiera de mis investigaciones, sepa que lo haré. Usted es un error. Ahora me voy, pero deseo que usted... —No pudo acabar la frase.

—Deje de pensar cosas feas de mi tía Sookie —espetó Hunter, furioso—. Usted es un hombre malo.

Yo no podría haberlo definido mejor, pero por el bien de Hunter esperaba que no hablase más de la cuenta. Lattesta se puso blanco como la pared.

Claude rió.

—Te tiene miedo —le dijo a Hunter. Claude pensaba que todo aquello era un gran chiste, y tuve la sensación de que supo lo que era Hunter desde el primer momento.

Pensé que la inquina de Lattesta podría suponer un problema para mí.

—Gracias por venir a darme las buenas noticias, agente especial Lattesta —le expresé con la voz más humilde que pude articular—. Que tenga un buen viaje a Baton Rouge, Nueva Orleans o adondequiera que vaya.

Lattesta se puso de pie y se dirigió hacia la puerta antes de poder soltar una palabra más. Dejé a Hunter con Claude y lo seguí. Lattesta bajó los escalones hasta su coche, rebuscando en su bolsillo antes de darse cuenta de que estaba detrás de él. Estaba apagando una grabadora portátil. Se volvió para lanzarme una mirada enfadada.

—Usar a un niño —dijo—. Qué bajeza.

Le lancé una dura y prolongada mirada, antes de contestarle:

—Le preocupa que su hijo pequeño, de la edad de Hunter, tenga autismo. Teme que la vista vaya mal para usted y puede que también para la agente Weiss. Tiene miedo porque ha reaccionado ante Claude. Se está planteando pedir un traslado a la OAV de Luisiana. No aguanta que conozca a gente que le pueda parar los pies. —Si Lattesta hubiese podido fundirse con el metal de su coche, lo habría hecho. Fui tonta porque fui orgullosa. Debí de haberle dejado marcharse sin decir nada—. Desearía poder contarle quién me ha protegido del FBI —dije—. Pero no dormiría usted por las noches. —De perdidos, al río, ¿no? Me giré y deshice el camino subiendo los escalones y entrando en la casa. Un instante después oí su coche salir por mi camino privado, probablemente dispersando mi preciosa grava a su paso.

Hunter y Claude estaban riéndose en la cocina y los descubrí soplando con pajitas en el agua acumulada en el fregadero, donde aún quedaban algunas burbujas de jabón. Hunter estaba de pie en un banco que yo usaba para alcanzar lo alto de los armarios. Era una estampa inesperadamente feliz.

—Y bien, prima, ¿se ha ido? —preguntó Claude—. Buen trabajo, Hunter. ¡Creo que hay un monstruo del lago bajo el agua!

Hunter sopló con redobladas fuerzas y unas gotas de agua salpicaron las cortinas. Rió con un ligero exceso de viveza.

—Vale, niños, ya es suficiente —les advertí. Aquello se me estaba escapando de las manos. Deja a un hada solo con un crío unos minutos y ése es el resultado. Miré el reloj de la pared. Gracias a la diana que Hunter había impuesto, apenas eran las nueve. No esperaba que Remy volviese a recoger a su hijo hasta última hora de la tarde.

—Vámonos al parque, Hunter.

Claude parecía decepcionado porque hubiese cortado de raíz su diversión, pero Hunter estaba deseando ir a alguna parte. Cogí mi guante de softball y una bola, y volví a atar las zapatillas de Hunter.

—¿Estoy invitado también? —preguntó Claude, ligeramente ofendido.

Me cogió por sorpresa.

—Claro, puedes acompañarnos —respondí—. Será genial. Quizá deberías llevar tu coche, ya que no sé lo que haremos más tarde. —Mi primo, tan pagado de sí mismo, parecía disfrutar enormemente de la compañía de Hunter. Jamás habría previsto esa reacción y, sinceramente, creo que a él le pasaba lo mismo. Claude me siguió en su Impala en dirección al parque.

Fuimos al parque de Magnolia Creek, que se extendía a ambos lados del arroyo. Era más bonito que el pequeño parque cerca de la escuela primaria. Tampoco era nada grandilocuente, por supuesto, ya que Bon Temps no es una ciudad demasiado rica, pero estaba equipado con lo básico, además de una pista de un cuarto de milla, mucho espacio abierto, mesas de picnic y arboledas. Hunter se lanzó a las estructuras de juego como si no hubiese visto nunca una, y puede que así fuera. Red Ditch es más pequeña y pobre que Bon Temps.

Descubrí que Hunter era capaz de trepar como un mono. Claude estaba pendiente de cada uno de sus movimientos. El niño habría considerado un rollo que lo hiciera yo. No estaba muy segura de por qué, pero lo tenía bastante claro.

Apareció un coche mientras tentaba a Hunter con bajarse de la estructura para ir a la zona de juegos. Del coche salió Tara y se acercó a nosotros para ver qué estábamos haciendo.

—¿Quién es tu amigo, Sookie? —preguntó.

El top ajustado que llevaba le hacía parecer un poco más gorda que cuando vino al bar a almorzar. Se había puesto unos shorts premamá que se perdían bajo la tripa hinchada. Sabía que el dinero no sobraba en la familia Du Rone/Thornton en esos días, pero deseaba que hallara el necesario en su presupuesto para hacerse con algunas prendas premamá de verdad antes de que fuese demasiado tarde. Por desgracia, su tienda de ropa, Prendas Tara, no trabajaba ese tipo de ropa.

—Te presento a mi primo Hunter —dije—. Hunter, ésta es mi amiga Tara. —Claude, que había estado balanceándose en un columpio, escogió ese momento para saltar de él hasta donde se encontraba ella—. Y éste es mi primo Claude.

Tara me conocía de toda la vida, así como a todos los miembros de mi familia. La premié mentalmente por absorber tan rápidamente las presentaciones y dedicar a Hunter una amable sonrisa, que a continuación extendió a Claude. Debió de reconocerlo; lo había visto en acción. Pero no parpadeó una sola vez.

—¿De cuántos meses estás? —le preguntó Claude.

—Me quedan poco más de tres para romper aguas —suspiró Tara. Supongo que se había acostumbrado a que

personas relativamente desconocidas le hicieran preguntas personales. Ya me había dicho que, cuando estás embarazada, desaparecen todas las barreras conversacionales.
«La gente se atreve a preguntarte cualquier cosa», me había
confesado. «Y a las mujeres les da por contarte historias de
partos que te ponen los pelos de punta».

—¿Quieres saber qué es? —preguntó Claude.

Eso estaba completamente fuera de lugar.

—Claude —dije con reproche—. Es algo muy personal. —Las hadas no manejan el mismo concepto de la información o el espacio personal que los humanos.

—Mis disculpas —se excusó mi primo con absoluta
falta de sinceridad—. Supuse que te gustaría saberlo antes
de comprarle la ropa. Tengo entendido que tenéis códi-
gos de colores en función del sexo de los bebés.

—Claro —dijo Tara abruptamente—. ¿Qué es?

—Ambas cosas —anunció Claude, sonriente—. Vas
a tener gemelos, niño y niña.

—Mi médico sólo ha detectado un latido —corrigió
Tara, intentando ser amable.

—Entonces, tu médico es un imbécil —soltó Claude
alegremente—. Tienes dos bebés, vivos y saludables.

Era evidente que Tara no sabía cómo reaccionar.

—Haré que me examine mejor la próxima vez —respondió—. Y le diré a Sookie que te cuente lo que me diga.

Afortunadamente, Hunter había pasado de la mayor
parte de la conversación. Acababa de aprender a lanzar la
pelota al aire y recogerla, y estaba distraído intentando co-
locarse el guante en su pequeña mano.

—¿Has jugado al béisbol, tía Sookie? —preguntó.

—Al softball —dije—. Por supuesto que sí. Jugaba por la derecha. Eso significa que esperaba fuera del campo a ver si la chica que bateaba lanzaba la bola en mi dirección. Entonces la alcanzaba y se la tiraba a la *pitcher*, o a quienquiera que necesitara recibirla.

—Tu tía Sookie era la mejor jugadora por la derecha de la historia de las Lady Falcons —contó Tara, acuclillándose para ponerse a la altura de Hunter.

—Me lo pasé bien, la verdad —reconocí.

—¿Tú también jugabas al softball? —preguntó Hunter a Tara.

—No, yo iba a animarla —contestó mi amiga, lo cual era la absoluta verdad, bendita sea.

—Toma, Hunter —dijo Claude, amagando un lanzamiento—. Recógela y vuelve a lanzármela.

La extraña pareja recorrió el parque lanzando la bola con muy poca precisión. Se lo estaban pasando muy bien.

—Vaya, vaya, vaya —insinuó Tara—. Tienes la costumbre de encontrarte familiares en los lugares más extraños. ¿Un primo? ¿De dónde lo has sacado? No será un hijo no reconocido de Jason, ¿verdad?

—Es el hijo de Hadley.

—Oh… Oh, Dios mío. —Los ojos de Tara se ensancharon. Contempló a Hunter, tratando de captar las similitudes de sus rasgos con los de Hadley—. ¿No será él su padre? Imposible.

—No —respondí—. Ése es Claude Crane, también es mi primo.

—Está claro que no es hijo de Hadley —afirmó riéndose—, y Hadley es la única prima que tienes que yo sepa.

—Eh… Es un asunto algo complicado, ya me entiendes —me escabullí. Era imposible de explicar sin mancillar la integridad de la abuela.

Tara se dio cuenta de mi incomodidad respecto a Claude.

—¿Cómo lo lleváis tú y tu rubio alto?

—Lo llevamos bien —dije, cautelosa—. No necesito nada más.

—¡Y tanto! Ninguna mujer en su sano juicio debería necesitar nada más si estuviese saliendo con Eric. Es guapísimo y listo. —Su tono era un poco melancólico. Bueno, al menos J.B. era muy guapo.

—Eric puede ser un coñazo cuando quiere. ¡Qué te voy a contar! —Traté de imaginarme engañando a Eric—. Si intentase cualquier cosa con otro, él podría…

—¿Matarlo?

—Está claro que no se alegraría —reconocí con un inmenso eufemismo.

—Bueno, ¿vas a contarme cuál es el problema? —Puso su mano sobre la mía. Ella no es muy de tocar a las personas, así que el gesto era muy significativo.

—A decir verdad, Tara, no estoy muy segura. —Tenía la abrumadora sensación de que algo no iba bien, algo importante. Pero era incapaz de definirlo.

—¿Sobrenaturales?

Me encogí de hombros.

—Bueno, me tengo que ir a la tienda —anunció—. McKenna ha abierto por mí hoy, pero no puedo pedirle que lo haga indefinidamente. —Nos despedimos, más contentas la una con la otra de lo que lo habíamos estado en mucho tiempo. Recordé que tenía que prepararle una celebración por el recién nacido. No sabía por qué demonios no se me había ocurrido antes. Tenía que empezar con la planificación. Si hacía una celebración sorpresa y me encargaba yo de toda la comida… Oh, y tenía que advertir a todo el mundo de que Tara y J.B. esperaban gemelos. No dudaba de la perspicacia de Claude ni por un segundo.

Decidí que saldría al bosque sola, quizá al día siguiente. Sabía que la vista y el olfato de Heidi (y los de Basim, tanto daba) eran mucho más agudos que los míos, pero sentía un incontrolable impulso de salir a mirar por mí misma. Una vez más, algo se agitó en el fondo de mi mente, un recuerdo que no era tal. Algo relacionado con el bosque… Con un herido en el bosque. Agité la cabeza para sacudirme de encima el peso y me di cuenta de que no podía oír voz alguna.

—Claude —llamé.

—¡Aquí!

Rodeé una masa de arbustos y vi al hada y al crío disfrutando en el molinete. Así es como siempre había llamado yo a ese columpio. Es circular, varios niños pueden ocuparlo y otros corren por los bordes empujando y se ponen a girar hasta que se agota la inercia. Claude estaba empujando con demasiado ímpetu y, si bien Hunter parecía disfrutar, su sonrisa era un poco tensa. Podía ver el miedo en su mente filtrarse por los poros del placer.

—Caramba, Claude —avisé, conteniendo el tono de voz—, creo que es velocidad más que suficiente para un crío. —Claude dejó de empujar, aunque reacio. Se lo había estado pasando en grande.

Si bien Hunter manifestó su contrariedad con mi advertencia, sabía que estaba aliviado. Abrazó a Claude cuando éste dijo que tenía que irse a Monroe para abrir el club.

—¿Qué clase de club? —preguntó Hunter, y tuve que lanzar a Claude una intensa mirada y mantener mi mente en blanco.

—Nos vemos luego, colega —le dijo el hada al niño, devolviéndole el abrazo.

Había llegado la hora para un temprano almuerzo, así que me llevé a Hunter al McDonald's a modo de gran premio. Su padre no había mencionado ningún límite en cuanto a la comida, así que pensé que no habría ningún problema.

Hunter disfrutó con su *Happy Meal*, rodó por la mesa el camión de juguete hasta que llegó a aburrirme y luego quiso explorar la zona de juegos. Yo me senté en un banco para vigilarlo, esperando que los túneles y los toboganes lo mantuvieran ocupado durante, al menos, otros diez minutos, cuando una mujer se acercó a la puerta de la zona vallada, llevando de la mano a otro crío de la edad de Hunter. A pesar de poder oír prácticamente el ominoso batacazo de los bombos, mantuve una fresca sonrisa en la cara, deseando lo mejor.

Al cabo de unos segundos de mutuo y grave escrutinio, los dos muchachos empezaron a gritar y corretear por la zona de juegos y se relajaron, pero sin bajar del todo la guardia. Lancé una sonrisa a su madre, pero estaba sumida en sus pensamientos y no me hizo falta leerle la mente para saber que había tenido una mala mañana (descubrí que se le había roto la secadora y no se podía permitir una nueva al menos en los dos siguientes meses).

—¿Es el menor? —pregunté, procurando parecer alegre e interesada.

—Sí, el más joven de cuatro —respondió, y aquello explicaba su desesperación acerca de la secadora—. Los demás están practicando para la liguilla de béisbol. Pronto llegarán las vacaciones de verano y los tendré en casa durante tres meses.

Vaya. Me había quedado sin cosas que decir.

Mi impuesta compañera volvió a sumirse en sus pensamientos y yo hice lo que pude para mantenerme a raya. No era fácil, ya que parecía un agujero negro de pensamientos infelices que trataba de succionarme.

Hunter se quedó plantado delante de ella, leyendo sus pensamientos con boquiabierta fascinación.

—Hola —dijo la mujer, realizando un reseñable esfuerzo.

—¿De verdad quieres escaparte? —preguntó Hunter.

Definitivamente, ése era un momento de los de «¡Tierra trágame!».

—Hunter, creo que deberíamos ir marchándonos —le indiqué—. ¡Vamos, que llegamos muy tarde! —Recogí a Hunter y me lo llevé, a pesar de sus meneos de protesta (además, era más pesado de lo que parecía). De hecho, se las arregló para propinarme una patada en el muslo que casi hizo que lo soltara.

La madre de la zona de juegos nos contemplaba con la boca abierta. Su pequeño se había unido a ella, desconcertado por la súbita partida.

—¡Me lo estaba pasando bien! —chilló Hunter—. ¿Por qué tenemos que irnos?

Lo miré directamente a los ojos.

—Hunter, no abras la boca hasta que lleguemos al coche —le ordené, y hablaba muy en serio. Arrastrarlo por todo el restaurante mientras no dejaba de protestar atrajo todas las miradas hacia nosotros. No fue precisamente agradable. Reparé en una pareja de conocidos. Sabía que, más tarde, habría preguntas a las que dar respuestas. No era culpa de Hunter, pero eso no hizo que me sintiera mucho más generosa.

Al abrocharle el cinturón, me di cuenta de que había permitido que Hunter se cansara y se sobreexcitara demasiado, y anoté mentalmente que aquello no debía repetirse. Casi era capaz de sentir cómo se agitaba su pequeña mente.

Me miraba como si le hubiese roto el corazón.

—Me lo estaba pasando bien —volvió a repetir—. Ese niño era mi amigo.

Me volví para mirarlo a la cara.

—Hunter, le dijiste algo a su madre que le hizo saber que eres diferente.

Fue lo suficientemente realista para admitir lo que le estaba diciendo.

—Estaba muy enfadada —murmuró—. Hay mamás que abandonan a sus hijos.

Su propia madre lo había abandonado.

Medité un instante lo que podía argumentar. Decidí ignorar el asunto más sombrío. Hadley había abandonado a Remy y a Hunter, y ahora estaba muerta y no iba a volver nunca. Ésos eran los hechos. Nada podía hacer para cambiarlos. Lo que Remy quería era que ayudase a Hunter a vivir el resto de su vida.

—Hunter, es difícil, lo sé. Yo pasé por lo mismo. Podías oír lo que pensaba esa mamá y lo expresaste en voz alta.

—¡Pero lo estaba diciendo! ¡En su cabeza!

—Pero no en voz alta.

—Ella lo estaba diciendo.

«¡En su mente!». Se había puesto testarudo.

—Hunter, eres un hombrecito muy joven. Pero para facilitarte la vida, tendrás que pensar antes de hablar. —Los ojos de Hunter empezaban a llenarse de lágrimas—. Tienes que pensar y mantener la boca cerrada.

Dos enormes lágrimas surcaron sus mejillas sonrosadas. Lo que faltaba.

—No puedes hacer preguntas a la gente acerca de lo que oyes en sus cabezas. ¿Recuerdas lo que hablamos sobre la intimidad?

Asintió una vez, inseguro, y luego repitió el gesto con más energía. Se acordaba.

—La gente, adultos y niños, se va a enfadar mucho contigo si descubre que puedes leerle la mente. Porque las cosas que hay en la cabeza de cada cual son privadas. No te haría gracia que nadie dijera en voz alta las ganas que tienes de hacer pipí.

Hunter me horadó con la mirada.

—¿Ves? No es agradable, ¿a que no?

—No —refunfuñó.

—Quiero que crezcas con la mayor normalidad posible —le animé—. Crecer con un problema es duro. ¿Conoces a algún niño con problemas que todo el mundo pueda ver?

Al cabo de un instante, asintió.

—Jenny Vasco —contestó—. Tiene una gran marca en la cara.

—Es lo mismo, salvo que tú puedes ocultar tu diferencia y Jenny no —expliqué. Lo sentía horrores por Jenny Vasco. Parecía erróneo enseñarle a un niño a mantener secretos y ser sigiloso, pero el mundo no estaba listo para un crío de cinco años capaz de leer la mente, y puede que nunca lo estuviese.

Me sentía como una vieja bruja malvada mientras contemplaba su triste rostro embadurnado en lágrimas.

—Iremos a casa y leeremos un cuento —concluí.

—¿Estás enfadada conmigo, tía Sookie? —preguntó con un rastro de sollozo.

—No —respondí, aunque la patada no me había hecho ninguna gracia. Pero como lo iba a saber de todos modos, mejor sería decírselo—: No me ha gustado nada que me dieras una patada, Hunter, pero ya no estoy enfadada. Sí que lo estoy con el resto del mundo, porque te lo está poniendo muy difícil.

Se pasó callado todo el camino a casa. Entramos y nos sentamos en el sofá después de que se metiera en el baño a orinar y trajera de vuelta un par de libros de los que yo tenía por ahí. Se quedó dormido antes de que pudiera acabar *El cachorro diminuto*. Lo posé suavemente sobre el sofá, le quité los zapatos y me hice con mi propio libro. Leí mientras él dormía. Me levantaba de vez en cuando para hacer alguna tarea pequeña. Hunter durmió casi dos horas. Se me antojaron un remanso de paz, aunque, de no haber tenido a Hunter conmigo todo el día, podría haber resultado aburrido.

Después de meter la colada en la lavadora y regresar a la habitación de puntillas, me detuve junto a Hunter y lo observé. Si yo tuviese un hijo, ¿tendría los mismos problemas que Hunter? Ojalá que no. Por supuesto, si Eric y yo seguíamos con nuestra relación, jamás tendría un hijo, a menos que me sometiera a una inseminación artificial. Traté de imaginarme pidiéndole a Eric su opinión acerca de dejarme inseminar por un desconocido, y me avergüenza decir que tuve que sofocar una risita.

Eric era muy moderno en algunos aspectos. El móvil le resultaba muy práctico, le encantaban las puertas de garaje automáticas y disfrutaba viendo las noticias en la tele. Pero la inseminación artificial... Va a ser que no. Ya había oído su respuesta en cuanto a la cirugía plástica, y no pensaba que aquello fuese a ir por derroteros muy distintos.

—¿Por qué te ríes, tía Sookie? —preguntó Hunter.

—No es nada —respondí—. ¿Qué me dices de unas rodajas de manzana y un vaso de leche?

—¿No hay helado?

—Bueno, has tomado una hamburguesa con patatas y Coca-Cola para comer. Creo que será mejor que nos quedemos con las rodajas de manzana.

Le puse *El rey león* mientras le preparaba la merienda y nos sentamos en el suelo, ante el televisor para comerla. Hunter se cansó de la película (que ya había visto antes, por supuesto) a la mitad aproximadamente, tras lo cual le enseñé a jugar a Candy Land*. Me ganó la primera partida.

---

*Popular juego de tablero en Estados Unidos. *(N. del T.)*

Mientras estábamos enfrascados en la segunda, alguien llamó a la puerta.

—¡Papá! —gritó Hunter antes de salir disparado hacia la puerta. Antes de que pudiera detenerlo, la abrió de par en par. Me alegré de que supiera quién era de antemano, porque lo pasé francamente mal. Allí estaba Remy, con una camisa de vestir, pantalones de traje y zapatos lustrosos. Parecía un hombre diferente. Sonrió a su hijo como si hiciera días que no lo veía. En apenas un segundo, le cogió en brazos.

Era una estampa entrañable. Se abrazaron con fuerza. Se me hizo un pequeño nudo en la garganta.

Al instante, Hunter se puso a contarle a Remy todo lo que quiso sobre el Candy Land, el McDonald's y Claude, y su padre lo escuchó con suma atención. Me lanzó una fugaz sonrisa para indicarme que me saludaría en cuanto pudiera, cuando el torrente de información se hubiese sosegado.

—¿Quieres ir a recoger tus cosas, hijo? No te dejes nada —le advirtió. Con una rápida sonrisa hacia mí, Hunter salió corriendo hacia la parte de atrás de la casa—. ¿Ha ido todo bien? —preguntó Remy en cuanto Hunter se alejó. Aunque, en cierto sentido, Hunter nunca estaba demasiado lejos para no oír a los demás, tendría que valer.

—Eso creo. Se ha portado muy bien —dije, decidiendo guardarme lo de la patada—. Tuvimos un pequeño problema en la zona de juegos del McDonald's, pero creo que dio lugar a una constructiva charla con él.

Parecía que Remy se hubiera vuelto a cargar un peso en los hombros.

—Lo siento mucho —lamentó, y pensé que podría haberme mordido la lengua.

—No, no ha sido nada grave; el tipo de cosas por las que quieres que te ayude —expliqué—. No te preocupes. Mi primo Claude estaba aquí, y los dos estuvieron jugando en el parque, aunque yo estuve con ellos todo el tiempo, por supuesto. —No quería que Remy creyera que le había colgado a Hunter a otra persona. Traté de pensar en qué más decir a un padre ansioso—. Ha comido muy bien y ha dormido una buena siesta, aunque no lo bastante larga —indiqué, y Remy se echó a reír.

—Lo sé, me lo ha dicho.

Iba a confesarle que Eric estaba dormido en el armario de la habitación que había empleado Hunter y que lo había estado observando durante unos minutos, pero tenía la sensación de que Eric sería ya demasiado. Ya había hablado de Claude, y a Remy no había acabado de hacerle gracia. Típica reacción paterna, supuse.

—¿Cómo ha ido el funeral? ¿Problemas de última hora? —Nunca se sabe qué preguntar acerca de un funeral.

—Nadie se tiró al hoyo ni se desmayó —contestó Remy—. Es todo lo que se puede desear. Alguna que otra discusión acerca de una mesa de comedor que todos los hijos estaban dispuestos a llevarse en ese mismo instante.

Asentí. Había oído muchas cosas acerca de las herencias a lo largo de los años; yo misma tuve mis problemas con Jason cuando murió la abuela.

—Mucha gente no saca precisamente lo mejor de sí misma cuando se trata de repartirse los bienes —reconocí.

Ofrecí a Remy algo de beber, pero lo rechazó amablemente. Obviamente, tenía ganas de quedarse a solas con su hijo, y me lanzó una andanada de preguntas sobre los modales de Hunter, que tuve ocasión de elogiar, así como de sus hábitos a la mesa, que pude admirar, y aquello resultó toda una bendición.

Al cabo de unos minutos, Hunter había vuelto al salón con todas sus cosas, aunque hice un barrido rápido y me encontré con dos Duplos que se le habían escapado. Como le había gustado tanto *El cachorro diminuto*, se lo metí en la mochila para que lo disfrutara en casa. Después de varios agradecimientos y un inesperado abrazo de Hunter, se marcharon.

Observé cómo la vieja camioneta de Remy se perdía por el camino.

La casa se quedó extrañamente vacía.

Por supuesto, Eric dormía debajo de ella, pero seguiría muerto durante unas cuantas horas más, y sabía que sólo podía despertarlo en la peor de las circunstancias. Algunos vampiros son incapaces de levantarse de día, aunque la casa esté en llamas. Aparté ese pensamiento; me provocaba escalofríos. Miré hacia el reloj de pared. Me quedaba parte de una soleada tarde para mí sola y era mi día libre.

Me enfundé el bikini blanco y negro y me recosté en la hamaca antes de que nadie pudiera decir «tomar el sol es perjudicial».

Capítulo
7

A penas se hubo puesto el sol, Eric emergió del compartimento que había bajo el armario del cuarto de invitados. Me cogió en brazos y me besó con fruición. Ya había puesto a calentar una botella de TrueBlood para él. Puso una mueca, pero se la bebió de un trago.

—¿Quién es el crío? —preguntó.

—El hijo de Hadley —respondí. Eric conocía a Hadley de la época en que ella formaba parte del séquito de Sophie-Anne Leclerq, la definitivamente muerta reina de Luisiana.

—¿Estaba casada con un vivo?

—Sí, antes de conocer a Sophie-Anne —contesté—. Un tipo muy agradable llamado Remy.

—¿Es a él a quien huelo? Me refiero al que no desprende el intenso olor a hada.

Oh, oh.

—Sí. Remy vino a recoger a Hunter esta tarde. Yo cuidaba de él porque Remy tuvo que acudir a un funeral familiar. Pensó que no era el mejor sitio para llevar a su hijo. —No saqué a colación el pequeño problema de Hunter.

Cuantas menos personas supieran del mismo, tanto mejor, y eso incluía a Eric.

—¿Y además?

—Tenía intención de contártelo la otra noche —dije—. ¿Te acuerdas de mi primo Claude?

Eric asintió.

—Me preguntó si podría vivir conmigo un tiempo, ya que se siente muy solo en casa después de la muerte de sus dos hermanas.

—Estás viviendo con otro hombre. —Eric no sonaba enfadado, sino más bien inclinado a estarlo, no sé si me explico. Su voz desprendía apenas un matiz.

—Créeme, no le intereso como mujer —contesté, recordando con un acceso de culpabilidad la escena del cuarto de baño—. Sólo le interesan los tíos.

—Me consta que sabes arreglártelas muy bien con las hadas que intentan molestarte —dijo Eric al cabo de un apreciable silencio.

Ya había matado hadas con anterioridad. No era algo que me gustase que me recordaran.

—Sí —asentí—. Y si te hace sentir mejor, guardaré una pistola de agua llena de zumo de limón en la mesilla.

—El zumo de limón y el hierro son letales para las hadas.

—Sí que me haría sentir mejor —confirmó Eric—. ¿Es el mismo al que Heidi olió en tus tierras? Sentí que estabas muy preocupada y por eso vine anoche.

El vínculo de sangre surtía sus máximos frutos.

—Ella dijo que ninguna de las hadas que rastreó eran Claude —conté—, y eso me pone los pelos de punta. Pero…

—A mí también me preocupa. —Eric bajó la mirada hacia la botella vacía de TrueBlood y añadió—: Sookie, tengo que contarte algunas cosas.

—Oh. —Había estado a punto de hablarle del cadáver más reciente. Estoy segura de que habríamos acabado hablando de ello si Heidi lo hubiera mencionado, y me parecía algo bastante importante. Quizá soné algo resentida ante la interrupción. Eric me lanzó una mirada afilada.

Vale, culpa mía, perdón. Debería haber estado deseosa de conocer la importante información que Eric pensaba que me ayudaría a sortear el campo de minas que era la política vampírica. Y hay noches en las que habría estado encantada de saber algo más de la vida de mi novio. Pero esa noche, después de la tensión extraordinaria que había supuesto la visita de Hunter, lo que deseaba (y, de nuevo, pido perdón) era contarle lo del cadáver en el bosque y luego echar un buen polvo.

En circunstancias normales, Eric se habría apuntado al plan sin rechistar.

Pero, al parecer, esa noche no.

Nos sentamos uno frente al otro a la mesa de la cocina. Intenté sofocar un suspiro.

—¿Te acuerdas de la cumbre en Rhodes y de la franja de Estados de sur a norte que fueron invitados? —arrancó Eric.

Asentí. No parecía nada muy halagüeño. Mi cadáver era más urgente. Por no hablar del sexo.

—Cuando viajamos de un extremo del Nuevo Mundo al otro, y los vivos de raza blanca emprendieron la emigración también (nosotros éramos los exploradores), un importante grupo de los nuestros se reunió para hacer un reparto y así gobernar mejor a nuestra propia gente.

—¿Había vampiros nativos americanos cuando llegasteis? Eh, ¿formabas parte de la expedición de Leif Ericson?

—No, mi generación no. Por extraño que parezca, había unos pocos vampiros entre los nativos. Y eran muy distintos desde muchos puntos de vista.

Vale, la cosa empezaba a ponerse interesante, pero sabía que Eric no se iba a parar a dar respuesta a mis preguntas.

—En nuestra primera cumbre nacional, hace unos tres siglos, hubo mucho desacuerdo. —Eric estaba más solemne que nunca.

—¿En serio? —¿Vampiros discutiendo? Vaya novedad.

No le gustó nada mi sarcasmo. Arqueó sus rubias cejas, como diciendo: «¿Te importa que vayamos al grano o me vas a seguir dando la noche?».

—Sigue —sugerí con las manos tendidas.

—En vez de dividir el país como lo harían los humanos, incluimos parte del norte y parte del sur en la división. Pensamos que facilitaría las cosas desde el punto de vista de la representatividad. Así, la división más oriental, casi toda compuesta por Estados costeros, se hace llamar clan Moshup, por la figura mítica de los nativos, y su símbolo es una ballena.

Vale, es posible que pareciera estupefacta llegados a este punto.

—Búscalo en Internet —dijo Eric, impaciente—. Nuestro clan, el compuesto por los Estados que celebraron la cumbre de Rhodes, se llama Amón, por el dios egipcio, y su símbolo es una pluma, pues Amón llevaba un tocado de plumas. ¿Recuerdas que todos llevábamos broches de plumas allí?

Pues no. Meneé la cabeza.

—Bueno, fue una cumbre muy intensa —admitió Eric.

Claro, con las bombas, las explosiones y todas esas cosas.

—Al oeste se encuentra Zeus, por los griegos, y su símbolo es un rayo, por supuesto.

Claro. Asentí en profunda aquiescencia. Es probable que Eric se hubiese dado cuenta de que yo no estaba en circulación por aquella época. Me dedicó una severa mirada.

—Sookie, esto es importante. Como esposa mía, debes saber estas cosas.

Esa noche, no pensaba siquiera ponerme a discutir lo que se daba por sentado.

—Está bien, sigue —le pedí.

—El cuarto clan, la división de la costa oeste, se llama Narayana, del hinduismo antiguo, y su símbolo es un ojo, porque se dice que Narayana creó el sol y la luna a partir de sus ojos.

Se me ocurrieron algunas preguntas, como: «¿Quién demonios decidió adoptar esos nombres estúpidos?». Pero cuando sometí todos esos interrogantes a mi censora interior, cada uno sonaba más estúpido que el anterior. Así que opté por decir:

—Pero había algunos vampiros en la cumbre de Rhodes, la cumbre del clan Amón, que deberían estar en Zeus, ¿no?

—¡Eso es! En las cumbres hay visitantes, especialmente si tienen algún interés relacionado con los asuntos que se discuten. O, por ejemplo, si están enzarzados en una demanda contra algún miembro de esa división o se piensan casar. —Se le arrugaron las comisuras de los ojos merced a una sonrisa de aprobación. «Narayana creó el sol con sus ojos», pensé. Le devolví la sonrisa.

—Comprendo —dije—. Entonces, ¿cómo es que Felipe conquistó Luisiana, si nosotros somos Amón y él es... Eh, ¿Nevada es Narayana o Zeus?

—Narayana. Tomó Luisiana porque no temía a Sophie-Anne tanto como a los demás. Maquinó su plan y lo ejecutó rápida y precisamente después de que el... consejo de dirección... del clan Narayana lo aprobase.

—¿Tenía que presentar un plan antes de conquistarnos?

—Así es como se hace. Los reyes y reinas de Narayana no querían ver debilitado su territorio si Felipe fracasaba y Sophie-Anne tomaba Nevada. Así que tuvo que presentar un plan.

—¿No pensaron que quizá tendríamos algo que decir de ese plan aquí?

—No les incumbía. Si somos lo bastante débiles como para dejarnos conquistar, entonces es justo que seamos la presa. Sophie-Anne era una buena líder, y muy respetada. Con su incapacitación, Felipe determinó que éramos lo bastante débiles para ser atacados. El lugarteniente de Stan en Texas ha luchado a lo largo de estos meses, desde que su jefe resultó herido en Rhodes, y le ha resultado muy difícil mantener el control de Texas.

—¿Cómo pudieron saber lo mal que estaba Sophie-Anne? ¿Cómo está Stan?

—Espías. Todos los tenemos en casa ajena —se encogió de hombros. Espías; palabras mayores.

—¿Qué hubiera pasado si uno de los líderes de Narayana le hubiera debido un favor a Sophie-Anne y hubiera decidido alertarle del ataque?

—Estoy seguro de que algunos de ellos lo sopesaron. Pero con una Sophie-Anne tan gravemente herida, supongo que pensaron que Felipe tendría la suerte de su lado.

Aquello resultaba espantoso.

—¿Cómo confiar en nadie?

—Yo no confío. Salvo dos excepciones: Pam y tú.

—Oh —murmuré. Traté de ponerme en su pellejo—. Eso es terrible, Eric.

Pensé que me iba a abrazar, pero en vez de ello me observó con sobriedad.

—Sí, no es una situación agradable.

—¿Sabes quiénes son los espías de la Zona Cinco?

—Felicia, por supuesto. Es débil, y es un secreto a voces que está en nómina de alguien, probablemente de Stan de Texas o de Freyda de Oklahoma.

—No conozco a Freyda. —A Stan sí—. ¿En Texas son Zeus o Amón?

Eric me sonrió. Era su alumna estrella.

—Zeus —contestó—. Pero Stan tuvo que asistir a la cumbre porque propuso ir con Misisipi en un proyecto de desarrollo turístico.

—Seguro que pagó por ello —aventuré—. Si ellos tienen espías, nosotros también los tenemos, ¿no?

—Por supuesto.

—¿Quién? ¿Me he pasado a alguien por alto?

—Tengo entendido que conociste a Rasul en Nueva Orleans.

Asentí. Rasul era oriundo de Oriente Medio y era un tipo con un gran sentido del humor.

—Sobrevivió a la usurpación.

—Sí, porque accedió a convertirse en espía de Victor y, por ende, de Felipe. Lo han mandado a Michigan.

—¿A Michigan?

—Allí hay un enclave árabe muy importante y Rasul encaja perfectamente. Les ha dicho que escapó del conflicto. —Eric hizo una pausa—. Sabes que alguien acabará con él si te vas de la lengua con esto.

—Oh, menos mal que me lo has dicho. Pues claro que no voy a hablar de esto con nadie. El que hayáis llamado a cada una de vuestras porciones de Estados Unidos según antiguos dioses es... —Meneé la cabeza. Era curioso. No sabría cómo llamarlo. ¿Orgulloso? ¿Estúpido? ¿Extravagante?—. En fin, Rasul me cae bien. —Y creía que había sido muy inteligente al salir de la órbita de Victor, independientemente del precio que tuviera que pagar—. ¿Por qué me cuentas todo esto de repente?

—Creo que debes saber lo que ocurre a tu alrededor, mi amor. —Nunca había estado tan serio—. Anoche, mientras trabajaba, me distrajo la idea de que podrías sufrir por tu ignorancia. Pam estaba de acuerdo conmigo. Hace semanas que quiere ponerte al día de nuestra jerarquía, pero yo creía que el conocimiento supondría una carga para ti y que ya tenías suficiente con tus propios problemas. Pam me recordó que la ignorancia podría matarte. Te valoro demasiado como para dejarte abundar en ella.

Mi primer pensamiento fue que había disfrutado mucho con mi ignorancia, y que no habría sido malo seguir con ella. Pero entonces tuve que replanteármelo todo. Lo que Eric intentaba era meterme de lleno en su vida. Y sus esfuerzos por acercarme a su mundo se debían a que me consideraba parte del mismo. Intenté entresacar la ternura de todo aquello.

Finalmente dije:

—Gracias.

Traté de formular preguntas inteligentes.

—Hmmm, vale. Entonces, los reyes y las reinas de cada Estado de una división concreta se reúnen y toman decisiones…; ¿cada cuánto? ¿Cada dos años?

Eric me miraba con curiosidad. Sabía que algo no iba bien en Sookielandia.

—Sí —dijo—. A menos que surja una crisis que exija una cumbre extraordinaria. Los Estados no son reinos separados. Por ejemplo, alguien gobierna la ciudad de Nueva York y otro el resto del Estado. Florida también está dividida.

—¿Por qué? —Eso me dejó confusa, hasta que lo pensé—. Ah, ya, muchos turistas. Presas fáciles. Mucha población de vampiros.

Eric asintió.

—California se divide en tercios: California Sacramento, California San José y California Los Ángeles. Luego están Dakota del Norte y del Sur, que se han unificado en un solo reino a causa de la escasa población.

Empezaba a acostumbrarme a ver las cosas a través de los ojos de un vampiro. Suele haber más leones donde abundan las gacelas, alrededor del agua. Menos presas, menos depredadores.

—¿Cómo se gestionan los asuntos de, digamos, Amón, durante los dos años que pasan entre cumbres? —Debían de surgir imprevistos.

—Sobre todo mediante mensajes. Si hace falta una reunión en persona, se lleva a cabo mediante comités de sheriffs, en función de la situación. Si tuviese una diferencia con el vampiro de otro sheriff, lo llamaría a él, y en caso de que no satisficiera mis demandas, su lugarteniente se reuniría con el mío.

—¿Y si eso tampoco funciona?

—Elevaríamos la disputa un escalafón: hasta la cumbre. Entre cumbres, se celebra una reunión informal, sin ceremonias o celebraciones.

Empezaban a ocurrírseme muchas preguntas, pero todas de la variedad «¿Y si...?», y la verdad era que no tenía una auténtica necesidad inmediata de conocer las respuestas.

—Vale —convine—. Son cosas muy interesantes.

—No pareces interesada, sino irritada.

—No es lo que me esperaba cuando descubrí que estabas durmiendo en casa.

—¿Qué esperabas?

—Pensaba que habías venido porque no podías esperar un minuto más para gozar de un fabuloso y alucinante polvo conmigo. —Al demonio con el cadáver, de momento.

—Te he dicho estas cosas por tu propio bien —advirtió Eric, sobrio—. No obstante, ahora que ya está hecho, estoy dispuesto a echarte ese polvo, y te aseguro que será alucinante.

—Entonces corta el rollo, cielo.

Con un movimiento inhumanamente veloz, Eric se quitó la camisa y, mientras admiraba las vistas, siguió el resto de la ropa.

—¿Puedo cortarte más bien la respiración? —preguntó con sus colmillos completamente extendidos.

Me quedé a medio camino del salón cuando me atrapó. Me arrastró de vuelta al dormitorio.

Fue genial. A pesar de mi subyacente ansiedad, logré mantener a raya todos los problemas durante unos maravillosos tres cuartos de hora.

Eric disfrutaba tumbado, apoyado sobre el codo mientras me acariciaba el estómago con la otra mano. Cuando protestaba, ya que no lo tengo completamente plano y eso hacía que me sintiese gorda, él se reía genuinamente.

—¿Quién quiere un saco de huesos? —preguntó con absoluta sinceridad—. No quisiera hacerme daño con los afilados bordes de la mujer a quien le estoy haciendo el amor.

Aquello me hizo sentir mejor que muchas de las cosas que me había dicho en mucho tiempo.

—Las mujeres… ¿Las mujeres tenían más curvas cuando eras humano? —pregunté.

—No teníamos mucha elección sobre nuestro peso corporal —respondió Eric áridamente—. En los años malos, no éramos más que hueso y piel. En los buenos, cuando podíamos comer, comíamos.

Me sentí avergonzada.

—Oh, lo siento.

—Poder vivir en este siglo es un privilegio —me recordó Eric—. Puedes comer siempre que te apetezca.

—Si tienes dinero para pagarlo.

—Bueno, puedes robar —añadió—. El caso es que hay comida de sobra.

—En África no.

—Sé que la gente se sigue muriendo de hambre en muchos sitios del mundo. Pero, tarde o temprano, la prosperidad llegará a todas partes. Es sólo que aquí ha llegado antes.

Su optimismo me parecía asombroso.

—¿De verdad lo crees?

—Sí —respondió sin más—. Recógeme el pelo, ¿quieres, Sookie?

Fui a por el cepillo y una goma del pelo. Llamadme tonta, pero la verdad es que disfrutaba con eso. Eric se sentó en el banquito de mi tocador y le cubrí con un manto de seda blanca y melocotón que me había regalado. Empecé a cepillarle la larga melena. Tras consultarle, me hice con un poco de gel de peinado y le peiné los mechones rubios hacia atrás para asegurarme de que no quedaba ningún pelo suelto. Me tomé mi tiempo, elaborando la coleta más impecable posible, y luego la até con la goma. Sin el pelo revoloteando frente a su cara, Eric parecía más severo, pero igual de guapo. Suspiré.

—¿Qué es ese sonido que produces? —preguntó, ladeando la cara para obtener varias perspectivas de sí mismo en el espejo—. ¿No te satisface el resultado?

—Creo que estás increíble —contesté. Sólo el hecho de que pudiera acusarme de falsa modestia me impedía decir: «¿Qué demonios haces con una chica como yo?».

—Ahora te peinaré yo.

Algo en mi interior dio un salto. La primera noche que hice el amor, Bill me había cepillado el pelo hasta que la sensualidad del movimiento se transformó en otra muy distinta.

—No, gracias —dije, animada.

De repente me sentía muy extraña.

Eric se volvió para mirarme.

—¿Por qué estás tan susceptible, Sookie?

—Oye, ¿y qué hay de Alaska y Hawai? —le pregunté a bocajarro, sin pensar. Aún tenía el cepillo en la mano y, sin querer, lo dejé caer. Resonó al chocar con el suelo de madera.

—¿Qué? —Eric miró el cepillo y luego a mi cara, confuso.

—¿En qué sección se encuadran? ¿Están en Nakamura?

—Narayana. No. Alaska está en dominio canadiense. Ellos tienen su propio sistema. Hawai es autónoma.

—Pues eso no está bien. —Me sentía genuinamente indignada. Entonces recordé que tenía algo muy importante que contarle a Eric—. ¿Te informó Heidi de lo que había detectado en mi bosque? ¿Te habló del cadáver? —Sacudí la mano involuntariamente.

Eric observaba cada uno de mis movimientos con los ojos entornados.

—Ya hemos hablado de Debbie Pelt. Si de verdad lo deseas, la cambiaré de sitio.

Un escalofrío recorrió todo mi cuerpo. Quería decirle que el cadáver del que hablaba era reciente. Iba a hacerlo, pero, por alguna razón, me costaba un mundo articular la frase. Me sentí muy extraña. Eric ladeó la cabeza, clavando sus ojos en mí.

—Te comportas de forma muy extraña, Sookie.

—¿Crees que Alcide supo por el olor que el cadáver era de Debbie? —pregunté. ¿Qué me estaba pasando?

—Por el olor no —respondió—. Un cadáver es un cadáver. No conserva el olor distintivo de una persona concreta, sobre todo después de tanto tiempo. ¿Te preocupa lo que pueda pensar?

—No tanto como antes —balbuceé—. Eh, he oído hoy en la radio que uno de los senadores por Oklahoma ha resultado ser un licántropo. Dijo que se inscribiría en un registro nacional el día que le arrancasen los colmillos de su frío cadáver.

—Creo que estas reacciones beneficiarán a los vampiros —dijo Eric con cierta satisfacción—. Por supuesto, siempre hemos sabido que el Gobierno querría controlarnos de alguna manera. Ahora, al parecer, si los licántropos ganan su litigio para librarse de la supervisión, quizá nosotros podamos hacer lo mismo.

—Será mejor que te vistas —sugerí. Iba a pasar algo pronto, y Eric necesitaría su ropa.

Se volvió para escrutarse en el espejo por última vez.

—Está bien —aceptó, un poco sorprendido. Aún estaba desnudo y magnífico. Pero en ese instante no sentía ninguna lujuria. Me sentía más bien estridente, nerviosa y preocupada. Sentía como si un ejército de arañas estuviese trepando por mi piel. Intenté hablar, pero descubrí que me era imposible. Obligué a mis dedos a lanzar un gesto de «¡Date prisa!».

Eric me echó un rápido vistazo cargado de preocupación y empezó a buscar su ropa. Halló sus pantalones y se los enfundó.

Caí redonda al suelo, aferrándome la cabeza con ambas manos. Sentía como si el cráneo se fuese a desprender de mi columna. Sollocé. Eric soltó la camisa.

—¿Puedes decirme lo que pasa? —preguntó, arrodillándose junto a mí.

—Alguien viene —contesté—. Me siento muy extraña. Ya está casi aquí. Alguien con tu sangre. —Recordé haber sentido un atisbo muy, muy ligero de eso mismo con anterioridad, la vez que me enfrenté a Lorena, la creadora de Bill. No había compartido un vínculo de sangre con Bill, al menos no tan intenso como el que tenía con Eric.

Eric se puso de pie en menos de un parpadeo y oí que emitía un grave rugido desde el pecho. Los nudillos se le habían puesto blancos de cerrar los puños con tanta fuerza. Yo estaba hecha un ovillo contra la cama y él se interpuso entre mí y la ventana abierta. En un abrir y cerrar de ojos, me di cuenta de que había alguien ahí fuera.

—Apio Livio Ocella —dijo Eric—. Han pasado cien años.

Por todos los santos. Era el creador de Eric.

Capítulo
8

Por entre las piernas de Eric pude atisbar a un hombre lleno de cicatrices y generosa musculatura, de ojos y pelo oscuros. Sabía que era de baja estatura porque apenas le veía la cabeza y los hombros. Llevaba unos vaqueros y una camiseta de Black Sabbath. No pude evitarlo. Se me escapó una carcajada nerviosa.

—¿No me has echado de menos, Eric? —La voz del romano tenía un acento insondable, lleno de capas superpuestas.

—Ocella, tu presencia siempre es un honor —respondió Eric. Reí con más fuerza aún. Eric mentía—. ¿Qué le pasa a mi mujer? —preguntó.

—Sus sentidos están confusos —explicó el vampiro más antiguo—. Tú tienes mi sangre. Ella la tomó de ti. Y me acompaña otro de mis hijos. El vínculo que todos compartimos confunde sus pensamientos y sus sentimientos.

«No jodas».

—Éste es mi nuevo hijo, Alexei —dijo Apio Livio Ocella a Eric.

Observé a través de las piernas de Eric. El nuevo «hijo» era un muchacho de no más de trece o catorce años. De hecho, a duras penas le veía la cara. Me quedé quieta, intentando no reaccionar.

—Hermano —saludó Eric al pequeño. Las palabras que emergieron de su boca eran frías como el hielo.

Decidí incorporarme. No pensaba quedarme allí tirada toda la noche. Eric me había cobijado en un diminuto espacio entre la cama y la cómoda, con la puerta del baño a mi derecha. No había abandonado su postura defensiva.

—Disculpa —dije con un tremendo esfuerzo, y Eric dio un paso al frente para dejarme más espacio, pero interponiéndose todavía entre su creador, su nuevo hermano y yo. Me puse de pie, apoyándome en la cama. Aún me sentía aturdida. Miré al sire de Eric directamente a sus oscuros y líquidos ojos. Pareció sorprendido durante una fracción de segundo.

—Eric, ve a la puerta y déjalos entrar —sugerí—. Apuesto a que no necesitan una invitación formal.

—Eric, ella es muy especial —afirmó Ocella con su exótico acento—. ¿Dónde la has encontrado?

—Te dejo pasar por pura cortesía, porque eres el padre de Eric —solté—. Podría dejaros fuera. —Quizá no sonó tan fuerte como deseaba, pero al menos no parecía una cría asustada.

—Pero mi hijo está en la casa, y si él es bienvenido, yo también. ¿No es así? —Ocella arqueó sus densas cejas negras. Su nariz… Bueno, os imaginaréis por qué se acuñó el término «nariz romana»—. Yo sí que estoy esperando aquí fuera por pura cortesía. Podríamos haber aparecido directamente en el dormitorio.

Y, al instante siguiente, los tuve dentro.

A esas alturas, no había respuesta que me preservara la dignidad. Miré fugazmente al niño, cuya expresión estaba completamente perdida. No era de la antigua Roma. Hacía menos de un siglo que era vampiro, calculé, y parecía germánico. Tenía el pelo ralo, no muy largo y con un corte uniforme. Sus ojos eran azules, y cuando se encontró con los míos inclinó la cabeza.

—¿Te llamas Alexei? —pregunté.

—Sí —contestó su creador, mientras él guardaba silencio—. Os presento a Alexei Romanov.

Si bien ni él ni Eric reaccionaron, yo experimenté un instante de puro horror.

—No habrás… —le dije al creador de Eric, que era más o menos de mi altura—. No…

—También intenté salvar a una de sus hermanas, pero llegué demasiado tarde —confirmó Ocella con tristeza. Sus dientes eran rectos y blancos, aunque le faltaba el que estaba junto al canino izquierdo. Si alguien pierde un diente antes de convertirse en vampiro, éste no se regenera.

—¿Qué pasa, Sookie? —Por una vez, Eric estaba perdido.

—Los Romanov —expliqué, intentando contener la voz, como si el muchacho estuviese a veinte metros y no pudiera escucharme—. La última familia real rusa.

Para Eric, las ejecuciones de los Romanov debieron de producirse ayer, y puede que no fuesen las más importantes de la pléyade de muertes que había experimentado en sus mil años. Pero comprendía que su creador había hecho algo extraordinario. Contemplé a Ocella sin ira, sin miedo, durante apenas unos segundos, y descubrí a un hombre que, desterrado y solo, se dedicó a buscar a los «niños» más notables del mundo.

—¿Fue Eric tu primer hijo? —pregunté a Ocella.

Le pasmó lo que vio como una descarada actitud por mi parte. Eric experimentó una reacción más marcada. A medida que sentía que su miedo me envolvía, comprendí que Eric tenía que cumplir físicamente cualquier cosa que Ocella le ordenase. Hace algún tiempo aquello habría supuesto para mí un concepto abstracto. Pero ahora comprendía que si Ocella le ordenaba matarme, él no tendría más remedio que cumplir.

El romano decidió contestarme.

—Sí, él fue el primero que crié con éxito. Los demás… murieron.

—¿Sería mucha molestia que saliésemos de mi dormitorio y fuésemos al salón? —pregunté—. Éste no es el mejor lugar para recibir visitas. —¿Veis? Trataba de ser educada.

—Supongo que no —contestó el vampiro más antiguo—. ¿Alexei? ¿Dónde crees que debe de estar el salón?

Alexei se medio volvió y señaló en la dirección correcta.

—Entonces, iremos por allí, querido —dijo Ocella, y Alexei dirigió.

Tuve un instante para mirar a Eric a los ojos, y supe que mi expresión clamaba: «¿Qué demonios está pasando aquí?». Pero él parecía tan desconcertado y desvalido como yo. Desvalido. La cabeza no paraba de darme vueltas.

Cuando me detuve un momento a pensar en todo ello, las náuseas se habían adueñado de mí. Alexei era un niño, y estaba más que segura de que Ocella había mantenido relaciones sexuales con él, como lo hiciera con Eric en su día. Pero no estaba tan loca como para creer que podía detenerlo, o que cualquier protesta por mi parte supondría alguna diferencia. De hecho, no tenía muy claro que Alexei fuese a agradecerme la intervención, recordando lo que Eric me había dicho de su desesperado vínculo con su creador durante los primeros años de nueva existencia como vampiro.

Alexei había pasado mucho tiempo con Ocella, al menos desde el punto de vista humano. No recordaba exactamente cuándo habían ejecutado a la familia Romanov, pero debía de ser alrededor de 1918. Al parecer, Ocella había salvado al muchacho de la muerte definitiva. Así que, fuese lo que fuese lo que afirmaba su relación, ésta llevaba existiendo desde hacía más de ochenta años.

Todas aquellas ideas desfilaron por mi mente, una tras otra, mientras seguíamos a nuestros visitantes. Ocella dijo que podía haber entrado sin invitación. No habría estado mal que Eric me avisara de tales cosas. Pero notaba cuánto deseaba Eric que Ocella nunca se hubiese presentado, así que estaba dispuesta a pasárselo... Sin embargo, no podía evitar pensar que, en vez de su lección magistral sobre cómo los suyos se habían repartido mi país según sus intereses, habría sido mucho más práctico saber que su creador se presentaría en mi dormitorio.

—Sentaos, por favor —les ofrecí después de que Ocella y Alexei tomaran asiento en el sofá.

—Cuánto sarcasmo —dijo Ocella—. ¿Es que no vas a ofrecernos un mínimo de hospitalidad? —Me recorrió de arriba abajo con la mirada, y pensé que, si bien sus ojos eran de un intenso color marrón, eran terriblemente fríos.

En un fugaz instante pude congratularme por haberme puesto algo de ropa. Antes me habría tomado una botella de alcohol puro que estar desnuda delante de aquellos dos.

—No puedo decir que me haya alegrado encontrar a alguien de repente mirando por la ventana de mi dormitorio —dije—. No os habría costado nada llamar a la puerta, como hace la gente con buenos modales. —No le estaba contando nada que él no supiera ya; los vampiros son buenos leyendo a las personas, y los antiguos mucho mejores a la hora de descifrar sus sentimientos.

—Sí, pero en ese caso no habría disfrutado de tan encantadora vista. —Ocella desvió la mirada hacia el torso desnudo de Eric hasta el punto de casi acariciarlo con ella. Por primera vez, Alexei mostró un atisbo de emoción. Parecía asustado. ¿Temía que Ocella lo repudiara y lo dejara a la merced del mundo? ¿O temía, más bien, que Ocella lo mantuviese a su lado?

Compadecí a Alexei desde lo más profundo de mi corazón. Temí por ese pobre muchacho.

Estaba tan desamparado como Eric.

Ocella observó a Alexei con una atención que rayaba en lo tenebroso.

—Ya se encuentra mucho mejor —murmuró—. Eric, tu presencia le está haciendo mucho bien.

Pensé que las cosas no podían ponerse más surrealistas, pero un apremiante aporreo de la puerta trasera, seguido de un «Sookie, ¿estás ahí?» me dijo que si algo puede empeorar, siempre empeora.

Mi hermano Jason entró sin esperar a que le contestara.

—Sookie, vi la luz encendida al llegar, así que pensé que estarías despierta —soltó antes de detenerse en seco al percatarse de toda la visita que tenía en ese momento. Y lo que eran todos ellos.

—Lamento interrumpir, Sook —se excusó lentamente—. ¿Qué tal, Eric?

—Jason, éste es mi... —empezó a decir Eric—. Son Apio Livio Ocella, mi creador, y su hijo Alexei. —Eric pronunció el último apellido correctamente: «O-que-la».

Jason saludó con la cabeza a los dos extraños, pero evitó mirar directamente al vampiro más antiguo. Buen instinto.

—Buenas noches, O'Kelly. Hola, Alexei. Así que eres el hermano pequeño de Eric, ¿eh? ¿Eres vikingo como él?

—No —dijo el muchacho con voz débil—. Soy ruso. —Su acento era mucho más ligero que el del romano. Se quedó mirando a Jason con interés. Esperaba que no estuviese pensando en morderle. Lo que le hacía tan atractivo para la gente, en especial las mujeres, era que irradiaba vida. Parecía tener una reserva extra de vigor y vitalidad, y, ahora que la tristeza de la muerte de su mujer se iba diluyendo, ambas características se le estaban redoblando. Era una de las manifestaciones de la sangre feérica que corría por sus venas.

—Bueno, pues me alegro de conoceros a todos —respondió Jason. Y entonces omitió por completo a los visitantes—. Sookie, he venido a llevarme una mesita auxiliar del ático. Vine antes, pero no estabas y no me había traído mi juego de llaves. —Jason tenía unas llaves de mi casa para casos de urgencia, igual que yo las tenía de la suya.

Me había olvidado de que me la pidió cuando cenamos juntos. Dada la situación, me podría haber pedido todo el mobiliario de mi dormitorio y yo habría accedido con tal de alejarlo de aquella peligrosa situación.

—Claro, no la necesito —dije—. Sube. No creo que esté muy lejos de la entrada del ático.

Jason se disculpó y todos le seguimos con la mirada mientras se perdía escaleras arriba. Eric probablemente mantenía la mirada ocupada mientras sus pensamientos se sucedían a toda velocidad, pero Ocella observaba a mi hermano con genuino ánimo escrutador, mientras que Alexei lo hacía con anhelo.

—¿Alguien quiere una TrueBlood? —pregunté a los vampiros apretando los dientes.

—Supongo que sí, si no te ofreces a ti misma o a tu hermano —contestó el romano.

—No es el caso.

Me volví para enfilar la cocina.

—Siento tu rabia —advirtió Ocella.

—No me importa —contesté, sin darme la vuelta. Oí que Jason bajaba por las escaleras algo más despacio, ya que llevaba la mesa—. Jason, ¿vienes un segundo? —pregunté por encima del hombro.

Le faltó poco para dejar el salón. Si bien era cortés con Eric porque sabía que yo lo amaba, Jason nunca se había sentido cómodo en presencia de vampiros. Dejó la mesa en un rincón de la cocina.

—¿Qué demonios pasa aquí, Sook?

—Ven a mi habitación un momento —respondí, tras sacar las botellas de la nevera. Me sentiría mucho mejor en cuanto tuviese un poco más de ropa encima. Jason me siguió de cerca. Una vez dentro, cerré la puerta.

—Vigila la puerta. No me fío del más antiguo —le pedí, y Jason cumplió, volviéndose hacia el otro lado mientras me quitaba la bata y me vestía más deprisa que nunca.

—La hostia —dijo Jason, lo que me provocó un soberano respingo. Me volví para ver que Alexei había abierto la puerta y de hecho habría entrado, de no ser porque Jason la estaba bloqueando.

—Lo siento —se excusó Alexei. Su voz era un susurro; un fantasma de lo que fue en vida—. Te pido disculpas a ti, Sookie, y a ti, Jason.

—Puedes dejar que pase, Jason. ¿Por qué te disculpas, Alexei? —pregunté—. Venga, vamos a la cocina y te calentaré una TrueBlood. —Nos fuimos todos a la cocina. Estábamos un poco más lejos del salón, y existía una mínima probabilidad de que Eric y Ocella no nos oyeran.

—Mi sire no siempre es así —explicó—. La edad lo está transformado.

—¿En qué? ¿En un completo anormal? ¿En un sádico? ¿En un pederasta?

Una leve sonrisa se cruzó en la expresión del muchacho.

—Todo eso, en ocasiones —concedió sucintamente—. Pero, a decir verdad, no estoy del todo bien, y por eso hemos venido.

Jason empezaba a enfadarse. Le gustan los niños; siempre le han gustado. Si bien Alexei era de sobra capaz de matarlo en un instante, Jason seguía viéndolo como un niño. Mi hermano estaba acumulando mucha rabia, hasta el punto de pensarse irrumpir en el salón y enfrentarse al propio Apio Livio Ocella.

—Escucha, Alexei, no tienes por qué quedarte con ese tío si no lo deseas —dijo Jason—. Puedes quedarte conmigo o con Sookie si Eric no se hace cargo de ti. Nadie te va a obligar a estar con quien no quieras. —Bendito sea el corazón de Jason, pero no tenía la menor idea de lo que estaba hablando.

Alexei sonrió, dotándose de una expresión capaz de romperle el corazón a cualquiera.

—En serio, no es tan malo. Creo que es un buen hombre, pero de un tiempo a esta parte...; no os podéis imaginar. Supongo que estáis acostumbrados a tratar con vampiros que desean... integrarse. Mi sire no quiere nada de eso. Es mucho más feliz en las sombras. Y yo he de permanecer con él. Por favor, no os apuréis, aunque os agradezco la preocupación. Ahora que estoy cerca de mi hermano me siento mucho mejor. No siento que, de repente, vaya a hacer algo... que pueda lamentar.

Jason y yo nos miramos. Era suficiente para preocuparnos.

Alexei observaba la cocina como si nunca hubiese visto una. Se me pasó por la cabeza que probablemente fuese así.

Saqué las botellas calientes del microondas y las agité. Puse unas servilletas en la bandeja, junto a las botellas. Jason se sirvió una Coca-Cola de la nevera.

No sabía qué pensar de Alexei. Se disculpaba por el romano como si fuese un abuelo cascarrabias, pero estaba claro que se encontraba bajo la influencia de Ocella. Por supuesto que lo estaba; era su hijo en un sentido muy real.

Tener a una figura histórica en tu propia casa era una situación de lo más extraña. Pensé en los horrores que debió de experimentar, tanto antes de la muerte como después. Pensé en su infancia como heredero del zar y supuse que, a pesar de la hemofilia, su infancia debió de estar llena de momentos gloriosos. No sabía si el muchacho echaba de menos el amor, la devoción y los lujos que le habían rodeado desde la cuna hasta la revolución, o si (habida cuenta de que había sido ejecutado con toda su familia inmediata) consideraba su condición de vampiro como algo mejor que yacer enterrado en los bosques de Rusia.

Al margen de la hemofilia, su esperanza de vida en aquellos tiempos habría sido corta de todos modos.

Jason se puso hielo en el vaso y miró en el bote de las galletas. Yo ya no solía tener porque, de haberlas, me las comería. Cerró el bote con aire decepcionado. Alexei contemplaba cada uno de los movimientos de Jason, como si contemplase un animal nunca visto antes.

Se dio cuenta de que yo lo miraba a él.

—Dos hombres me cuidaron; dos marineros —explicó, como si fuese capaz de leer las preguntas que se agolpaban en mi cabeza—. Me llevaban por ahí cuando peor lo pasaba. Cuando el mundo se vino abajo, uno de ellos abusó de mí en cuanto tuvo la posibilidad. Pero el otro murió, sencillamente porque siguió siendo amable conmigo. Tu hermano me recuerda un poco a ése.

—Siento lo de tu familia —lamenté torpemente. Sentía la necesidad de decir alguna cosa.

Se encogió de hombros.

—Me alegré cuando los encontraron y les dieron sepultura —dijo. Pero, al verle los ojos, supe que sus palabras eran una fina capa de hielo sobre un pozo de dolor.

—¿A quién pusieron en tu ataúd? —pregunté. ¿Me estaría pasando? ¿De qué demonios iba a hablar con él? Jason paseaba la mirada entre Alexei y yo, anonadado. Su idea de la Historia era recordar al hermano embarazoso de Jimmy Carter.

—Cuando encontraron la gran fosa, mi sire sabía que no tardarían en encontrarnos a mi hermana y a mí. Puede que sobrevalorásemos a los buscadores. Hicieron falta dieciséis años más. Pero, mientras tanto, seguimos volviendo al lugar donde me habían enterrado.

Sentí que los ojos se me llenaban de lágrimas. «El lugar donde me habían enterrado…».

Prosiguió.

—Teníamos que facilitar huesos míos a tal efecto; a esas alturas ya sabíamos algo acerca del ADN. De lo contrario, por supuesto que podríamos haber encontrado a un muchacho de la edad adecuada…

No se me ocurría nada remotamente normal que decir.

—Entonces, te extirpaste parte de tus propios huesos para dejarlos en la tumba —supuse con voz ahogada y temblorosa.

—Poco a poco, con el tiempo. Todo volvía a crecer —respondió, tranquilizador—. Tuvimos que quemarlos un poco. Se supone que nos habían quemado a María y a mí, además de echarnos ácido encima.

No sin esfuerzo, pude preguntar:

—¿Por qué hacer todo ese esfuerzo? ¿Por qué dejar allí los huesos?

—Mi sire quería que descansara —contestó—. No quería que nadie viese nada. Argumentó que si encontraban los huesos, no habría controversia alguna. De todos modos, a estas alturas nadie esperaría que siguiese vivo, por supuesto, y mucho menos con el mismo aspecto de entonces. A lo mejor no pensábamos con claridad. Cuando llevas tanto tiempo alejado del mundo… Y, durante los primeros cinco años después de la revolución, me vieron un par de personas que me reconocieron. Mi sire tuvo que encargarse de ellos.

También necesité un momento para asimilar eso. Jason parecía asqueado. Yo no le andaba muy a la zaga. Pero esa pequeña charla ya se había prolongado demasiado. No quería que el sire pensase que estábamos conspirando contra él.

—Alexei —llamó Apio Livio con voz queda—. ¿Va todo bien?

—Sí, señor —respondió Alexei antes de volver corriendo con el romano.

—Por todos los santos —me dije, cogiendo la bandeja de las botellas para llevarla al salón. Jason estaba igual de incómodo que yo, pero me siguió.

Eric no perdía de vista a Apio Livio Ocella, del mismo modo que un dependiente de un establecimiento de veinticuatro horas no pierde de vista a un cliente que pudiera llevar un arma escondida. Pero parecía haberse relajado una partícula, ya recuperado del pasmo de encontrarse de repente con su creador. Gracias al vínculo, sentí una oleada de alivio por su parte. Tras meditarlo, concluí que lo había comprendido. Eric estaba aliviado porque el vampiro más antiguo venía con su propio compañero de alcoba. Eric, que había dado una convincente impresión de indiferencia acerca de los muchos años pasados como compañero sexual de Ocella, había atravesado un momento de loca desgana al verse con su creador. Se estaba reagrupando y rearmando. Volvía a ser Eric, el sheriff, después de haber regresado abruptamente al Eric neonato y esclavo sexual.

Tal como yo lo veía, no volvería a ser del todo él mismo. Ahora conocía qué era lo que temía. Lo que percibía de él era que no se trataba tanto del aspecto físico como del mental; Eric deseaba por encima de todas las cosas no volver a estar bajo el control de su creador.

Serví una botella a cada uno de los vampiros, colocándola cuidadosamente sobre una servilleta. Al menos no tenía que preocuparme de sacar nada de picar… Salvo que Ocella decidiese que los tres debían picarme a mí. En tal caso, no tendría ninguna esperanza de supervivencia ni nada con que evitarlo. Ese pensamiento debió de convertirme en un modelo de discreción. Debió de animarme a sentarme con los tobillos cruzados y mantener la boca cerrada.

Pero es que me sacaba de quicio.

La mano de Eric se crispó, y supe que estaba percibiendo mi estado de ánimo. Quería decirme que lo controlase, que me relajase, que volase por debajo del radar. Quizá no quisiera volver a estar bajo el dominio de Ocella, pero también lo amaba. Me obligué a reducir la intensidad de mis anhelos. No le había dado al romano la menor oportunidad. Lo cierto es que no lo conocía. De él sólo sabía algunas cosas que no me gustaban, y quizá hubiera algunas cosas que podrían gustarme o resultarme admirables. Si hubiese sido el auténtico padre de Eric, le habría dado un montón de oportunidades de demostrar su valía.

Me pregunté hasta qué punto sería capaz Ocella de leer mis emociones. Aún estaba sintonizado con Eric, y siempre lo estaría. Y Eric y yo compartíamos un poderoso vínculo. Pero parecía que mis emociones no se interponían; el romano apenas me examinaba. Bajé la mirada. Tenía que aprender a ser más sigilosa, y rápido. Solía dárseme bien ocultar mis sentimientos, pero tan cerca de un vampiro tan antiguo y su nuevo protegido, ambos con una sangre tan similar a la de Eric, me estaba resultando difícil.

—No estoy muy segura de cómo llamarte —comencé, topándome con los ojos del romano. Intentaba imitar el mejor tono hospitalario de mi abuela.

—Llámame Apio Livio —respondió—, ya que eres la esposa de Eric. Él tuvo que esperar un siglo para ganarse el derecho de llamarme Apio, en vez de sire. Y unos cuantos siglos más para poder llamarme Ocella.

Así que sólo Eric podía llamarlo Ocella. Me parecía bien. Me di cuenta de que Alexei aún estaba en la fase de sire. El muchacho estaba sentado y quieto como si se hubiese tomado un tranquilizante para caballos. A su botella de sangre, posada sobre la mesa de centro, sólo le faltaba un discreto trago.

—Gracias —contesté, consciente de que no sonaba muy agradecida que digamos. Miré de soslayo a mi hermano. Jason tenía una idea bastante clara de cómo le apetecía llamar al romano, pero le hice un discreto gesto con la cabeza.

—Eric, cuéntame cómo te va en estos días —sugirió Apio Livio. Parecía genuinamente interesado. Tendió la mano hacia Alexei y empezó a acariciarle la espalda, como si fuese una mascota. Pero era innegable que había afecto en su gesto.

—Estoy muy bien. La Zona Cinco es próspera. Soy el único sheriff de Luisiana que sobrevivió a la usurpación de Felipe de Castro. —Consiguió sonar muy natural.

—¿Cómo ocurrió?

Eric puso al día al vampiro antiguo acerca de la situación política y de Victor Madden. Cuando consideró que su creador ya sabía lo esencial sobre la situación de Castro y Madden, Eric le preguntó:

—¿Cómo es que estabas tan oportunamente cerca para rescatar a este joven? —Y dedicó una sonrisa a Alexei.

Ahora que había escuchado la versión del propio Alexei, tenía ganas de conocer esa historia. Mientras Alexei Romanov permanecía sentado en silencio, Apio le contó a Eric cómo rastreó a la familia real rusa en 1918.

—Si bien ya me olía algo, tuve que moverme mucho más deprisa de lo previsto —respondió Apio. Apuró el contenido de la botella—. La decisión de ejecutarlos se tomó tan apresuradamente como su cumplimiento. Nadie quería que los hombres se lo pensaran dos veces. Para muchos soldados, fue algo terrible.

—¿Por qué querías salvar a los Romanov? —preguntó Eric, como si Alexei no estuviese presente.

Y Apio Livio rió. Rió a grandes carcajadas.

—Odiaba a los putos bolcheviques —contestó—. Y tenía un vínculo con el muchacho. Rasputín llevaba años dándole mi sangre. Resulta que llevaba ya un tiempo en Rusia. ¿Recuerdas la masacre de San Petersburgo?

Eric asintió.

—Y tanto. Hacía muchos años que no nos veíamos, y sólo supe fugazmente de ti entonces. —Eric ya me había hablado alguna vez de la masacre de San Petersburgo. Un vampiro llamado Gregory se había vuelto loco por culpa de una vengativa ménade. Hicieron falta veinte vampiros para reducirlo y disfrazar los resultados.

—Después de esa noche, cuando tantos de nosotros trabajamos juntos para limpiar el escenario tras someter a Gregory, desarrollé un afecto por los vampiros rusos, y por su pueblo también. —Añadió lo del pueblo ruso con un gesto de la cabeza hacia Jason y hacia mí, como representantes de la especie humana—. Los putos bolcheviques mataron a muchos de los nuestros. Estaba apenado. Las muertes de Fedor y Velislava fueron particularmente duras. Ambos fueron grandes vampiros, de varios siglos de antigüedad.

—Los conocí —recordó Eric.

—Les envié mensajes instándoles a que salieran de allí antes de iniciar mi búsqueda de la familia real. Pude dar con Alexei porque llevaba mi sangre. Rasputín conocía nuestra naturaleza. Cada vez que la emperatriz lo llamaba para curarle cuando la hemofilia empeoraba, él me pedía algo de sangre y el muchacho se curaba. Oí rumores de que pensaban matar a la familia real, así que empecé a rastrear el olor de mi propia sangre. ¡Te imaginarás que me sentí como un cruzado cuando di con ellos!

Ambos rieron, y de repente me di cuenta de que los dos habían conocido las Cruzadas y a los caballeros que las habían protagonizado. Mientras trataba de asimilar lo antiguos que eran, cuántas cosas habían visto, cuántas experiencias habían tenido y que casi nadie que aún caminase por la faz de la Tierra recordaba, sentí que el corazón se me estremecía.

—Sook, tienes unos conocidos de lo más interesantes —dijo Jason.

—Escucha, sé que quieres irte, pero si pudieras quedarte un rato más, te lo agradecería —le pedí. No me alegraba mucho tener allí al creador de Eric y al pobre Alexei, y dado que éste parecía sentirse muy cómodo con Jason, cabía la posibilidad de que su presencia contribuyera a sosegar una situación complicada de por sí.

—Sólo voy a poner la mesa en la camioneta y a llamar a Michele —dijo—. Alexei, ¿quieres acompañarme?

Apio Livio no se movió, pero era innegable que se puso tenso. Alexei miró al romano. Tras una larga pausa, Apio Livio asintió con la cabeza.

—Alexei, recuerda tus modales —le sugirió Apio Livio con suavidad. Alexei osciló la cabeza lentamente a modo de aquiescencia.

Tras recibir el permiso, el zarevich de Rusia salió con un empleado de mantenimiento de carreteras para colocar una mesa en una camioneta.

Cuando me quedé a solas con Eric y su creador, sentí una punzada de ansiedad. Lo cierto era que fluía a través del vínculo que compartía con Eric. No era la única que se sentía preocupada. Además, parecía que su conversación se había quedado en vilo.

—Perdona, Apio Livio —dije cuidadosamente—. Dado que estabas en el imperio adecuado en el momento adecuado, me pregunto si alguna vez viste a Jesucristo.

El romano tenía la vista clavada en el pasillo, ansioso por que apareciera Alexei.

—¿El carpintero? No, no lo conocí —contestó Apio, y supe que se estaba esforzando por no ser grosero—. El judío murió más o menos en la época en la que me convirtieron. Como apreciarás, tenía muchas otras cosas en las que pensar. De hecho, nunca supe nada de todo su mito hasta un tiempo después, cuando el mundo empezó a cambiar a resultas de su muerte.

Eso sí que habría sido alucinante; hablar con un ser que hubiera visto a Dios… aunque se refiriese a él como un «mito». Y volví a temer al romano, no por lo que me hubiera hecho a mí, o lo que hubiera hecho a Eric, o siquiera lo que estaba haciendo con Alexei, sino por lo que podría hacernos a todos si tan sólo se tomara la molestia. Siempre he intentado buscar algo bueno en las personas, pero lo mejor que podía decir de Apio era que tenía un buen gusto cuando elegía a los candidatos a vampiro.

Mientras abundaba en mis pensamientos, Apio le contaba a Eric lo conveniente que había sido el sótano de Ekaterimburgo. Alexei casi se había desangrado por las heridas, así que tuvo que darle al muchacho un buen trago de su propia sangre (desplazándose a toda velocidad y, por lo tanto, pasando desapercibido para el pelotón de ejecución. Luego se quedó observando desde las sombras cómo arrojaban los cuerpos al pozo. Al día siguiente, volvieron a sacar a la familia real porque sus asesinos temían las posibles agitaciones consiguientes al asesinato de los Romanov.

—Los seguí en cuanto el sol se puso a la noche siguiente —dijo Apio—. Hicieron una parada para volver a enterrarlos. Alexei y una de sus hermanas...

—María —completó Alexei con suavidad y yo di un respingo. Había aparecido silenciosamente en el salón, detrás de la silla de Apio—. Se llamaba María.

Se produjo un silencio. Apio parecía tremendamente aliviado.

—Sí, por supuesto, querido mío —concedió Apio, apañándoselas para sonar como si le importase—. Tu hermana María era irrecuperable, pero en ti aún quedaba una tenue chispa vital. —Alexei posó la mano sobre el hombro de Apio Livio, y éste se la cubrió con la suya—. Le dispararon varias veces —explicó a Eric—. Dos en la cabeza. Puse mi sangre directamente en los orificios de las balas. —Volvió la cabeza para mirar al chico—. Mi sangre surtió efecto; tú habías perdido mucha. —Era como si estuviese recordando los buenos viejos tiempos. El romano volvió a enfilar la mirada hacia Eric y hacia mí con una orgullosa sonrisa plasmada en los labios. Pero yo podía ver el rostro de Alexei.

Apio Livio sentía genuinamente que había sido el salvador de Alexei. Yo no estaba tan segura de que el muchacho estuviese totalmente convencido de ello.

—¿Dónde está tu hermano? —preguntó de repente Apio Livio, y yo me puse de pie, dispuesta a ir a buscarlo. Sabía sumar dos y dos, y comprendí que el creador de Eric quería asegurarse de que Alexei no hubiera drenado a Jason, dejándolo en el jardín.

Jason apareció en el salón justo en ese momento, metiéndose el móvil en el bolsillo. Entornó los ojos. No era un chico muy avispado, pero sabía que algo me preocupaba.

—Lo siento —se excusó—. Estaba hablando con Michele.

—Hmmm —musité. Tomé clara nota mental de que a Apio Livio le preocupaba dejar a Alexei solo en compañía de humanos. Sabía que eso debería asustarme a mí también. La noche avanzaba, y tenía cosas que averiguar—. Lamento cambiar de tema, pero hay algunas cosas que necesito saber.

—¿El qué, Sookie? —preguntó Eric, mirándome directamente por primera vez desde la aparición de su creador. Estaba imponiendo precaución a nuestro vínculo.

—Sólo son un par de preguntas —dije con la sonrisa más dulce posible—. ¿Lleváis mucho tiempo rondando por la zona?

Volví a cruzar la mirada con esos ojos oscuros y antiguos. De alguna manera, era difícil contemplarlo entero de un vistazo. No podía hacerlo. Y aquello me ponía los pelos como escarpias.

—No —respondió con mucha calma—. Venimos del suroeste, desde Oklahoma, y acabamos de llegar a Luisiana.

—Entonces no sabréis nada del cadáver reciente que hay enterrado en mi bosque, ¿verdad?

—En absoluto. ¿Desearías que fuésemos a desenterrarlo? Es desagradable, pero factible. ¿Deseas saber de quién se trata?

Una oferta de lo más inesperada. Eric me miraba de forma muy extraña.

—Lo siento, cariño —me excusé—. Era lo que intentaba decirte cuando se presentaron nuestros inesperados visitantes.

—No es Debbie —dedujo.

—No. Heidi dice que hay un hoyo nuevo. Pero tenemos que averiguar de quién se trata y quién lo ha dejado allí.

—Los licántropos —concluyó Eric al instante—. Así es como te agradecen que les dejes usar tus tierras. Llamaré a Alcide y nos reuniremos. —Eric estaba encantado con la oportunidad de ejercer algo de prepotencia. Sacó su móvil y marcó el número de Alcide antes de que pudiera decir nada.

—Eric —se identificó—. Alcide, tenemos que hablar. —Se podía oír el zumbido de una voz al otro lado de la línea.

Un instante después, Eric añadió:

—Eso no es bueno, Alcide, y lamento escuchar que tienes problemas. Pero yo tengo otras preocupaciones. ¿Qué habéis hecho en las tierras de Sookie?

Oh, mierda.

—Entonces deberías venir aquí a verlo. Creo que uno de los tuyos se ha portado mal. De acuerdo. Nos vemos en diez minutos. Estoy en su casa.

Colgó rezumando un aire triunfal.

—¿Alcide está en Bon Temps? —pregunté.

—No, pero se encontraba en la interestatal, cerca de nuestra salida —explicó Eric—. Estaba regresando de una reunión en Monroe. Las manadas de Luisiana están intentando presentar un frente unido frente al Gobierno. Nunca se han organizado antes; dudo que vaya a funcionar —bufó Eric, claramente desdeñoso—. Los licántropos siempre aparecen... ¿Cómo dijiste tú el otro día, Sookie? Algo así como «un día tarde, y con un dólar de menos», ¿no? Al menos está cerca, y cuando venga llegaremos al fondo de todo este asunto.

Suspiré, procurando hacerlo en silencio y con discreción. No imaginé que las cosas se precipitarían tan deprisa. Pregunté a los vampiros si querían más TrueBlood, pero dijeron que no. Jason parecía aburrido. Miré el reloj.

—Me temo que sólo tengo un alojamiento adecuado para vampiros. ¿Dónde pensáis dormir cuando amanezca? Lo digo por si tuviera que preguntar por ahí si alguien tiene un hueco.

—Sookie —contestó Eric con dulzura—. Llevaré a Ocella y a su hijo a mi casa. Allí tengo ataúdes para invitados.

Eric solía dormir en su cama, ya que su dormitorio carecía de ventanas. Había un par de ataúdes en el cuarto de invitados. Unos contenedores lisos de fibra de vidrio que parecían kayaks y que mantenía ocultos bajo las camas. Lo malo de que Apio Livio y Alexei fuesen a quedarse en casa de Eric era que yo, indiscutiblemente, me quedaría en la mía.

—Creo que a tu querida le encantaría pasarse durante el día y clavarnos unas estacas en el pecho —dijo Apio Livio, como si contara un gran chiste—. Si crees que puedes hacerlo, jovencita, estás invitada a intentarlo.

—Oh, en absoluto —respondí, mintiendo como una bellaca—. En la vida se me ocurriría hacer tal cosa al padre de Eric. —Aunque no era mala idea.

A mi lado, un tic recorrió el cuerpo de Eric. Fue un movimiento curioso, como un perro que corre en sueños.

—Compórtate —me exigió, y no había ni una sombra de gracia en su voz. Me estaba dando una orden.

Respiré hondo. Tenía en la punta de la lengua la rescisión de la invitación de Eric a mi casa. Tendría que irse, y probablemente Apio Livio y Alexei también. Era ese «probablemente» lo que me detenía. La idea de estar a solas con Apio Livio ahogaba la agradable visión de ver a los tres vampiros desfilar fuera de mi casa.

Supongo que fue una suerte para todos que sonase el timbre en ese momento. Salí disparada de mi asiento como si llevase un cohete en el trasero. Rodearme de más seres vivos sería todo un alivio.

Alcide iba trajeado. Le flanqueaban Annabelle, que lucía un vestido verde oscuro con zapatos de charol, y Jannalynn, el nuevo objeto del interés de Sam. La chica tenía su sentido del estilo, aunque me dejaba un poco aturdida. Se había puesto un brillante vestido plateado que apenas le cubría, a juego con unas sandalias de tacón que se ataban por delante. La sombra de ojos plateada sobre un contorno excesivo remataba el conjunto. Estaba estupenda, aunque desde un punto de vista algo macabro. No cabía duda de que a Sam le gustaba salir con mujeres que se saliesen de lo normal en una u otra faceta y que no le asustaban los caracteres marcados, pensamiento que debería posponer para otro momento. ¿Sería cosa de los cambiantes? Alcide era igual.

Saludé al líder de la manada con un abrazo y de viva voz a sus acompañantes, quienes me respondieron con un seco movimiento de la cabeza.

—¿Cuál es el problema del que Eric me ha hablado por teléfono? —preguntó Alcide mientras me apartaba para dejarlos pasar. Cuando los licántropos se dieron cuenta de que compartían estancia con tres vampiros, todos se pusieron tensos. Sólo esperaban ver a Eric. Al volver la vista hacia los vampiros, vi que también se habían incorporado. Incluso Alexei estaba alerta.

—Me alegra verte, Alcide —dijo Jason—. Chicas, tenéis un aspecto imponente esta noche.

Subí de revoluciones.

—¡Hola a todos! —exclamé, desbordando alegría—. Me alegro de que hayáis podido venir con tan poco tiempo de aviso. Eric, ya conoces a Alcide. Alcide, te presento a un viejo amigo de Eric, Apio Livio Ocella, que está de visita en la ciudad con su protegido, Alexei. Eric, no sé si conoces a Annabelle, la amiga de Alcide y nueva miembro de su manada. Y ella es Jannalynn, que lleva siglos en la del Colmillo Largo. Jannalynn, nunca hemos tenido ocasión de cruzar muchas palabras, pero Sam no para de hablar de ti. Y creo que todo el mundo conoce a mi hermano Jason.

Uff. Me sentía como si hubiese participado en una maratón de presentaciones. Como los vampiros no acostumbran a estrechar la mano, aquello bastó para cerrar la ceremonia de bienvenida. A continuación les invité a sentarse mientras iba a por algunas bebidas, que ninguno de ellos aceptó.

Eric lanzó la primera andanada.

—Alcide, una de mis rastreadoras ha estado en las tierras de Sookie tras el aviso de que Basim había detectado extraños en el bosque. Ella ha descubierto un cuerpo recién enterrado.

Alcide lo miraba como si estuviese hablando en arameo.

—Esa noche no matamos a nadie —aseguró Alcide—. Basim afirma que le dijo a Sookie que había olido un cadáver antiguo, una o dos hadas y un vampiro. Pero no mencionó nada de un cadáver reciente.

—Aun así, alguien acaba de enterrar otro cuerpo.

—Nosotros no tenemos nada que ver —apuntó Alcide encogiéndose de hombros—. Estuvimos tres noches antes de que tu rastreadora diese con ese cuerpo.

—Es una grandísima coincidencia, ¿no te parece? Un nuevo cadáver en los terrenos de Sookie justo después de vuestra presencia. —Eric se estaba mostrando irritantemente razonable.

—A lo mejor es tanta coincidencia como que ya hubiese un cadáver en el bosque de Sookie.

Ay, madre. Ése era el último derrotero que quería que tomase la conversación.

De hecho, Jannalynn empezaba a gruñir a Eric. Tenía un aspecto interesante, con lo maquillada que estaba. Annabelle permanecía en pie con los brazos ligeramente separados del cuerpo, a la espera de la menor excusa para saltar.

Alexei tenía la mirada perdida en el espacio, que parecía su forma de estar alerta, mientras que Apio Livio parecía simplemente aburrido.

—Yo creo que deberíamos ir a ver de quién se trata —propuso Jason inesperadamente.

Le lancé una mirada de aprobación.

Y así salimos al bosque con la intención de desenterrar un cadáver.

Capítulo
9

Alcide se puso unas botas que llevaba en la camioneta y se despojó del abrigo y la corbata. Jannalynn fue lo suficientemente lista como para quitarse las sandalias de fiesta, y Annabelle hizo lo propio con sus zapatos de tacón, si bien éstos eran más discretos. Les ofrecí a ambas unas deportivas, y a Jannalynn una camiseta de manga corta para cubrirse el vestido plateado y que no se enredase con él en el bosque. Se la pasó por la cabeza, e incluso me dio las gracias, pero no me sonó precisamente agradecida. Me hice con dos palas del cobertizo de las herramientas. Alcide cogió una y Eric la otra. Jason llevaba una potente linterna que había sacado de la caja de herramientas de su propia camioneta. La cogió para mí. Los vampiros ven perfectamente en la oscuridad, igual que los licántropos. Como Jason era un hombre pantera, también gozaba de una visión excelente. Yo era la única ciega del grupo.

—¿Sabemos hacia dónde vamos? —preguntó Annabelle.

—Heidi dijo que estaba hacia el este, cerca del arroyo, en un claro —respondí, emprendiendo la marcha en esa dirección. No dejaba de tropezarme con cosas. Al cabo de un rato, Eric entregó la pala a Jason y se agachó para que me subiese en su espalda a horcajadas. Mantuve la cabeza agachada detrás de la suya para evitar que las ramas me golpearan. Nuestro avance fue mucho más fluido desde entonces.

—Lo huelo —anunció Jannalynn de repente. Nos había sacado una buena ventaja, como si su tarea en la manada fuese despejar el camino para su líder. En el bosque era una mujer completamente distinta. Lo notaba a pesar de no poder ver muy bien. Era rápida, de paso seguro y decidida. Se perdió en la oscuridad por delante de nosotros, y al cabo de un momento se le oyó gritar:

—¡Aquí está!

Nos apresuramos hasta encontrarla de pie sobre un parche de tierra situado en un pequeño claro. La habían removido hacía poco, aunque alguien se había esforzado en camuflarlo.

Eric me posó en el suelo y Jason apuntó la linterna hacia el suelo.

—¿No es...? —susurré, consciente de que todos los demás podían oírme.

—No —contestó Eric con firmeza—. Demasiado reciente. —No era Debbie Pelt. Ella estaba en otra fosa, más antigua.

—Sólo hay una forma de averiguar quién es —dijo Alcide. Jason y él empezaron a excavar. Como los dos eran bastante fuertes, no les llevó mucho rato. Alexei apareció a mi lado; supuse que ver una tumba en medio del bosque no le traería buenos recuerdos. Lo rodeé con el brazo, como si aún fuese humano, aunque me di cuenta de que Apio me lanzaba una mirada sardónica. Los ojos de Alexei estaban clavados en los excavadores, especialmente en Jason. Sabía que ese muchacho sería capaz de cavar con sus manos desnudas tan deprisa como ellos con las palas, pero su aspecto era tan frágil que costaba pensar en él como alguien de la misma fuerza que los demás vampiros. Me pregunté cuántas personas habrían cometido el mismo error en las últimas décadas, así como cuántos de ellos habrían muerto en sus pequeñas manos.

Jason y Alcide iban a toda prisa. Mientras trabajaban, Annabelle y Jannalynn deambulaban por el pequeño claro, probablemente tratando de captar cualquier olor. A pesar de las lluvias de las dos últimas noches, quizá quedase algún rastro en las zonas protegidas bajo los árboles. Heidi no había buscado a un asesino, sino que se había limitado a hacer una lista de la gente que había pasado por allí. Caí en la cuenta de que las únicas criaturas que no se habían dejado caer por mi bosque eran los simples humanos. Si los licántropos mentían, era posible que el asesino fuese uno de ellos. O quizá hubiera sido un hada; raza violenta donde las haya, por lo que había comprobado. No descartaba que el asesino fuese Bill, dado que Heidi creía que el vampiro que había olido era mi vecino.

No olí el cadáver mientras estuvo enterrado, a diferencia de los demás, cuyo sentido del olfato empequeñecía el mío. Pero a medida que el hoyo se iba haciendo más profundo, empecé a notarlo. Oh, Dios, vaya si lo notaba.

Me llevé la mano a la nariz, pero no sirvió de nada. No me explicaba cómo podían aguantarlo los demás, ya que para sus sentidos debía de ser como un bombazo. A lo mejor eran más prácticos, o puede que estuvieran más acostumbrados.

Entonces los dos excavadores se detuvieron.

—Está enrollado —anunció Jason. Alcide se inclinó y revolvió algo en el fondo del hoyo.

—Creo que lo tengo —dijo Alcide.

—Pásame la linterna, Sookie —pidió Jason, y se la entregué. Apuntó hacia abajo—. No conozco a este tipo —confirmó.

—Yo sí —añadió Alcide con una voz extraña. Annabelle y Jannalynn se asomaron al borde del hoyo como un resorte. Tuve que esforzarme para no dar un paso y mirar dentro del hoyo.

Lo reconocí al momento. Los tres licántropos echaron la cabeza hacia atrás y aullaron a la noche.

—Es el lugarteniente del Colmillo Largo —informé a los vampiros. Me salió una risa nerviosa y tuve que esperar un momento antes de proseguir—. Es Basim al Saud. —El paso de los días lo había cambiado, pero aún era reconocible. Aquellos rizos que yo había envidiado, la musculatura...

—Joder —restalló Jannalynn tras culminar su aullido.

Y eso lo resumía todo.

Cuando los licántropos se calmaron hubo mucho de lo que hablar.

—Sólo coincidí con él una vez —comenté—. Pero, por supuesto, se encontraba muy bien cuando se montó en la camioneta con Alcide y Annabelle.

—Me dijo lo que había olido en la propiedad y le insté a que se lo contase a Sookie —le explicó Alcide a Eric—.

Tenía derecho a saberlo. No hablamos de nada en particular de regreso a Shreveport, ¿no, Annabelle?

—No —respondió. Estaba llorando.

—Lo dejé en su apartamento. Cuando le llamé a la mañana siguiente para que me acompañase a una reunión con nuestro representante, dijo que pasaba porque tenía que trabajar. Era diseñador de páginas web y tenía una cita con un cliente importante. No me hizo mucha gracia, pero estaba claro que tenía que ganarse la vida —concluyó Alcide, encogiéndose de hombros.

—Ese día no tenía que trabajar —intervino Annabelle.

Se hizo un momento de silencio.

—Yo estaba en su apartamento cuando le llamaste —añadió. Fui consciente del esfuerzo que necesitó para mantener la voz en calma—. Llevaba en su casa unas cuantas horas.

Caramba. Revelación inesperada. Jason salió de un salto del hoyo y ambos intercambiamos miradas de sorpresa. Era como una de las «historias» de la abuela, los novelones que tanto le gustaban.

Alcide gruñó. El aullido ritual por los muertos había sacado al lobo que llevaba dentro.

—Lo sé —dijo Annabelle—. Y hablaremos de ello más tarde. Aceptaré mi merecido castigo. Pero la muerte de Basim es más importante que mi mal juicio. Mi deber es decirte lo que pasó. Basim recibió otra llamada antes que la tuya, una que no quiso que yo oyese. Pero escuché lo suficiente para saber que estaba charlando con alguien que le pagaba.

El gruñido de Alcide se intensificó. Jannalynn permanecía cerca de su hermana de manada, y sólo puedo describirla como encarando a Annabelle. Se había agazapado ligeramente, con las manos curvadas como si de ellas fuesen a surgir garras.

Alexei se había deslizado cerca de Jason y, a medida que aumentaba la tensión, rodeó al muchacho con el brazo. Jason estaba experimentando el mismo problema que yo a la hora de diferenciar la realidad de la ilusión.

Annabelle respingó por el sonido que despedía Alcide, pero no dejó de hablar.

—Así que Basim se buscó una excusa para que me marchara del apartamento y él se fue por su camino. Traté de seguirlo, pero lo perdí.

—Desconfiabas —advirtió Jannalynn—. Pero no llamaste al líder de la manada. Ni a mí. No llamaste a nadie. Te aceptamos como miembro de nuestra manada y nos traicionaste. —De repente, le propinó un puñetazo en la cabeza a Annabelle, que salió despedida por los aires antes de caer redonda al suelo. Abrí la boca, asombrada, y no fui la única.

Pero sí fui la única que se dio cuenta de que Jason se esforzaba por contener a Alexei. Algo en la violencia que invadió la atmósfera estaba empujando al muchacho hasta el límite. Si hubiese sido un poco más grande, habría tumbado a Jason. Tiré del brazo de Eric, sacudí la cabeza en la dirección de la pelea. Eric saltó para ayudar a Jason a retener al muchacho, que se resistió y gruñó presa de sus brazos.

Por un momento se produjo un silencio en el oscuro claro mientras todos observaban cómo pugnaba Alexei, presa del frenesí. Apio Livio parecía profundamente entristecido. Se acercó al nudo de brazos y rodeó a su hijo con el suyo.

—Shhhh —susurró—. Cálmate, hijo mío. —Y, poco a poco, Alexei fue tranquilizándose.

La voz de Alcide se parecía mucho a un zumbido cuando dijo...

—Jannalynn, eres mi nueva lugarteniente. Levántate, Annabelle. Ahora esto es un asunto de la manada, y lo resolveremos en una reunión de la misma. —Nos dio la espalda y echó a andar.

Los licántropos iban a limitarse a salir a pie del bosque y a irse con sus coches.

—Disculpad —llamé—. Aún queda el asuntillo de un cadáver enterrado en mi bosque. Diría que no deja de ser algo significativo.

Los licántropos detuvieron su marcha.

—Sí —dijo Eric. Resultaba increíble el peso que era capaz de inferirle a una sola palabra—. Alcide, creo que Sookie y yo tenemos derecho a asistir a esa reunión de la manada.

—Sólo es para miembros de la manada —espetó Jannalynn—. Ni humanos, ni muertos.

Seguía siendo tan pequeña como siempre, pero con su reciente promoción de campo parecía haberse vuelto más dura y fuerte de espíritu. Era una cosilla despiadada, sin duda alguna. Pensé que Sam debía de ser o tremendamente valiente o tremendamente incauto.

—¿Alcide? —preguntó Eric con suavidad.

—Sookie puede traer a Jason, ya que es un cambiante —gruñó Alcide—. Ella es humana, pero también amiga de la manada. Nada de vampiros.

Eric miró de soslayo a mi hermano.

—¿Acompañarás a tu hermana, Jason?

—Por supuesto —respondió él.

Y así se decidió. Por el rabillo del ojo vi que Annabelle se tambaleaba sobre los pies para reorientarse. Jannalynn le había dado un buen golpe.

—¿Qué vais a hacer con el cuerpo? —le pregunté a Alcide, que definitivamente se estaba alejando—. ¿Queréis que lo volvamos a enterrar o qué?

Annabelle intentó seguir a Jannalynn y Alcide. Menudo viajecito de regreso a Shreveport que les esperaba a todos.

—Alguien vendrá a llevárselo esta noche —respondió Jannalynn por encima del hombro—. Así que…, que no te extrañe si esta noche hay actividad en tu bosque. —Cuando Annabelle miró en mi dirección vi que sangraba por la comisura del labio. Sentí que los vampiros se ponían alerta. De hecho, Alexei se apartó de Jason y la habría seguido si Apio Livio no lo hubiese estado agarrando con fuerza.

—¿No deberíamos taparlo o algo? —preguntó Jason.

—Si van a mandar a alguien a recogerlo, me parece que sería perder el tiempo —contesté—. Eric, no sabes cómo me alegro de que mandaras a Heidi. De lo contrario… —Me esforcé por pensar—. Escucha, si lo enterraron en mis tierras, es que alguien quería que fuera encontrado aquí, ¿no? Así que no hay forma de saber si alguien va a recibir aviso de que puede venir a buscarlo aquí.

El único que parecía seguir mi razonamiento era Jason, que dijo:

—Vale, tenemos que sacarlo de aquí.

Estaba agitando las manos en el aire; estaba muy nerviosa.

—Tenemos que meterlo en alguna parte —apremié—. ¡Podría ser el cementerio!

—No, demasiado cerca —argumentó Jason.

—¿Qué me dices del estanque que hay detrás de tu casa? —dije.

—¡Ni hablar! ¡Hay peces! No podría volver a pescar.

—Aaagh —exclamé. ¡Era verdad!

—¿Todo esto es normal cuando estás con ella? —preguntó Apio Livio a Eric, que tuvo la buena cabeza de no responder.

—Sookie —propuso—, no será agradable, pero creo que podría llevármelo volando si me sugieres un buen sitio donde dejarlo.

Me sentía como si mi cabeza deambulara por un laberinto y no parase de golpearse con los callejones sin salida. De hecho me di un leve golpe en la sien para dar con una idea. Funcionó.

—Claro, Eric. Déjalo en el bosque, al otro lado de la carretera que da a mi camino de acceso. Allí hay un tramo de camino, pero no da a ninguna casa. Servirá como referencia para los licántropos cuando vengan a llevárselo. Porque estoy segura de que alguien vendrá a buscarlo, y pronto.

Sin añadir más, Eric saltó al hoyo y envolvió de nuevo a Basim con la sábana, o lo que quiera que fuese. Si bien la linterna me reveló que su expresión era de asco, se hizo con el cuerpo en descomposición y dio un salto. Lo perdimos de vista en cuestión de segundos.

—Joder —exclamó Jason, impresionado—. Mola.

—Rellenemos este hoyo —dije. Nos pusimos manos a la obra mientras Apio Livio nos observaba. Evidentemente, no se le ocurrió que con su ayuda acabaríamos el trabajo más rápidamente. Hasta Alexei echó paladas de tierra al agujero y parecía que se lo estaba pasando muy bien con la tarea. Aquello era lo más normal que el vampiro con aspecto de muchacho de trece años había hecho en bastante tiempo. El hoyo fue rellenándose poco a poco. Pero seguía pareciendo una tumba. El zarevich rasgó los bordes duros con sus pequeños dedos. Casi protesté, pero enseguida vi lo que pretendía. Estaba reconfigurando el terreno para que pareciese un accidente normal del bosque, puede que creado por la lluvia o un túnel de topo hundido. Nos dedicó una sonrisa al acabar y Jason le dio unas palmadas en la espalda. Jason cogió unas ramas y las esparció sobre la tierra. Alexei también disfrutó con esa parte.

Al final, nos rendimos. No se me ocurría qué más hacer.

Sucia y cansada, me llevé una de las palas al hombro y me dispuse a atravesar el bosque de regreso. Jason cogió la otra con la mano derecha y Alexei se agarró a la izquierda, como si fuese incluso más joven que el niño cuyo aspecto se le había petrificado. A pesar de que su cara era todo un poema, mi hermano siguió agarrado de la mano del vampiro. Finalmente Apio Livio aceptó ser de utilidad y nos mostró el camino entre los árboles y los arbustos con cierto grado de seguridad.

Eric ya estaba en la casa cuando llegamos. Ya había arrojado su ropa a la basura y se estaba dando una ducha. En otras circunstancias me habría encantado acompañarlo, pero en ese momento me resultaba del todo imposible sentirme sexy. Me encontraba sucia y asqueada, pero no dejaba de ser la anfitriona, así que saqué más TrueBlood para los dos visitantes y les mostré el baño de abajo por si querían asearse.

Jason vino a la cocina para decirme que se marchaba.

—Avísame cuando sepas algo de la reunión —me recordó sin demasiadas ganas—. Ah, tengo que contarle todo esto a Calvin, ya lo sabes.

—Lo comprendo —asentí, hasta las narices de toda forma de normas políticas. Me preguntaba si mi país sabía en lo que se estaba metiendo al exigir a los cambiantes que se registrasen. Estados Unidos estaba mucho mejor sin tener que pasar por toda esa mierda. La política humana ya era lo suficientemente tediosa.

Jason salió por la puerta trasera. Un instante después, oí cómo su camioneta se perdía en la lejanía. Casi tan pronto como Apio Livio y Alexei apuraron sus bebidas, Eric emergió de mi dormitorio con ropa nueva (siempre tenía mudas en mi casa) y rezumando olor a albaricoque. Con su creador delante, no creo que Eric fuese a tener una conversación íntima conmigo, suponiendo que estuviese dispuesto a ello. Ahora que su padre estaba en casa, no se comportaba conmigo precisamente como un novio devoto. Cabían varias razones que lo explicaran. Y ninguna de ellas me gustaba.

Poco después, los tres vampiros se fueron a Shreveport. Apio Livio me dio las gracias por mi hospitalidad de una manera tan impasible que no sé muy bien si realmente fue sarcasmo. Eric estaba tan callado como una piedra.

Alexei, tan tranquilo y sonriente como si nunca se hubiese enfadado en la vida, me dio un frío abrazo. Me costó lo mío aceptarlo con la misma calma.

Tres segundos después de que salieran por la puerta, hice una llamada por teléfono.

—Fangtasia, donde tus sueños más sangrientos se hacen realidad —dijo una aburrida voz femenina.

—Pam, escucha.

—Tengo el teléfono pegado a la oreja. Habla.

—Ha aparecido Apio Livio Ocella.

—¡Puto zombi!

No estaba segura de haber oído bien.

—Sí, ha estado aquí. Es como tu abuelo, ¿verdad? En fin, que tiene un nuevo protegido y van de camino a casa de Eric para pasar el día.

—¿Qué demonios quiere?

—Aún no lo ha dicho.

—¿Cómo está Eric?

—Muy vinculado. Además, han pasado muchas cosas que te contará en su momento.

—Gracias por el aviso. Iré a su casa ahora mismo. Eres mi humana favorita.

—Oh, bueno... Genial.

Y colgó. Me preguntaba qué preparativos se traería entre manos. ¿Se enzarzarían los vampiros y los humanos que trabajaban en el club en un frenesí de limpieza en la casa de Eric? Allí sólo había visto a Pam y a Bobby Burnham, pero daba por sentado que habría más personas. ¿Llevaría Pam a algunos voluntarios humanos para que ejercieran de tentempié antes de la hora de dormir?

Estaba demasiado tensa como para pensar en meterme en la cama. Fuesen cuales fuesen los motivos del creador de Eric para aparecer aquí, estaba segura de que no serían de mi agrado. Y ya había comprobado que la presencia de Apio Livio era perjudicial para nuestra relación. Mientras me duchaba, y antes de recoger las toallas mojadas que había dejado Eric, me puse a pensar en serio.

Las maquinaciones de los vampiros pueden ser muy intrincadas. Aun así, traté de imaginar los motivos de la visita sorpresa del romano. Estaba claro que no se encontraba en Estados Unidos, en Luisiana, en Shreveport, para ponerse a recordar los viejos tiempos.

A lo mejor necesitaba un préstamo. Eso no sería tan malo. Eric siempre podría recuperarlo. Aunque tampoco tenía mucha idea de cuál era el estado financiero de Eric, yo contaba con un pequeño colchón de dinero en el banco desde que la gente de Sophie-Anne me pagó lo que me debía. Pronto podría sumarle la cantidad que hubiera heredado de Claudine. Si Eric lo necesitaba, era suyo.

Pero ¿qué pasaría si la cuestión no era económica? Quizá Apio Livio necesitaba un lugar donde esconderse porque se había metido en algún lío en otra parte. ¡A lo mejor algunos vampiros bolcheviques iban a la caza de Alexei! Eso sí que sería interesante. Siempre cabía la posibilidad de que diesen también con Apio Livio, aunque mejor no en la casa de Eric.

O a lo mejor Apio Livio había sido cortejado por Felipe de Castro o el propio Victor Madden porque deseaban algo de Eric que aún no habían conseguido, con la idea de usar a su creador para sacárselo.

Pero éste era el escenario que yo veía más probable: Apio Livio Ocella se había dejado caer con su nuevo «juguete» para liar la cabeza de Eric, sin más. Estaba dispuesta a apostar mi dinero por ello. Apio Livio era inescrutable. Había momentos en los que parecía estar bien; parecía preocuparse por Eric y por Alexei. En cuanto a su relación con el joven vampiro, éste podría haber muerto sin la intervención de su creador. Dadas las circunstancias (el hecho de que Alexei fue testigo de la matanza de toda la familia real, sus sirvientes y amigos), dejar morir al zarevich habría sido una bendición para él.

Estaba segura de que Apio Livio mantenía relaciones sexuales con Alexei, pero era imposible saber si la pasividad de éste se debía a que era un rehén sexual o a un trauma por haber visto a toda su familia yacer en una fosa común. Me estremecí. Me sequé y me cepillé los dientes deseando poder dormir esa noche.

Recordé que debía hacer otra llamada. Con gran renuencia, llamé a Bobby Burnham, el hombre de día de Eric. Bobby y yo nunca nos habíamos caído bien. Sentía unos extraños celos hacia mí, a pesar de que Eric no le provocaba ninguna atracción sexual. En su opinión, yo desviaba la atención y las energías de Eric de los asuntos importantes, que eran Bobby y los negocios que él gestionaba mientras mi novio dormía durante el día. A mí él me caía mal porque, en vez de llevar sus prejuicios en silencio, siempre intentaba activamente hacerme la vida imposible, lo que suponía toda una diferencia. Pero aun así los dos estábamos en el mismo barco que Eric.

—Bobby, soy Sookie.

—Tengo identificador de llamada.

Empezaba bien el señor Huraño.

—Bobby, creo que deberías saber que el creador de Eric está en la ciudad. Cuando vayas a su casa para recabar instrucciones, ten cuidado. —Normalmente, Bobby recibía instrucciones antes de que Eric se echase a dormir, a menos que decidiera quedarse en mi casa.

Bobby se tomó su tiempo para responder; probablemente intentando dilucidar si estaba gastándole una especie de broma elaborada.

—¿Crees que querrá morderme? —preguntó—. Me refiero al creador.

—No sé qué es lo que le va a apetecer, Bobby. Sólo pensé que debía ponerte al corriente.

—Eric no permitirá que me haga daño —dijo Bobby, confiado.

Sólo te lo cuento para que lo sepas. Si ese tipo le dice que salte, Eric sólo puede preguntar hasta dónde.

—Imposible —rebatió Bobby. Para él, Eric era la criatura más poderosa del mundo entero.

—Muy posible. Los vampiros tienen que obedecer a sus creadores. No es ninguna mentira.

No debía de ser la primera vez que Bobby oía decir lo mismo. Sé que hay una especie de página web o espacio de anuncios para asistentes humanos de vampiros. Sé que intercambian todo tipo de consejos y trucos para lidiar con sus jefes. Por alguna razón, Bobby no discutió, aduciendo que intentaba engañarle de alguna manera, lo que recibí como un cambio a mejor.

—Vale —acordó—. Estaré listo. ¿Qué…? ¿Qué tipo de persona es el creador de Eric?

—De persona ya le queda bien poco —contesté—. Y tiene un novio de trece años que perteneció a la realeza rusa.

Tras un largo silencio, Bobby habló:

—Gracias. Me alegra poder prepararme de antemano.

Aquello fue lo más agradable que me había dicho nunca.

—De nada. Buenas noches, Bobby —me despedí, y colgamos. Habíamos conseguido mantener una conversación normal. ¡Los vampiros unen a los americanos!

Me puse un camisón y me metí en la cama. Tenía que dormir unas horas, pero el sueño se hizo de rogar. No dejaba de ver la luz de la linterna bailando por el claro del bosque a medida que la tierra se iba amontonando en los bordes de la tumba de Basim. Y vi la cara del licántropo muerto. Pero, con los minutos, al fin los bordes y la cara se fueron difuminando y un manto de oscuridad me cubrió.

Dormí pesadamente hasta tarde el día siguiente. En cuanto me desperté, supe que alguien estaba cocinando en la cocina. Proyecté mi sexto sentido hacia allí y comprobé que Claude estaba haciendo unos huevos con beicon. Había café en la cafetera, aunque no me hizo falta la telepatía para saberlo. Se olía perfectamente. El aroma de la mañana.

Tras una parada en el cuarto de baño, salí al pasillo en dirección a la cocina. Claude estaba sentado a la mesa comiendo, y vi que había café suficiente en la cafetera para servirme una taza.

—Hice comida —me ofreció, señalando los fogones.

Me llené un plato y la taza, dispuesta a rubricar un buen comienzo de la jornada. Eché un vistazo al reloj de pared. Era domingo y el Merlotte's no abriría hasta por la tarde. Sam había vuelto a intentarlo con los domingos a media jornada, pero todo el personal deseaba que no fuese rentable. Mientras Claude y yo comíamos en un cómodo silencio, me di cuenta de que me sentía maravillosamente en paz porque Eric estaba en su sopor diurno. Eso significaba que no tenía que sentir su continua presencia a mi alrededor. Su problemático sire y su nuevo «hermano» también se habían caído del cóctel. Suspiré, aliviada.

—Anoche vi a Dermot —soltó Claude.

«¡Joder!». Adiós paz matutina.

—¿Dónde? —pregunté.

—Estuvo en el club. Me observaba con anhelo —respondió Claude.

—¿Dermot es gay?

—No, no lo creo. No era en mi polla en lo que pensaba. Le apetecía estar cerca de otro hada.

—Ojalá se hubiese ido con los demás. Niall nos dijo a mi hermano y a mí que Dermot ayudó a matar a nuestros padres. Desearía que se hubiese quedado en el mundo feérico cuando se cerraron las puertas.

—Lo habrían matado nada más verlo. —Claude se tomó su tiempo para sorber un poco de café antes de añadir—: Nadie en el mundo feérico comprende las acciones de Dermot. Podría haberse puesto del lado de Niall desde el principio, ya que son parientes y él es medio humano; y Niall quería preservar a los humanos. Pero su propio odio (al menos eso es lo que imagino yo) le hizo optar por el bando de las hadas que no podían ni verlo, y ese bando perdió. —Claude parecía feliz—. Así que Dermot se ha pegado un tiro en el pie. Me encanta ese dicho. A veces, los humanos se expresan de maravilla.

—¿Crees que sigue con la idea de hacernos daño a mi hermano y a mí?

—No creo que nunca la haya tenido —contestó Claude tras meditarlo un instante—. Creo que Dermot está chiflado, aunque hace unos años era un tipo agradable. No sé si será su lado humano el que se ha ido a la mierda o el feérico el que se ha contaminado demasiado del mundo humano. Ni siquiera puedo explicar su participación en la muerte de tus padres. El Dermot que conocí jamás habría hecho nada parecido.

Estuve tentada de señalar que los locos de verdad pueden hacer daño sin querer a los que tienen a su alrededor, o sin siquiera darse cuenta de ello. Pero no lo hice. Dermot era mi tío abuelo y, por lo que decían todos los que lo habían conocido, un calco de mi hermano. Admití que sentía curiosidad. Pensé en lo que Niall había dicho acerca de que fue él quien abrió las puertas de la camioneta para que mis padres fueran arrastrados por la riada y fueran ahogados por Neave y Lochlan. El comportamiento de Dermot, por lo poco que había observado, no concordaba con el horror de ese incidente. ¿Pensaría en mí como pariente suya? ¿Éramos Jason y yo lo bastante feéricos como para atraerlo? Reconozco que dudé de Bill cuando me dijo que se sentía mejor cerca de mí por mi sangre feérica.

—Claude, ¿tú notas que no soy del todo humana? ¿Qué puntuación tengo en el medidor feérico? —El «feedar».

—Si estuvieses en medio de una muchedumbre humana, sería capaz de sentirte con los ojos cerrados y asegurar que eras de mi sangre —dijo Claude sin titubear—. Pero si esa muchedumbre fuese de hadas, pensaría que eras humana. Es un aroma escurridizo. La mayoría de los vampiros pensarían simplemente que hueles bien y se sentirían bien a tu lado. Hasta ahí llegaría. Si supieran que eres en parte hada, deducirían que esa sensación se debe a ello.

Así que podía ser verdad que Bill se sintiera reconfortado por la pequeña fracción de hada que yo llevaba dentro, al menos ahora que podía identificarlo como tal. Me levanté para despejar el plato y ponerme otra taza de café. De paso, también le quité el plato a Claude. No me dio las gracias.

—Gracias por hacer el desayuno —dije—. Aún no hemos hablado de cómo repartiremos los gastos de la compra y de la casa.

Claude parecía sorprendido.

—No había pensado en ello —respondió.

Bueno, al menos era sincero.

—Te contaré cómo lo hacíamos Amelia y yo —expliqué, y en unas pocas frases dejé claras las bases. Algo aturdido, Claude aceptó.

Abrí la nevera.

—Estos dos estantes son tuyos —señalé—. El resto es mío.

—Lo capto —accedió.

No sé por qué, pero lo dudaba. Sonaba más bien a que quería dejarme tranquila. Había muchas probabilidades de que tuviésemos que repetir esa conversación en el futuro. Cuando se fue arriba, me puse a lavar los platos (a fin de cuentas él había hecho el desayuno). Me vestí y me dispuse a leer un poco. Pero estaba demasiado inquieta como para concentrarme en mi libro.

Oí que se acercaban coches por el camino de acceso, a través del bosque. Miré por la ventana delantera. Dos coches de policía.

Estaba segura de que ocurriría. Pero no pude evitar que el corazón se me hundiera hasta los pies. A veces odio tener razón. Quienquiera que hubiese matado a Basim, había colocado su cuerpo en mi propiedad para implicarme.

—Claude —llamé—. Ponte algo decente. Es la policía.

Claude, curioso como pocas veces, bajó las escaleras al trote. Vestía unos vaqueros con camiseta, como yo. Salimos al porche delantero. Bud Dearborn, el sheriff (el sheriff humano normal) iba en el primer coche, mientras que Andy Bellefleur y Alcee Beck venían en el segundo. El sheriff y dos inspectores; yo debía de ser una peligrosa criminal y no me había dado cuenta.

Bud salió del coche lentamente, del mismo modo que hacía tantas cosas en los últimos tiempos. Por sus pensamientos, sabía que Bud cada vez estaba más aquejado de artritis y que albergaba también algunas dudas sobre su próstata. Su rostro cansado no dio ninguna pista sobre su incomodidad física mientras se acercaba a nosotros. El cinturón le crujía por la cantidad de cosas que llevaba colgadas.

—¿Qué tal, Bud? —saludé—. Qué alegría veros a todos.

—Sookie, hemos recibido una llamada anónima —dijo Bud—. Como sabrás, la ley no podría resolver demasiados casos sin chivatazos anónimos, pero personalmente no respeto demasiado a los que no quieren identificarse.

Asentí.

—¿Quién es tu amigo? —preguntó Andy. Parecía hecho polvo. Había oído que su abuela, quien le había criado, se encontraba en el lecho de muerte. Pobre Andy. Habría preferido estar con ella en vez de allí. A Alcee Beck, el otro inspector, yo no le caía nada bien. Nunca lo hice, y ese sentimiento había encontrado una buena base sobre la que sustentarse: su mujer había sido agredida por un licántropo que me perseguía a mí. Aunque me había encargado del tipo, Alcee la tenía tomada conmigo. A lo mejor era una de esas escasas personas que sentían repulsión por mi naturaleza feérica, pero lo más probable era que le caía mal, sin más. De modo que de nada serviría intentar ganármelo. Le saludé con un gesto de la cabeza que no fue correspondido.

—Os presento a mi primo Claude Crane, de Monroe —dije.

—¿Por parte de quién? —inquirió Andy. Esos tres hombres conocían todos y cada uno de los parentescos del condado.

—Es un poco embarazoso —contestó Claude (nada era capaz de abochornarlo, pero hizo una convincente interpretación)—. Soy lo que llamaríais un hijo ilegítimo.

Por una vez tuve que sentirme agradecida hacia Claude por prestarse a llevar el peso. Bajé la mirada para demostrar que era algo que me avergonzaba sobremanera.

—Claude y yo nos estamos conociendo, ahora que sabemos que estamos emparentados —expliqué.

Comprobé que todos tomaban nota mental del dato.

—¿Qué os trae por aquí? —pregunté—. ¿Qué decía la llamada anónima?

—Que tienes un cadáver enterrado en el bosque.
—Bud apartó la mirada, como si le resultase vergonzoso decir algo tan ultrajante, pero yo sabía que no era así. Tras años de servicio, Bud sabía muy bien de qué era capaz el ser humano, incluidas las rubias con pechos grandes. Puede que ellas en especial.

—No habéis traído sabuesos —observó Claude. En cierto modo deseaba que mantuviese la boca cerrada, pero estaba claro que no era un día para ver los deseos cumplidos.

—Creo que bastará con un registro físico —dijo Bud—. Fueron muy específicos en la ubicación. —Además, pensaba él, los perros son un medio muy caro.

—Oh, Dios mío —pregunté, genuinamente pasmada—, ¿cómo es posible que esa persona no esté implicada si afirma que sabe dónde está el cuerpo exactamente? No lo comprendo. —Pensé que Bud me contaría algo más, pero no mordió el anzuelo.

Andy se encogió de hombros.

—Tenemos que echar un vistazo.

—Adelante —ofrecí con absoluta confianza. Si hubiesen traído a los perros, habría sudado la gota gorda pensando que localizarían a Debbie Pelt o el hoyo vacío donde había estado Basim—. Espero que no os importe que me quede en casa mientras registráis el bosque. Y también confío en que no se os peguen demasiadas garrapatas. —Las garrapatas acechaban en la hierba y los arbustos, percibían la química del cuerpo y su calor y luego se lanzaban en un salto de fe. Vi que Andy se remetía los pantalones en las botas mientras que Bud y Alcee se rociaban con repelente.

Cuando los hombres desaparecieron en el bosque, Claude dijo:

—Será mejor que me cuentes por qué no estás nada asustada.

—Cambiamos el cadáver de sitio anoche —contesté, y me senté frente al escritorio donde había colocado el ordenador que saqué del apartamento de Hadley. ¡Chúpate ésa, Claude! Al cabo de unos segundos, oí que subía pesadamente por las escaleras.

Ya que tenía que esperar el regreso de los policías, bien podía hacerlo comprobando mi correo electrónico. Muchos mensajes reenviados, la mayoría inspiradores o patrióticos, de Maxine Fortenberry, la madre de Hoyt. Los borré sin leerlos. Leí uno de Halleigh, la mujer embarazada de Andy Bellefleur. Resultaba extraño saber de ella mientras su marido estaba en mi bosque cazando patos.

Halleigh decía que se sentía muy bien. ¡Genial! Sin embargo, la abuela Caroline empeoraba cada día, y temía que no fuese a vivir para ver a sus nietos.

Caroline Bellefleur era muy anciana. Andy y Portia se habían criado en su casa tras la muerte de sus padres. La señora Caroline tenía más años de viudedad que de matrimonio a la espalda. Yo no recordaba nada del señor Bellefleur, y estaba convencida de que Andy y Portia nunca lo conocieron. Andy era mayor que Portia, y Portia tenía un año más que yo, así que calculaba que la señora Caroline, que antaño fue la mejor cocinera del condado de Renard, capaz de la mejor tarta de chocolate del mundo, rondaría los noventa y tantos.

«En fin», seguía diciendo Halleigh, «desea encontrar la Biblia familiar más que cualquier otra cosa en este mundo. Ya sabes que siempre se ha obsesionado con algo, y ahora es la Biblia familiar, que lleva desaparecida ni se sabe la de años. Se me ha ocurrido una locura. Cree que, de alguna manera, su familia está emparentada con los Compton. ¿Te importaría pedirle al señor Compton que busque su Biblia? Supongo que será casi imposible que aparezca, pero mi suegra no ha perdido ni un ápice de personalidad a pesar de su debilidad física».

Era una forma simpática de decir que la señora Caroline no paraba de hablar de la dichosa Biblia.

Se me presentaba un dilema. Yo sabía que la Biblia estaba en la casa de los Compton. También sabía que, después de estudiarla, la señora Caroline descubriría que era descendiente directa de Bill Compton. Cómo se sentiría al respecto era toda una incógnita. ¿Quería yo trastocar su perspectiva del mundo en su lecho de muerte?

Por otro lado, había… Oh, demonios, estaba harta de equilibrarlo todo; ya tenía bastantes asuntos propios de los que preocuparme. En un momento de temeridad, reenvié el correo a Bill. Era una recién llegada a los correos electrónicos, así que aún no confiaba en ellos del todo. Pero al menos me tranquilizaba dejar la pelota en el tejado de Bill. Si él no la devolvía, bueno, pues tanto mejor.

Tras holgazanear un poco en la página de eBay, maravillada ante las cosas que la gente trata de vender, oí voces en el jardín delantero. Miré fuera para ver a Bud, Alcee y Andy sacudiéndose polvo y ramitas de la ropa. Andy se frotaba también una picadura en el cuello.

Salí de la casa.

—¿Habéis encontrado algo? —les pregunté.

—No, nada —contestó Alcee Beck—. Pero sí hemos comprobado que alguien pasó por allí.

—Bueno, claro —observé—. Pero ¿algún cuerpo?

—Ya no te molestaremos más —atajó Bud.

Se marcharon en medio de una nube de polvo. Observé cómo se alejaban y me estremecí. Me sentía como si hubiese puesto el cuello en una guillotina y no hubiese perdido la cabeza en el último momento porque la cuerda era demasiado corta.

Volví a ponerme ante el ordenador y mandé un correo a Alcide. Sólo puse: «La policía acaba de estar aquí». Supuse que sería suficiente. Sabía que no daría señales de vida hasta estar listo para venir a Shreveport.

Me sorprendió que tuvieran que pasar tres días para que Bill respondiera. Lo único llamativo que hubo en ellos fue el número de personas de las que no tuve noticia. No supe nada de Remy, lo cual no era demasiado extraño. No llamó ninguno de los miembros de la manada del Colmillo Largo, así que asumí que habían llevado el cuerpo de Basim hasta su nuevo lugar de descanso y que me avisarían en cuanto supiesen cuándo se celebraría la reunión. Si alguien se adentró en mi bosque para averiguar por qué habían movido el cuerpo de Basim, no me enteré. Tampoco supe nada de Pam o Bobby Burnham, cosa que me preocupaba un poco, pero aun así… nada del otro mundo.

Lo que sí que me dejó muy descolocada fue no saber nada de Eric. Vale, su (creador, sire, padre) mentor Apio Livio Ocella estaba en la ciudad… Pero ya le valía.

Entre preocupación y preocupación, me puse a investigar nombres romanos y descubrí que «Apio» era el *praenomen*, el nombre de pila. Livio era el *nomen*, el apellido familiar, heredado de padre a hijo y que indicaba que pertenecía a la familia o al clan de los Livii. Ocella era su *cognomen*, un apodo para indicar qué rama de los Livii le había criado; o quizá lo recibiera a título honorífico por sus servicios en la guerra (no tenía la menor idea de qué podía ser). Una tercera posibilidad, si había sido adoptado por otra familia, era que el *cognomen* reflejase el nombre de su familia original.

El nombre decía mucho de uno en el mundo romano.

Perdí mucho tiempo desentrañándolo todo acerca del nombre de Apio Livio Ocella. Seguía sin saber qué quería o pretendía hacer con mi novio. Y ésas eran las cosas que más necesitaba saber en ese momento. He de admitir que me sentía bastante enfadada, belicosa y hosca (también amplié mi vocabulario mientras estuve conectada). No era precisamente una bonita colección de emociones, pero parecía incapaz de evolucionar a un simple descontento.

Mi primo Claude tampoco se dejó ver mucho. Sólo coincidimos una vez en esos tres días, y fue cuando le oí atravesar la cocina y salir por la puerta de atrás y llegué a tiempo para ver que se metía en su coche.

Eso explica por qué me sentí tan feliz al ver a Bill en mi puerta trasera tan pronto como se hubo escondido el sol al tercer día de enviarle el correo de Halleigh. No tenía mejor aspecto que la última vez que nos habíamos visto, pero se había vestido con traje y corbata, y llevaba el pelo cuidadosamente peinado. Traía la Biblia bajo el brazo.

Comprendí por qué se había acicalado tanto y lo que pretendía hacer.

—Bien —dije.

—Ven conmigo. Vendrá bien que estés allí.

—Pero van a pensar… —Pero me obligué a cerrar la boca. No merecía la pena preocuparse por que los Bellefleur asumieran que Bill y yo éramos novios otra vez, cuando Caroline Bellefleur estaba a punto de reunirse con su hacedor.

—¿Acaso sería tan terrible? —preguntó con sencilla dignidad.

—No, claro que no. Estuve orgullosa de ser tu novia —respondí, y me volví dispuesta a regresar a mi habitación—. Por favor, pasa mientras me cambio. —Había terminado el turno del almuerzo y la tarde y me había puesto los shorts y la camiseta.

Como tenía prisa, me puse una falda negra que me llegaba por encima de las rodillas y una blusa ajustada blanca sin mangas que había encontrado rebajada en Stage. Pasé un cinturón de cuero rojo por las trabillas de la falda y pesqué unas sandalias del fondo de mi armario. Me atusé un poco el pelo, y lista.

Fuimos en mi coche, que empezaba a necesitar una visita al taller.

El camino hasta la mansión de los Bellefleur no era muy largo. La verdad es que no costaba mucho ir a ninguna parte en Bon Temps. Aparcamos en el camino de acceso, frente a la puerta principal, pero al acercarnos ya vi que había varios coches en la zona de aparcamiento. Entre ellos estaban los coches de Andy y Portia. Había un antiguo Chevy Chevette gris aparcado discretamente al fondo, y me pregunté si la señora Caroline tendría un cuidador las veinticuatro horas.

Caminamos hasta las puertas dobles.

Bill pensó que no sería apropiado («decoroso» fue la palabra que empleó) entrar por detrás, dadas las circunstancias, y yo estaba de acuerdo. Él caminaba lenta y esforzadamente. Más de una vez quise ofrecerme para llevar la pesada Biblia, pero sabía que no me lo permitiría, así que ahorré aliento.

Halleigh abrió la puerta, a Dios gracias. Se quedó desconcertada al ver a Bill, pero no tardó nada en recuperar la compostura y nos saludó.

—Halleigh, el señor Compton ha traído la Biblia familiar que la abuela de Andy tanto quiere ver —dije, por si Halleigh se hubiera quedado temporalmente ciega y no hubiese reparado en el enorme volumen. Halleigh tenía un aspecto, digamos, mejorable. Su pelo castaño era un desastre y su vestido verde con motivos florales casi parecía tan cansado como sus ojos. Era de imaginar que habría ido a la casa de la señora Caroline después de haber estado dando clases en la escuela todo el día. Su embarazo era evidente, cosa que Bill no supo hasta el momento, a tenor de la fugaz expresión que cruzó su rostro.

—Oh —exclamó Halleigh, relajando visiblemente la cara por el alivio—. Señor Compton, por favor, pase. No sabe cuánto ha deseado Caroline tener esto. —Pensé que la reacción de Halleigh era un buen indicador de cómo había deseado la Biblia la señora Caroline.

Pasamos al recibidor juntos. Ante nosotros arrancaba una amplia escalinata que se desviaba hacia la izquierda. Adoptaba la curva con gracejo hasta la primera planta. Montones de novias de la localidad se habían hecho sus fotos en esa escalinata. Yo misma la había recorrido con tacones y vestido de noche cuando tuve que sustituir a una dama de honor enferma durante la boda de Halleigh y Andy.

—Creo que estaría muy bien que Bill pudiera darle la Biblia a la señora Caroline —sugerí, antes de que la pausa empezase a ser embarazosa—. Existe una relación familiar.

Hasta los impecables modales de Halleigh titubearon.

—Oh… Qué interesante. —Estiró la espalda y Bill apreció la curva de su embarazo. Esbozó una leve y fugaz sonrisa—. Creo que sería estupendo —convino Halleigh, recomponiéndose—. Subamos.

La seguimos por la escalinata y me reprimí el impulso de pasar la mano bajo el codo de Bill para ayudarle. Evidentemente, su estado no mejoraba. Un atisbo de temor prendió en mi corazón.

Avanzamos por la galería hasta la puerta que daba al dormitorio más grande de la casa. La puerta estaba discretamente entreabierta. Halleigh pasó antes que nosotros.

—Sookie y el señor Compton han traído la Biblia familiar —anunció—. Señora Caroline, ¿quiere que pasen?

—Sí, por supuesto. Quiero verla —respondió una débil voz, y Bill y yo pasamos.

La señora Caroline era la reina de la estancia, no cabía duda. Andy y Portia estaban de pie a la derecha de la cama.

Vi que ambos parecían preocupados e incómodos mientras Bill me guiaba al interior de la habitación. Reparé en la ausencia de Glen, el marido de Portia. Una mujer afroamericana de mediana edad estaba sentada en una silla a la izquierda de la cama. Lucía los llamativos pantalones sueltos y la alegre bata que estaban entonces de moda entre las enfermeras. Los motivos hacían que pareciese que trabajaba en la sección de pediatría de un hospital. No obstante, en una habitación decorada con tonos melocotón y crema muy contenidos, el estallido de color era bienvenido. La enfermera era alta y delgada, y llevaba una peluca que me recordaba a la película *Cleopatra*. Nos saludó con la cabeza cuando nos acercamos a la cama. Caroline Bellefleur, que parecía la magnolia de acero que en realidad era, se encontraba recostada sobre una docena de almohadones en su cama dosel de cuatro columnas. Sus ancianos ojos estaban poblados con sombras de cansancio y sus manos, torcidas como garras arrugadas reposando sobre la colcha. Pero aún prendía una chispa de interés mientras nos miraba.

—Señorita Stackhouse, señor Compton, no les veo desde la boda —saludó con evidente esfuerzo. Su voz era fina como una hoja de papel.

—Fue una ocasión maravillosa, señora Bellefleur —comentó Bill con un esfuerzo comparable. Yo sólo asentí. Esa conversación no me correspondía.

—Siéntense, por favor —ofreció la anciana, y Bill acercó una silla a la cama. Yo me senté algo más apartada.

—Al parecer la Biblia es demasiado gruesa para que la sostenga —dijo la vieja dama con una sonrisa—. Ha sido muy amable al traérmela. Tenía muchas ganas de verla. ¿Ha estado en su ático? Sé que no estamos muy emparentados con los Compton, pero ansiaba encontrar este libro. Halleigh fue muy amable e hizo algunas pesquisas en mi nombre.

—Lo cierto es que este libro siempre ha estado en mi mesa de centro —explicó Bill con dulzura—. Señora Bellefleur..., Caroline, mi segunda hija se llamaba Sarah Isabelle.

—Oh, Dios santo —dijo la señora Caroline para dejar claro que estaba poniendo toda su atención. No parecía tener muy claro adónde conduciría aquello, pero no se quería perder nada.

—Si bien no lo supe hasta que leí la página familiar de la Biblia a mi regreso a Bon Temps, mi hija Sarah tuvo cuatro hijos, aunque uno de ellos nació muerto.

—Eso era muy habitual en aquellos tiempos —comentó ella.

Miré de soslayo a los nietos Bellefleur. Portia y Andy no estaban nada contentos con la presencia de Bill, pero también estaban atentos a lo que decía. A mí no se habían molestado en mirarme un solo segundo. Sin problema. Si bien estaban desconcertados con la presencia de Bill, sus pensamientos estaban centrados en la mujer que los había criado y el hecho evidente de que se estaba apagando.

—La hija de mi Sarah se llamó Caroline, por su abuela..., mi esposa.

—¿Mi nombre? —La señora Caroline parecía satisfecha, aunque su voz parecía más débil.

—Sí, su nombre. Mi nieta Caroline se casó con un primo, Matthew Phillips Holliday.

—Caramba, ésos eran mis padres. —Sonrió, resaltando terriblemente todas las arrugas de su cara—. Entonces, usted es... ¿De verdad? —Para mi asombro, Caroline Bellefleur se rió.

—Su bisabuelo. Así es.

Portia tosió como si se acabase de tragar un insecto. La señora Caroline hizo caso omiso de su nieta, y tampoco miró a Andy, afortunadamente para él, pues estaba rojo como un moco de pavo.

—Esto sí que es irónico —comentó—. Yo arrugada como la colada sin planchar y usted terso como un melocotón fresco. —Se estaba divirtiendo de verdad—. ¡Bisabuelito!

Entonces una idea pareció aflorar en la señora moribunda.

—¿Fue usted quien propició el oportuno golpe de fortuna que tuvimos?

—No se me ocurría mejor uso que darle al dinero —respondió Bill, gallardo—. La casa ha quedado muy bonita. ¿Quién vivirá en ella cuando usted muera?

Portia boqueó mientras que su hermano se quedó aturdido. Pero yo me fijé en la enfermera. Me hizo un breve gesto con la cabeza. A la señora Caroline le quedaba muy poco tiempo, y ella era plenamente consciente de ello.

—Bueno, creo que Portia y Glen se quedarán a vivir aquí —dijo lentamente la señora Caroline. Se cansaba a ojos vistas—. Halleigh y Andy quieren tener al bebé en su propia casa, y no les culpo en absoluto. ¿No me estará insinuando que le interesa la casa?

—Oh, no, yo ya tengo la mía —la tranquilizó Bill—. Y me alegro de haber podido facilitar a mi familia los medios para reparar este lugar. Deseo que mis descendientes puedan vivir aquí mucho tiempo y pasen innumerables momentos felices.

—Gracias —dijo la señora Caroline, con una voz que ahora se veía reducida a un mero susurro.

—Sookie y yo tenemos que marcharnos —anunció Bill—. Descanse.

—Lo haré —acordó, y sonrió, aunque se le empezaban a cerrar los ojos.

Me levanté en silencio y salí de la habitación delante de Bill. Pensé que Portia y Andy querrían hablar con él. Lo que estaba claro era que no querían molestar a su abuela, así que lo siguieron hasta la galería.

—Creía que estabas saliendo con otro vampiro —comentó Andy. No parecía tan irritable como de costumbre.

—Así es —confirmé—. Pero Bill sigue siendo mi amigo.

Portia había salido durante poco tiempo con Bill, aunque no porque pensara que era guapo o nada parecido. Supongo que eso añadía enteros a su apuro cuando tendió la mano para estrechársela a Bill. Portia necesitaba darle un repaso a sus modales vampíricos. Aunque Bill parecía un poco desconcertado, aceptó la mano.

—Portia —dijo—, Andy. Espero que todo esto no os haya parecido demasiado embarazoso.

Estaba muy orgullosa de Bill. No costaba ver de quién había sacado Caroline Bellefleur su gracejo.

—No habría aceptado el dinero de saber que venía de ti —contestó Andy. Acababa de volver del trabajo, porque aún llevaba todo el equipo encima: la placa, las esposas atadas al cinturón y la pistola enfundada. Tenía un aspecto formidable, pero nada en comparación con Bill, a pesar de lo enfermo que se encontraba éste.

—Andy, sé que no te gustan nada los colmillos, pero formas parte de mi familia y sé que te criaron en el respeto hacia los mayores. —Había cogido a Andy totalmente desprevenido, y se notaba—. Ese dinero era para dar felicidad a Caroline, y creo que surtió su efecto —prosiguió Bill—. Cumplió con su propósito. He podido verla y hablarle de nuestro parentesco y ahora tiene la Biblia. Ya no te molestaré con mi presencia. Sólo te pediré que celebres el funeral por la noche para que pueda asistir.

—¿Dónde demonios se ha oído hablar de un funeral nocturno? —se quejó Andy.

—Tranquilo, así se hará —terció Portia. Su tono no era amistoso o simpático, pero estaba lleno de resolución—. El dinero llenó de felicidad sus últimos años. Disfrutó mucho restaurando la casa hasta dejarla impecable y le encantó que pudiésemos celebrar nuestras bodas aquí. La Biblia es la guinda del pastel. Gracias.

Bill les hizo un gesto con la cabeza y, sin decir más, abandonamos Belle Rive.

Caroline Bellefleur, la bisnieta de Bill, murió a primera hora de la mañana.

Bill acompañó a la familia en el funeral, que se celebró a la noche siguiente, para profundo asombro de toda la ciudad.

Yo me senté detrás con Sam.

No era ocasión para las lágrimas; sin duda, Caroline Bellefleur había tenido una larga vida; una vida no carente de sufrimiento, pero al menos sí jalonada de una felicidad que todo lo compensaba. Quedaban muy pocos de su generación, y los que aún vivían estaban demasiado débiles como para asistir a su funeral.

El servicio fue bastante normal, hasta que salimos en coche hacia el cementerio, que no estaba iluminado (por supuesto) y vimos que habían dispuesto un perímetro de luz alrededor del espacio de los Bellefleur. Era una vista extraña. El sacerdote lo pasó un poco mal para leer las escrituras, hasta que uno de los miembros de la congregación le asistió con su propia linterna.

Las brillantes luces en medio de la absoluta oscuridad eran un amargo recordatorio de cuando sacamos el cuerpo de Basim al Saud. Me costaba mantener la cabeza centrada en la vida y el legado de la señora Caroline con todas las conjeturas que revoloteaban por mi mente. ¿Y por qué no había pasado algo ya? Sentía que estaba viviendo una tensa espera de algo que no acababa de llegar. No me di cuenta de que estaba apretando el brazo de Sam hasta que se volvió para mirarme, alarmado. Obligué a mis dedos a que se relajaran y agaché la cabeza para rezar.

Tenía entendido que la familia iría a Belle Rive para tomar algo después del servicio. Me preguntaba si habrían comprado la sangre embotellada favorita de Bill. Hablando de Bill, tenía un aspecto horrible. Se apoyaba en un bastón. Había que hacer algo para encontrar a su hermana, ya que él no parecía estar por la labor. Si cabía una mínima probabilidad de que su sangre le curara, bien merecía el esfuerzo.

Había ido al funeral en el coche de Sam, pero como mi casa estaba tan cerca del cementerio, le dije que volvería dando un paseo. Había metido una pequeña linterna en el bolso y le recordé que conocía ese cementerio como la palma de mi mano. Así que, cuando todos los asistentes se fueron marchando, incluido Bill, para tomar algo en Belle Rive, aguardé entre las sombras a que los empleados del cementerio empezaran a rellenar el hoyo. Después, atravesé los árboles en dirección a la casa de Bill.

Aún conservaba una llave.

Sí, era consciente de que estaba siendo entrometida. Y puede que no estuviese haciendo lo correcto. Pero Bill se estaba dejando ir, y no podía permitirlo.

Abrí la puerta principal y me dirigí hacia su despacho, que fue en tiempos el comedor de los Compton. Tenía su equipo informático dispuesto sobre una gran mesa y también contaba con una silla de despacho que había adquirido en un Office Depot. Una mesa más pequeña hacía las veces de centro de correspondencia, donde Bill preparaba copias de la base de datos vampírica para enviárselas a los compradores. Se publicitaba mucho en revistas vampíricas, como *Fang* o *Dead Life*, que se publicaban en muchos idiomas. El último esfuerzo de marketing de Bill había consistido en contratar vampiros que hablaban varios idiomas para traducir su base de datos mundial para las ediciones extranjeras. Según recordaba de mi anterior visita, había una docena de copias en CD de la base de datos metida en unas cajas por esa zona de la mesa. Lo comprobé dos veces para asegurarme de que tenía una copia en inglés. No me serviría de mucho que estuviera en ruso.

Por supuesto, el ruso me recordó a Alexei, y pensando en él volví a caer en lo preocupada, enfadada y asustada que me sentía por el silencio de Eric.

Podía sentir la desagradable mueca que afloraba en mi cara al recordar ese silencio. Pero en ese momento tenía que pensar en mi pequeño problema. Salí de la casa, cerré la puerta con llave y esperé que Bill no captara mi olor en el aire.

Atravesé el cementerio tan deprisa como si hubiese sido de día. Cuando llegué a mi cocina, busqué un buen escondite. Finalmente me fijé en el armario de la ropa limpia del cuarto de baño del pasillo y dejé el CD entre las toallas limpias. Pensé que ni siquiera Claude utilizaría cinco toallas limpias antes de que me levantase al día siguiente.

Comprobé el contestador; comprobé el móvil, que no me había llevado al funeral. Ningún mensaje. Me quité la ropa lentamente, tratando de imaginar qué le habría podido pasar a Eric. Decidí que no lo llamaría, pasase lo que pasase. Él sabía dónde me encontraba y cómo llegar hasta mí. Colgué el vestido negro en el armario, guardé los zapatos de tacón del mismo color en su sitio y me puse el pijama de Piolín, uno de mis favoritos. Me acosté enfadada como una gallina empapada.

Y asustada.

Capítulo
10

Claude no vino a casa la noche anterior. Su coche no estaba aparcado en la parte de atrás. Me alegré de que a alguien le hubiese sonreído la suerte. Entonces me dije que no debía ser tan autocompasiva.

—Lo estás haciendo bien —le animé a mi reflejo en el espejo para creérmelo—. ¡Mírate! ¡Mira qué moreno más estupendo, Sook! —Tenía que estar en el trabajo para el turno del almuerzo, así que me vestí justo después de desayunar. Recuperé el CD robado de debajo de las toallas. Me dije virtuosamente que se lo pagaría a Bill o lo devolvería. En realidad no era un robo si pensaba devolverlo. Algún día. Observé el estuche de plástico transparente que tenía entre las manos. Me pregunté cuánto daría el FBI por él. A pesar de los esfuerzos de Bill por que sólo los vampiros pudieran adquirirlo, sería absolutamente asombroso que nadie más se hubiera hecho con él.

Así que lo abrí y lo metí en la bandeja del ordenador. Tras un zumbido inicial, apareció una pantalla. «El directorio vampírico», decía en letras góticas rojas sobre fondo negro. ¿Quién dijo estereotipo?

«Introduzca su clave de acceso», instruía la pantalla. Oh, oh.

Entonces me acordé que había un *post-it* pegado a la caja y fui a buscarlo. Sí, sin duda era la clave. Bill nunca habría dejado la nota pegada al CD si pensase que su casa no era segura, lo que me provocó una punzada de culpabilidad. No sabía muy bien qué procedimiento seguía, pero me imaginaba que adjuntaba el código en un directorio cuando se lo enviaba a un cliente. O quizá fuera una clave de autodestrucción para incautos como yo, de modo que nos saltase en toda la cara. Me alegré de que no hubiese nadie más en la casa después de teclear el código y pulsar Intro, porque me escondí literalmente debajo del escritorio.

No ocurrió nada, salvo un nuevo zumbido, así que di por sentado que era seguro. Volví a encaramarme en la silla.

La pantalla mostraba las opciones disponibles. Podía buscar por país de residencia, país de origen, nombre y último lugar de avistamiento. Hice clic en «Residencia» y pude leer: «¿Qué país?». Podía escoger entre una lista. Pinché en «Estados Unidos» y apareció otro cuadro: «¿Qué Estado?». Otra lista. Pinché en «Luisiana» y a continuación en «Compton». Ahí estaba, en una foto reciente tomada en su casa. Reconocí el color de la pintura. Bill lucía una sonrisa rígida; no parecía el mayor juerguista del mundo, eso por descontado. Me pregunté cómo le iría con un servicio de citas. Empecé a leer su biografía. Al final ponía: «Creado por Lorena Ball, de Luisiana, 1870».

Pero no había ninguna lista de «hermanos» o «hermanas».

Vale, no iba a ser tan fácil. Pinché en el nombre en negrita de la sire de Bill, la fallecida y poco llorada Lorena. Sentía curiosidad por lo que pondría en su referencia, ya que había conocido la muerte definitiva, al menos hasta que alguien descubriera cómo resucitar las cenizas.

«Lorena Ball», rezaba su referencia, que sólo estaba ilustrada con un dibujo. Se le parecía bastante, pensé, ladeando la cabeza. Convertida en 1788 en Nueva Orleans... Residente en muchas zonas del sur, pero de regreso en Luisiana tras la Guerra Civil... «Vio amanecer», asesinada por una o varias personas «desconocidas». Je. Bill sabía perfectamente quién había matado a Lorena, y sólo pude alegrarme por que no hubiese incluido mi nombre en el directorio. Me preguntaba qué habría pasado si lo hubiese hecho. Ya ves, crees que ya tienes bastantes cosas de las que preocuparte y luego surge una posibilidad que nunca te imaginaste, y te das cuenta de que tienes más problemas todavía.

Vale, allá vamos... «Creadora de Bill Compton (1870) y Judith Vardamon (1902)».

Judith. Así que ése era el nombre de la hermana de Bill.

Tras dar unas cuantas vueltas más a la base de datos, descubrí que Judith Vardamon aún estaba «viva», o al menos así había estado cuando Bill confeccionó la base. Vivía en Little Rock.

También descubrí que le podía mandar un correo electrónico. Naturalmente, ella no estaba obligada a responderlo.

Me puse manos al teclado y me estrujé la cabeza. Pensé en el espantoso aspecto de Bill. Pensé en su orgullo y el hecho de que no se había puesto en contacto con Judith a pesar de la sospecha de que su sangre podría curarlo. Bill no era tonto, así que debía de haber una buena razón por la que no hubiera llamado a la otra hija de Lorena. Pero no sabía cuál era. Y si Bill había decidido no contactar con ella, sabía muy bien lo que estaba haciendo, ¿no? Oh, al demonio con todo.

Tecleé su dirección de correo electrónico. Desplacé el puntero hasta el campo de «Asunto». Escribí: «Bill está enfermo». Pensé que aquello sonaba raro. Casi lo cambié, pero no lo hice. Desplacé el puntero hasta el cuerpo del correo y volví a hacer clic. Titubeé. Finalmente escribí: «Soy la vecina de Bill Compton. No sé cuánto ha pasado desde la última vez que supiste de él, pero está viviendo en su vieja casa de Bon Temps, Luisiana. Ha sido envenenado con plata. No podrá curarse sin tu sangre. Él no sabe que te estoy enviando este mensaje. Antes salíamos juntos, y seguimos siendo amigos. Deseo que se recupere». Firmé, ya que mandar notas anónimas no es lo mío.

Apreté los dientes con mucha fuerza y pinché en «Enviar».

Por mucho que me apeteciera quedarme el CD y echarle un vistazo, mi pequeño código de honor me dictaba que debía devolverlo sin disfrutarlo, ya que no lo había pagado. Así que me hice con la llave de Bill, metí el disco en su funda de plástico y salí de nuevo a través del cementerio.

Reduje el paso a medida que me acercaba a la parcela de los Bellefleur. Aún estaban las flores en la tumba de la señora Caroline. Allí estaba Andy, contemplando una cruz hecha de claveles rojos. Era algo bastante horrible, pero sin duda también la ocasión para que la intención contara más que el resultado. De todos modos, no creía que Andy fuese consciente de lo que pasaba delante de sus narices.

Me sentía como si tuviese la palabra «ladrón» grabada a fuego en la frente. Sabía que Andy no se daría cuenta ni aunque cargara un camión de mudanzas con todas las pertenencias de Bill y me marchara con él. Era mi propio sentido de la culpabilidad lo que me estaba torturando.

—Sookie —saludó Andy. No me había dado cuenta de que ya me había visto.

—Andy —correspondí cautelosamente. No sabía adónde llevaría esa conversación, y tenía que irme a trabajar pronto—. ¿Aún siguen tus parientes en la ciudad, o se han ido ya?

—Se irán después de almorzar —contestó—. Halleigh ha tenido que preparar algunas clases esta mañana, y Glen tuvo que marcharse a su despacho a ponerse al día con unos papeleos. Quien lo ha pasado peor es Portia.

—Supongo que estará mejor cuando todo vuelva a la normalidad. —Me parecía un comentario que no entrañaba demasiados riesgos.

—Sí, y tiene que seguir con sus prácticas.

—¿La señora que estaba cuidando de la señora Caroline ha tenido que irse a atender a otra persona? —Los cuidadores fiables era tan escasos como los dientes de gallina, y mucho más valiosos.

—¿Doreen? Sí, cruzó el jardín hacia la casa del señor DeWitt. —Tras una incómoda pausa, añadió—: Casi me pega esa noche, después de que os fueseis. Sé que no he sido muy amable con… Bill.

—Ha sido un trago duro para todos.

—Es que... No soporto que nos den limosnas.

—No ha sido ninguna limosna, Andy. Bill es tu familia. Sé que debes de sentirte extraño y que, en general, no te paras a pensar demasiado en los vampiros, pero es tu tatarabuelo, y quería ayudar a su gente. No te habría parecido tan extraño si te hubiese legado ese dinero y estuviese enterrado junto a la señora Caroline, ¿verdad? La única diferencia es que Bill sigue entre los vivos.

Andy agitó la cabeza, como si la tuviese rodeada de moscas. El pelo le empezaba a escasear.

—¿Sabes cuál fue la última petición de mi abuela?

No podía imaginármela.

—No —negué.

—Legó su receta de tarta de chocolate a la ciudad —dijo, y sonrió—. Una condenada receta. Y, cuando se la llevé al periódico, se emocionaron como si fuese Navidad y les hubiese llevado un plano con la ubicación del cadáver de Jimmy Hoffa.

—¿Va a salir en el periódico? —pregunté, tan emocionada como me sentía. Aposté a que seguramente habría más de cien tartas de chocolate haciéndose en otros tantos hornos el día que saliera publicado ese ejemplar.

—¿Ves? Tú también te emocionas —observó Andy, sonando como si tuviese cinco años menos.

—Andy, es una gran noticia —le aseguré—. Ahora, si me disculpas, tengo que hacer un recado. —Y atravesé corriendo el resto del cementerio hasta la casa de Bill. Coloqué el CD, junto con su nota pegada, en lo alto de la pila de la que lo había tomado prestado y salí pitando.

Me reprendí una, y dos, y tres, y hasta cuatro veces. En el Merlotte's trabajé con cierto apresuramiento, concentrándome especialmente en atender correctamente los pedidos, hacerlo rápido y responder inmediatamente a cualquier llamada. Mi otro sentido me decía que, a pesar de mi eficiencia, la gente no se alegraba al verme llegar, y la verdad es que no podía culparlos.

Las propinas fueron escasas. La gente estaba dispuesta a perdonar la ineficacia si les sonreías mientras metías la pata. Pero no les gustaba que no sonrieras aunque les pusieras el plato en la mitad de tiempo.

Pensaba tanto en ello que supe que Sam daba por sentado que me había peleado con Eric. Holly creía que me había venido la regla.

Y me enteré de que Antoine era un informador.

Nuestro cocinero había estado perdido en sus propios pensamientos. Me di cuenta de lo resistente que solía ser a mi telepatía, salvo cuando se olvidaba de serlo. Estaba esperando que sirviera un pedido en la ventanilla de la cocina, mientras volteaba una hamburguesa, cuando oí directamente: «No pienso salir del trabajo para reunirme con ese capullo otra vez, se lo puede meter por el trasero. No voy a decirle nada más». Entonces Antoine, a quien respetaba y admiraba, pasó la hamburguesa al panecillo y se volvió a la ventanilla con el plato en la mano. Se topó con mis ojos con una mirada sincera.

«Oh, mierda», pensó.

—Deja que te lo explique antes de hacer nada —me pidió, y me bastó para saber que era un traidor.

—No —dije, dándome la vuelta, dispuesta a ir derechita a Sam, que estaba tras la barra, lavando unos vasos—. Sam, Antoine es una especie de agente del Gobierno —le solté con tranquilidad.

Sam no me preguntó cómo lo sabía y no cuestionó mi declaración. Apretó los labios en una fina línea.

—Hablaremos con él más tarde —respondió—. Gracias, Sook. —Lamenté no haberle contado lo del licántropo enterrado en mi bosque. Al parecer, siempre lamentaba no contarle algo a Sam.

Cogí el plato y lo llevé a la mesa que lo había pedido sin mirar a Antoine a los ojos.

Algunos días odiaba mi habilidad más que otros. Me sentía más feliz (aunque fuese una felicidad estúpida, vista en retrospectiva) cuando daba por sentado que Antoine era un nuevo amigo. Me preguntaba si alguna de sus historias sobre el Katrina y el Superdome serían ciertas, o si también eran mentiras. Había desarrollado una gran simpatía hacia él. Y, hasta ahora, nunca había tenido la menor pista sobre su falsa identidad. ¿Cómo era posible?

Primero, no escruto cada pensamiento de cada persona. Bloqueo muchas cosas en general, y me esfuerzo especialmente en mantenerme al margen de mis compañeros de trabajo. Segundo, la gente no siempre piensa explícitamente en cosas tan importantes. Alguien no suele pensar: «Creo que cogeré la pistola de debajo del asiento de mi camioneta y le dispararé a Jerry en la cabeza por tirarse a mi mujer». Lo más probable era percibir una impresión de ira con matices de violencia. O incluso una proyección de cómo podría sentirse al disparar a Jerry. Pero probablemente el disparo no hubiese pasado específicamente a la fase de planificación cuando el tirador hubiera entrado en el bar y yo me hubiera metido en sus pensamientos.

Y, por lo general, la gente no actúa conforme a sus impulsos más violentos, algo que no supe hasta atravesar algunos dolorosos incidentes que me acompañaron durante el crecimiento.

Si me hubiese pasado la vida tratando de desentrañar el trasfondo de cada pensamiento que oía, no habría tenido vida propia.

Al menos tenía algo en lo que pensar, aparte de intentar imaginar qué demonios estaba pasando con Eric y la manada del Colmillo Largo. Al final de mi turno, me encontré en el despacho de Sam, con éste y Antoine.

Sam cerró la puerta detrás de mí. Estaba furioso. No le culpaba. Antoine estaba enfadado consigo mismo y conmigo, y a la defensiva con Sam. La atmósfera de la habitación estaba saturada de rabia, frustración y miedo.

—Escucha, tío —dijo Antoine. Estaba de pie frente a Sam. Hacía que su jefe pareciera pequeño—. Tú escúchame, ¿vale? Tras lo del Katrina, no me quedó sitio al que ir o nada que hacer. Me puse a buscar trabajo para sobrevivir. Ni siquiera me tocó un maldito remolque de emergencia del FEMA*. Las cosas estaban muy feas. Entonces yo… Tomé un coche prestado para ir a ver a unos familiares en Texas. Iba a dejarlo donde los polis pudieran encontrarlo y devolvérselo a su dueño. Sé que fue una estupidez. Sé que no debí hacerlo. Pero estaba desesperado y sí, hice una estupidez.

---

*Agencia Federal de Gestión de Emergencias. (N. del T.)

—Pero no estás en la cárcel —observó Sam. Sus palabras eran como un látigo que apenas golpeó a Antoine y le hizo un poco de sangre.

Antoine respiró pesadamente.

—No, no lo estoy, y te diré por qué. Mi tío es un licántropo; está en una de las manadas de Nueva Orleans. Así que algo sabía de ellos. Una agente del FBI, llamada Sara Weiss, vino a verme a la cárcel. No tenía mala pinta. Pero, después de hablar conmigo una vez, volvió con un tal Lattesta, Tom Lattesta. Dijo que trabajaba en Rhodes y yo no me imaginaba qué estaría haciendo en Nueva Orleans. Pero me contó que sabía lo de mi tío y que pensaba que, tarde o temprano, todos los vuestros saldrían a la luz detrás de los vampiros. Sabía lo que sois; que hay más cosas aparte de lobos. Sabía que mucha gente no recibiría de buen grado la noticia de que cerca de nosotros vivía gente que era mitad persona, mitad animal. Me describió a Sookie. Dijo que también había algo extraño en ella, aunque no sabía el qué. Me mandó aquí para observar y ver lo que pasaba.

Sam y yo intercambiamos miradas. No sé qué era lo que Sam se había esperado, pero aquello era mucho más serio de lo que yo me imaginaba. Retomé el asunto.

—¿Tom Lattesta lo supo todo el tiempo? —pregunté—. ¿Cuándo empezó a pensar que había algo extraño en mí? ¿Fue antes de que viese la grabación en vídeo del desastre en el hotel de Rhodes, cosa que usó para abordarme hace varios meses?

—Casi todo el tiempo estuvo convencido de que eras un fraude, pero también había momentos en los que creía que eras un bicho raro de verdad.

Me volví hacia mi jefe.

—Sam, ese hombre vino a mi casa el otro día. Lattesta, quiero decir. Dijo que alguien cercano a mí, uno de mis más allegados —no quería ser más específica delante de Antoine— había arreglado las cosas para que no se siguiera investigando sobre mí.

—Eso explica por qué estaba tan enfadado —dedujo Antoine, y su expresión se endureció—. Eso explica muchas cosas.

—¿Qué te pidió que hicieras? —preguntó Sam.

—Lattesta dijo que el asunto del coche quedaría olvidado siempre que mantuviese un ojo puesto en ti y en cualquiera que no fuese del todo humano y frecuentase el bar. Dijo que, de momento, no podía agarrar a Sookie, y estaba enfurecido por ello.

Sam me miró con expresión dubitativa.

—Dice la verdad —indiqué.

—Gracias, Sookie —añadió Antoine. Presentaba un aspecto abyectamente lamentable.

—Vale —concluyó Sam, tras contemplar el rostro de Antoine durante varios segundos—. No te voy a echar.

—¿Sin… condiciones? —Antoine miraba a su jefe, incrédulo—. Ese hombre espera que os siga espiando.

—Sin condiciones, pero con una advertencia. Si le informas de algo que no sea que estoy aquí ocupándome de mi negocio, saldrás de aquí con los pies por delante, y si se me ocurre alguna otra cosa que hacerte, juro que te la haré.

Antoine pareció romperse de alivio.

—Haré todo lo que esté en mi mano, Sam —declaró—. A decir verdad, me alegro de que todo haya salido a la luz. Ha sido un gran peso en mi conciencia.

—Habrá repercusiones —dije, ya a solas con Sam.

—Lo sé. Lattesta las pagará con él, y Antoine sentirá la tentación de contarle algo.

—Creo que Antoine es buen tipo; espero no equivocarme. —No sería la primera vez que me equivocaba con la gente. Y mucho.

—Sí, espero que esté a la altura de nuestras expectativas. —Sam me sonrió de repente. La suya es una gran sonrisa, y no pude evitar devolverle el gesto—. A veces es bueno tener fe en las personas, darles una segunda oportunidad. Además, los dos lo mantendremos vigilado.

Asentí.

—Está bien. Bueno, será mejor que vuelva a casa. —Estaba deseando comprobar el móvil y el fijo por si alguien había dejado algún mensaje. Y el ordenador. Me moría de ganas de recibir noticias de alguien.

—¿Pasa algo? —preguntó Sam, estirando la mano para darme una palmada en el hombro—. ¿Puedo ayudarte con algo?

—Eres el mejor —dije—. Sólo intento salir airosa de una situación complicada.

—¿Eric está desaparecido? —preguntó, demostrando que no se le escapa una.

—Sí —admití—. Y tiene... familiares de visita en la ciudad. No sé qué demonios está pasando. —La palabra «familiares» revoloteaba en mi mente—. ¿Cómo le va a tu familia, Sam?

—El divorcio no tiene marcha atrás y sigue en marcha —respondió—. Mi madre está pasando un mal momento, pero se pondrá mejor con el tiempo, espero. Muchos de sus vecinos de Wright le dan la espalda. Dejó que Mindy y Craig vieran cómo se transformaba.

—¿Qué forma escogió? —De tener elección, yo preferiría ser un cambiante polivalente que uno uniforme, como los licántropos.

—Un scottish terrier, creo. Mi hermana se lo tomó muy bien. Mindy siempre ha sido más flexible que Craig.

Yo pensaba que las mujeres casi siempre son más flexibles que los hombres, pero no era cuestión de verbalizarlo en ese momento. Generalizaciones como ésa pueden volverse contra ti para darte un bocado en el trasero.

—¿La familia de Deidra se ha asentado?

—Al parecer, la boda vuelve a estar en marcha, como hace dos noches —contestó Sam—. Sus padres finalmente han comprendido que la «contaminación» no podía extenderse a Deidra, Craig y sus hijos, en caso de que tuvieran alguno.

—Entonces ¿crees que se celebrará la boda?

—Sí. ¿Sigues pensando en acompañarme a Wright?

Iba a decir: «¿Aún quieres que lo haga?», pero habría sido innecesariamente recatado por mi parte, ya que acababa de pedírmelo.

—Cuando establezcan la fecha, tendrás que preguntarle a mi jefe si me deja salir del trabajo —le solté—. Sam, quizá sea un poco pesada por insistir, pero ¿cómo es que no vas con Jannalynn?

La incomodidad que manaba de Sam no eran imaginaciones mías.

—Ella… Bueno… Ella… Bueno, sólo puedo decir que ella y mi madre no se llevarían bien. Si he de presentársela a mi familia, creo que prefiero que antes se disipe la tensión de la boda. Mi madre aún está afectada por el disparo y el divorcio, y Jannalynn es... una persona algo temperamental. —En mi opinión, si sales con alguien que te produce reparos a la hora de presentársela a tu familia, lo más probable es que no sea la persona adecuada. Pero Sam no me había solicitado mi opinión.

—No, sin duda no es una chica tranquila —observé—. Y, ahora que tiene esas nuevas responsabilidades, supongo que se centrará mucho en los asuntos de la manada.

—¿Qué? ¿Qué nuevas responsabilidades?

Oh, oh.

—Estoy segura de que te lo contará —respondí—. Supongo que no la habrás visto en un par de días, ¿eh?

—No. Se ve que los dos estamos desinformados —contestó.

Dispuesta a admitir que había estado un poco sombría, le sonreí.

—Sí, así son las cosas —dije—. Con el creador de Eric en la ciudad (y teniendo en cuenta que da más miedo que Freddy Krueger), supongo que yo también peco de eso.

—Si antes no sabemos nada de nuestros respectivos, ¿qué te parece si salimos mañana por la noche? Podemos volver a Crawdad Diner —ofreció Sam—. O puedo hacer unos filetes.

—Suena bien —le confesé. Le agradecía la oferta. Me había sentido apartada. Jason parecía muy ocupado con Michele (y, a fin de cuentas, se había quedado la otra noche, cuando esperaba que hubiese huido por patas); Eric tres cuartos de lo mismo (aparentemente), Claude casi nunca andaba por casa y, cuando así era, rara vez estaba despierto a las mismas horas que yo; Tara estaba con su embarazo y Amelia apenas tenía tiempo para mandarme un correo muy de vez en cuando. Si bien no me importaba estar sola alguna que otra vez (de hecho, habitualmente me gustaba), ya había colmado mi cupo últimamente. La soledad es mucho más divertida si es opcional.

Aliviada por que la conversación con Antoine se hubiera terminado y expectante por los futuros problemas que pudiera causar Tom Lattesta, cogí mi bolso del cajón del escritorio de Sam y me fui a casa.

Era una preciosa tarde noche cuando giré por mi camino privado y aparqué en la parte de atrás de mi casa. Pensé en hacer algo de ejercicio con un DVD antes de preparar la cena. El coche de Claude no estaba. No vi que tampoco estuviera la camioneta de Jason, así que supuso toda una sorpresa verlo sentado en las escaleras de atrás.

—¡Hola, hermano! —saludé al salir del coche—. Escucha, quería preguntarte... —Entonces, al percibir su señal mental, supe que el hombre sentado en mi escalera no era mi hermano. Me quedé petrificada. Lo único que podía hacer era quedarme mirando a mi tío abuelo medio hada Dermot preguntándome si habría venido para matarme.

Capítulo
11

Pudo haber acabado conmigo unas sesenta veces en los segundos que permanecí ante él. A pesar de que él tampoco lo hiciera, yo no tenía la menor intención de apartar la mirada de él.

—No temas —me tranquilizó Dermot, levantándose con una gracilidad a la que Jason nunca habría podido aspirar. Se movía como si sus articulaciones fuesen una maquinaria bien engrasada.

—No puedo evitarlo —me excusé con los labios entumecidos.

—Quiero explicarme —pidió, acercándose.

—¿Explicarte?

—Quería estar cerca de vosotros dos —dijo. En ese momento, ya estaba bien dentro de mi espacio personal. Sus ojos eran azules como los de Jason, cándidos como los de Jason pero profundamente perturbados. A diferencia de los de mi hermano—. Estaba confuso.

—¿Sobre qué? —Quería alargar la conversación, y tanto que sí, porque no podía imaginarme qué pasaría cuando llegase una pausa.

—Acerca de dónde se encuentran mis lealtades —dijo, agachando la cabeza con la gracia de un cisne.

—Claro. Háblame de ello. —¡Oh, si al menos tuviese mi pistola de agua llena de zumo de limón en el bolso! Pero le había prometido a Eric que la guardaría en la cómoda cuando Claude se vino a vivir conmigo. De mucho servía ahí. Y la paleta de hierro se encontraba en su sitio, en el cobertizo de las herramientas.

—Lo haré —afirmó, ya tan cerca como para poder olerlo. Olía de maravilla. Siempre es así con las hadas—. Sé que conociste a mi padre Niall.

Asentí con un movimiento imperceptible.

—Sí —confirmé para asegurarme.

—¿Lo querías?

—Sí —contesté sin dudarlo—. Lo quería y lo sigo queriendo.

—Se hace querer. Es encantador —admitió Dermot—. Mi madre, Einin, también era preciosa. No en un sentido puramente feérico, como Niall, pero sí desde el punto de vista humano.

—Eso me explicó Niall —añadí. Era como sortear un campo de minas verbal.

—¿Te contó también que las hadas del agua asesinaron a mi gemelo?

—¿Que si Niall me dijo que habían asesinado a tu hermano? No, pero algo tenía entendido.

—Vi partes del cuerpo de Fintan. Neave y Lochlan lo descuartizaron miembro a miembro.

—También se encargaron de mis padres —agregué conteniendo el aliento. ¿Qué iba a decir?

—Yo... —se debatió con rostro desesperado—. Yo no estaba allí. Yo... Niall... —Resultaba terrible contemplar cómo Dermot pugnaba por hablar. No debía sentir piedad por él a tenor de lo que me había dicho Niall acerca de su intervención en la muerte de mis padres, pero es que no podía soportar su dolor.

—¿Y cómo es que acabaste en el bando de Breandan en la guerra?

—Me dijo que mi padre había matado a mi hermano —respondió Dermot con tristeza—. Y yo le creí. Dudé de mi amor por Niall. Al recordar la tristeza de mi madre cuando Niall dejó de visitarla, pensé que quizá Breandan tuviera razón y que no estábamos hechos para juntarnos con los humanos. Casi nunca suele ir bien para ellos. Y yo detestaba mi condición de mestizo. No pertenecía a ninguno de los dos mundos.

—¿Te sientes mejor ahora? Me refiero al sentirte un poco humano.

—Digamos que he encontrado el equilibrio. Sé que mis acciones pasadas están mal y me duele que mi padre no me permita volver al mundo feérico. —Sus enormes ojos azules destilaban tristeza. Yo estaba demasiado ocupada esforzándome en no temblar como para asimilar todo el impacto de aquella escena.

«Inspira, expira. Calma, calma».

—Entonces ¿ahora no tienes nada contra Jason ni contra mí? ¿Ya no quieres hacernos daño?

Me rodeó con los brazos. Al parecer, era la época de «abrazar a Sookie» y nadie me había avisado. Las hadas son muy propensas al contacto físico, y el espacio personal no tiene ningún sentido para ellas. Me habría gustado echar para atrás a mi tío abuelo, pero no me atrevía. No hacía falta leer la mente de Dermot para saber que cualquier cosa podría hacerle saltar, tal era la delicadeza de su equilibrio mental. Tuve que invertir toda mi fuerza de voluntad en mantener la cadencia de mi respiración para no ponerme a temblar. Su proximidad y la tensión que provocaba su presencia, la enorme fuerza de sus brazos, me zambulló en los recuerdos de dos hadas psicópatas que habían merecido con creces su muerte. Sacudí los hombros y noté un atisbo de pánico en los ojos de Dermot. «Cálmate. Mantén la serenidad».

Le sonreí. Tengo una bonita sonrisa, eso me dice la gente, aunque creo que es un poco exagerada, un poco irracional. No obstante, encajaba perfectamente en esa conversación.

—La última vez que viste a Jason… —empecé a decir, pero no se me ocurrió cómo terminar la frase.

—Ataqué a su compañera. Soy la bestia que hirió a su mujer.

Tragué saliva con fuerza y redoblé la sonrisa.

—Quizá habría sido mejor que le explicases por qué ibas a por Mel. Y que no fue Mel quien la mató.

—No, fueron los míos quienes acabaron con ella. Pero habría muerto de todos modos. No iba a llevarla a que la ayudasen, ya me entiendes.

Poco más podía añadir, ya que su relato de lo que le había pasado a Crystal era muy preciso. Caí en que no había obtenido por su parte una respuesta coherente a por qué había dejado que Jason permaneciera en la ignorancia acerca del crimen de Mel.

—Pero no se lo explicaste a Jason —insistí, sin dejar de acordarme de que tenía que respirar de forma muy conciliadora. O eso esperaba. Me di cuenta de que, cuanto más estuviese en contacto con Dermot, más nos tranquilizábamos los dos. Y él estaba cada vez más coherente.

—Me encontraba hecho un lío —dijo seriamente, optando, para mi sorpresa, por un lenguaje más moderno.

Quizá ésa iba a ser la mejor respuesta que recibiría. Decidí optar por otra estrategia.

—¿Querrías ver a Claude? —pregunté, esperanzada—. Ahora vive conmigo, aunque sólo por un tiempo. Debería volver a última hora de esta noche.

—No soy el único, ¿sabes? —contestó Dermot. Alcé la mirada para encontrarme con sus ojos de loco. Comprendí que mi tío abuelo trataba de confesarme algo. Rogué a Dios poder arrancarle algo de racionalidad. Sólo durante cinco minutos. Di un paso atrás intentando imaginar qué necesitaba.

—No eres el único hada que queda en el mundo humano. Sé que Claude está aquí. Habrá alguien más, ¿no? —Habría disfrutado de mi telepatía un par de minutos.

—Sí, sí. —Su mirada suplicaba comprensión.

Arriesgué con una pregunta directa:

—¿Quién más hay a este lado?

—No querrías conocerlo —me aseguró Dermot—. Has de tener cuidado. Ahora no es dueño de sus actos. Es ambivalente.

—Ya. —Quienquiera que fuese el aludido, no era el único con sentimientos encontrados. Ojalá contase con el cascanueces adecuado que me abriera la mente de Dermot.

—A veces merodea por tu bosque. —Puso sus manos sobre mis hombros y apretó con suavidad. Era como si intentase transmitirme a través de la carne cosas que no era capaz de expresar con palabras.

—Algo he oído —confirmé amargamente.

—No confíes en las otras hadas —me dijo Dermot—. Yo cometí ese error.

Sentí como si una bombilla se hubiese encendido sobre mi cabeza.

—Dermot, ¿te han lanzado magia? ¿Algo como un conjuro?

El alivio en sus ojos casi era palpable. Asintió frenéticamente.

—A menos que estén en guerra, a las hadas no les gusta matarse entre sí. Con la excepción de Neave y Lochlan. A ellos les gustaba matar lo que fuese. Pero no estoy muerto, así que hay esperanza.

Puede que las hadas fuesen reacias a matar a las de su especie, pero al parecer no les importaba llevarlas al borde de la locura.

—¿Hay algo que pueda hacer para invertir el conjuro? Quizá Claude pueda.

—Creo que Claude tiene poca magia —dijo Dermot—. Lleva demasiado tiempo viviendo entre los humanos. Mi queridísima sobrina, te quiero. ¿Cómo está tu hermano?

De vuelta al mundo de los pirados. Pobre Dermot, que Dios lo bendiga. Lo abracé cediendo a un impulso.

—Mi hermano está muy contento, tío Dermot. Está saliendo con una mujer que está hecha para él y que no quiere aprovecharse. Se llama Michele, como mi madre, pero con una «l» en vez de dos.

Dermot bajó la mirada y me sonrió. Difícil decir cuánto de todo aquello estaba absorbiendo.

—Los muertos te aman —dijo él, y yo me forcé a mantener la sonrisa.

—¿Te refieres al vampiro Eric? Eso dice.

—Otros también. Están pugnando por ti.

Ésa fue una revelación poco bienvenida. Dermot tenía razón. Había estado sintiendo a Eric a través del vínculo, como era normal, pero había otras dos presencias grises acompañándome en cada momento después de anochecer: Alexei y Apio Livio. Resultaba agotador, y no me había dado cuenta hasta ese momento.

—Esta noche —anunció Dermot— recibirás visita.

Así que ahora era un profeta.

—¿Agradable?

Se encogió de hombros.

—Eso es una cuestión de gusto y experiencia.

—Eh, tío Dermot, ¿sueles pasear a menudo por estas tierras?

—Me da mucho miedo el otro —respondió—, pero intento observarte de vez en cuando.

Trataba de decidir si eso era bueno o malo cuando desapareció delante de mis ojos. ¡Puf! Vi una especie de borrón y luego nada. Sus manos estaban sobre mis hombros y, de repente, nada. Supuse que la tensión de conversar con otra persona había podido con Dermot.

Vaya. Había sido una experiencia de lo más extraña.

Miré a mi alrededor imaginando que quizá vería alguna otra señal de su desaparición. Puede que incluso decidiera volver. Pero no pasó nada. No se escuchaba ningún sonido salvo el prosaico rugido de mi estómago recordándome que no había comido nada desde el almuerzo y que era hora de cenar. Regresé a casa con piernas temblorosas y me dejé caer sobre la mesa de la cocina. Una conversación con un espía. Una entrevista con un hada desquiciado. Oh, sí, y tenía que llamar a Jason para que volviese a activar la alerta feérica. Eso era algo que podía hacer sentada.

Tras la conversación, y una vez recuperada la movilidad de mis piernas, recordé que debía meter los periódicos en casa. Mientras cocinaba un pastel de carne de Marie Calender's, leí los periódicos de los últimos dos días.

Por desgracia, había demasiadas cosas interesantes en la portada. Se había producido un horrible asesinato en Shreveport, probablemente relacionado con asuntos de bandas. La víctima era un joven negro ataviado con los colores de una banda, lo cual era como una flecha de neón para la policía, aunque no había recibido ningún disparo. Lo habían apuñalado varias veces antes de rajarle la garganta. Agh. A mí me parecía algo más personal que un ajuste de cuentas entre bandas. A la noche siguiente, ocurrió lo mismo, en esta ocasión con un crío de diecinueve años y los colores de una banda rival. Había muerto de la misma forma horripilante. Agité la cabeza ante la estupidez de esos jóvenes que morían por causa de lo que a mí me parecían nimiedades, y pasé a otro artículo que encontré tan electrizante como preocupante.

La tensión por el asunto del registro de los licántropos iba en aumento. Según los periódicos, los propios licántropos eran la gran controversia. Los artículos apenas mencionaban a los demás cambiantes, aunque sí se sabía de un zorro, un murciélago, dos tigres, un puñado de panteras y otro cambiante. Los licántropos, más numerosos entre los de doble naturaleza, eran los que estaban sufriendo la reacción violenta y se quejaban de ello abiertamente, como era debido.

«¿Por qué tendría que registrarme como si fuese un inmigrante ilegal o un ciudadano fallecido?», decía Scott Wacker, general del ejército. «Mi familia lleva seis generaciones en este país, todas sirviendo en el ejército. Mi hija está en Irak. ¿Qué más quieren?».

El gobernador de uno de los Estados del noroeste había dicho: «Tenemos que saber quién es un licántropo y quién no. En caso de accidente, las autoridades han de saberlo para evitar la contaminación de la sangre y ayudar en la identificación».

Hundí la cuchara sobre la costra superficial para liberar parte del calor del pastel. Lo medité. «Chorradas», concluí.

«Eso es una tontería», decía el general Wacker en el siguiente párrafo. Así que Wacker y yo teníamos algo en común. «De hecho, nos volvemos humanos cuando morimos. Los oficiales ya se ponen guantes cuando manejan cadáveres. La identificación no supondrá más problemas que con los de naturaleza única. ¿Por qué no iba a ser así?».

«Punto para ti, Wacker».

Según el periódico, el debate había trascendido desde la gente en las calles (incluidos algunos que no eran sólo gente) hasta el Congreso; desde el personal militar hasta los bomberos; desde los juristas hasta los estudiosos de la Constitución.

En vez de pensar a escala global o nacional, sopesé la reacción de los parroquianos del Merlotte's desde el anuncio. ¿Se había reducido el beneficio? Bueno, al principio se produjo un leve descenso, justo después de que los clientes habituales contemplaran a Sam transformarse en perro y a Tray en lobo, pero luego la gente empezó a beber tanto como de costumbre.

Entonces ¿estábamos ante una crisis creada, ante un bulo?

No tanto como a mí me habría gustado, después de haberme leído unos cuantos artículos más.

Algunas personas odiaban la idea de que gente a la que conocían de toda la vida tuviera un lado oculto, una existencia que les hubiera pasado inadvertida (¿no es una palabra maravillosa? Me había topado con ella en mi calendario de la palabra del día justo la semana anterior). Era la impresión que me había dado y, al parecer, seguía siendo cierta. Nadie cedía en su posición; los licántropos cada vez estaban más enfadados y la sociedad cada vez más asustada. Al menos una parte muy ruidosa de ella.

En Redding, California, se habían producido manifestaciones y disturbios, así como en Lansing, Michigan. Me pregunté si pasaría lo mismo en Shreveport. Me resultaba difícil de creer y duro de imaginar. Observé desde la ventana de la cocina la creciente oscuridad, como si esperase vislumbrar una turba de pueblerinos con antorchas encendidas marchando hacia el Merlotte's.

Era un inicio de noche curiosamente vacío. No hubo mucho que lavar después de la cena; la colada estaba al día y no ponían nada interesante en la televisión. Comprobé mi correo electrónico. Ninguna respuesta de Judith Vardamon.

Pero sí había un mensaje de Alcide: «Sookie, hemos fijado la reunión de la manada para la noche del lunes en mi casa, a las ocho. Hemos intentado dar con un chamán para que ejerza de juez. Os veré a Jason y a ti allí». Casi había transcurrido una semana desde que encontramos el cuerpo de Basim en el bosque, y ésa era la primera noticia que tenía al respecto. El «un día o dos» de la manada se había extendido hasta los seis. Y eso también significaba que había pasado mucho tiempo desde que supe algo de Eric.

Volví a llamar a Jason y le dejé un mensaje en el contestador del móvil. Procuré no preocuparme por la reunión de la manada, pero siempre que había coincidido con aquélla al completo se había producido algún acontecimiento violento.

Mis pensamientos volvieron al cadáver del claro. ¿Quién lo habría dejado allí? Era de imaginar que el asesino deseaba que Basim no hablase, pero no creía que hubiese dejado su cuerpo en mis tierras por casualidad.

Leí durante media hora y cuando hubo oscurecido del todo sentí la presencia de Eric, acompañada por la menos intensa, pero innegable, de otros dos vampiros. Nada más despertar ellos, yo me sentí cansada. Aquello me desasosegó tanto que quebró mi propia resolución.

Sabía que Eric se daría cuenta de mi descontento y preocupación. Era imposible que no lo notara. Puede que pensase que, al mantenerme apartada, me estaba protegiendo. Puede que no supiera que su creador y Alexei ocupaban mi consciencia. Cogí aire y marqué su número. Sonó la señal de llamada y estreché el teléfono contra mi oreja como si fuese el propio Eric. En ese momento pensé, y me hubiera parecido imposible una semana antes: «¿Y si no lo coge?».

La señal de llamada siguió sonando mientras yo contenía el aliento. Al segundo tono, Eric respondió.

—Ya se ha fijado fecha para la reunión de la manada —farfullé.

—Sookie —dijo él—. ¿Puedes venir aquí?

Mientras conducía hacia Shreveport, me pregunté unas cuatro veces si estaba haciendo lo correcto. Pero llegué a la conclusión de que, estuviese acertada o equivocada (en cuanto a ir corriendo a ver a Eric cuando él me lo ordenaba), aquello era un asunto acabado. Ambos nos encontrábamos en los extremos de la línea que nos unía, una línea dibujada con sangre. Una línea que delataba el mutuo estado de ánimo en cualquier momento. Sabía que se sentía cansado y desesperado. Él sabía que yo me sentía enfadada, incómoda y dolida. Aun así, medité. Si le hubiese llamado para decirle lo mismo, ¿habría saltado él a su coche (o echado a volar) para presentarse en mi puerta?

Dijo que estarían en Fangtasia.

Me sorprendió el escaso número de coches aparcados frente al único bar de vampiros de Shreveport. Fangtasia era un enorme reclamo turístico en una ciudad que batía récord tras récord de visitas, así que me lo esperaba hasta la bandera. En la zona de empleados había casi tantos coches como en el resto del parking. Era algo inédito.

Maxwell Lee, un hombre de negocios afroamericano que también resultaba ser vampiro, estaba de servicio en la entrada trasera, y eso también era inédito. La puerta de atrás nunca había sido especial objeto de custodia, ya que los vampiros estaban muy seguros de poder encargarse personalmente de cualquier amenaza. Pero allí estaba, ataviado con su habitual traje de tres piezas, pero desempeñando una labor que normalmente habría considerado por debajo de su rango. Más que resentido, parecía preocupado.

—¿Dónde están? —pregunté.

Sacudió la cabeza hacia la estancia principal del bar.

—Me alegra que estés aquí —dijo, y supe enseguida que la visita del creador de Eric no iba bien.

La de veces que las visitas inesperadas pueden llegar a ser fastidiosas, ¿eh? Intentas llevarlos a los lugares más emblemáticos de tu ciudad, los alimentas y los mantienes entretenidos, pero enseguida estás deseando que se marchen. No hacía falta mucho para ver que Eric se encontraba en esa última fase. Estaba sentado en un apartado con Apio Livio Ocella y Alexei. Evidentemente, Alexei parecía demasiado joven para encajar en un bar, y eso no hacía sino sumar absurdo a la situación.

—Buenas noches —saludé con rigidez—. ¿Querías verme, Eric?

Eric se arrimó a la pared para dejarme sitio y me senté junto a él. Apio Livio y Alexei me saludaron, Apio con una tensa sonrisa y Alexei más relajado. Una vez reunidos, me di cuenta de que la proximidad a ellos destensaba el hilo que me unía a ellos.

—Te he echado de menos —reconoció Eric en voz tan baja que, al principio, pensé que me lo había imaginado.

No le mencionaría el hecho de que no me hubiera llamado en todos esos días. Él ya lo sabía.

Eché mano de todo mi autocontrol para devolver unas palabras.

—Como trataba de decirte al teléfono, se ha fijado la reunión de la manada por lo de Basim para el lunes por la noche.

—¿Dónde y a qué hora? —preguntó. Una nota en su voz me reveló que no estaba nada contento. Bueno, pues ya podía ponerse a la cola.

—En la casa de Alcide. La que heredó de su padre. A las ocho.

—¿Acudirá Jason contigo? ¿Es seguro?

—Todavía no he hablado con él, pero le he dejado un mensaje.

—Has estado enfadada conmigo.

—He estado preocupada por ti. —No podía decirle nada acerca de cómo me sentía que él no supiese ya.

—Sí —respondió Eric. Su voz estaba vacía.

—Eric es un anfitrión excelente —comentó el zarevich, como si yo esperase un informe.

Conseguí construir una sonrisa que ofrecerle al muchacho.

—Me alegro, Alexei. ¿Qué habéis hecho? Supongo que es la primera vez que venís a Shreveport.

—Sí —contestó Apio Livio con su curioso acento—. Nunca hemos visitado este sitio. Es una bonita pequeña ciudad. Mi hijo mayor ha hecho todo lo posible para mantenernos ocupados y lejos de los problemas.

Vale, eso había sido un pequeño guiño al sarcasmo. Pero, por la tensión de Eric, sabía que no había tenido tanto éxito en eso de «mantenerlos lejos de los problemas».

—Los almacenes de World Market están muy bien. Allí se pueden encontrar cosas de todo el mundo. Y, durante un tiempo, Shreveport fue capital de la Confederación. —Ay, madre, tenía que hacerlo mucho mejor—. Y si vais al Auditorio Municipal, podéis visitar el camerino de Elvis —solté alegremente. Me preguntaba si alguna vez habría vuelto Bubba a ver sus viejos lugares emblemáticos.

—Anoche disfruté de un adolescente delicioso —recordó Alexei, igualando mi tono alegre. Era como si admitiese haberse saltado un semáforo en rojo.

Abrí la boca, pero nada salió de ella. Si optaba por las palabras equivocadas, podía acabar muerta allí mismo.

—Alexei —le recomendé, sonando mucho más calmada de lo que me sentía—, has de tener cuidado. Eso es ilegal aquí. Tu creador y Eric podrían sufrir las consecuencias.

—Cuando estaba con mi familia humana, podía hacer todo lo que quisiera —contestó Alexei. Era incapaz de sondear su voz—. Estaba tan enfermo que me mimaron demasiado.

Eric se crispó.

—Entiendo —dije—. Cualquier familia estaría tentada de hacer lo mismo con un hijo enfermo. Pero como ahora estás mejor y has tenido muchos años para madurar, sé que comprenderás que hacer sólo lo que te apetece no es muy bueno en sí. —Se me ocurrieron al menos otras veinte cosas que podría haber enumerado, pero me quedé ahí. Y creo que fue un acierto. Apio Livio me miró directamente a los ojos y asintió de forma casi imperceptible.

—No parezco un adulto —explicó Alexei.

De nuevo se me presentaban demasiadas opciones para responder. El muchacho, el anciano muchacho, esperaba indudablemente una respuesta.

—No, y es una terrible pena lo que os pasó a ti y a tu familia, pero...

Alexei extendió la mano para coger la mía y me mostró literalmente lo que le había pasado a él y a su familia. Vi el sótano, la familia real, el médico, la doncella, todos ante hombres que habían ido a matarlos, y oí el sonido de los disparos, y las balas que hallaron su diana; o, en el caso de las mujeres, no, ya que las de la realeza habían cosido joyas a sus ropas para una huida que nunca se produjo. Esas joyas les salvaron la vida durante unos segundos, hasta que los soldados remataron a cada individuo que aullaba de dolor mientras se desangraba. Su madre, su padre, sus hermanas, su médico, la doncella de su madre, el cocinero, el mayordomo del padre... y el perro. Y tras el tiroteo, los soldados insistieron con las bayonetas.

Creí que iba a vomitar. Me tambaleé en mi sitio y Eric me rodeó con su frío brazo. Alexei me soltó, y jamás me alegré tanto de algo en mi vida. No volvería a tocar a ese muchacho por nada del mundo.

—Lo ves —dijo Alexei—. ¡Lo ves! Tengo derecho a hacer lo que me plazca.

—No —respondí. Y me enorgullecí de la firmeza de mi voz—. Por mucho que suframos, siempre tenemos una obligación para con los demás. Tenemos que ser lo bastante generosos para vivir como es debido, de modo que los demás puedan desarrollar sus vidas sin que nosotros se las arruinemos.

Alexei había adquirido un aire rebelde.

—Es lo mismo que dice mi sire —murmuró—. Más o menos.

—Tu sire tiene razón —acordé, aunque las palabras me resultaban amargas en la lengua.

El sire hizo un gesto a la barman para que se acercase. Felicia se aproximó furtivamente a la mesa. Era alta, guapa y tan amable como podía serlo una vampira. Tenía unas cicatrices recientes en el cuello.

—¿Qué os sirvo? —preguntó—. Sookie, ¿te apetece una cerveza o…?

—Un té helado estaría bien, Felicia —respondí.

—¿TrueBlood para los demás? —preguntó a los vampiros—. También tenemos una botella de Royalty.

Eric cerró los ojos y Felicia se dio cuenta de su error.

—Vale —dijo bruscamente—. TrueBlood para Eric y té helado para Sookie.

—¡Gracias! —le contesté con una amplia sonrisa.

Pam se deslizó hasta nuestra mesa arrastrando el diáfano vestido negro que siempre llevaba en Fangtasia, tan asustada como pocas veces la había visto.

—Disculpad —se excusó, haciendo una leve inclinación hacia los huéspedes—. Eric, Katherine Boudreaux vendrá al club esta noche. Vendrá con Sallie y un pequeño séquito.

Eric parecía a punto de estallar.

—Esta noche —indicó, y esas dos palabras resultaron más explícitas que volúmenes llenos de ellas—. Muy a mi pesar, Ocella, me temo que Alexei y tú deberíais volver a mi despacho.

Apio Livio se levantó sin pedir más explicaciones y, para mi sorpresa, Alexei lo siguió sin hacer preguntas. Si Eric aún tuviese la costumbre de respirar, diría que habría exhalado de alivio cuando perdió de vista a sus huéspedes. Dijo algunas cosas en un idioma antiguo, aunque no sabía cuál.

Entonces, una corpulenta y atractiva rubia, de unos cuarenta, apareció junto a la mesa. Otra mujer estaba justo detrás de ella.

—Tú debes de ser Katherine Boudreaux —saludé amigablemente—. Me llamo Sookie Stackhouse, soy la novia de Eric.

—Hola, cielo, soy Katherine —respondió—. Ella es mi compañera, Sallie. Hemos venido con unos amigos que sienten curiosidad por mi trabajo. Me paso el año visitando los establecimientos regentados por vampiros y hace meses que no paso por Fangtasia. Como vivo aquí en Shreveport, debería hacerlo más a menudo.

—Nos alegramos mucho de tu presencia —dijo Eric con gran delicadeza. Casi parecía normal—. Sallie, siempre es un placer verte. ¿Cómo va el negocio de los impuestos?

Sallie, una delgada morena cuyo pelo apenas empezaba a encanecerse, se rió.

—Los impuestos van viento en popa, como siempre —contestó—. Deberías saberlo, Eric. Pagas un buen puñado de ellos.

—Es bueno ver que nuestros ciudadanos vampiros se llevan bien con los humanos —señaló Katherine cordialmente, paseando la mirada por el bar, que estaba casi vacío y apenas acababa de abrir. Sus cejas rubias se encogieron brevemente, pero fue el único indicio que delataba que la señora Boudreaux se había dado cuenta de que el negocio de Eric estaba un poco bajo.

—¡Vuestra mesa está lista! —anunció Pam. Indicó con la mano un par de mesas que habían juntado para el grupo y la agente estatal de la OAV dijo:

—Disculpa, Eric, pero tengo que atender a mi gente.

Tras una ducha de civismo y saludos, al fin nos quedamos solos, si es que estar sentados en un apartado de un bar puede considerarse como estar a solas. Pam se nos quedó mirando, pero Eric la despachó con un gesto del dedo. Me cogió de la mano y apoyó su frente en la que le quedaba libre.

—¿Puedes decirme qué demonios pasa contigo? —le pregunté a bocajarro—. Esto es horrible. Es muy difícil mantener la fe cuando no sabes qué es lo que está pasando.

—Ocella ha venido a discutir unos asuntos conmigo. Asuntos desagradables. Y, como bien sabes, mi hermanastro es enfermizo.

—Sí, lo ha compartido conmigo —contesté. Aún me costaba creer haber visto y sufrido los avatares del muchacho, a través de lo que recordaba de las muertes de todos aquellos a los que amaba. Al zarevich de Rusia, único superviviente de un regicidio, no le vendrían mal unos cuantos consejos. Quizá podría compartir grupo de terapia con Dermot—. No se pasa por un trago así y se sale como el señor Salud Mental, aunque yo nunca he experimentado nada parecido. Sé que debió de ser un infierno para él, pero he de decir…

—Que tampoco quieres pasar por ello —dijo Eric—. En eso no estás sola. Para nosotros es mucho más claro: Ocella, tú, yo. Pero él también puede compartirlo con otras personas. Tengo entendido que no sería tan detallado para ellos. Nadie quiere un recuerdo así. Todos acarreamos nuestras propias pesadillas. Mucho me temo que sus probabilidades de supervivencia como vampiro son escasas. —Hizo una pausa, dando vuelta tras vuelta a su botella de TrueBlood sobre la mesa—. Al parecer, resulta agotador conseguir que Alexei haga las cosas más sencillas. Y que no las haga también. Ya oíste lo que contó acerca del adolescente. No quiero entrar en detalles. Aun así… ¿Has leído los periódicos últimamente? Los de Shreveport…

—¿Quieres decir que Alexei podría ser el responsable de esas dos muertes? —No podía hacer más que quedarme sentada mirando a Eric—. ¿Las puñaladas, los degüellos? Pero es tan pequeño.

—Está loco —afirmó Eric—. Al final, Ocella me explicó que Alexei ya ha sufrido episodios como éstos, aunque no tan graves, que le han llevado a meditar, muy a su pesar, darle la muerte definitiva.

—¿Dormirlo? —pregunté, dudosa de si le había entendido bien—. ¿Como a un perro?

Eric me miró directamente a los ojos.

—Ocella ama al chico, pero no puede ser que éste mate a personas u otros vampiros cada vez que le dé la gana. Alguno de esos incidentes acabará apareciendo en los periódicos. ¿Qué pasaría si lo cogieran? ¿Qué pasaría si algún ruso lo reconociera por culpa de la notoriedad adquirida? ¿Dónde dejaría eso nuestra relación con los vampiros rusos? Pero lo más importante es que Ocella no puede estar pendiente de él en todo momento. El chico ha salido solo un par de veces. Y, casualmente, hay dos muertes. ¡En mi zona! Dará al traste con todo lo que estamos intentando construir en los Estados Unidos. Aunque tampoco es que a mi creador le preocupe mucho mi posición en este país —añadió Eric con cierta amargura.

Le di una palmada en la mejilla. No era una bofetada. Sólo una vehemente palmada.

—No nos olvidemos de que hay dos muertos —recordé—. De que Alexei ha asesinado de una forma tan dolorosa como horrible. Lo que quiero decir es que soy consciente de que todo esto lo implica a él, a tu creador y a tu crédito personal, pero tengamos un poco en cuenta el hecho de que han muerto dos personas.

Eric se encogió de hombros. Estaba preocupado y a punto de llegar al límite, situación en la que poco le importaban las muertes de dos humanos. Probablemente estuviese aliviado por que Alexei no escogiera víctimas que suscitasen demasiadas simpatías y cuyas muertes eran fácilmente explicables. A fin de cuentas, los pandilleros se matan entre sí cada dos por tres. Desistí de mi posición al respecto, en parte porque pensé que si Alexei era capaz de matar a los de su especie, quizá podríamos lanzarlo contra Victor.

Me estremecí. Me ponía los pelos de punta a mí misma.

—Entonces ¿tu creador ha traído a Alexei hasta aquí con la esperanza de que se te ocurra alguna genial idea para mantenerlo con vida y enseñarle autocontrol?

—Sí, ésa es una de las razones.

—Que Apio Livio mantenga relaciones sexuales con el chaval no creo que sea lo mejor para el estado mental de éste —solté, ya que sencillamente era incapaz de callármelo.

—Entiéndelo, por favor. En los días de Ocella, eso no suponía problema alguno —explicó Eric—. Alexei sería lo bastante maduro para hacerlo. Y los hombres de cierta posición podían permitirse esos caprichos sin que se les culpara o cuestionara. La mentalidad de Ocella no es tan moderna. Tal como están las cosas, Alexei se ha vuelto muy... Bueno, ya no mantienen relaciones sexuales. Ocella es un hombre honorable. —Eric parecía muy determinado, muy serio en lo que decía, como si tuviera que convencerme de la integridad de su creador. Y pensar que toda aquella preocupación era por el hombre que lo había asesinado. Pero si Eric lo admitía, lo respetaba, ¿no debería yo hacer lo mismo?

También pensé que Eric no estaba haciendo nada por su hermano que yo no estuviese dispuesta a hacer por el mío.

Entonces afloró otro pensamiento inoportuno que me secó la boca.

—Si Apio Livio no está manteniendo relaciones sexuales con Alexei, ¿con quién las mantiene? —pregunté con un hilo de voz.

—Entiendo que te incumbe, ya que estamos casados, algo en lo que yo siempre he insistido y a lo que tú nunca has dado su importancia —dijo Eric, redoblando la amargura de su voz—. Sólo puedo decirte que no me estoy acostando con mi creador. Pero lo haría en caso de que ése fuese su deseo. No tendría elección.

Traté de imaginar una forma de terminar con esa conversación, de escapar de ella con algo de mi dignidad intacta.

—Eric, estás muy ocupado con tus visitantes. —Ocupado de una manera que jamás habría imaginado—. Iré a la reunión con Alcide el lunes por la noche. Te pondré al día si me llamas. Hay un par de asuntos que necesito hablar si tienes la posibilidad de venir a mi casa. —Como que Dermot había aparecido en mi porche. Seguro que esa historia le interesaba, y Dios sabe que deseaba contársela. Pero ése no era el mejor momento.

—Si se quedan hasta el martes, iré a verte, hagan lo que hagan ellos —me aseguró Eric. Volvía a sonar como el Eric de siempre—. Haremos el amor. Me apetece comprarte un regalo.

—Eso suena a noche maravillosa —contesté, sintiendo una oleada de esperanza—. No necesito ningún regalo, sólo a ti. Te veré el martes, pase lo que pase. Eso has dicho, ¿verdad?

—Eso he dicho.

—Entonces, hasta el martes.

—Te quiero —susurró Eric—. Y eres mi esposa, de la única manera que me importa.

—Yo también te quiero —respondí, pasando de la última mitad de su afirmación, ya que no sabía qué quería decir. Me levanté para irme y Pam apareció a mi lado para acompañarme hasta el coche. Por el rabillo del ojo vi que Eric se levantaba también y se dirigía hacia la mesa de Boudreaux para asegurarse de que sus importantes clientes estuvieran satisfechos.

—Arruinará a Eric si se queda —dijo Pam.

—¿Cómo?

—El muchacho volverá a matar y no podremos taparlo. Puede desaparecer en un abrir y cerrar de ojos. Hay que vigilarlo constantemente. Aun así, Ocella sigue debatiéndose entre darle la muerte definitiva o no.

—Pam, deja que Ocella decida —le sugerí. Pensé que, como estábamos a solas, podía tomarme la inmensa libertad de llamar a Ocella por su nombre personal—. Hablo en serio. Eric tendrá que dejar que Ocella te mate si acabas con el muchacho.

—Y eso te importaría, ¿verdad? —Pam estaba inesperadamente emocionada.

—Eres mi amiga —contesté—. Claro que me importa.

—Somos amigas —dijo Pam.

—Lo sabes bien.

—Esto no acabará bien —afirmó Pam mientras me metía en el coche.

No se me ocurrió nada que decir.

Tenía razón.

Al llegar a casa, me comí un bollo de canela de Little Debbie. Creía que me había ganado uno. Estaba tan preocupada que sencillamente no podía meterme en la cama sin más. Alexei me había transmitido su infierno personal. Nunca había oído hablar de ningún vampiro (o cualquier otro ser) capaz de transmitir un recuerdo de esa manera. Me pareció especialmente horrible que Alexei tuviese un don así, dado el calado de sus recuerdos. Repasé el atroz sufrimiento de la familia real. Podía comprender por qué el muchacho era como era. Pero también entendía por qué había que... dormirlo. Me levanté de la mesa sintiéndome terriblemente agotada. Estaba lista para irme a la cama. Pero mis planes se esfumaron cuando alguien llamó al timbre.

En principio uno pensaría que, al vivir en medio del bosque, al final de un largo camino privado, harían falta muchas señales de indicación para que los invitados acertaran al llegar. Pero no era el caso, especialmente con los seres sobrenaturales. No reconocí a la mujer que vi a través de la mirilla, pero sabía que era una vampira. Eso significaba que no podía entrar sin una invitación, así que podía averiguar de quién se trataba sin peligro. Abrí la puerta impulsada por la curiosidad.

—¿En qué puedo ayudarla? —pregunté.

Ella me miró de arriba abajo.

—¿Eres Sookie Stackhouse?

—Sí.

—Me enviaste un correo electrónico.

Alexei había acabado con todas mis neuronas. Me costó un poco atar los cabos.

—¿Judith Vardamon?

—La misma.

—¿Lorena era tu sire? ¿Tu creadora?

—Así es.

—Por favor, entra —ofrecí, apartándome a un lado. Quizá estuviese cometiendo un grave error, pero casi había perdido la esperanza de que Judith respondiera a mi mensaje. Había recorrido todo el camino desde Little Rock, por lo que pensé que, como mínimo, le debía un poco de confianza.

Judith arqueó las cejas y atravesó el umbral.

—O amas a Bill o debes de ser tonta —dijo.

—Ninguna de las dos cosas, espero. ¿Te apetece una TrueBlood?

—Ahora no, gracias.

—Siéntate, por favor.

Me senté en el borde del sillón reclinable mientras Judith lo hacía en el sofá. Me parecía increíble que Lorena hubiese «creado» a Judith y a Bill. Se me agolparon innumerables preguntas, pero no quería ofender o irritar a esa vampira, que ya me había hecho un enorme favor.

—¿Conoces a Bill? —pregunté, yendo directamente al grano.

—Sí, lo conozco. —Parecía muy cauta, cosa extraña habida cuenta de que era infinitamente más fuerte que yo.

—¿Eres su hermana pequeña? —Aparentaba unos treinta; al menos ésa había sido su edad cuando murió. Tenía el pelo castaño oscuro y los ojos azules. Era bajita y de formas agradablemente redondeadas. Era una de las vampiras de aspecto menos amenazador que había conocido, al menos en cuanto a lo que saltaba a la vista. Y me resultaba extrañamente familiar.

—¿Perdón?

—Que si Lorena te convirtió después que a Bill. ¿Por qué te escogió?

—Fuiste la amante de Bill durante unos meses, ¿verdad? Es lo que entendí leyendo tu mensaje entre líneas —contraatacó ella.

—Sí, fuimos amantes. Pero ahora estoy con otra persona.

—¿Cómo es que nunca te explicó cómo conoció a Lorena?

314

—No lo sé. Supongo que no le apetecía.

—Qué extraño. —No se molestó en disimular su desconfianza.

—Todo es extraño hasta que deja de serlo —dije—. No sé por qué Bill no me lo ha contado, pero el caso es que no lo ha hecho. Si me lo quieres decir tú, bien. Adelante. Pero no creo que sea importante. Lo importante es que Bill no se está recuperando. Le mordió un hada con los dientes con punta de plata. Si tiene tu misma sangre, es posible que tenga alguna esperanza.

—¿Te ha insinuado que me la pidas a mí?

—No, señora, de ninguna manera. Pero odio verlo sufrir.

—¿Ha mencionado mi nombre?

—Eh, no. Investigué por mi cuenta hasta dar contigo. Pienso que, si también eres de la sangre de Lorena, su sufrimiento no debe de haberte pasado desapercibido. Me pregunto por qué no te has presentado antes.

—Te contaré por qué. —Su voz adquirió un tono ominoso.

Oh, genial, otro cuento de dolor y sufrimiento. Sabía que la historia no me iba a gustar.

Y tenía razón.

Capítulo

12

Judith empezó su relato con una pregunta:

—¿Has llegado a conocer a Lorena?

—Sí —respondí, y ahí lo dejé. Evidentemente, Judith no sabía exactamente cómo la había conocido, que fue pocos segundos después de atravesarle el corazón con una estaca, acabando con su larga y depravada vida.

—Entonces sabrás que es despiadada.

Asentí.

—Tienes que saber por qué me he mantenido apartada de Bill todos estos años, cuando lo cierto es que le tengo mucho aprecio —dijo Judith—. Lorena ha tenido una vida difícil. No tengo por qué creerme necesariamente todo lo que me ha contado, pero he podido corroborar algunas de sus afirmaciones. —Judith ya no me veía. Me atravesaba con la mirada, que se perdía en los años pasados, pensé.

—¿Cuántos años tenía? —pregunté para que no decayese la historia.

—Para cuando Lorena conoció a Bill, hacía muchas décadas que vivía como vampira. Un hombre llamado Solomon Brunswick la convirtió en 1788. A ella la conoció en un burdel de Nueva Orleans.

—¿La conoció como estoy pensando?

—No del todo. Acudió allí para beberse la sangre de otra prostituta, una que se especializaba en los deseos más extraños de los hombres. En comparación con sus demás clientes, un pequeño mordisco era una minucia.

—¿Era Solomon un vampiro antiguo? —Sentía curiosidad a pesar de mí misma. Los vampiros eran historia viva... Bueno, desde que salieron del ataúd, habían aportado mucho a los cursos universitarios. Si consigues llevar a un vampiro a tu clase para que cuente su historia, tendrás una buena audiencia asegurada.

—Hacía veinte años que Solomon era vampiro. Se convirtió por accidente. Era una especie de calderero. Vendía cazuelas y cacerolas, y también las arreglaba. Tenía objetos difíciles de encontrar en Nueva Inglaterra por aquel entonces: agujas, hilo y cosas por el estilo. Iba de pueblo en pueblo y de granja en granja con su caballo y su carro, solo. Una noche, mientras acampaba en el bosque, se encontró con uno de nosotros. Me contó que sobrevivió al primer encuentro, pero que el vampiro lo siguió durante la noche hasta su siguiente campamento y lo atacó de nuevo. El segundo ataque fue crítico. Solomon fue uno de los desafortunados que fueron convertidos accidentalmente. Como el vampiro que bebió de él lo dio por muerto, inconsciente del cambio (o al menos eso es lo que quiero creer), Solomon nació sin mentor y tuvo que aprenderlo todo por sí mismo.

—Suena horrible —comenté, muy convencida de ello.

Ella asintió.

—Debió de serlo. Se desplazó a Nueva Orleans para evitar a los que le conocían y pudieran preguntarse por qué no envejecía. Allí conoció a Lorena. Tras beber de un desdichado, iba a salir por la parte de atrás cuando la vio en un patio en penumbra. Estaba con un hombre. El cliente pretendía irse sin pagar y, en menos que canta un gallo, Lorena lo agarró y le cercenó el cuello.

Sí, así era la Lorena que yo había conocido.

—Solomon quedó impresionado por su brutalidad y excitado por el olor de la sangre. Cogió al moribundo y acabó de desangrarlo. Cuando lanzó su cuerpo al patio de la casa de al lado, se encontró a una Lorena impresionada y fascinada. Quería ser como él.

—Encaja, la verdad.

Judith esbozó una leve sonrisa.

—Era analfabeta, pero tenaz y tremendamente dotada para la supervivencia. Él era mucho más inteligente, pero menos hábil para matar. A esas alturas, Solomon ya había aprendido algunas cosas, y pudo enseñárselas a Lorena. De vez en cuando intercambiaban sangre y eso les dio el valor para encontrar a otros como nosotros, para aprender lo que necesitaban y vivir en condiciones en vez de limitarse a la supervivencia. Practicaron para convertirse en vampiros de éxito, pusieron a prueba los límites de su naturaleza y formaron un equipo excelente.

—Entonces, Solomon sería como tu abuelo —deduje—. ¿Qué pasó después?

—Con el tiempo, la rosa fue perdiendo su frescor —dijo Judith—. Sire e hijo suelen permanecer juntos más tiempo que una pareja unida sólo por el sexo, pero no para siempre. Lorena le traicionó. La encontraron con el cuerpo de un niño medio desangrado, pero logró comportarse como una humana de forma bastante convincente. Dijo a los hombres que la sorprendieron que Solomon era uno de los responsables de lo que le había pasado al niño y que le había obligado a llevar el cuerpo, razón por la cual estaba manchada de sangre. Solomon apenas logró salir vivo de la ciudad. Estaban en Natchez, Misisipi. Solomon no volvió a ver a Lorena. Tampoco llegó a conocer a Bill. Lorena lo encontró después de la Guerra de Secesión.

»Bill me contó más tarde que una noche Lorena merodeaba por esta zona. Por aquel entonces era mucho más difícil pasar desapercibido, sobre todo en zonas rurales. También era cierto que no había tanta gente dispuesta a cazarte, y los medios de comunicación eran escasos, por no decir que nulos. Pero los forasteros llamaban mucho la atención, y con la escasa población la variedad de presas era inferior. La muerte de una persona pasaba menos desapercibida. Había que esconder los cadáveres con mucho cuidado o planificar la muerte muy meticulosamente. Al menos, las autoridades no estaban muy organizadas.

Procuré no mostrarme asqueada. Aquello no suponía nada nuevo. Ésa había sido la forma de vida de los vampiros hasta hacía escasos años.

—Lorena vio a Bill y su familia a través de las ventanas de su casa —dijo Judith apartando la mirada—. Se enamoró. Acechó a la familia durante varias noches. De noche, excavaba un agujero en el bosque y se enterraba. Por la noche, observaba.

»Finalmente decidió actuar. Se dio cuenta (hasta ella se dio cuenta) de que Bill jamás la perdonaría si mataba a sus hijos, así que aguardó a que saliera en medio de la noche para ver por qué había dejado de ladrar el perro. Cuando Bill salió con su escopeta, ella lo sorprendió por la espalda.

La idea de que Lorena hubiese estado tan cerca de mi familia, en el bosque, me dio un escalofrío… Podría haberse encaprichado con mis bisabuelos con la misma facilidad, y toda mi historia familiar habría sido diferente.

—Lo convirtió esa misma noche, lo enterró y lo ayudó a resucitar tres noches después.

Imaginé lo destrozado que debió de sentirse Bill. Lo había perdido todo en un abrir y cerrar de ojos: una vida arrebatada y devuelta de una terrible forma.

—Imagino que se lo llevó de aquí —supuse.

—Sí, eso era esencial. Incluso escenificó una muerte para él. Roció un claro con su sangre y dejó unos jirones de su ropa con una pistola. Me dijo que fue como si una pantera lo hubiese matado. Así que emprendieron una travesía juntos y, aun estando vinculado a ella, no dejó de odiarla. Su existencia junto a ella fue muy penosa, pero Lorena seguía obsesionada con él. Al cabo de treinta años intentó hacerle más feliz convirtiendo a una mujer que se parecía mucho a su esposa.

—Oh, Dios —exclamé, intentando contener las arcadas—. ¿Eras tú? —Por eso me había resultado familiar. Había visto las viejas fotos de Bill.

Judith asintió.

—Por supuesto. Bill me vio entrar en la casa de un vecino para celebrar una fiesta con su familia. Me siguió y me observó porque el parecido casi lo había embrujado. Cuando Lorena descubrió su nueva fuente de interés, pensó que Bill estaría más abierto a seguir con ella si le proporcionaba una compañera.

—Lo siento —me excusé—. De verdad que lo siento.

Judith se encogió de hombros.

—No fue culpa de Bill, pero espero que comprendas por qué me lo pensé antes de responder a tu mensaje. Solomon ahora está en Europa, de lo contrario le habría pedido que me acompañase también. Odiaba la idea de volver a encontrarme con Lorena, y tenía miedo…, miedo de que estuviese aquí, miedo de que hubieses acudido también a ella para ayudar a Bill. Ella habría sido capaz de inventarse toda esta historia para traerme hasta aquí. ¿Está…, está por aquí?

—Lorena está muerta. ¿No lo sabías?

Los redondos ojos azules de Judith se abrieron como platos. No podía estar más pálida, pero consiguió cerrar los ojos durante un largo instante.

—Sentí una fuerte distorsión hace unos dieciocho meses… ¿Fue la muerte de Lorena?

Asentí.

—Por eso no me ha convocado. Oh, esto es maravilloso, ¡maravilloso!

Judith parecía una mujer diferente.

—Supongo que me sorprende un poco que Bill no se haya puesto en contacto contigo para decírtelo.

—Quizá pensó que estaba al corriente. Los hijos están vinculados a sus creadores. Pero no estaba segura. Parecía demasiado bueno para ser verdad. —Judith sonrió y de repente se me antojó muy guapa, a pesar de los colmillos—. ¿Dónde está Bill?

—Está al otro lado del bosque —respondí, señalando la dirección—, en su vieja casa.

—Podré seguirle el rastro cuando salga —dijo alegremente—. ¡Oh, poder estar con él sin Lorena cerca!

Eh, ¿cómo?

Hasta hacía un momento, Judith no había tenido reparos en sentarse y calentarme la oreja, pero de repente estaba deseando salir disparada como un gato escaldado. Yo me quedé sentada con los ojos entrecerrados, preguntándome qué había hecho.

—Lo curaré, y seguro que te lo agradece —dijo, y yo me sentí como si me hubiera destituido—. ¿Estaba Bill presente cuando murió Lorena?

—Sí —respondí.

—¿Fue castigado por matarla?

—No la mató él —contesté—. Fui yo.

Se quedó petrificada, mirándome como si acabase de anunciar que era King Kong.

—Te debo mi libertad —agradeció—. Bill debe de tenerte en muy alta estima.

—Eso creo —respondí. Para mi bochorno, ella se inclinó y me besó la mano. Sus labios estaban helados.

—Ahora Bill y yo podemos estar juntos —anunció—. ¡Por fin! Espero verte otra noche para expresarte lo agradecida que me siento, pero ahora debo ir con él. —Y, antes de poder decir «esta boca es mía», salió disparada hacia el bosque en dirección sur.

Me sentía como si un enorme puño me hubiese golpeado en la cabeza.

Habría sido una arpía si no me hubiese sentido feliz por Bill. Ahora podía pasarse los siglos con Judith, si eso era lo que deseaba. Con la duplicada inmortal de su mujer. Me obligué a sonreír.

Cuando aparentar felicidad no me hacía feliz, hacía veinte sentadillas seguidas de veinte flexiones. «Vale, así está mejor», pensé, tumbada sobre el estómago en el salón de mi casa. Ahora me avergonzaba de que me temblasen los músculos de los brazos. Recordé los ejercicios por los que nos había hecho pasar la entrenadora de las Lady Falcons de softball, y sabía que la entrenadora Peterson me habría pateado el trasero si me hubiese visto en ese estado. Por otra parte, tenía que admitir que ya no tenía diecisiete años.

Al girarme para tumbarme sobre la espalda, medité ese particular sobriamente. No era la primera vez que notaba el paso del tiempo, pero sí la primera en que me daba cuenta de que mi cuerpo había perdido eficiencia. Tendría que contrastarlo con los numerosos vampiros a los que conocía. Al menos el noventa y nueve por ciento de ellos habían sido convertidos en la flor de la vida. Algunos incluso más jóvenes, como Alexei, y otros con más edad, como la anciana pitonisa. Pero la mayoría rondaban una franja de edad que iba de los dieciséis a los treinta y cinco en su primera muerte. Nunca tendrían la necesidad de una Seguridad Social o un seguro privado. Nunca tendrían que preocuparse por una sustitución de cadera, un cáncer de pulmón o una artritis.

Para cuando alcanzara la mediana edad (con suerte, ya que mi vida podía considerarse de «alto riesgo»), yo iría estando en peor forma física de un modo bastante perceptible. Después, las arrugas no harían sino ampliarse y hacerse más profundas; la piel se iría soltando y mostraría alguna que otra mancha, al tiempo que el pelo empezaría a escasear. La barbilla se me combaría ligeramente y los pechos se me descolgarían. Las articulaciones empezarían a dolerme cada vez que permaneciese sentada en una misma posición durante demasiado tiempo. Tendría que llevar gafas para leer.

Es posible que me subiese la presión arterial, y hasta que tuviese alguna arteria obstruida. Mi corazón latiría irregularmente. Cada vez que tuviese fiebre, estaría muy enferma. Viviría en constante temor hacia el Parkinson, el Alzheimer, un infarto, una neumonía... Los monstruos que se esconden bajo la cama de los ancianos.

¿Qué pasaría si le dijese a Eric que deseaba estar con él para siempre? Suponiendo que no diese un grito y saliese corriendo a toda velocidad en la dirección contraria, suponiendo que me convirtiese, intenté imaginar cómo sería ser una vampira. Vería a todos mis amigos envejecer y morir. Sería yo quien ocupase el escondite debajo del armario todos los días mientras durmiese. Si Jason se casara con Michele, puede que no le hiciera gracia que anduviera cerca de sus hijos. Sentiría la necesidad de atacar a los demás, de morderlos; para mí todos serían como hamburguesas de sangre con patas. La gente sería mi comida. Contemplé el ventilador del techo e intenté imaginar el deseo de morder a Andy Bellefleur o a Holly. ¡Qué asco!

Por otra parte, jamás volvería a enfermar, a menos que alguien me disparara o me mordiera con plata; o me clavase una estaca; o me expusiera al sol. Sería capaz de proteger a los humanos más desvalidos. Podría estar con Eric para siempre... Salvo por el pequeño detalle de que las parejas de vampiros no suelen durar demasiado.

Bueno, al menos podría estar con él durante varios años.

¿Cómo me ganaría la vida? Sólo podría trabajar en los turnos nocturnos del Merlotte's, si es que Sam me permitía mantener mi trabajo. Sam también envejecería y moriría ante mis ojos. Al nuevo propietario no tendría por qué gustarle tener a una camarera que sólo pudiera trabajar siempre el mismo turno. Podría volver a la universidad y dar clases nocturnas de informática hasta conseguir algún título. Pero ¿de qué?

Había llegado al límite de mi imaginación. Me acuclillé y me incorporé, preguntándome si la leve rigidez de mis articulaciones era imaginación mía.

Esa noche el sueño tardó mucho en llegar, a pesar del día largo y escalofriante que había tenido. El silencio de la casa me resultaba opresivo. Claude llegó de madrugada, silbando.

Cuando me desperté a la mañana siguiente, bastante temprano, por cierto, me sentí torpe y desanimada. De camino al porche con mi café, me encontré con dos sobres que habían colado por debajo de la puerta principal. La primera nota era del señor Cataliades, y la había entregado su sobrina, Diantha, a las tres de la madrugada, según ella misma había apuntado en el sobre. Lamenté haber perdido la oportunidad de charlar con ella, pero también agradecí que no me despertara. Impulsada por una gran curiosidad, decidí abrir primero ese sobre. «Señorita Stackhouse», había escrito el señor Cataliades, «le remito un cheque por la cantidad depositada en cuenta de Claudine Crane a fecha de su muerte. Su deseo era que el dinero lo recibiese usted».

Escueto y al grano; mucho más de lo que podía decir de la mayoría de las personas con las que había hablado recientemente. Eché un vistazo al cheque y vi que tenía un valor de ciento cincuenta mil dólares.

—Oh, Dios mío —se me escapó en voz alta—. ¡Oh, Dios mío! —Solté el cheque porque perdí toda la fuerza de los dedos y el rectángulo de papel planeó plácidamente hasta el suelo del porche. Me apresuré a recogerlo y leerlo de nuevo para comprobar que no me había equivocado—. Oh —dije. Me ceñía a las expresiones clásicas porque me sentía incapaz de elaborar cualquier otra cosa. Ni siquiera podía imaginar qué hacer con tanto dinero. Eso también me superaba. Tenía que darme un poco de tiempo antes de pensar racionalmente en esa inesperada herencia.

Llevé el valioso trozo de papel a la casa y lo guardé en un cajón, aterrada por la idea de que pudiera pasarle algo antes de ir al banco. Sólo cuando estuve segura de que lo había dejado en buen sitio osé siquiera pensar en abrir el otro sobre, que resultó ser de Bill.

Volví al porche y tomé un trago del café que empezaba a enfriarse. Rasgué el sobre.

«Queridísima Sookie: no quería asustarte llamando a tu puerta a las dos de la madrugada, así que te dejo esta nota para que la leas cuando amanezca. Me pregunté por qué habías entrado en mi casa la semana pasada. Sabía que lo habías hecho, y que, tarde o temprano, el motivo saldría a la luz. Tu generoso corazón me ha dado la cura que necesitaba.

»Jamás pensé que volvería a ver a Judith después de nuestra última despedida. Hay razones por las que no la he llamado a lo largo de todos estos años. Tengo entendido que te ha explicado por qué la escogió Lorena para convertirla. Nunca me consultó antes de atacarla. Créeme, por favor. Jamás condenaría a nadie a padecer nuestra existencia sin que fuese por propia voluntad y antes me lo dijese».

Vale, Bill alababa mi capacidad de pensamiento complejo. Jamás se me ocurrió pensar que Bill fuese capaz de pedir a Lorena que le encontrase una compañera parecida a su mujer.

«Jamás habría tenido el coraje suficiente para ponerme en contacto con Judith por temor a que me odiase. Me alegra mucho volver a verla. Y su sangre, altruistamente regalada, ya ha obrado maravillas en mi curación».

¡Bien! De eso se trataba.

«Judith ha accedido a quedarse por una semana para ponernos al día. Espero que te unas a nosotros alguna noche. Ha quedado impresionada por tu cordialidad. Con amor, Bill».

Me forcé a sonreír hacia el pliego de papel. Estaba dispuesta a escribirle de vuelta para expresarle lo contenta que estaba por su mejoría y la reanudación de su vieja amistad con Judith. Claro que no me había gustado que saliera con Selah Pumphrey, una agente inmobiliaria humana, ya que en aquel momento acabábamos de romper y además yo sabía que ella tampoco le importaba tanto. Ahora estaba decidida a sentirme contenta por Bill. No quería ser una de esas horribles personas que se llenan de bilis cada vez que a una ex pareja le va bien en el amor. Eso era hipocresía y egoísmo al extremo, y yo esperaba ser una mejor persona al respecto. Al menos estaba dispuesta a presentar una buena imitación de esa actitud.

—Vale —le dije a mi taza de café—. Ha salido bien.

—¿No preferirías hablar conmigo en vez de con la taza de café? —preguntó Claude.

Había oído sus pasos provocando el crujido de las escaleras a través de la ventana abierta y mis sentidos habían detectado otra mente en funcionamiento dentro de la casa, pero no me imaginaba que se reuniría conmigo en el porche.

—Llegaste tarde —dije—. ¿Te pongo un café? He hecho para un regimiento.

—No, gracias. Voy a tomar zumo de piña. Hace un día precioso. —Claude llevaba el torso desnudo. Al menos se había puesto los pantalones del pijama con el emblema de los Cowboys de Dallas. ¡Ja! ¡Ya quisiera!

—Sí —afirmé con una marcada falta de entusiasmo. Claude arqueó una ceja de formas perfectas.

—¿Quién se ha muerto hoy? —preguntó.

—No, la verdad es que estoy contenta.

—Sí, veo la felicidad escrita en tu cara. ¿Qué pasa, prima?

—He recibido el cheque de Claudine. Que Dios la bendiga. Ha sido muy generosa. —Alcé la mirada hacia Claude y la cargué con toda mi sinceridad—. Claude, espero que no estés enfadado conmigo. Es que es... tanto dinero. No tengo ni idea de qué hacer con él.

Claude se encogió de hombros.

—Era el deseo de Claudine. Ahora dime qué te pasa.

—Claude, tendrás que perdonarme el hecho de estar sorprendida al ver que te importo tanto. Habría jurado que te importaba un comino lo que pudiera sentir. Y ahora eres todo dulzura con Hunter y te ofreces a ayudarme a limpiar el ático.

—A lo mejor estoy desarrollando preocupación de primo. —Volvió a arquear una ceja.

—Y a lo mejor los cerdos vuelan.

Se rió.

—Estoy intentando ser más humano —confesó—. Como, al parecer, voy a pasar mi larga existencia entre humanos, intento ser más...

—¿Simpático? —le ayudé.

—Ay —se quejó, pero en realidad no le había dolido. Sentirse dolido implicaría que mi opinión le importaba. Y eso es algo que no se aprende, ¿verdad?—. ¿Dónde anda tu novio? —preguntó—. Adoro el olor de vampiro por la casa.

—Anoche lo vi por primera vez en una semana. Y no pudimos pasar un solo momento a solas.

—¿Os habéis peleado? —Claude apoyó una cadera en la barandilla del porche. Estaba decidido a demostrarme que era capaz de preocuparse por la vida de otro.

Me sentí ciertamente exasperada.

—Claude, estoy intentando beber mi primer café del día, no he dormido demasiado y he pasado unos días un poco malos. ¿No te importaría irte por ahí, ducharte o algo?

Suspiró como si acabase de romperle el corazón.

—Vale, pillo la indirecta —dijo.

—No era tanto una indirecta como una declaración firme.

—Vale, ya me voy.

Pero cuando se incorporó y dirigió sus pies hacia la entrada de la casa, me di cuenta de que tenía algo más que decirle.

—Lo retiro. Sí que hay algo de lo que debemos hablar —confesé—. No he tenido ocasión de contarte que Dermot ha estado aquí.

Claude se quedó tieso, casi como si estuviese a punto de dar un brinco.

—¿Cómo has dicho? ¿Qué quería?

—No estoy muy segura. Creo que, al igual que tú, necesitaba estar cerca de alguien con sangre de hada. También quería decirme que estaba bajo los efectos de un hechizo.

Claude palideció.

—¿De quién? ¿Ha vuelto el abuelo?

—No —contesté—. Pero ¿sería posible que otra hada le hubiera lanzado un conjuro antes de que se cerrase la puerta? También creo que deberías saber que hay otra hada de purasangre a este lado del portal, puerta o como quiera que la llaméis. —Si mal no entendía la moral de las hadas, les era imposible responder a una pregunta con una mentira directa.

—Dermot está loco —sentenció Claude—. A saber cuál será su siguiente paso. Si te abordó directamente es que debe de estar sometido a una presión terrible. Ya sabes lo ambivalente que es respecto a los humanos.

—No has respondido a mi pregunta.

—No —dijo Claude—, no lo he hecho. Y tengo una razón. —Se volvió para darme la espalda y perdió la vista en el jardín—. Me gusta conservar la cabeza sobre los hombros.

—Entonces sí que hay alguien por ahí y sabes de quién se trata. ¿O acaso sabes más de conjuros de lo que admites?

—No pienso decir nada al respecto. —Dicho lo cual, Claude volvió a meterse en casa. En pocos minutos, le oí salir por la parte trasera y recorrer en su coche el camino rumbo a Hummingbird Road.

Acababa de obtener una valiosa información que también era del todo inútil. Podía convocar al hada, preguntarle por qué seguía a este lado y cuáles eran sus intenciones. Pero puestos a adivinar, estaba bastante segura de que Claude nada tenía de hada madrina dulce y asustadiza, dispuesta a proyectar su luz y su bondad. Y un hada buena no habría lanzado un conjuro sobre el pobre Dermot para desconcertarlo de ese modo.

Pronuncié un par de plegarias con la esperanza de que me ayudaran a recuperar mi buen humor, pero ese día no funcionó. Probablemente no las estuviera abordando con la actitud adecuada. Comunicarse con Dios no es lo mismo que tomar un calmante; ni por asomo.

Me puse un vestido y unas sandalias y fui junto a la tumba de la abuela. Mantener una conversación con ella solía recordarme lo sabia y equilibrada que ella había sido. Ese día sólo podía pensar en su terrible e impropia indiscreción con un medio hada que había dado por fruto a mi padre y su hermana, Linda. Mi abuela (quizá) se había acostado con un medio hada porque mi abuelo no podía tener hijos. Así que ella había llevado y parido a los suyos, dos, y los había criado en el amor.

Y había enterrado a ambos.

Al arrodillarme junto a la lápida y observar la hierba que se hacía cada vez más recia sobre la tumba, me pregunté si podía sacar algún significado de todo aquello. Podía decirse que la abuela había hecho algo que no debía… para obtener algo que no debía tener… y, tras obtenerlo, lo había perdido de la forma más dolorosa que cabía imaginar. ¿Qué puede ser peor que perder a un hijo? Ya ni hablar de dos.

O podía decidir que todo lo que había pasado era fruto del azar, que la abuela lo hizo lo mejor que supo cuando tuvo que tomar una decisión, y que su elección sencillamente no había funcionado por razones que se escapaban a su control. Culpa o exculpación constante.

Debía de haber elecciones mejores.

Hice lo mejor que podía hacer. Me puse unos pendientes y me fui a la iglesia. La Semana Santa ya había pasado, pero las flores del altar metodista aún estaban preciosas. Las ventanas estaban abiertas, ya que hacía una temperatura agradable. Se estaban formando unas nubes al oeste, pero nada que debiese preocuparnos durante las próximas horas. Escuché cada palabra del sermón y me uní al canto de los himnos, aunque lo hice susurrando porque tengo una voz terrible. Me vino bien. Aquello me recordó a mi abuela, a mi infancia, a la fe, a los vestidos limpios y al almuerzo de los domingos, habitualmente un asado rodeado de patatas y zanahorias que la abuela dejaba cocinándose en el horno antes de irnos a la iglesia. A veces, también hacía una tarta o un pastel.

Ir a la iglesia no siempre es fácil cuando puedes leer la mente de la gente que te rodea. Me esforcé mucho en bloquear sus pensamientos y centrarme en los míos en un intento de conectar con la parte de mi infancia, la parte de mí misma, que era buena y amable, así como de mejorar.

Al final de los servicios, intercambié algunas palabras con Maxine Fortenberry, que estaba en el séptimo cielo con los planes de boda de Hoyt y Holly. También vi a Charlsie Tooten, que llevaba en brazos a su nieto recién nacido y hablé con mi agente de seguros, Greg Aubert, que iba acompañado de toda su familia. Su hija se puso roja cuando la miré, ya que conocía algunos secretos suyos que le ponían muy nerviosa. Pero no juzgaba a la chica. Todos nos portamos mal de vez en cuando. A algunos nos descubren y a otros no.

Sam también había ido a la iglesia, para mi sorpresa. Nunca lo había visto allí. Por lo que yo sabía, nunca había estado en ninguna iglesia de Bon Temps.

—Me alegro de verte —saludé, intentando disimular mi desconcierto—. ¿Hasta ahora ibas a otra iglesia o esto es una nueva faceta tuya?

—Simplemente pensé que ya era hora —contestó—. El caso es que me gusta ir a la iglesia. Y la verdad es que se acercan malos tiempos para los cambiantes, así que quiero asegurarme de que todos los vecinos de Bon Temps vean que soy un tipo de fiar.

—Serían todos unos idiotas si no lo supieran ya —susurré—. De verdad, me alegra mucho verte, Sam. —Me aparté porque un par de personas aguardaban para hablar con mi jefe y sabía que intentaba afianzar su presentación en la comunidad.

Durante el resto del día procuré no preocuparme por Eric ni por ninguna otra cosa. Había recibido un mensaje de texto invitándome a almorzar con Tara y J.B. y me alegré de poder disfrutar de su compañía. Tara había visitado al doctor Dinwiddie para que la examinara y decididamente había detectado otro latido en su interior. J.B. y ella estaban aturdidos, pero encantados. Tara había preparado unas tortas de pollo cremoso, un guiso de carne y una macedonia. Me lo pasé en grande en su humilde casa, y J.B. comprobó mis muñecas y dijo que ya estaban casi curadas del todo. Tara estaba muy emocionada con la fiesta de bienvenida al bebé, y la tía de J.B. planeaba celebrarla en Clarice, y me prometió invitarme. Escogimos una fecha para festejar en Bon Temps y prometió que se apuntaría por Internet.

Cuando llegué a casa, pensé que ya era hora de poner una lavadora, lavé la alfombrilla del baño y la tendí para que se secase. Mientras estaba en el exterior, me aseguré de tener la pistola de agua llena de zumo de limón metida en el bolsillo. No quería que me volvieran a sorprender. Sencillamente no sabía qué había hecho para merecer que un hada aparentemente hostil (a tenor de la reacción de Claude) merodeara por mi propiedad.

El móvil sonó mientras avanzaba melancólica hacia la casa.

—Hola, hermanita —dijo Jason. Estaba cocinando en la parrilla. Oía los chisporroteos—. Michele y yo estamos preparando algunas cosas para comer. ¿Te apetece venir? Hay mucha carne.

—Gracias, pero he comido en casa de Tara y J.B. Guárdame la invitación para otro día.

—Por supuesto. Recibí tu mensaje. Mañana a las ocho, ¿verdad?

—Sí. Lo mejor será que vayamos juntos a Shreveport.

—Claro. Te recogeré en casa a las siete.

—Nos veremos entonces.

—¡Te tengo que dejar!

A Jason no le gustaban las conversaciones telefónicas prolongadas. Había llegado a romper con chicas que disfrutaban hablando mientras se depilaban las piernas y se pintaban las uñas.

El hecho de que la perspectiva de quedar con un grupo de licántropos enfadados me pareciese un buen plan no decía gran cosa de mi vida. Pero al menos sería interesante.

Kennedy estaba en la barra cuando fui a trabajar al día siguiente. Me dijo que Sam tenía una última cita importante con su contable, que había conseguido una prórroga después de que Sam se retrasara tanto con el papeleo.

Kennedy estaba tan guapa como de costumbre. Rehusaba ponerse los shorts que la mayoría de nosotras llevábamos cuando empezaba a hacer calor. Había optado por unos pantalones sueltos, hechos a medida y un moderno cinturón junto con la camiseta del Merlotte's. Su peinado y maquillaje estaban a la altura de un salón estético. Desvié automáticamente la mirada hacia el taburete que solía ocupar Danny Prideaux. Vacío.

—¿Dónde está Danny? —pregunté al pasar por la barra a buscar una cerveza para Catfish Hennessy. Era el jefe de Jason y, en cierto modo, esperaba verlo acompañándole, pero esta vez era el turno de Hoyt y otros dos compañeros de trabajo.

—Hoy le tocaba ir a su otro trabajo —dijo Kennedy, procurando no parecer demasiado informal—. Agradezco mucho que Sam se preocupe de protegerme mientras estoy trabajando, Sookie, pero de verdad creo que no habrá ningún problema.

Alguien abrió la puerta del bar de golpe.

—¡He venido a protestar! —chilló una mujer que podría pasar por la abuela de cualquiera de los presentes. Llevaba una pancarta y la elevó a la vista de todos. «NO A LA COHABITACIÓN CON ANIMALES», ponía, y se notaba que había escrito «cohabitación» mirando un diccionario. Cada letra estaba dibujada con sumo cuidado.

—Llama primero a la policía —sugerí a Kennedy—, y luego a Sam. Dile que vuelva aquí y deje lo que esté haciendo inmediatamente. —Kennedy asintió y se volvió hacia el teléfono de la pared.

Nuestra manifestante iba vestida con una blusa azul y blanca y unos pantalones rojos que probablemente había comprado en Bealls o Stage. Tenía el pelo corto, se había hecho la permanente y lo llevaba teñido de castaño. El conjunto estaba rematado con unas gafas de montura de alambre y un modesto anillo de bodas abrazado a su mano artrítica. A pesar de ese aspecto absolutamente normal, sentía que sus pensamientos ardían con la fuerza de una fanática.

—Será mejor que salga, señora. Esto es una propiedad privada —le aconsejé sin la menor pista de si era la línea de actuación más adecuada. Era la primera vez que irrumpía una manifestante en el Merlotte's.

—Pero es un negocio abierto al público. Cualquiera puede entrar —respondió, como si ella fuese la autoridad.

No lo era más que yo.

—No, no si Sam no quiere que así sea, y yo soy su representante. Le pido que se vaya.

—Tú no eres Sam Merlotte ni su mujer. Tú eres esa chica que sale con un vampiro —soltó, llena de veneno.

—Soy la mano derecha de Sam en este bar —mentí— y le estoy pidiendo que se vaya, o si no la sacaré yo.

—Si me pones un dedo encima, a ti te caerá el peso de la ley —advirtió con una sacudida de la cabeza.

La rabia se apoderó de mí. Odio profundamente las amenazas.

—Kennedy —llamé, y al segundo estaba a mi lado—, diría que entre las dos tenemos suficiente fuerza como para sacar a esta señora del bar. ¿Qué me dices?

—Me apunto. —Kennedy miraba a la mujer como si sólo aguardase un pistoletazo de salida.

—Y tú eres esa chica que le disparó a su novio —añadió la mujer, que empezaba a parecer asustada.

—Así es. Estaba muy enfadada con él, y en este momento estoy muy enfadada con usted —le advirtió Kennedy—. Saque su insignificante trasero de aquí y llévese su cartelito, ahora mismo.

El valor de la mujer se quebró y salió a buen paso del bar, recordando en el último momento erguir la espalda y levantar la cabeza, ya que era una soldado de Dios. Lo percibí directamente de su mente.

Catfish empezó a aplaudir a Kennedy y otros se le unieron, pero la mayoría de los clientes del bar permanecieron en un aturdido silencio. Entonces oímos una voz cantarina procedente del aparcamiento. Todos nos acercamos a las ventanas.

—Por todos los santos —resoplé. Había al menos una treintena de manifestantes ocupando el aparcamiento. La mayoría eran de mediana edad, pero divisé algunos adolescentes que deberían estar en la escuela. También reconocí a algunos veinteañeros. Todos me sonaban de una u otra manera. Todos acudían a una «carismática» iglesia de Clarice que no dejaba de ampliar sus instalaciones (si es que la construcción puede considerarse un indicador). La última vez que pasé por delante iba de camino a mi terapia con J.B., y estaban construyendo un nuevo edificio de actividades.

Ojalá hubiesen mantenido sus actividades en su propia casa, y no en nuestro bar. Justo cuando iba a hacer alguna estupidez (como salir al aparcamiento), aparecieron dos coches patrulla de la policía de Bon Temps con las luces giratorias encendidas. Kevin y Kenya emergieron de ellos. Kevin era flaco y pálido, mientras que Kenya era de formas redondeadas y negra. Eran buenos agentes de policía y se querían muchísimo… aunque de forma extraoficial.

Kevin se acercó al aullante grupo con aparente confianza. No pude oír lo que les decía, pero vi que todos se volvieron hacia él y se pusieron a responder a la vez. Levantó las manos para calmar a la gente mientras Kenya rodeaba al grupo para acercarse por detrás.

—¿Crees que deberíamos salir ahí? —preguntó Kennedy.

Me di cuenta de que Kennedy no era de las que se sientan y dejan que los acontecimientos tomen sus propios derroteros. No tenía ningún inconveniente con la provocación, pero ése no era el mejor momento para echar gasolina a la tensión que se acumulaba en el aparcamiento, y eso era precisamente lo que conseguiríamos con nuestra presencia.

—No, creo que lo mejor será que nos quedemos donde estamos —respondí—. No se puede apagar un incendio con gasolina. —Miré alrededor. Ninguno de los clientes estaba comiendo o bebiendo. Estaban todos pegados a las ventanas. Pensé en decirles que volviesen a sus sitios, pero de nada habría servido pedirles algo que claramente no estaban dispuestos a hacer con tanto drama desarrollándose fuera.

Antoine salió de la cocina y se puso a mi lado. Se quedó mirando la escena durante un largo instante.

—Yo no he tenido nada que ver con esto —explicó.

—En ningún momento lo he pensado —dije, sorprendida. Antoine se relajó, incluso mentalmente—. Esto es una locura más de esas iglesias —añadí—. Arremeten contra el Merlotte's porque Sam es un cambiante. Pero la mujer que ha entrado también sabía muchas cosas de Kennedy y de mí. Espero que sea una casualidad. Odiaría tener que enfrentarme a manifestantes a diario.

—Sam acabará arruinándose si esto va a más —susurró Kennedy—. Quizá yo debería dejarlo. A Sam no le conviene nada que yo trabaje aquí.

—No te martirices, Kennedy —sugerí—. Yo tampoco les caigo bien. Todos los que no creen que estoy loca piensan que tengo algo sobrenatural. Para ellos todos deberíamos desaparecer, de Sam para abajo.

Me miró fijamente para asegurarse de que hablaba en serio. Hizo un rápido gesto afirmativo con la cabeza. Luego volvió a mirar por la ventana y dijo:

—Oh, oh. —Danny Prideaux había aparecido con su Chrysler LeBaron de 1991, una máquina que encontraba sólo ligeramente menos fascinante que a la propia Kennedy Keyes.

Danny aparcó justo al lado de la muchedumbre, salió y se dirigió con paso acelerado hacia el bar. Sabía que venía a ver si Kennedy estaba bien. O en su trabajo tenían una radio que captaba la señal de la policía o algún cliente le había contado la noticia. Los tambores de la selva resuenan con fuerza y rapidez en Bon Temps. Danny vestía una camiseta sin mangas gris, vaqueros y botas, y sus anchos hombros morenos brillaban por el sudor.

Mientras se acercaba a la puerta, dije:

—Creo que se me está haciendo la boca agua. —A lo que Kennedy se echó la mano a la boca para ahogar una risa.

—Sí, está estupendo —contestó, intentando sonar casual. Ambas nos reímos.

Pero entonces sobrevino el desastre. Uno de los manifestantes, furioso porque le estuviesen echando del

Mertlotte's, estrelló su pancarta sobre el capó del LeBaron. Al oír el sonido, Danny se dio la vuelta como un resorte. Se quedó quieto durante un segundo y luego avanzó a grandes zancadas hacia el pecador que había mancillado la pintura de su coche.

—Oh, no —exclamó Kennedy antes de salir disparada del bar—. ¡Danny! —gritó—. ¡Danny, para!

Danny titubeó, volviendo la cabeza apenas una fracción para ver quién le llamaba. Con un salto que habría sido el orgullo de un canguro, Kennedy se puso a su lado y lo rodeó con los brazos. Él respondió con un movimiento impaciente, como si quisiera sacudírsela de encima, y luego pareció entender que Kennedy, a quien se había pasado las horas admirando, lo estaba abrazando. Se quedó rígido, con los brazos caídos a los lados, al parecer temeroso de moverse.

No sabía qué le estaría diciendo, pero Danny bajó la mirada hacia ella, completamente centrada en su rostro. Una de las manifestantes consiguió abstraerse lo suficiente de la situación como para dejar escapar un gesto de ternura por la cara, pero pronto se le pasó el lapsus de humanidad y volvió a esgrimir su pancarta.

—¡Animales, no! ¡Personas, sí! ¡Queremos que el Congreso marque el camino! —gritó uno de los manifestantes más ancianos, un hombre con una impresionante mata de pelo blanco, justo cuando abría yo la puerta para salir.

—¡Kevin, llévatelos de aquí! —le grité a Kevin, cuya cara alargada y pálida estaba surcada de arrugas de preocupación. Estaba intentando conducir al grupo fuera del aparcamiento.

—Señor Barlowe —advirtió Kevin al hombre cano-so—, están quebrantando la ley y podría encerrarles por esto. Es algo que no quiero hacer.

—Estamos dispuestos a ir presos por nuestras convicciones —contestó el otro—. ¿Es verdad o no?

Algunos de los miembros de la iglesia no parecían del todo convencidos.

—Puede que sí —terció Kenya—, pero tenemos a Jane Bodehouse en una de las celdas ahora mismo. Acaba de despertar de una de sus borracheras y vomita cada cinco minutos. Creedme, estar encerrados con Jane es lo último que desearíais.

La mujer que había irrumpido en el Merlotte's se puso un poco verde.

—Esto es una propiedad privada —informó Kevin—. No pueden manifestarse aquí. Si no despejan este aparcamiento en tres minutos, quedarán todos detenidos.

Pasaron más de cinco minutos, pero el aparcamiento estaba libre de manifestantes cuando Sam se unió a nosotros para dar las gracias a Kevin y a Kenya. No había visto aparecer su camioneta, así que su presencia fue toda una sorpresa.

—¿Cuándo has vuelto? —le pregunté.

—Hace menos de diez minutos —respondió—. Sabía que si me presentaba en persona se agitarían más, así que aparqué en School Street y he venido por la calle de atrás.

—Muy listo —dije.

Los clientes de la hora del almuerzo empezaban a abandonar el local. A esas horas el incidente ya iba camino de convertirse en leyenda urbana. Sólo un par de clientes parecían molestos; para los demás la manifestación fue un entretenimiento extra. Catfish Hennessy dio una palmada a Sam en la espalda al pasar a su lado, y no fue el único que se esforzó por mostrarle su apoyo. Me preguntaba hasta cuándo duraría la actitud tolerante. Si los agitadores seguían con lo suyo, muchas personas podrían acabar decidiendo que ir al Merlotte's ya no merecía la pena.

No había ninguna necesidad de que compartiese esos pensamientos en voz alta. Sam lo llevaba escrito en la cara.

—Eh —dije, colgándole un brazo de los hombros—. Acabarán por marcharse. ¿Sabes lo que deberías hacer? Ir a hablar con el pastor de esa iglesia. Son todos de la Inmaculada Palabra del Tabernáculo, de Clarice. Deberías proponerle hablar con sus feligreses en una misa. Demuéstrales que eres una persona como cualquier otra. Apuesto a que eso funcionaría.

Entonces me di cuenta de la rigidez de sus hombros. Sam estaba conteniendo su ira.

—No tengo por qué decirle nada a nadie —sentenció—. Soy ciudadano de este país. Mi padre sirvió en el ejército. Pago religiosamente mis impuestos. Y no soy una persona como cualquier otra. Soy un cambiante. Son ellos quienes deben hacerse a la idea y tragar con ella. —Se dio la vuelta bruscamente y regresó a la barra.

Di un respingo, aunque sabía que su rabia no iba dirigida a mí. Mientras observaba cómo se alejaba, me acordé de que nada de eso era culpa mía. Pero no podía olvidar que tenía mi parte de responsabilidad en el desenlace de ese nuevo acontecimiento. No sólo trabajaba en el Merlotte's, sino que la mujer que había entrado al principio me había incluido en el problema.

Además, seguía convencida de que acercarse personalmente a la iglesia era una buena idea. Era algo razonable y civilizado.

Pero Sam no estaba de humor razonable y civilizado, y le entendía. Lo que pasaba era que yo no sabía con qué iba a pagar tanta rabia.

Un periodista de un diario apareció una hora después y nos entrevistó a todos acerca del «incidente», como él lo llamó. Errol Clayton era el cuarentón que redactaba la mitad de los reportajes que aparecían en el pequeño periódico de Bon Temps. No era suyo, pero lo gestionaba con un presupuesto mínimo. Yo no tenía ningún problema con el periódico pero, claro, muchos se burlaban de él. *El Diario de Bon Temps* a menudo era rebautizado como *El Precario de Bon Temps*.

Mientras Errol aguardaba a que Sam terminase de hablar por teléfono, me animé a decirle:

—¿Quiere algo de beber, señor Clayton?

—Me encantaría tomar un poco de té helado, Sookie —contestó—. ¿Qué tal tu hermano?

—Le va muy bien.

—¿Ha superado la muerte de su mujer?

—Creo que sí —respondí, sin entrar en demasiados detalles—. Fue terrible.

—Sí, mucho. Y pasó justo aquí, en este aparcamiento —añadió Errol Clayton, como si se me hubiera olvidado—. Y en este aparcamiento también es donde se encontró el cadáver de Lafayette Reynold.

—También es verdad. Pero bueno, nada de eso fue culpa de Sam ni tuvo que ver con él.

—Nunca se detuvo a nadie por la muerte de Crystal, que yo recuerde.

Retrocedí un paso para mirar a Errol Clayton con dureza.

—Señor Clayton, si ha venido aquí en busca de problemas, puede marcharse ahora mismo. Necesitamos que las cosas vayan a mejor, no a peor. Sam es un buen hombre. Va a la rotativa; pone un anuncio en el anuario del instituto; patrocina el equipo de béisbol y el Club Masculino y Femenino todas las primaveras y echa una mano con los fuegos artificiales del Cuatro de Julio. Además, es un gran jefe, un veterano de guerra y un fiel pagador de sus impuestos.

—Merlotte, tienes un club de fans —dijo Errol Clayton a Sam, que se había puesto a mi lado.

—Tengo una amiga —contestó Sam con tranquilidad—. Soy afortunado de tener tantos amigos y un negocio que funciona. Sin duda odiaría ver eso arruinado. —Noté un tono de disculpa en su voz y sentí que me daba una palmada en la espalda. Sintiéndome mucho mejor, me deslicé para seguir con mi trabajo, dejando que Sam lidiase con el periodista.

No tuve oportunidad de volver a hablar con mi jefe antes de marcharme a casa. Tuve que hacer una parada en la tienda para comprar un par de cosas (Claude había acabado con mis reservas de patatas de bolsa y mis cereales), pero no me imaginaba que estuviese llena de gente hablando de lo que había pasado en el Merlotte's a la hora del almuerzo. Se hacía el silencio cada vez que yo doblaba una esquina, pero por supuesto eso a mí me daba lo mismo. Sabía lo que todo el mundo estaba pensando.

La mayoría compartía las creencias de los manifestantes. Pero el mero incidente había hecho que los que antes eran indiferentes empezaran a dudar sobre los cambiantes y a apoyar la proposición de ley que amenazaba con arrebatarles a éstos parte de sus derechos.

Otros ya estaban absolutamente a favor de ella desde antes.

Capítulo
13

Jason llegó a tiempo y me monté en su camioneta. Antes me había cambiado, poniéndome unos vaqueros y una fina camiseta azul pálido que había comprado en Old Navy. Ponía «PAZ» en grandes letras góticas doradas. Ojalá nadie pensara que pretendía insinuar nada. Jason, con su siempre apropiada camiseta de los Saints de Nueva Orleans parecía listo para comerse el mundo.

—¡Hola, Sook! —Vibraba feliz, anticipando el evento. Nunca había estado en una reunión de licántropos, por supuesto, y no tenía la menor idea de lo peligrosas que podían llegar a ser. O puede que sí, y que por eso estuviese tan emocionado.

—Jason, tengo que contarte algunas cosas sobre las reuniones de licántropos —dije.

—Vale —aceptó, algo más sobrio.

Consciente de que parecía su hermana mayor sabelotodo en vez de su hermana pequeña, le di una breve lección. Le conté que los licántropos son susceptibles, orgullosos y obsesivos con el protocolo; le expliqué con qué facilidad podían desterrar a un miembro de la manada aunque hubiera disfrutado de una posición de gran responsabilidad; que si rompía esa confianza la manada se hacía más susceptible si cabe y que podían cuestionar la elección de Alcide de escoger a Basim como su hombre fuerte. Podía ser incluso que lo desafiaran. El veredicto de la manada sobre Annabelle era imposible de predecir.

—Se arriesga a que le pase algo horrible —advertí a Jason—. Tendremos que tragar y aceptar lo que decreten.

—¿Me estás diciendo que serían capaces de castigar físicamente a una mujer por haberle puesto los cuernos al líder de la manada con otro oficial de la misma? —preguntó—. Sookie, me hablas como si no fuese un cambiante. ¿Crees que no sé ya todo eso?

Tenía razón. Así era precisamente como le estaba tratando.

Cogí aire.

—Lo siento, Jason. Aún pienso en ti como mi hermano humano. A veces olvido que ya no lo eres. Pare serte sincera, estoy asustada. Les he visto matar gente antes, igual que tus panteras atacan y mutilan a alguien cuando creen que eso es justicia. Lo que me asusta no es que lo hagáis, que ya es bastante malo de por sí, sino que he llegado a aceptarlo como parte… de las cosas que uno hace como cambiante. Cuando hoy vinieron los manifestantes al bar, estaba terriblemente enfadada con ellos por su odio hacia los licántropos y a los cambiantes en general sin saber realmente nada de ellos. Pero ahora me pregunto cómo se sentirían si averiguasen cómo funcionan las manadas de verdad; cómo se sentiría la abuela si supiera que yo estaba dispuesta a ver cómo apaleaban a una mujer, o a cualquiera, hasta incluso matarla por infringir unas normas por las que yo no me regía.

Jason guardó silencio durante lo que me pareció un prolongado instante.

—Creo que el hecho de que hayan pasado algunos días es bueno. Ha dado tiempo para que a Alcide se le enfríe la cabeza. Espero que los demás miembros de la manada hayan tenido tiempo para pensar —dijo finalmente. Sabía que eso era todo lo que podía decir acerca del tema, y puede que fuera más de lo que yo habría expresado. Permanecimos en silencio durante un instante.

—¿No puedes escuchar lo que piensan? —preguntó Jason.

—Los licántropos puros son bastante difíciles de leer. Unos más que otros. Pero descuida, veré qué puedo captar. Puedo bloquear muchas cosas cuando me empeño, pero si bajo la guardia… —Me encogí de hombros—. Éste es uno de esos casos en los que quiero saber lo más posible, lo antes posible.

—¿Quién crees que mató al tipo del hoyo?

—Le he estado dando vueltas —respondí amablemente—. Veo tres posibilidades, pero el eje de todas ellas es que lo enterraron en mi propiedad, y doy por sentado que no fue ninguna casualidad.

Jason asintió.

—Vale, allá va. Puede que Victor, el nuevo líder vampírico de Luisiana, matara a Basim. Victor está deseando quitarse de en medio a Eric, ya que le resulta un sheriff incómodo. Y es un puesto muy importante.

Jason me miró como si fuese tonta.

—Puede que no conozca todos sus títulos llamativos y apretones de manos secretos —razonó—, pero puedo distinguir a un pez gordo cuando lo veo. Si me dices que ese Victor está por encima de Eric y lo quiere muerto, te creo.

Tenía que dejar de subestimar la sagacidad de mi hermano.

—Quizá Victor pensó que si me arrestaban por asesinato (ya que alguien les dio el chivatazo de que lo habían enterrado en mi propiedad) Eric caería conmigo. A lo mejor pensó que eso bastaría para que su mutuo jefe quitara a mi novio de su puesto.

—¿No habría sido mejor dejar el cuerpo en la propiedad de Eric y llamar a la policía?

—Tienes razón. Pero hallar el cuerpo en casa de Eric habría supuesto una mala prensa para todos los vampiros. Otra idea que se me ha ocurrido es que la asesina podría ser Annabelle, que se tiraba tanto a Basim como a Alcide. A lo mejor le entraron celos, o puede que Basim amenazara con irse de la lengua. Así que lo mató, y como acababan de estar en mi propiedad, pensó que no era mal lugar para enterrarlo.

—Es un camino muy largo para recorrerlo con un cadáver en el maletero —desestimó Jason. Estaba decidido a desempeñar el papel del abogado del diablo.

—Claro, es fácil verle las pegas a todas mis ideas —discutí, comportándome precisamente como su hermana pequeña—. ¡Después de que se me hayan ocurrido a mí! Pero tienes razón, es un riesgo que yo no estaría dispuesta a correr —añadí, recuperando un ápice de madurez.

—Podría haber sido Alcide —aventuró Jason.

—Sí, podría. Pero tú estabas allí. ¿Te pareció, siquiera remotamente, que sabía que iba a cargarse a Basim?

—No —admitió—. De hecho, se llevó un buen susto. Pero la verdad es que en ese momento yo no estaba mirando a Annabelle.

—Yo tampoco. Así que no sabemos cómo reaccionó.

—¿Alguna idea más?

—Sí —añadí—. Y ésta es la que menos me gusta. ¿Recuerdas que te dije que Heidi, la rastreadora, indicó que había olido hadas en el bosque?

—Yo también las olí —respondió Jason.

—Quizá debería mandarte a rastrear el bosque regularmente —sugerí—. En fin, Claude dijo que no había sido él, y Heidi lo confirmó. Pero ¿y si Basim vio a Claude reunirse con otra hada? En la zona que rodea la casa, donde su olor sería natural.

—¿Cuándo habría pasado tal cosa?

—La noche que la manada pasó en mi propiedad. Claude aún no se había mudado, pero vino a verme.

Vi que Jason intentaba imaginar la secuencia.

—Entonces ¿Basim te advirtió de las hadas que había detectado, pero no te contó que había visto alguna? Eso no se sostiene, Sook.

—Tienes razón —admití—. Y todavía no sabemos quién es la otra hada. Si hay dos, una de ellas no es Claude y la otra es Dermot…

—Eso nos deja con un hada cuya identidad no conocemos.

—Dermot está muy mal, Jason.

—A mí me preocupan todas ellas —contestó él.

—¿Claude también?

—Hombre, ¿por qué se ha presentado ahora? ¿Justo cuando hay más hadas en el bosque? ¿No te parece muy raro si lo piensas un poco?

Me reí. Sólo un poco.

—Sí, parece raro. Quizá tenga sentido. No confío en Claude del todo, aunque seamos remotamente parientes. Ojalá no hubiese accedido a que se mudase. Por otra parte, no creo que pretenda hacernos daño a mí o a ti. Además, no es tan capullo como me pareció en un principio.

Intentamos pergeñar algunas teorías más sobre la muerte de Basim, pero ninguna de ellas se libraba de fallos de calado. Sirvió de pasatiempo mientras llegábamos.

La casa a la que Alcide se había mudado cuando su padre murió era un dúplex de ladrillo rodeado de un generoso terreno cuyo atractivo venía rematado por unas vistas impresionantes. La finca (¿feudo?) se encontraba en una de las mejores zonas de Shreveport, por supuesto. De hecho, no distaba mucho del vecindario de Eric. Me empezó a roer por dentro el estar tan cerca de él mientras atravesaba tantos problemas.

La confusión de mis sentimientos a través del vínculo de sangre me había vuelto más nerviosa con cada noche que pasaba. Ahora había demasiadas personas compartiéndolo, demasiados sentimientos yendo y viniendo. Resultaba agotador emocionalmente. Alexei era el peor. Era un crío; sólo de esa forma podía racionalizarlo: un niño encerrado en una permanente penumbra, un niño que sólo experimentaba ocasionales destellos de placer y color en su nueva «vida». Tras días experimentando lo que acabó siendo un eco suyo en mi mente, decidí que era como una garrapata que succionaba la vida de Apio Livio, la de Eric y, ahora, la mía. Cada día extraía un poco más.

Por lo visto, Apio Livio estaba tan acostumbrado al drenaje al que le sometía Alexei que lo había aceptado como parte de su existencia. Quizá (posiblemente) el romano se sintiera responsable de los problemas que había causado Alexei, ya que había venido de su mano. Si ésa era su convicción, la mía era que no se equivocaba en absoluto. Estaba convencida de que traérselo con él, llevarlo junto a otro de sus hijos para apaciguar su psicosis, había sido un recurso de última instancia para curar al chico. Y Eric, mi amante, se había visto atrapado en medio de todo aquello mientras lidiaba con todos los problemas derivados de Victor.

Cada día me sentía peor persona. Mientras avanzábamos hacia la casa de Alcide por su camino privado, admití para mis adentros que, desde mi última visita a Fangtasia, había medrado en mí el deseo de que todos ellos murieran: Apio Livio, Alexei y Victor.

Tuve que barrer esas ideas hasta una esquina de mi mente, ya que debía estar concentrada al máximo para meterme en una casa llena de licántropos. Jason me rodeó los hombros con un brazo y me estrechó en un abrazo a medio gas.

—Algún día tendrás que explicarme por qué haces todo esto —dijo—. Porque creo que se me ha olvidado.

Me reí, que era precisamente lo que él quería. Levanté una mano para llamar al timbre, pero la puerta se abrió antes de que el dedo tocara el botón. Teníamos delante a Jannalynn, que llevaba un sujetador deportivo y pantalones cortos (su fondo de armario siempre me dejaba estupefacta). Los pantalones presentaban unos huecos cóncavos a la altura de sus caderas. «Cóncavo» era una palabra que jamás había tenido ocasión de emplear en relación con mi cuerpo.

—¿Adaptándote al nuevo trabajo? —le preguntó Jason, dando un paso al frente. Jannalynn tenía la opción de bloquearle el paso o dejarle entrar, y optó por lo segundo.

—Nací para este trabajo —contestó la licántropo.

Estaba de acuerdo. Jannalynn parecía disfrutar con la violencia. Al mismo tiempo me preguntaba qué tipo de trabajo podría desempeñar en el mundo real. Cuando la conocí, estaba detrás de la barra de un bar de licántropos, y sólo sabía que el propietario había muerto en la pelea de las manadas.

—¿En qué trabajas ahora, Jannalynn? —pregunté, ya que no veía ninguna razón para que lo mantuviera en secreto.

—Soy la encargada de El Pelo del perro. La propiedad pasó a Alcide, y pensó que podría encargarme del trabajo. Cuento con ayuda —dijo. Una confesión que no dejó de sorprenderme.

Ham, con un brazo alrededor de una morena con vestido veraniego, aguardaba al otro lado del recibidor, junto a las puertas abiertas que daban al salón. Me dio una palmada en el hombro y presentó a su compañera como Patricia Crimmins. La reconocí como una de las mujeres que se habían unido a la manada del Colmillo Largo tras la rendición de la suya, durante la guerra de los licántropos. Intenté centrarme en ella, pero mi atención estaba de lo más disipada. Patricia rió y comentó:

—Menudo sitio, ¿eh?

Asentí en silencio. Era la primera vez que pisaba esa casa, y mis ojos se escaparon hacia las puertas francesas del otro lado de la estancia. Había luces encendidas en el amplio jardín trasero, que no sólo estaba rodeado por un vallado de dos metros de altura, sino también por un perímetro exterior de cipreses de crecimiento rápido que se disparaban hacia lo alto como lanzas. En el centro del jardín había una fuente de la que no costaría nada beber si uno fuese un lobo. Había mucho mobiliario de hierro forjado dispuesto sobre el abundante suelo de losa. Caramba. Sabía que los Herveaux estaban acomodados, pero aquello era impresionante.

El salón parecía un club masculino, todo lleno de brillante cuero negro y revestimientos de madera. La chimenea era lo más grande a lo que podía aspirarse en estos tiempos. Había cabezas de animales colgadas en las paredes, algo que me pareció divertido. Todo el mundo parecía tener la mano ocupada con una copa, y localicé el bar en el rincón donde se aglomeraba el grupo más numeroso de licántropos. No divisé a Alcide, quien solía destacar siempre debido a su altura y corpulencia en medio de cualquier aglomeración.

Pero sí que vi a Annabelle. Estaba en el centro de la sala, arrodillada, si bien no estaba atada de ninguna manera. Había un notable espacio vacío a su alrededor.

—No te acerques —me sugirió Ham en voz baja cuando di un paso en ese sentido. Me detuve en seco.

—Es probable que más tarde puedas hablar con ella —susurró Patricia. Ese «probable» me inquietaba. Pero era un asunto de la manada y yo estaba en su territorio.

—Voy a buscar una cerveza —anunció Jason después de echar un largo vistazo a la situación de Annabelle—. ¿Qué te traigo, Sook?

—Tienes que subir al piso de arriba —me informó Jannalynn en voz muy baja—. No bebas nada. Alcide te tiene algo preparado —indicó con la cabeza las escaleras que arrancaban a mi izquierda. Fruncí el ceño y Jason pareció estar a punto de protestar, pero ella volvió a sacudir la cabeza.

Encontré a Alcide en un estudio del piso superior. Miraba por la ventana. Había un vaso lleno de un denso fluido amarillo depositado sobre un papel absorbente, en el escritorio.

—¿Qué? —pregunté. Empezaba a albergar peores sensaciones sobre la noche de las que ya tenía.

Se volvió para mirarme. Su melena negra estaba descuidada y no le habría ido mal un afeitado, pero el aseo (o la falta del mismo) nada podía contra el carisma que lo rodeaba como un cascarón. No sabía si el papel había engrandecido al hombre, o si el hombre se había hecho al papel, pero Alcide distaba mucho del tipo amistoso y encantador que había conocido hacía dos inviernos.

—Ya no tenemos chamán —anunció sin preámbulos—. Hace cuatro años que no lo tenemos. Es difícil encontrar a un licántropo dispuesto a desempeñar esa función; y hace falta mucho talento para siquiera planteárselo.

—Bien —dije, esperando ver adónde quería ir a parar.

—Eres lo más parecido que tenemos.

Si hubiese habido tambores de fondo, habría comenzado un tenebroso redoble.

—No soy ningún chamán —rebatí—. De hecho, no sé qué es un chamán. Y vosotros no me tenéis.

—Es el término que empleamos para referirnos al hombre o la mujer medicina —informó Alcide—. Alguien con el don de interpretar y aplicar la magia. No suena mejor que «bruja». De este modo sabemos de quién estamos hablando. Si tuviésemos un chamán de manada, tendría que beberse el contenido de este vaso para ayudarnos a determinar la verdad de lo que ocurrió con Basim, así como el grado de culpa de los implicados. Entonces la manada emitiría un fallo proporcional.

—¿Qué es? —pregunté, señalando hacia el líquido.

—Es lo que sobró del último chamán.

—¿Qué es?

—Es una droga —contestó—. Pero, antes de que te vayas, deja que te diga que el último chamán la bebió varias veces sin experimentar ningún efecto duradero.

—Duradero.

—Bueno, sintió unos calambres de estómago al día siguiente, pero pudo volver al trabajo dos días después.

—Claro, porque era un licántropo, y seguro que era capaz de comer cosas que yo no. ¿Qué efectos tiene en ti? O, mejor, ¿qué efectos podría tener en mí?

—Te da una percepción distinta de la realidad. Eso es lo que me explicó el tipo. Y como yo no soy un chamán ni de lejos, es todo lo que sé.

—¿Por qué iba a tomar una droga desconocida? —pregunté con genuina curiosidad.

—Porque, de lo contrario, nunca llegaremos al fondo de este asunto —declaró Alcide—. Ahora mismo, Annabelle es la única culpable que a mí se me ocurre. Puede que sólo lo sea de serme infiel. Es un comportamiento que odio, pero ella no merecería morir por ello. Sin embargo, si no consigo descubrir quién mató a Basim y lo enterró en tu propiedad, creo que la manada la condenará, ya que era la única que se relacionaba con él. Creo que yo sería un sospechoso ideal de matarlo por celos. Pero yo podría haberlo hecho desde la legalidad, y sin cargarte a ti el muerto.

Eso era verdad.

—Van a matarla —recalcó, enfatizando el hecho que sabía que más me afectaría.

Casi fui lo bastante fuerte como para encogerme de hombros. Casi.

—¿No puedo intentarlo a mi manera? —pregunté—. ¿Poniéndoles las manos encima?

—Tú misma me has contado que es complicado leer con claridad los pensamientos de un licántropo. —Alcide casi lo dijo con pena—. Sookie, hubo un día en el que anhelé que fueses mi pareja. Ahora que yo soy líder de manada y que tú estás enamorada de ese pedazo de hielo que es Eric, supongo que mi sueño nunca ocurrirá. Pensé que tendríamos una oportunidad porque no podías leerme los pensamientos con tanta claridad. Desde que lo sé, creo que, para obtener una lectura fiable, no podemos depender sólo de que les impongas las manos.

Tenía razón.

—Hace un año —dije— no me habrías pedido algo así.

—Hace un año —repuso— no habrías dudado en beber.

Crucé hasta el escritorio y me bebí el vaso.

Capítulo
14

β ajé las escaleras de la mano de Alcide. La cabeza ya empezaba a darme vueltas. Era la primera vez en mi vida que tomaba una droga ilegal.

Era idiota.

Aun así, era una idiota que cada vez se encontraba más acalorada y cómoda. Uno de los maravillosos efectos secundarios de la bebida del chamán era que había dejado de sentir a Eric, Alexei y Apio Livio con la misma inmediatez, y el alivio era inconmensurable.

Pero otro efecto, éste menos agradable, era que no acababa de sentir las piernas del todo. Quizá por eso Alcide me agarraba con tanta fuerza del brazo. Me acordé de lo que me dijo acerca de su antiguo anhelo de que fuésemos pareja y pensé que estaría bien besarlo para recordar lo que se sentía. Entonces me di cuenta de que lo mejor sería que canalizase todas esas cálidas y tiernas emociones hacia la búsqueda de respuestas a los interrogantes que amenazaban a Alcide. Tomé las riendas de mis emociones, lo cual fue una excelente decisión. Estaba tan orgullosa de mi excelencia que podría haberme rebozado en ella.

Es probable que un chamán veterano conociese uno o dos trucos para centrar toda esa algarabía mental en los asuntos importantes. Hice un enorme esfuerzo para afilar la mente. Durante mi ausencia, el grupo de la sala había aumentado considerablemente. Había acudido toda la manada. Podía sentir su totalidad, su plenitud.

Muchos ojos se volvieron para mirarnos mientras descendíamos por las escaleras. Jason parecía alarmado, pero le lancé una sonrisa tranquilizadora. Algo no debió de salir bien con el gesto, porque no pareció relajarse en absoluto.

La lugarteniente de Alcide se colocó al lado de Annabelle, que seguía arrodillada. Jannalynn le echó la cabeza hacia atrás y lanzó varios ladridos. Había llegado a la altura de mi hermano y me estaba sosteniendo. De alguna manera, Alcide me había cedido a Jason.

—Demonios —murmuró mi hermano—. ¿Y no sería mejor llamarnos con la mano o usar un triángulo de percusión? —Podía dar por sentado que los ladridos no eran la forma habitual de solicitar la atención en la comunidad de las panteras. Sin problema. Le dediqué una sonrisa. Me sentía como Alicia en el País de las maravillas después de darle el bocado a la seta.

Me encontraba a un lado del espacio vacío que rodeaba a Annabelle, mientras que Alcide ocupaba el otro. Paseó la mirada a su alrededor para captar la atención de la manada.

—Nos hemos reunido aquí esta noche con dos invitados para decidir qué hacer con Annabelle —anunció sin preámbulos—. Estamos aquí para juzgar si ha tenido algo que ver con la muerte de Basim, o si hemos de condenar a otra persona.

—¿Por qué están ellos aquí? —inquirió una voz femenina. Intenté localizarla, pero estaba muy por detrás de la multitud y no podía verla. Calculé que habría unas cuarenta personas en la sala, de edades comprendidas entre los dieciséis (el cambio empieza después de la pubertad) y los setenta. Ham y Patricia estaban a mi izquierda, a un cuarto de círculo de distancia. Jannalynn no se había movido del lado de Annabelle. Los demás miembros de la manada a los que conocía estaban diseminados entre la multitud.

—Escuchad bien —pidió Alcide mirándome directamente. «Vale, Alcide, mensaje recibido». Cerré los ojos y proyecté mis sentidos. Bueno, aquello era condenadamente alucinante. Supe que él estaba repasando a los miembros de la manada con la mirada por el estallido de miedo que siguió. Yo podía ver ese miedo. Era amarillo oscuro—. Se ha encontrado el cadáver de Basim en la propiedad de Sookie —les informó—. Alguien lo dejó allí para culparla de su muerte. La policía vino a buscarlo justo después de que lo cambiásemos de sitio.

Se produjo una oleada general de sorpresa... de casi todo el mundo.

—¿Has cambiado el cuerpo de sitio? —preguntó Patricia. Abrí los ojos como platos. ¿Por qué habría decidido Alcide mantenerlo en secreto? Porque no cabía duda de que había sido toda una conmoción para Patricia y algunos otros que Basim no siguiese en el hoyo original. Jason se puso detrás de mí y dejó su cerveza. Sabía que necesitaría tener ambas manos libres. Puede que mi hermano no fuese un portento de inteligencia, pero tenía buen instinto.

Me maravillé ante la astucia de Alcide en la preparación de la escena. Puede que no captase con mucha claridad los pensamientos de los licántropos, pero las emociones… Eso era lo que quería que aflorase. Ahora que estaba centrada en las criaturas de la sala, casi ajena a mi propio cuerpo por la intensidad que impregnaba la atmósfera, vi a Alcide como una bola de energía roja, latente y atractiva, alrededor de la cual todos los licántropos se arremolinaban en círculo. Comprendí por primera vez que el líder de la manada era el planeta alrededor del cual orbitaban los demás en el universo licántropo. Los miembros de la manada desprendían diversas tonalidades de rojos, violetas y rosas, los colores de su devoción hacia él. Jannalynn relucía de un intenso carmesí; su adoración por Alcide la hacía casi tan brillante como él. Incluso Annabelle era de un cereza acuoso, a pesar de su infidelidad.

Pero había algunos puntos verdes. Extendí la mano ante mí como si exigiese al mundo que se detuviera mientras meditaba sobre esta nueva interpretación de la percepción.

—Esta noche Sookie es nuestra chamán —restalló la voz de Alcide desde la distancia. Podía ignorarla sin problema. Podía seguir los colores, porque los colores delataban a las personas.

El verde, debía buscar el verde. A pesar de que tenía la mente en calma y los ojos cerrados, los volví de alguna manera para observar a los que lucían de verde. Ham era verde. Patricia era verde. Miré hacia el otro lado. Había otro verde, pero fluctuaba entre amarillo pálido y verde claro. ¡Ja! «Ambivalentes», me dije sabiamente. «No llega a traidor, pero dubitativo en cuanto al liderazgo de Alcide». La imagen acuosa pertenecía a un joven, y lo deseché como irrelevante. Volví a mirar a Annabelle. Seguía con su tono cereza, pero con estallidos de ámbar a medida que el miedo resquebrajaba su lealtad.

Abrí los ojos. ¿Qué se suponía que debía decir? ¿«¡Son verdes, a por ellos!»? Sentí que me desplazaba, flotando entre la manada como un globo entre los árboles. Finalmente me detuve justo delante de Ham y Patricia. Ahí era donde las manos me hubiesen echado una mano. ¡Ja! ¡Qué divertido! Me reí un poco.

—¿Sookie? —preguntó Ham. Patricia retrocedió, dejando todo el protagonismo a su compañero.

—No vayas a ninguna parte, Patricia —le advertí con una sonrisa. Dio un respingo, a punto de echar a correr, pero una docena de manos la retuvieron y la aferraron con firmeza. Levanté la mirada hacia Ham y le puse los dedos sobre las mejillas. Si los hubiese tenido pintados, le habría dejado el aspecto de un indio de las películas a punto de librar una guerra—. Cuántos celos —continué—. Hmmm, le dijiste a Alcide que había gente acampando en el arroyo y que por eso la manada debía hacer su salida en mi bosque. Tú los invitaste, ¿no es así?

—Ellos… No.

—Oh, ya veo —dije, tocándole la punta de la nariz—. Ya veo. —Podía oír sus pensamientos con la misma claridad que si estuviese metida en su cabeza—. Así que eran del Gobierno. Intentaban obtener información acerca de las manadas de licántropos de Luisiana y de cualquier cosa mala que hubiesen hecho. Te pidieron que sobornaras a uno de los hombres fuertes, el segundo al mando, para que relatara todas las cosas malas que había hecho. Así podrían aprobar esa ley, la que exigiría que os inscribieseis como inmigrantes ilegales. Hamilton Bond, ¡debería darte vergüenza! Les dijiste que obligasen a Basim a que les contase algo; eso que había provocado su expulsión de la manada de Houston.

—Es todo mentira, Alcide —contestó Ham. Intentaba sonar como Míster Seriedad, pero a mí me pareció más bien un ratoncito chillón—. Alcide, nos conocemos de toda la vida.

—Y creías que él te ascendería a su lugarteniente —añadí—. Pero se decantó por Basim, que ya tenía experiencia en el cargo.

—Lo expulsaron de Houston —se defendió Ham—. No era ninguna hermanita de la caridad. —La ira se abrió paso a través de él, fluctuando del dorado al negro.

—Yo se lo habría preguntado y habría sabido si decía la verdad, pero ya no puedo, ¿no? Porque tú lo mataste y lo enterraste en un frío hoyo. —Lo cierto era que no estaba especialmente frío, pero sentí que me podía permitir una licencia dramática. Mi mente subió y bajó en picado, muy por encima de todas las cosas. ¡Podía ver mucho! Me sentía como Dios. Era divertido.

—¡Yo no maté a Basim! Bueno, puede que sí, pero ¡lo hice porque se estaba tirando a la chica de nuestro líder! ¡No podía soportar esa deslealtad!

—¡Bing! ¡Inténtalo de nuevo! —Volví a acariciar sus mejillas con mis dedos. Tenía que saber más cosas, ¿verdad? Había otra pregunta que aguardaba respuesta.

—Se encontró con otra criatura en tu bosque durante nuestra salida nocturna —balbuceó Ham—. Yo... No sé de lo que hablaron.

—¿Qué clase de criatura?

—No lo sé. Un tipo. Una especie de... Nunca había visto nada parecido. Era muy atractivo. Como una estrella de cine, o algo así. Tenía el pelo largo, muy largo y pálido, y desapareció tan pronto como había aparecido. Habló con Basim mientras éste se encontraba en su forma de lobo. Basim estaba solo. Después de comernos el ciervo, yo me quedé dormido detrás de unos arbustos de laurel. Cuando me desperté, los oí hablando. El tipo quería devolverte algo que le habías hecho. No sé el qué. Basim iba a matar a alguien y enterrarlo en tu propiedad antes de llamar a la policía. Así recibirías lo tuyo y luego el had... —La voz de Ham se apagó.

—Sabías que era un hada —le dije, sonriente—. Lo sabías. Así que decidiste adelantarte con el trabajo.

—Era algo que Alcide no hubiese querido que hiciera Basim, ¿no es así, Alcide?

Alcide no respondió, pero sus colores fluctuaban como la cola de un cohete desde la periferia de mi visión.

—Así que se lo contaste a Patricia. Y ella te echó una mano —deduje, acariciando su cara. Él quería que parase, pero no me importaba.

—¡Su hermana murió en la guerra! Era incapaz de aceptar a su nueva manada. Decía que yo era el único que se portaba bien con ella.

—Oh, qué generoso por tu parte ser amable con la atractiva loba —me burlé—. ¡El bueno de Ham! En vez de permitir que Basim matase a alguien y lo enterrase, tú mataste a Basim y lo enterraste a él. En vez de permitir que él recibiese la recompensa del hada, decidiste que tú eras mejor candidato. Porque las hadas son ricas, ¿no? —Hundí las uñas en sus mejillas—. Basim quería el dinero para librarse de la influencia de los del Gobierno. Tú lo querías sólo para enriquecerte.

—Basim tenía una deuda de sangre pendiente en Houston —confesó Ham—. No habría dicho una palabra a los detractores de los licántropos por ninguna razón. No puedo enfrentarme a la muerte con una mentira en el alma. Basim quería saldar la deuda que había contraído por matar a un humano amigo de la manada. Fue un accidente mientras estaba transformado en lobo. El humano lo pinchó con un azadón y Basim lo mató.

—Eso ya lo sabía —afirmó Alcide. No había hablado hasta ese momento—. Le dije a Basim que le prestaría el dinero.

—Supongo que querría ganárselo por su cuenta —sugirió Ham de modo triste (descubrí que esa sensación era de color púrpura)—. Pensaba que se volvería a reunir con el hada, descubriría qué quería exactamente, iría al depósito a buscar un cadáver, o recogería el de algún borracho de la calle, y lo dejaría en el terreno de Sookie. Eso satisfaría las necesidades del hada. Nadie sufriría daño. Pero, en vez de ello, decidí… —Empezó a sollozar y su color se volvió de un gris desgastado, el color de la fe cuando se desvanece.

—¿Dónde os ibais a encontrar? —pregunté—. ¿Dónde te iba a dar el dinero? Dinero que te habías ganado, no digo que no. —Estaba orgullosa de mi equidad. La equidad es azul, por supuesto.

—Iba a reunirme con él en el mismo sitio del bosque —contó—. En el lado sur, junto al cementerio. Esta noche.

—Muy bien —murmuré—. ¿No te sientes mejor ahora?

—Sí —contestó sin el menor rastro de ironía en su voz—. Me siento mucho mejor y estoy listo para aceptar el veredicto de la manada.

—Yo no —chilló Patricia—. Evité la muerte en la guerra de las manadas al rendirme. ¡Dejad que vuelva a hacerlo! —Cayó de rodillas, igual que Annabelle—. Os ruego perdón. Sólo soy culpable de amar al hombre equivocado. —Como Annabelle. Patricia agachó la cabeza, derramando su oscura trenza sobre un hombro. Se llevó las tensas manos a la cara. Toda una escena.

—No me amabas —rebatió Ham, genuinamente pasmado—. Hemos follado. Estabas enfadada con Alcide porque no te llevó a la cama. Yo estaba enfadado con él porque no me eligió como su lugarteniente. ¡Eso era todo lo que teníamos en común!

—Sus colores se están avivando ahora mismo —observé. La pasión de su mutua acusación estaba convirtiendo sus auras en algo combustible. Intenté resumirme lo que había aprendido, pero todo se volvió confuso. Puede que Jason me ayudase a desenmarañarlo más tarde. Todo ese rollo chamán era bastante agotador. Sentía que no tardaría demasiado en dejarme caer, como si tuviese la meta de una maratón a la vista—. Es hora de decidir —le comuniqué a Alcide, cuyo intenso rojo seguía invariable.

—Creo que Annabelle debe ser castigada, pero no desterrada de la manada —sentenció Alcide, pero hubo un coro de protestas.

—¡Mátala! —exclamó Jannalynn con su pequeña cara llena de determinación. Estaba más que dispuesta a hacer los honores. Yo esperaba que Sam fuese consciente de con quién estaba saliendo. Parecía tan alejado en ese momento.

—Éste es mi razonamiento —explicó Alcide con tranquilidad. La sala fue cayendo en el silencio a medida que la manada prestaba su atención—. Según ellos —prosiguió, señalando a Ham y Patricia—, la única culpa de Annabelle es moral, por acostarse con dos hombres a la vez mientras les prometía su fidelidad. No sabemos qué le dijo a Basim.

Alcide decía la verdad…, al menos tal como él la veía. Miré a Annabelle y la vi en todas sus facetas: la disciplinada mujer que había servido en las Fuerzas Aéreas; la mujer equilibrada que compaginaba la manada con el resto de su vida; la mujer que perdía todo su pragmatismo y autocontrol cuando el sexo llamaba a su puerta. En ese momento, Annabelle era un arco iris de colores, ninguno de ellos feliz, salvo la vibrante y blanca franja de alivio que había provocado Alcide al contemplar salvarle la vida.

—En cuanto a Ham y Patricia, el primero ha asesinado a un miembro de la manada. En vez de un desafío abierto, escogió el camino de la traición. Eso requeriría un castigo severo, puede que la muerte. Deberíamos considerar la posibilidad de que Basim fuese un traidor; no sólo un miembro de la manada, sino un impostor dispuesto a tratar con gente de fuera y conspirar contra nuestros intereses y el buen nombre de una amiga de la manada —prosiguió Alcide.

—Oh —murmuré hacia Jason—. Ésa soy yo.

—Y Patricia, que prometió ser fiel a la manada, ha roto su juramento —añadió Alcide—. Deberíamos desterrarla de por vida.

—Líder, eres demasiado compasivo —aportó Jannalynn con vehemencia—. Es evidente que Ham merece morir por su deslealtad. Al menos él.

Se produjo un largo silencio, roto por un zumbido de discusiones. Paseé la mirada por la sala, captando cómo el color de la meditación de los allí presentes (marrón, por supuesto) se multiplicaba en todo tipo de tonalidades a medida que afloraban las pasiones. Jason me rodeó con sus brazos desde atrás.

—Tienes que alejarte de esto —susurró. Sus palabras se volvieron rosadas y encrespadas. Me quería. Me eché una mano a la boca para no soltar una carcajada. Empezamos a retroceder. Un paso, dos, tres, cuatro, cinco. Conseguimos llegar hasta el vestíbulo—. Tenemos que irnos —dijo Jason—. Si van a matar a dos chicas tan guapas como Annabelle y Patricia, no quiero estar cerca para verlo. Si no vemos nada, no tendremos que testificar ante ningún tribunal, llegado el caso.

—No debatirán mucho más. Creo que Annabelle sobrevivirá a la noche. Alcide dejará que Jannalynn le convenza de que maten a Ham y Patricia —supuse—. Lo sé por sus colores.

Jason se quedó con la boca abierta.

—No sé qué te has tomado o has fumado ahí arriba —dijo—, pero tenemos que irnos ahora mismo.

—Vale —acordé, dándome cuenta de repente de que me sentía fatal. Conseguimos salir a una zona de arbustos antes de vomitar. Aguardé a la segunda oleada de arcadas antes de meterme en la camioneta de Jason —. ¿Qué diría la abuela si viera que me voy antes de ver los resultados de mis obras? —le pregunté con tristeza—. Me fui después de la guerra de los licántropos, mientras Alcide celebraba su victoria. No sé cómo celebráis esas cosas las panteras, pero, créeme, no me apetecía nada estar allí mientras se tiraba a una de sus lobas. Bastante horrible ya fue ver cómo Jannalynn ejecutaba a los heridos. Por otra parte… —Perdí el hilo de mis pensamientos a manos de otra oleada de arcadas, aunque ésta no era tan violenta.

—La abuela diría que no tienes ninguna obligación de ver cómo la gente se mata entre sí. Además, no fue culpa tuya, sino de ellos —contestó Jason de forma seca. Saltaba a la vista que mi hermano, si bien dispuesto, no estaba muy entusiasmado con llevarme de vuelta a casa con el estómago tan volátil—. Escucha, ¿te importa que te deje en casa de Eric? —preguntó—. Sé que tiene uno o dos baños. Así podré mantener limpia la camioneta.

En cualquier otra circunstancia me habría negado, ya que Eric se encontraba en una situación bastante comprometida. Pero me sentía fatal, y aún veía colores por todas partes. Me metí en la boca dos antiácidos que había en la guantera y me enjuagué varias veces con un Sprite que Jason guardaba en alguna parte. Tuve que admitir que lo mejor sería pasar la noche en Shreveport.

—Puedo volver para recogerte por la mañana —se ofreció mi hermano—. O, a lo mejor, su encargado de día te podría llevar hasta Bon Temps.

Bobby Burnham preferiría llevar un cargamento de pavos.

Mientras dudaba, sentí que, ahora que no estaba rodeada de licántropos, la desdicha afloraba plenamente a través de mi vínculo de sangre. Era la emoción más intensa y activa que sentía de Eric en días. La desdicha creció y derivó en una tristeza y un dolor físico sobrecogedores.

Jason abrió la boca para preguntarme qué me había tomado antes de la reunión de la manada.

—Llévame a casa de Eric —pedí—. Rápido, Jason. Está pasando algo malo.

—¿Allí también? —se quejó, pero salimos disparados por el camino privado de Alcide.

Estaba temblando prácticamente de los nervios cuando paramos en la entrada para que Dan, el guarda de seguridad, pudiera echarnos un vistazo. No había reconocido la camioneta de Jason.

—Vengo a ver a Eric. Él es mi hermano —dije, intentando aparentar normalidad.

—Pasen —permitió Dan—. Hacía tiempo que no la veía por aquí.

Al entrar por el camino privado, vi que la puerta del garaje de Eric estaba abierta, aunque la luz estaba apagada. De hecho, toda la casa estaba a oscuras. Quizá estuvieran todos en Fangtasia. No. Sabía que Eric estaba allí. Sencillamente lo sabía.

—Esto no me gusta —dije, irguiéndome sobre el asiento. Luché contra los efectos de la droga. A pesar de sentirme algo mejor, era como si contemplase el mundo a través de una gasa.

—¿No suele dejar la puerta abierta? —preguntó Jason, oteando por encima del volante.

—No, nunca se la deja abierta. ¡Y mira! La puerta de la cocina también está abierta. —Salí de la camioneta y oí que Jason hacía lo mismo por su lado. Las luces permanecieron encendidas automáticamente durante un instante, así que no me costó llegar hasta la puerta de la cocina. Siempre llamaba a la puerta cuando Eric no me esperaba, ya que no sabía con quién podía estar o de qué podían estar hablando, pero esta vez me limité a abrir la puerta del todo. Podía ver hasta cierta distancia gracias a los faros del vehículo. La inquietud se me evaporó en una nube a merced de las sensaciones que mi sentido extraordinario y el extra de la droga me habían aportado. Me alegraba de tener a Jason justo detrás. Podía oír su respiración, demasiado rápida y ruidosa—. Eric —llamé con mucha prudencia.

Nadie respondió. No se oía una mosca.

Puse un pie en la cocina justo cuando las luces de la camioneta se apagaron. Había farolas en la calle que proporcionaban una levísima iluminación.

—¿Eric? —insistí—. ¿Dónde estás? —La tensión me quebró la voz. Estaba pasando algo muy malo.

—Aquí —contestó su voz desde algún punto del interior de la casa. El corazón me dio un respingo.

—Gracias a Dios —dije, llevando la mano hasta el interruptor de la luz. Lo accioné y la estancia se inundó de luz. Miré alrededor. La cocina estaba impoluta, como de costumbre.

Así que las cosas horribles no habían ocurrido allí.

Me deslicé desde la cocina hasta el gran salón de Eric. Enseguida supe que alguien había muerto allí. Había sangre por todas partes. Algunas manchas aún estaban frescas.

Otras eran verdaderos charcos. Oí que a Jason se le atascaba la respiración en la garganta.

Eric estaba sentado en el sofá con la cabeza aferrada entre las manos. Era el único ser «vivo» de la habitación.

Si bien el olor de la sangre casi me asfixia, corrí a su lado sin dudarlo.

—¿Cariño? —dije—. Mírame.

Cuando levanté la cabeza, vi que un terrible corte le surcaba la frente. Había sangrado copiosamente por la herida. Tenía la cara llena de sangre seca. Cuando se irguió, vi que también tenía la camisa blanca manchada de sangre. La herida de la cabeza se estaba curando, pero la otra…

—¿Qué te ha pasado debajo de la camisa? —pregunté.

—Me he roto las costillas y han atravesado la carne —respondió—. Se curarán, pero llevará tiempo. Tendrás que colocarlas de nuevo en su sitio.

—Dime qué ha pasado —le pedí, intentando parecer calmada por todos los medios. Por supuesto, él sabía que no lo estaba.

—Aquí hay un tipo muerto —informó Jason—. Es humano.

—¿Quién es, Eric? —Le subí los pies descalzos al sofá para que pudiera tumbarse.

—Es Bobby —contestó—. Intenté sacarlo de aquí a tiempo, pero él estaba convencido de que podría ayudarme. —Eric parecía increíblemente cansado.

—¿Quién lo ha matado? —Ni siquiera había registrado la casa con mis sentidos en busca de otros seres y casi me sorprendió mi propia frialdad.

—Alexei perdió el control —recordó Eric—. Esta noche salió de su habitación cuando Ocella vino aquí para hablar conmigo. Yo sabía que Bobby seguía en la casa, pero sencillamente no se me ocurrió que pudiera ser peligroso. Felicia y Pam también estaban aquí.

—¿Qué hacía Felicia aquí? —pregunté, ya que, por lo general, Eric no traía a sus empleados a su casa. Felicia, la barman de Fangtasia era el último eslabón de la cadena.

—Salía con Bobby. Él tenía unos papeles que necesitaba que le firmase y se la trajo consigo.

—¿Entonces Felicia…?

—Aquí hay restos de un vampiro —anunció Jason—. Parece que el resto se ha desintegrado.

—Ha encontrado su muerte definitiva —confirmó Eric.

—¡Oh, lo siento! —Lo abracé y, al cabo de unos segundos, sus hombros se relajaron. Jamás había visto a Eric tan derrotado. Aun en la noche en que nos vimos rodeados de los vampiros de Las Vegas y forzados a rendirnos a Victor, la misma en que creyó que todos íbamos a morir, mantuvo una chispa de vigor y determinación. Pero en ese momento estaba literalmente abrumado por la depresión, la rabia y la impotencia. Gracias a su maldito creador, cuyo ego le había hecho rescatar de la muerte a un crío traumatizado—. ¿Dónde está Alexei ahora? —pregunté, dotando mi voz de toda la energía posible—. ¿Y Apio? ¿Sigue vivo? —Al demonio con la convención de los dos nombres. Pensé que al menos habría valido la pena si Alexei hubiese matado al antiguo vampiro para ahorrar problemas.

—No lo sé. —Eric parecía completamente derrotado.

—¿Cómo que no? —Estaba genuinamente sorprendida—. Es tu creador, ¿no? Si estuviera muerto lo sabrías. Si yo he podido sentiros a los tres durante una semana, sé que tú has debido de sentirlo a él con mucha más fuerza. —Judith dijo que había sentido una especie de distorsión el día que Lorena murió, aunque no llegó a comprender lo que había pasado hasta más tarde. Eric llevaba en el mundo tanto tiempo que quizá ya era incapaz de sentir nada si Apio había muerto. En un instante cambié por completo de idea. Apio debía sobrevivir al menos hasta que Eric se recuperase de sus heridas—. ¡Tienes que salir de aquí e ir a buscarlo!

—Me pidió que no lo siguiera cuando salió en pos de Alexei. No quiere que muramos todos.

—Entonces ¿te vas a limitar a quedarte sentado en casa a ver qué sucede? —La verdad era que no sabía exactamente qué quería que Eric hiciera. La droga aún seguía recorriendo mis venas, aunque de forma mucho menos intensa. Me limitaba a ver colores de vez en cuando donde no debería haberlos. Pero tenía un control muy escaso de mi pensamiento y mi lengua. Sólo intentaba que Eric empezase a actuar como si fuera él mismo. Y que dejase de sangrar. También quería que Jason le colocara los huesos en su sitio porque veía demasiado claramente cómo sobresalían.

—Es lo que me ha pedido Ocella —afirmó Eric, atravesándome con la mirada.

—¿Te lo ha pedido? Eso no me parece una orden directa. Más bien parece una petición. Corrígeme si me equivoco —rebatí, procurando aparentar irritación.

—No —confirmó Eric con los dientes apretados. Su ira iba en aumento, lo notaba—. No fue una orden directa.

—¡Jason! —grité. Mi hermano apareció con un aire muy sombrío—. Por favor, coloca las costillas de Eric en su sitio —pedí con una frase que jamás pensé que pronunciaría. Sin una palabra, aunque con los labios apretados, Jason colocó sus manos a ambos lados de la herida abierta. Miró a la nariz de Eric y dijo:

—¿Listo?

Sin aguardar una respuesta, empujó.

Eric emitió un sonido escalofriante, pero noté que la hemorragia se detuvo para dar comienzo al proceso curativo. Jason se miró las manos ensangrentadas y se fue al cuarto de baño.

—¿Y bien? —pregunté a Eric tendiéndole una botella abierta de TrueBlood que alguien se había dejado en la mesa. Puso una mueca, pero se tragó el contenido—. ¿Qué piensas hacer?

—Más tarde hablaremos de ello —respondió. Se me quedó mirando.

—¡Por mí, bien! —le sonreí y me dejé caer por una tangente irracional—. Y mientras haces la lista de las cosas que tienes que hacer, ¿dónde están los de limpieza?

—Bobby... —empezó a decir, pero se calló.

Bobby sería quien habría llamado al equipo de limpieza.

—Bueno, no pasa nada si me encargo yo de esa parte —ofrecí, preguntándome dónde encontrar una agenda telefónica.

—Guardaba una lista de los números más importantes en el cajón derecho de la mesa de mi despacho —añadió con mucha tranquilidad.

Encontré el número del servicio de limpieza vampírico situado a medio camino entre Shreveport y Baton Rouge: Limpiezas Fangster. Como era un negocio de vampiros, lo más seguro es que estuviese abierto. Una voz de hombre respondió a la llamada inmediatamente y le describí el problema.

—Estaremos allí dentro de tres horas si el propietario de la casa puede garantizarnos un lugar seguro para dormir en caso de que el trabajo se prolongue —dijo.

—No habrá problema. —Era imposible saber si los dos vampiros que faltaban habían sobrevivido para regresar antes del amanecer. Si lo hacían, todos podrían dormir en la espaciosa cama de Eric o en el otro dormitorio aislado de la luz si hacían falta los ataúdes. También recordaba que debía de haber un par de cápsulas de fibra de vidrio en el cuarto de la lavandería.

Ahora que las alfombras y los muebles quedarían limpios, sólo había que asegurarse de que no muriera nadie más esa noche. Al colgar, me sentí tremendamente eficiente, pero extrañamente vacía, hecho que atribuí a la pérdida de todo lo que llevaba en el estómago. Me sentía tan ligera que era como si flotase al caminar. Vale, es posible que tuviese más droga en las venas de lo que creía.

Entonces se me ocurrió de repente. Eric había dicho que Pam también estaba en la casa. Pero ¿dónde?

—Jason —grité—. Por favor, por favor, encuentra a Pam.

Volví al salón, que seguía oliendo a mil diablos, me encaminé hacia las ventanas y las abrí. Me volví para mirar a mi novio, que antes de esa noche había sido muchas cosas: arrogante, sagaz, determinado, reservado y astuto, por mencionar sólo algunas características. Pero nunca lo había visto tan indeciso, tan desconsolado.

—¿Cuál es el plan? —le pregunté.

Tenía mejor aspecto, ahora que Jason había cumplido con lo suyo. Ya no se veía que asomaran huesos.

—No hay ninguno —contestó Eric. Al menos parecía sentirse culpable al respecto.

—¿Cuál es el plan? —insistí.

—Ya te lo he dicho. No tengo ninguno. No sé qué hacer. Puede que Ocella esté muerto si Alexei ha sido lo bastante astuto como para prepararle una emboscada. —Unas lágrimas rojas empezaron a deslizarse por las mejillas del vikingo.

—¡Bzzzz! —imité a una bocina—. Si Apio Livio estuviera muerto, lo sabrías. Es tu creador. ¿Cuál es el plan?

Eric se irguió como una exhalación, con apenas un movimiento. Bien, había conseguido espolearlo.

—¡No tengo ninguno! —rugió—. ¡Haga lo que haga, alguien acabará muerto!

—Si no hay plan entonces sí que alguien va a morir, y lo sabes. ¡Puede que alguien esté muriendo en este mismo instante! ¡Alexei está loco! Tenemos que dar con un plan —exclamé, levantando las manos.

—¿Por qué hueles tan raro? —Por fin había dado con la camiseta que ponía PAZ—. Hueles a licántropo y a drogas. Y has vomitado.

—Ya he pasado por un infierno esta noche —resumí, quizá exagerando un poco—. Y ahora tengo que repetir ese paso porque alguien tiene que poner en marcha tu trasero vikingo.

—¿Qué quieres que haga? —preguntó con un tono extrañamente razonable.

—¿Te parece bien que Alexei mate a Apio? A mí no me importaría en absoluto, pero pensé que tú tendrías tus objeciones. Supongo que me equivoqué.

—He encontrado a Pam —dijo Jason, apareciendo por la puerta. Se dejó caer pesadamente sobre un sillón—. Necesitaba sangre.

—Pero ¿puede moverse?

—Apenas. Está herida, le han hundido las costillas y le han partido el brazo izquierdo y la pierna derecha.

—Oh, Dios —dije, y corrí a buscarla. Mis pensamientos estaban ofuscados por las drogas. De lo contrario, Pam habría sido mi primera prioridad una vez hubiese encontrado a Eric con vida. Había intentado arrastrarse hasta el salón desde el cuarto de baño, donde Alexei la había acorralado. Los cortes de cuchillo eran las heridas más evidentes, pero Jason no había exagerado con lo de los huesos rotos. Y eso que acababa de tomar la sangre de Jason.

—No digas nada —gruñó—. Me pilló desprevenida. Soy… una… estúpida. ¿Cómo está Eric?

—Se pondrá bien. ¿Te ayudo a levantarte?

—No —negó amargamente—. Está claro que prefiero arrastrarme por el suelo.

—Serás zorra… —dije disponiéndome a ayudarla. Fue un trabajo duro, pero como Jason le había dado tanta sangre, ya no quise pedirle también que me echara una mano. Nos arrastramos como pudimos hasta el salón—. ¿Quién se habría imaginado que Alexei era capaz de hacer tanto daño? Parece tan enclenque. Y tú eres una gran luchadora.

—No seas zalamera —susurró Pam con la voz rasgada—. Ahora mismo no me es de mucha ayuda. Fue culpa mía. Ese pequeño mierda no dejaba de seguir a Bobby y vi que cogía un cuchillo de la cocina. Intenté contenerlo mientras Bobby salía de la casa para dar a Ocella la oportunidad de calmarlo. Pero fue a por mí. Es rápido como una serpiente.

Empezaba a dudar de si podría llevar a Pam hasta el sofá.

Eric se levantó trabajosamente y la rodeó con un brazo. Entre los dos conseguimos llevarla hasta el sofá que había dejado libre.

—¿Necesitas mi sangre? —le preguntó Eric—. Te agradezco que hicieras lo posible para detenerlo.

—También es de mi sangre —dijo Pam, apoyándose, aliviada, sobre un cojín—. Estoy emparentada con ese pequeño asesino a través de ti. —Eric hizo un gesto con la muñeca—. No. Necesitarás toda tu sangre si vas a ir a por él. Ya me estoy curando.

—Gracias a los litros que te has bebido de la mía —apuntó Jason con debilidad y un tenue reflejo de su habitual fanfarronería.

—Estaba buena. Gracias, pantera —añadió, y tuve la sensación de que mi hermano sonreía ligeramente. Justo entonces, su móvil se puso a sonar. Conocía el tono; era de una canción que me encantaba: *We Are The Champions*, de Queen. Jason se sacó el móvil del bolsillo como pudo y abrió la tapa.

—Hola —saludó, y se quedó escuchando—. ¿Estás bien? —preguntó. Escuchó un instante más—. Vale. Gracias, cariño. Quédate en casa, cierra las puertas y no las abras hasta que oigas mi voz. ¡Espera, espera! Mejor hasta que oigas mi móvil, ¿vale?

Jason cerró la tapa del teléfono.

—Era Michele —nos informó—. Alexei acaba de aparecer por mi casa buscándome. Ella fue a la puerta, pero al ver que era un no muerto no le invitó a pasar. Le dijo que quiere consolarse en mi vida, lo que quiera que signifique eso. Me rastreó hasta allí por mi olor desde tu casa. —Parecía preocupado, como si se hubiese olvidado de ponerse desodorante.

—¿El otro estaba con él? —pregunté apoyándome en una pared. Empezaba a sentirme agotada.

—Sí, al minuto apareció.

—¿Qué les dijo Michele?

—Les dijo que volviesen a tu casa. Se imaginó que, si eran vampiros, sería problema tuyo. —Así era Michele. Estupendo.

Me había dejado mi móvil en la camioneta de Jason, así que usé el suyo para llamar a mi casa. Claude cogió la llamada.

—¿Qué estás haciendo ahí? —pregunté.

—Cerramos los lunes —respondió—. ¿Por qué ibas a llamar si no querías que cogiese el teléfono?

—Claude, un vampiro muy peligroso se dirige hacia casa. Puede entrar; ya ha estado allí antes —resumí—. Tienes que irte. Coge el coche y lárgate de ahí.

El estallido psicótico de Alexei más el irresistible encanto feérico de Claude para los vampiros: una combinación mortal. Al parecer, la noche aún no había terminado. Me preguntaba si alguna vez se acabaría. Por un terrible instante, me vi en una interminable pesadilla saltando de crisis en crisis, siempre un paso por detrás de los acontecimientos.

—Dame tus llaves, Jason —ordené—. Has perdido mucha sangre y no estás en condiciones de conducir. Además, Eric aún se está curando. No quiero llevar su coche. —Mi hermano sacó las llaves del bolsillo y me las lanzó. Menos mal que había alguien que no se ponía a discutir.

—Voy contigo —ofreció Eric, levantándose de nuevo. Pam tenía los ojos cerrados, pero los abrió de repente al notar que nos íbamos.

—Vale —dije, dispuesta a aprovechar cualquier ayuda que me ofrecieran. Aun en su estado, Eric era más poderoso que casi cualquier cosa. Informé a Jason acerca del equipo de limpieza que iba a venir para, acto seguido, salir por la puerta hacia la camioneta. Pam aún protestaba, aduciendo que si venía con nosotros podría curarse por el camino.

Conduje lo más rápido que pude. De nada servía que le preguntase a Eric si podía volar para llegar allí antes porque ya conocía la respuesta. Eric y yo no hablamos durante el camino. Teníamos demasiadas cosas pendientes, o quizá ninguna. A unos cuatro minutos de la casa, Eric se dobló por el dolor. No era el suyo. Lo noté a través del vínculo. Había pasado algo gordo. Ya estábamos atravesando a toda velocidad el camino privado de mi casa, apenas tres cuartos de hora después de haber dejado Shreveport, todo un récord.

La luz de seguridad del jardín delantero iluminaba una extraña escena. Un hada de cabello pálido a la que jamás había visto antes permanecía espalda con espalda con Claude. El desconocido blandía una fina y larga espada. Claude había optado por dos de los cuchillos más largos de mi cocina, uno en cada mano. Alexei, aparentemente desarmado, paseaba en círculos a su alrededor como una pequeña y pálida máquina de matar. Estaba desnudo y manchado de salpicaduras que abarcaban todas las tonalidades del rojo. Ocella yacía revolcado sobre la grava. Tenía la cabeza cubierta de una sangre oscura. Al parecer, ése era el tema de la noche.

Derrapamos hasta detenernos y salimos a toda prisa de la camioneta de Jason. Alexei sonrió, consciente de nuestra presencia, pero no dejó de describir círculos.

—No habéis traído a Jason —observó—. Tenía ganas de verlo.

—Tuvo que dar mucha sangre a Pam para que no se muriese —le informé—. Estaba muy débil.

—Debió dejarla morir —dijo Alexei antes de salir disparado hacia el hada desconocida para propinarle un puñetazo en el estómago. A pesar de tener un cuchillo, parecía que Alexei tenía ganas de jugar. El hada agitó la espada más deprisa de lo que mis ojos podían seguir y cortó la carne de Alexei, añadiendo otro riachuelo de sangre a los que ya surcaban su pecho.

—¿Podéis hacer el favor de parar? —pedí. Me quedé aturdida. Parecía habérseme agotado la energía. Eric me rodeó con el brazo.

—No —contestó Alexei con su voz de crío—. El amor de Eric por ti rezuma a través del vínculo, Sookie, pero no puedo parar. Me siento mucho mejor que en décadas.

—Y era verdad; yo también lo sentía a través del vínculo. A pesar de que la droga lo había mermado temporalmente, empezaba a sentir los matices, y había tal amasijo contradictorio de ellos que era como estar a merced de un viento que no para de cambiar de dirección.

Eric trataba de derivar hacia donde yacía su creador.

—Ocella —dijo—. ¿Estás vivo?

Ocella abrió un ojo negro detrás de una máscara de sangre y respondió:

—Por primera vez en siglos creo que desearía que no fuera así.

«Yo también», pensé y noté que me miraba.

—Ella me mataría sin el menor remordimiento —afirmó el romano, casi divertido. Con la misma voz, siguió hablando—: Alexei me ha seccionado la columna. No podré moverme hasta que se cure.

—Alexei, por favor, no mates a las hadas —pedí—. Ése es mi primo, Claude, y ya no me queda mucha familia en el mundo.

—¿Quién es el otro? —preguntó el muchacho, realizando un increíble salto para tirar del pelo de Claude y echarse sobre el otro, cuya espada no fue lo bastante rápida esta vez.

—No lo sé —admití. Iba a decir que no era amigo mío, que probablemente fuese un enemigo, ya que suponía que era el compinche de Basim, pero no quería que muriese nadie más..., con la posible salvedad de Apio Livio.

—Me llamo Colman —rugió el hada—. ¡Pertenezco a las hadas celestes y mi hijo ha muerto por tu culpa, mujer!

Oh.

Era el padre del bebé de Claudine.

Cuando el brazo de Eric me soltó, tuve que esforzarme para mantenerme de pie. Alexei hizo otro de sus asaltos al círculo de cuchillas, golpeando la pierna de Colman con tanta fuerza que casi le hizo perder el equilibrio. Me preguntaba si se la habría roto. Pero mientras Alexei estuvo cerca, Claude se las arregló para clavarle el cuchillo hacia atrás y herirle justo debajo del hombro. De haber sido humano, lo habría matado al instante. Sin embargo, Claude se escurrió sobre la grava y casi cayó al suelo, pero mantuvo el equilibrio a duras penas. Vampiro o no, el muchacho empezaba a cansarme. No me atrevía a apartar la mirada para ver lo que estaba haciendo Eric o dónde estaba.

Se me ocurrió una idea. Salí corriendo hacia la casa, aunque no podía hacerlo en línea recta y tuve que detenerme a recuperar el aliento al subir las escaleras del porche.

En el cajón de mi mesilla encontré la cadena de plata que me había quedado hace siglos, cuando los drenadores habían secuestrado a Bill para sacarle la sangre. Me hice con ella, me arrastré de nuevo fuera de la casa como pude, con la cadena oculta detrás de la cintura y me acerqué a los tres combatientes, aunque más a Alexei, que no dejaba de danzar y corretear alrededor de los otros dos. En el poco tiempo que había estado ausente, parecía haber perdido algo de velocidad. Sin embargo, Colman estaba con una rodilla clavada en el suelo.

Odiaba mi plan, pero tenía que pararlo.

La siguiente vez que el muchacho se acercó, yo estaba lista, dejando que la cadena colgase holgadamente de mi mano. Alcé los brazos, los volví a bajar y enrollé la cadena en el cuello de Alexei. Crucé las manos y tiré. Alexei cayó al suelo envuelto en gritos. Al segundo, Eric apareció junto a mí con tres ramas arrancadas. Alzó ambos brazos y los bajó con brusquedad. Un instante después, Alexei, zarevich de Rusia, se encontró con su muerte definitiva.

Jadeé, ya que estaba demasiado cansada para llorar, mientras me dejaba caer en el suelo. Poco a poco, las hadas fueron relajando sus posturas de combate. Claude ayudó a Colman a levantarse y ambos posaron las manos en los hombros del otro. Eric estaba entre las hadas y yo, sin perderlos de vista. Colman era mi enemigo, no cabía duda, y Eric estaba siento cauto. Aproveché que no me estaba mirando, arranqué la estaca del cuerpo de Alexei y me arrastré hasta el pobre Apio. Observó mi aproximación con una sonrisa.

—Desearía matarte ahora mismo —confesé en voz muy baja—. No sabes cómo deseo que mueras.

—Dado que te has parado a decírmelo, sé que no vas a hacerlo —contestó con una enorme confianza—. Tampoco te quedarás con Eric.

Deseaba demostrarle que se equivocaba en ambos extremos, pero esa noche ya había visto demasiada sangre y muerte. Titubeé. Luego levanté un trozo de rama rota. Por primera vez, Apio parecía un poco preocupado… O quizá simplemente se había resignado.

—No lo hagas —pidió Eric.

Podría haberle ignorado de no haber notado la súplica en su voz.

—¿Sabes qué podrías hacer para ser de alguna ayuda, Apio Livio? —pregunté. Eric lanzó un grito. Los ojos de Apio brillaron más allá de mí y sentí que me pedía que me apartase. Me lancé hacia un lado con la pizca de energía que aún me quedaba. La espada cuyo destino era yo acabó hundiéndose en Apio Livio, y se trataba de una hoja feérica. El romano quedó sumido en convulsiones inmediatamente, a medida que la zona que circundaba a la herida se ennegrecía a una velocidad pasmosa. Colman se quedó petrificado mientras contemplaba a su accidental víctima. Echó los hombros hacia atrás y se dejó caer. Tenía una daga entre ellos. Eric apartó de un golpe al tambaleante Colman.

—¡Ocella! —gritó Eric, con la voz teñida de horror. De repente, Apio Livio se quedó quieto.

—Vaya, vaya —dije, agotada, volviendo la cabeza para ver quién había arrojado el cuchillo. Claude contemplaba los dos cuchillos que aún tenía en su poder, como si esperase que uno de ellos se desvaneciera.

Estábamos desconcertados.

Eric cogió al maltrecho Colman y lo aferró del cuello. Las hadas son increíblemente atractivas para los vampiros —su sangre lo es—, y a Eric no le faltaban razones para matar a ese individuo. No se contuvo en absoluto y acabó provocando una escena dantesca. Los deglutidos, la sangre derramándose por el cuello de Colman, sus ojos vidriosos… Ambos los tenían vidriosos. Los de Eric estaban llenos de ansia de sangre, mientras que los de Colman se llenaban de muerte. Las heridas lo habían debilitado demasiado para luchar con Eric, quien parecía más sonrosado con cada trago.

Claude cojeó hasta sentarse sobre la hierba, a mi lado. Depositó los cuchillos cuidadosamente junto a mí, como si le hubiese exigido su devolución.

—Intentaba convencerlo de que volviese a casa —contó mi primo—. Sólo lo he visto una o dos veces. Había elaborado un laborioso plan para que acabases en una cárcel humana. Quería matarte hasta que te vio con Hunter en el parque. Pensó en raptar al crío, pero ni siquiera sumido en su rabia fue capaz.

—Te mudaste para protegerme —deduje. Era algo asombroso viniendo de alguien tan egoísta como Claude.

—Mi hermana te quería —apuntó Claude—. Colman quería a Claudine y estaba muy orgulloso de que ella lo escogiera para ser el padre de su hijo.

—Intuyo que era uno de los seguidores de Niall.

—Había dicho que pertenecía a las hadas celestes.

—Sí. Colman significa «paloma».

Ahora ya de poco importaba. Lo sentía por él.

—Debía de saber que nada de lo que yo dijese impediría a Claudine hacer lo que ella consideraba correcto —continué.

—Lo sabía —admitió Claude—. Ésa era la razón por la que no podía matarte, incluso antes de ver a Hunter. Por eso habló con el licántropo y elaboró un plan tan retorcido —suspiró—. Si Colman hubiese estado realmente convencido de que fuiste responsable de la muerte de Claudine, nada lo habría detenido.

—Yo lo habría hecho —afirmó una nueva voz, y Jason emergió del bosque. No, era Dermot.

—Vale, entonces fuiste tú quien lanzó la daga —concluí—. Gracias, Dermot. ¿Estás bien?

—Espero… —Dermot nos miró suplicante.

—Colman lo hechizó —observó Claude—. Al menos eso creo yo.

—Dijo que no tenías mucha magia —le conté a Claude—. Me habló del conjuro hasta donde pudo. Pensé que Colman sería el responsable. Pero, una vez muerto, pensaba que el conjuro se rompería.

Claude frunció el ceño.

—Dermot, entonces ¿no fue Colman quien te hechizó?

Dermot se sentó en el suelo, frente a nosotros.

—Mucho más —dijo elípticamente. Intenté interpretar sus palabras.

—Lo hechizaron hace mucho más tiempo —indagué, sintiendo al fin una leve punzada de excitación—. ¿Quieres decir que te hechizaron hace meses?

Dermot me aferró la mano con su zurda y tomó la de Claude con la diestra.

—Creo que quiere decir que lleva mucho más tiempo bajo el hechizo. Años. —Las lágrimas surcaron las mejillas de Dermot.

—Apuesto mi dinero a que fue cosa de Niall —supuse—. Puede que lo tuviese todo planeado. Dermot lo merecía por, no sé, sus dudas acerca de su herencia feérica o algo así.

—Mi abuelo es muy cariñoso, pero no demasiado… tolerante —dijo Claude.

—¿Sabes cómo se deshacen los hechizos en los cuentos de hadas? —pregunté.

—Sí, ya tengo entendido que los humanos narran cuentos de hadas —respondió Claude—. Bien, dime cómo.

—En los cuentos se deshacen con un beso.

—Fácil —dijo Claude, y como si hubiésemos ensayado un beso sincronizado, los dos nos inclinamos hacia delante para besar a Dermot.

Y funcionó. Se estremeció de los pies a la cabeza y se nos quedó mirando a medida que los ojos se le inundaban de inteligencia. Empezó a llorar profusamente y, tras un instante, Claude se puso de rodillas para ayudarlo a levantarse.

—Te veré luego —me dijo, y guió a Dermot hacia la casa.

Eric y yo nos quedamos a solas. Estaba ensimismado, a escasa distancia de los cadáveres que yacían en mi jardín delantero.

—Esto es muy shakespeariano —solté paseando la mirada por los despojos sanguinolentos del suelo. El cuerpo de Alexei ya empezaba a descomponerse, pero mucho más despacio que el de su viejo creador. Ahora que Alexei había muerto definitivamente, los patéticos huesos de su tumba en Rusia también se desvanecerían. Eric había dejado el cuerpo del hada sobre la grava, donde empezó a convertirse en polvo, como suele pasar con los de su especie. Difería bastante de la desintegración de los vampiros, pero resultaba igual de práctico. Me di cuenta de que no tendría tres cadáveres que ocultar. Me sentía tan agotada por ese día horroroso que pensé que ése era el momento más feliz de las últimas horas. Eric tenía el aspecto y el olor de algo salido de una película de terror. Nos miramos. Él apartó la mirada primero.

—Ocella me lo enseñó todo para ser vampiro —confesó Eric en voz muy baja—. Me enseñó a alimentarme, a ocultarme y a discernir cuándo era seguro mezclarse con los humanos. Me enseñó a hacer el amor con los hombres y luego me liberó para hacerlo con las mujeres. Me protegió y me amó. Me hizo daño durante décadas. Me dio la vida. Mi creador ha muerto. —Hablaba como si apenas creyese sus propias palabras. Yo no sabía cómo sentirme. Sus ojos permanecieron posados sobre la decadente masa de escamas que había sido Apio Livio Ocella.

—Sí —confirmé, intentando no parecer demasiado contenta—. Lo está. Y no lo maté yo.

—Pero lo habrías hecho —rebatió Eric.

—Me lo estaba planteando —confesé. De nada servía negarlo.

—¿Qué le ibas a preguntar?

—¿Antes de que Colman lo apuñalara? —Aunque «apuñalar» no era la palabra más adecuada. «Atravesar» lo era más. Sí, «apuñalar». Mi cerebro se movía como una tortuga—. Bueno, le iba a decir que estaría encantada de dejarlo vivir si mataba a Victor Madden por ti.

Había conseguido dejar a Eric anonadado, tanto como pudiera estarlo cualquiera tan deprimido como él.

—Habría estado bien —dijo lentamente—. Has tenido una buena idea, Sookie.

—Sí, bueno. Pero ya no va a poder ser.

—Tenías razón —convino Eric, con la voz aún atenazada—. Esto es como el final de una de esas obras de Shakespeare.

—Somos los que hemos quedado en pie. Bien por nosotros.

—Soy libre —concluyó Eric. Cerró los ojos. Gracias a los últimos retazos de droga, prácticamente veía cómo la sangre de hada recorría sus venas. Vi que su energía aumentaba considerablemente. Todas sus heridas físicas se habían curado, y gracias a la sangre de Colman empezaba a dejar atrás su sufrimiento por su creador y su hermano. Sólo quedaba el alivio de haberse librado de ellos—. Me siento muy bien. —Casi soltó una vaharada hacia el aire nocturno, aún impregnado con los aromas de la sangre y la muerte. Parecía saborear el olor—. Eres la persona a la que más quiero —confesó con unos azules ojos llenos de frenesí.

—Me alegra oírlo —dije profundamente incapaz de sonreír.

—Tengo que volver a Shreveport para ver cómo está Pam y preparar todo lo que tengo que hacer ahora que Ocella ha muerto —añadió—. Pero, tan pronto como pueda, volveremos a estar juntos y recuperaremos el tiempo perdido.

—Suena muy bien —reconocí. Una vez más, estábamos solos con nuestro vínculo, aunque, a falta de renovarlo, no era tan potente como antes. Pero no pensaba sugerirle eso a Eric, no esa noche. Alzó la cabeza, inhaló de nuevo y salió disparado hacia el cielo nocturno.

Cuando todos los cuerpos se desintegraron del todo, me incorporé y fui hacia la casa. Me sentía como si la carne se me fuese a desprender de los huesos. Me dije que debería sentirme mínimamente triunfal. A diferencia de mis enemigos, yo no había muerto. Pero en el vacío dejado por la droga, apenas sentía un atisbo de satisfacción. Oía a mi tío abuelo y a mi primo hablar en el salón y el agua corriente, antes de cerrar la puerta de mi cuarto de baño. Tras ducharme y prepararme para meterme en la cama, abrí la puerta de mi habitación y me los encontré esperándome.

—Queremos dormir contigo —dijo Dermot—. Todos dormiremos mejor.

Aquello me parecía increíblemente extraño y escalofriante, o puede que pensara que así debería ser. Estaba demasiado cansada como para ponerme a discutir. Me metí en la cama. Claude se puso a un lado y Dermot al otro. Justo cuando pensaba que jamás sería capaz de conciliar el sueño, que era una situación demasiado rara y equivocada, sentí que una especie de feliz relajación se extendía por todo mi cuerpo; una especie de comodidad a la que no estaba acostumbrada. Estaba con mi familia. Estaba con mi sangre.

Y dormí.

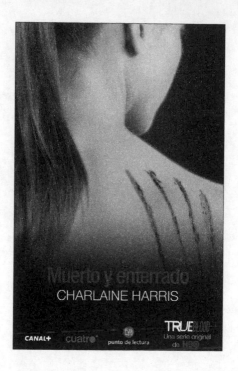

Muerto y enterrado

CHARLAINE HARRIS

CANAL+ cuatro punto de lectura TRUEBLOOD Una serie original de HBO

Para Sookie Stackhouse, las actividades del día a día de los vampiros y cambiantes de la comunidad de Bon Temps y alrededores, en Luisiana, son de vital interés. Tiene un vínculo de sangre con el rey de los vampiros, es amiga del grupo de cambiantes local, trabaja para un hombre que puede transformarse en cualquier animal y tiene un hermano pantera...

Aunque para la mayor parte de la población humana, los vampiros son criaturas misteriosas y seductoras, y eso que ni siquiera saben de la existencia de los cambiantes... Hasta ahora. Se han decidido a seguir la línea de los no muertos y revelar por fin su existencia al resto del mundo.

«El noveno libro de la serie de Sookie Stackhouse es uno de los mejores. Señores libreros, daros por avisados: comprad múltiples ejemplares.»
Library Journal

La autora número uno en ventas de *The New York Times* Charlaine Harris ha vuelto a imaginar el mundo sobrenatural con sus «atrevidas» *(The Tampa Tribune)* novelas de vampiros sureños, protagonizadas por la camarera telépata Sookie Stackhouse.

Con un encanto de cosecha propia —y un gran número de voces en su cabeza—, Sookie se ha convertido en poco tiempo en la camarera favorita de todo el mundo y en el catalizador de todas las aventuras sobrenaturales de «un mundo que es a la vez una misteriosa posibilidad y un viaje alucinante» *(The Anniston Star)*.

MÁS DE 1.000.000 DE EJEMPLARES VENDIDOS
SÓLO EN EE UU